長編歴史小説

覇 者(上)

信濃戦雲録第二部

井沢元彦

祥伝社文庫

目次

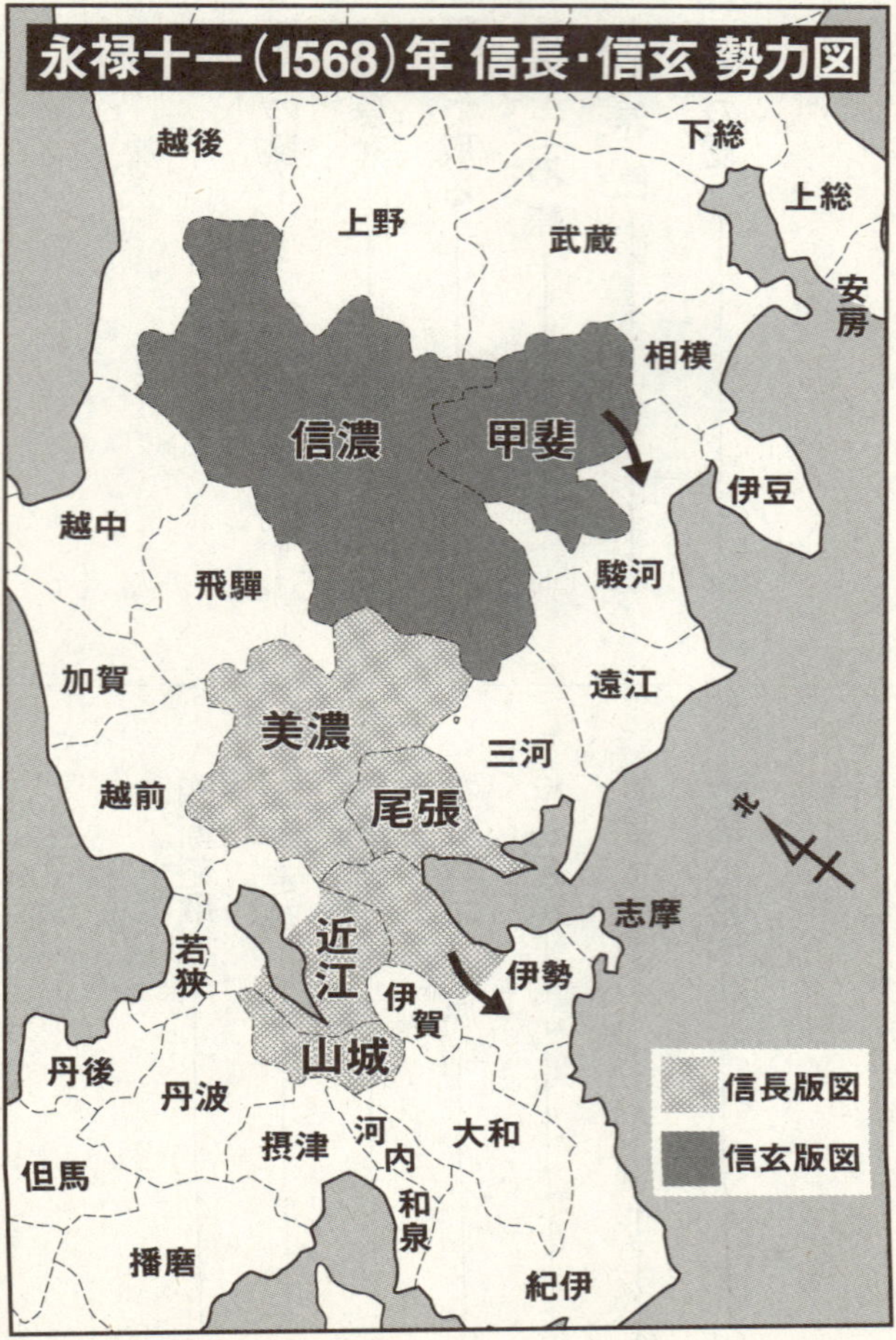
永禄十一(1568)年 信長・信玄 勢力図
越後
下総
上総
上野
武蔵
安房
相模
信濃
甲斐
伊豆
越中
飛騨
駿河
加賀
遠江
美濃
三河
越前
尾張
北
志摩
若狭
近江
伊勢
伊賀
山城
丹後
丹波
信長版図
信玄版図
河内
大和
摂津
但馬
和泉
播磨
紀伊

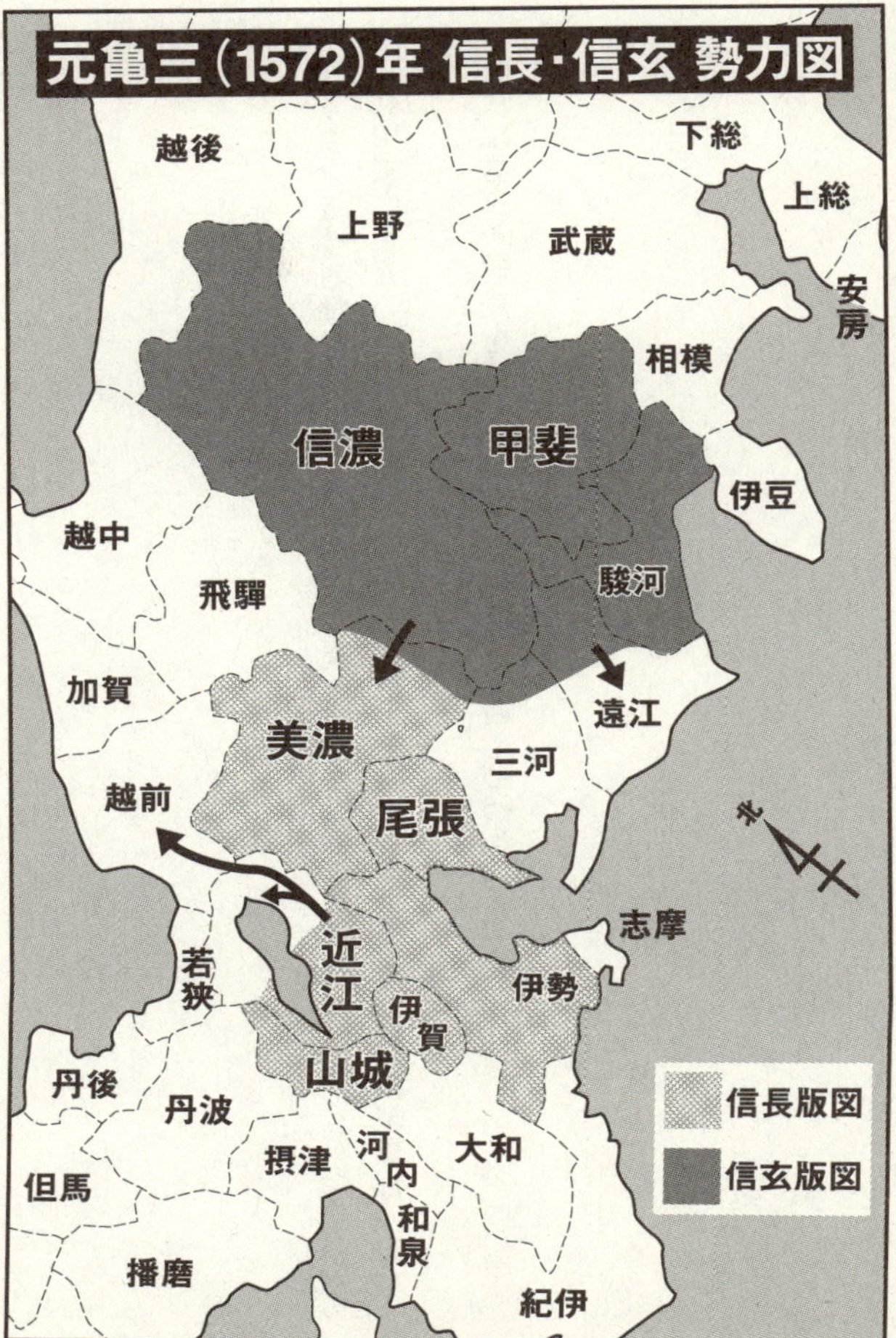
元亀三(1572)年 信長・信玄 勢力図
越後
下総
上総
上野
武蔵
安房
相模
信濃
甲斐
伊豆
越中
駿河
飛騨
加賀
遠江
美濃
三河
越前
尾張
北
志摩
近江
若狭
伊勢
伊賀
山城
丹後
丹波
信長版図
河内
大和
摂津
信玄版図
但馬
和泉
播磨
紀伊

風雲急を告げる戦乱の世。天下を狙《ねら》う武田信玄《たけだしんげん》に旧主諏訪《すわ》家を滅ぼされた望月誠之助《もちづきせいのすけ》は、武田滅亡を誓い諸国を歩き、やがて仕官先を織田《おだ》家に求めた（信濃戦雲録『野望』全二巻）。

時代は信玄・信長《のぶなが》を核とし、新たな激動を迎えつつあった……。

暖国の風

1

心地《ここち》よい海風が、砂浜の松の下にも吹き寄せてきた。

白い砂の向こうには青い海が広がっている。

海には、ところどころに島が浮かび、島と島の間を、帆をふくらませた船が行き交《か》っている。

一日、眺めていても飽《あ》きない風景である。

その松の根方で太刀《たち》と笠を置き、午睡《ごすい》を楽しんでいた男が、人の気配に目を覚《さ》ました。

五人の男が砂浜を海の方へ向かっていく。一人は先頭に立ち、残りの四人は薦《こも》で包んだ細長い荷物を運んでいる。五人とも頬《ほお》かむりをし、小刀を差しているだけだが、男はそれが全員武士であることを見抜いた。

一行はどうやら、砂浜に置いてある船で薦包みを運ぶつもりらしい。

男は太刀をたばさむと、一行の進路に立ち塞《ふさ》がった。

「何だ、おまえは」

頭目《とうもく》の男が言った。

「その荷に不審がある」

「なんだと」

「中身は何だ？　見せてもらおうか」

「——多くは言わぬ。命惜《お》しければこの場を去れ」

いきり立つ四人の配下を押さえて、頭目は不気味なほど押し殺した声で言った。

「語るに落ちたとはこのことだな。その包み、中身は人と見たぞ」

決めつけられて、男たちの顔色がさっと変わった。

「人買いか、誘拐《かどわかし》か、いずれにせよ、まともなことではあるまいな。命惜しければその荷を置いて去ることだ」

「何を申すか、この——」

「ほほう、侍《さむらい》だな、やはり。するとただの人買いではなさそうだ」

それを聞いて頭目の手が、刀の柄《つか》にかかった。だが、次の瞬間、相手の男の抜き打ちが頭目の胴を存分に薙《な》いだ。

「ぐえっ」

獣《けもの》じみた叫びを上げて、頭目は血しぶきを上げて倒れた。

男は素早く敵の左側に移動し、四人の敵の目を見た。怯《おび》えを示す目は斬らなくてもよい。四人のうち一人だけ激しい憎悪と反抗の色を見せている若者がいる。

薦包みを放り出し、その若者が小刀を抜こうとした瞬間、今度はその若者の左脚を斬った。頭目の男と違って加減したが、それでも若者はたまらず地面に倒れた。

「さあ、どうする」

男は油断なく身構えながら、

「残りの者に担《かつ》がれてこの場を去って生き長らえるか、それともここで皆殺しになるか。利口な生き方を考えたほうがよいぞ」

それで充分だった。

残りの三人はもともと男に反抗するほどの力はない。

傷ついた若者の傷口を手拭《てぬぐ》いで縛《しば》ると、二人が肩を貸して立ち上がらせた。

「名を名乗れ」

若者は、憎悪に満ちた視線を浴びせて言った。

相手の男は鼻で笑って、

「鼠賊《そぞく》に名乗る名などない。だが、そなたがどこの家中の誰と名乗るなら、教えてやってもよいぞ」

それを聞くと若者は唇を嚙み締《し》めた。

「どうした？」

「――覚えていろ、この借りは必ず返す」

その若者の目を見ていて、男はふと若い頃の自分を思い出した。もう二十年以上も昔のことである。

（あの時、おれはこんな目で仇敵《きゅうてき》を見ていたのだろうな）

本当はここで斬っておいたほうがいいのである。恨《うら》みを抱く若者は、後に生涯の禍根《かこん》となることがある。それを防ぐためには、なまじ情をかけるより斬ってしまったほうがいい。

だが、男はどうしてもその気になれなかった。

「去るがよい。主《あるじ》の身体《からだ》はここに置き捨てておく。後で引き取りに参るがよかろう」

若者の視線が頭目の死体へ移り、わずかの間だが、実に痛ましげな色を見せた。

男は、はっとして、

「もしや、そなたの父御《ててご》か」

若者は答えず、肩を支えている二人を振り払うようにして死体に歩み寄り、かっと開いている眼を閉じてやり、不自由な身体で地面に突っ伏している死体を仰向《あおむ》けに寝かせようとした。

男は黙ってそれを見ていた。

それから若者は配下の者に担がれて、砂浜の船に乗り、その場を去った。途中、海の上から何度も振り返った。男はその場にたたずみ、若者の憎悪の視線を受け止めてやった。

若者の船が小さくなると、男は血塗られた刀身を拭《ぬぐ》って、薦包みの縄を解《と》いた。中から現われたのは、気を失った美しい娘の青白い顔だった。

2

活を入れると娘は意識を取り戻した。

「――」

「気が付いたか」

男は前に回って娘の両肩に手をかけて、顔を覗《のぞ》き込んだ。

娘は、何が起こったのかわからず、しばらくぼんやりしていたが、その目に生気が戻ると同時に激しい敵意をみなぎらせ、男の腰の脇差《わきざし》を抜き取ると、飛び下がって身構えた。

山猫のようにしなやかな身のこなしだった。

「美形というのは、怒ってもきれいなものだな」

苦笑して男が近づこうとすると、娘は自分の喉首《のど》に刃を当てて叫んだ。

「来るな。来れば死ぬ」

「落ち着け、拙者《せっしゃ》は敵ではない」

「――」

「そなたの足元を見るがいい。その者は拙者が斬った」

娘は死体を見た。そして敵意が消えた。

「もう心配はない。そなたは助かったのだ」

娘は刀を落とし、再び気を失って倒れた。

(世話の焼ける娘御《むすめご》だ)

男は娘を抱き上げて、近くの網《あみ》小屋に運んだ。

娘が再び意識を取り戻したのは、それから小半刻《こはんとき》のちのことだった。

娘は自分が小屋の中で、網の塊《かたまり》の上に寝かされているのに気が付いた。

「気が付かれたか？」

反対側の壁に体をもたせかけて座っている人物が言った。

顔立ちの整った背の高い武士である。
三十五、六だろうか、身形《みなり》は粗末《そまつ》だが、気品のある顔立ちをしている。
(この方が、わたしをお救いくだされたのだ)

娘はとたんに、男の眼前で寝そべっている自分が恥ずかしくなり、はっと半身を起こした。

「動けるなら、家までお送り致そう。そなたはどちらの娘御じゃ」

「はい」

と娘は、身を起こし座り直して、一礼すると、

「申し遅れました。わたくしは木造《こづくり》城城主木造具政《ともまさ》の娘冬《ふゆ》にございます。先程は、危《あや》ういところをお助けくださいましてありがとう存じました」

「木造殿の娘御か。いや、これは当方こそ失礼致した」

と、男は居《い》ずまいを正して、

「拙者、望月誠之助《もちづきせいのすけ》と申す」

「望月様――」

冬はその名をしっかりと胸に刻《きざ》み込むと、

「望月様は、父をご存知なのでございますか」

「いや、知らぬ。ただ、伊勢《いせ》の木造と申さば誰もが知っておる名家ではないかな」

誠之助の言葉に誇張はなかった。

伊勢神宮があることで全国知らぬ者はない、この伊勢国。この伊勢の南半分を支配するのは名門北畠《きたばたけ》一族であった。名門というのも誇張ではない。北畠家は遠祖をさかのぼれ

ば、あの後醍醐《ごだいご》天皇に仕《つか》えた北畠親房《ちかふさ》がいる。公家《くげ》である。本来、高い位の公家は地方に住むことはないものだが、土佐《とさ》の一条《いちじよう》家、飛騨《ひだ》の姉小路《あねこうじ》家、それに伊勢の北畠家の三家だけは、三国司《こくし》と称せられ、地方にありながら官位は京《きよう》の公家に準ずるということになっていた。

現当主の北畠具教《とものり》も中納言《ちゆうなごん》だった。中納言といえば従三位《じゆさんみ》に相当する。四位《しい》や五位《ごい》を貰《もら》って喜んでいる田舎《いなか》大名とは格が違う。あの武田信玄《たけだしんげん》ですら、五位の大膳大夫《だいぜんだいぶ》に過ぎないのだ。

そして木造氏とは、この伊勢国司北畠家の一門で、家老職を務《つと》める家柄なのである。国主に次ぐ家柄といっていい。

「木造殿の姫を拐《かどわ》かすとは、身の程を知らぬ奴らだな。あるいは、織田《おだ》殿の手先か」

誠之助は推測を口にした。

いま北畠家の最大の敵は、隣国尾張《おわり》の織田信長《のぶなが》なのである。信長は既に、一年前の永禄《えいろく》十一年（一五六八年）、北伊勢を支配下に入れたうえで上洛《じようらく》を果たしていた。

上洛、それは天下統一の第一歩である。

それも、小人数で京見物するなら誰でもできるが、信長は大軍を率《ひき》いて京に入り、京を支配していた三好《みよし》三人衆を打ち破り、実質的に京の支配権を奪ったのだ。

実質的といったのは、信長の行動は名目上は室町《むろまち》幕府の再興であり、自らの庇護《ひご》下にあった足利義昭《あしかがよしあき》を十五代将軍にまつり上げ、その下で働くという形を取っているからだ。もちろん形式だけのことである。

だが、その信長も京には常駐できなかった。信長の本拠はあくまで岐阜《ぎふ》であり、北に朝倉《あさくら》、東に北条《ほうじょう》・武田という大敵がいる以上、うっかり動けないのである。

その中でも最大の強敵武田信玄は、信長の上洛とほぼ時を同じくして、大国駿河《するが》を今川《いまがわ》家から奪った。駿河の今川といえば、一時は戦国大名の中で最大の実力を誇っていたが、信長が今川義元《よしもと》を奇跡ともいえる奇襲戦法で討ち取って以来、夕日が沈むように凋落《ちょうらく》の一途をたどり、ついにはその領土駿河・遠江《とおとうみ》の二カ国を、武田と徳川家康《とくがわいえやす》に分け取りにされてしまった。

海を知らなかった武田家が、ついに海道へ出たのである。

この大敵が、日本の中でも最も豊かな国である駿河に居座っている限り、いかに同盟軍の徳川が防壁になってくれているとはいえ、信長は迂闊《うかつ》には動けない。

そのうえ、京への道筋も決して安全とはいえない。

北近江《おうみ》の浅井《あさい》は同盟国だが、伊賀《いが》、それにこの南伊勢と、まだ信長に服属していない国がある。

特に、信長はこの南伊勢を欲した。

いや信長のみならず、全国の大名でこの南伊勢を欲しがらぬ大名などいないだろう。

気候は温暖であり、作物は常に豊作である。海産物にも恵まれ、交易の利もある。そして『銭の生《な》る木』伊勢神宮もある。由緒ある神社仏閣には、全国から参拝者が押しかけるからだ。富商からの寄進も多い。

伊勢北畠家の重臣木造具政の娘を狙《ねら》う者を織田の手先とするのは、ある意味で当然の推測だった。

だが冬姫はそれには答えず、代わりに誠之助の素性《すじょう》を問うた。

「望月様は、どちらのご家臣でございます？」

「拙者か。拙者は見ての通り、諸国流浪《るろう》の浪人だ。今は、いずれの大名にも仕えてはおらぬ」

「以前は、いずこの大名家に？」

誠之助は太刀を引き寄せると、

「北信濃《しなの》の村上義清《むらかみよしきよ》殿だ。侍大将を務めたこともある」

「では、なぜ村上家を致仕《ちし》なされました」

その問いに、誠之助は当惑したような表情を見せた。

夢中で訊《き》いていた冬姫ははっと気付き、顔を赤らめて、

「申し訳ございませぬ。不躾《ぶしつけ》でございました」

「いや、お気になさるな」

誠之助は立ち上がって太刀を腰に差すと、

「それより早く参ったほうがいいかもしれぬ。姫、このあたりの漁師は信用できますかな」

「――?」

「城に使いを走らせる。城からも迎えの衆を出してもらったほうがよい」

「はい、木造の城へと申せば、喜んで引き受けてくれましょう」

「では、参ろうか」

誠之助は姫を伴《ともな》って外へ出た。

浜の近くに漁師の集落があった。

そこへ入った途端、軒下《のきした》で下帯一つの裸で昼寝している若者が目に入った。

誠之助は若者に歩み寄ると、揺《ゆ》り起こした。

「これ、すまぬが、ちと頼まれてくれぬか」

若者は目をこすって、不思議そうに二人を見た。

筋骨逞《たくま》しく真っ黒に日焼けしている。

目はくりくりと丸く、いかにも利発そうである。

「何でございましょうか」

誠之助より冬姫のなりを見て、若者の態度が丁寧になった。

「こちらは木造具政殿のご息女じゃ。信州浪人望月誠之助が悪党の手よりお救い申した。これより城にお送り致すが、城からもお出迎えを願いたい。かように伝えてもらいたいのだ」

「あなた様は望月誠之助様。で、こちらのお姫様は名を何と申されますのか」

若者は復唱し、姫の名まで尋《たず》ねた。

誠之助は感心した。早合点《はやがてん》の者にろくな者はいない。

「冬姫殿だ。しかと伝えてくれ、しかも早いほうがよい」

「承知しました」

若者は笑顔で、

「ひとっ走りで行ってきます。なあに、早駆けなら誰にも引けを取るもんじゃねえ」

「威勢がいいのう、そなたの名は」

「喜三太《きさんた》っていいます」

「そうか。では、頼むぞ、喜三太。——そうだ、ところで、このあたりで馬は借りられぬか？」

「馬なら、村長《むらおさ》のところに一頭ある。でも、あんまりいい馬じゃねえ。田畑を耕《たがや》す馬だで」

「よい。この際、ぜいたくは言えぬ」

村長の家を教えると、喜三太は本当に疾風のように走り去った。

「疾《と》きこと風の如《ごと》くか――」

「は？　望月様、何か申されましたか」

「いや、こちらのことだ」

誠之助は苦笑して、村長に面会を求めた。

そして、言葉巧《たく》みに馬を借り出すと、冬姫を抱き上げてそれに乗った。

「しばらくのご辛抱。では、参りますぞ」

誠之助は、無格好なその馬に鞭《むち》を入れた。

冬姫は驚いた。

ろくな鞍《くら》も付いていないその馬が、生き生きとして駆け出したのである。

（なんと見事な）

馬術の冴《さ》えは素晴らしい。

冬姫はうっとりとすらした。こんなに巧みに馬を乗りこなす者は、この伊勢国には一人としていないだろう。

「いかがなされた？」

冬姫がおとなしくなったので、誠之助は不思議に思って尋ねた。

「望月様は、馬がお上手《じょうず》ですね」

「いや、なに、生国《しょうごく》の諏訪《すわ》では、馬がなくては一日も過ごせませぬのでな。このぐらいの乗り手なら、そこらじゅうにおりまする」

「諏訪と申しますと、どのようなお国なのでしょう」

「山に囲まれた寒いところでござる。大きな湖があり、毎年冬には一面氷が張る。歩いて向こう岸に渡れるようになりまする」

「そのような大きな湖が凍《こお》るのでございますか」

「左様、暖かき国の方々には信じられぬことかもしれませぬな」

冬姫と話しながらも、誠之助はあたりに気を配っていた。

(あの者はどうしたろう)

喜三太のことである。

あまりに早く馬が手に入った。ひょっとすると、このままでは途中で追いついてしまうかもしれない。もっともこちらは街道を走っているが、木造城なら山を回って近道をすることもできよう。

そのまま一刻近くも走っただろうか、向こうから騎馬武者が数騎走ってくるのが見えた。

「あれは？」

冬姫の顔に喜色が浮かんだ。

「父の家来たちです、ああ、よかった」

そう言って、すぐに冬姫は表情を変えた。

「でも、つまらない」

「どうして？」

「このまま、望月様に乗せて頂いたほうがよかったのに」

「わがままを言うものではありませぬな」

誠之助は苦笑した。

騎馬武者の先頭は初老の侍だった。

「ご貴殿が望月殿か」

「左様、姫をお受け取り願いたい」

「かたじけない」

侍たちは馬から下りた。

誠之助も馬から下りて、冬姫を下ろしてやった。

「姫様、ご無事でなによりでござった。この民部《みんぶ》、寿命が縮《ちぢ》まりましたぞ」

「この望月様のおかげです。よく、お礼を申し上げて」

初老の侍は、改めて丁重に誠之助に向かって一礼した。

「申し遅れました。拙者、木造具政が家臣安本《やすもと》民部と申す者。このたびは、当家の姫を悪人どもの手からお救いくださり、お礼の申し上げようもござらん」

「いや、たまたま通りかかっただけのこと。今後は、お気を付けなされることだ。では、拙者これにて」

誠之助は馬に乗ろうとした。

民部はあわてて、

「お待ちくだされ、わが殿も一言《ひとこと》お礼を申し上げたいと仰《おお》せられております。ぜひとも、城へお越しくだされませ」

「いやいや、それには及ばぬ。何も礼が欲しくてしたことではない。それにこの馬を返さねばならぬのでな」

「左様なことはこちらで致します。望月殿、これでは拙者の面目《めんぼく》が立ちませぬ。枉《ま》げてお越しくださいませぬか」

誠之助は当惑した。

正直言って、姫を助けねばよかった。いや、助けておいてすぐにその場を去ればよかったと思った。

確かに、木造城へ行けば大歓迎してくれるだろう。姫の命の恩人なのだ。少なくとも当分衣食には困らないし、望めば金もくれるだろう。

仕官の話もあるかもしれない。

それが困るのである。

この伊勢に入ったのは、京へ行く道すがら神宮を参拝し、合わせてこのあたりの情勢を自分の目で見ておこうと思っただけのことで、ここの領主たる北畠家にすら仕える気などまったくない。まして、その家臣である木造家などには——。

「望月様、お越しください。さもなくば、冬は死にます」

「何を申される」

誠之助はびっくりして冬姫を見た。

冬姫の顔は真剣そのものだった。

「姫様」

あまりのことに民部がたしなめようとするのを、冬姫は振り切って誠之助の袖《そで》にすがった。

「このままお帰ししては、わたくしは忘恩の徒《と》と、後ろ指を差されることになりましょう。どうか、この冬のために、お留《とど》まりくださいませ」

「困りましたな」

誠之助は口ではそう言ったが、実のところ不快ではなくなっていた。

若い娘に引き留められるのは悪くない。

結局、誠之助は城へ行くことを承諾した。

3

木造城は、眼下に伊勢の海を見下ろす小高い丘の上にある。

眺めのよい城である。

城門のところで待っていた侍女が、冬姫の姿を見ると泣き崩れた。

「姫様《ひいさま》、姫様、ようご無事で」

「宮城野《みやぎの》、泣かずともよい。わたしはこの通り何ともないのだから」

冬姫は笑顔で答えた。

宮城野というのは、冬姫の乳母《うば》らしかった。

誠之助は新しい衣服を与えられ、大広間で城主の木造具政と対面した。

具政は五十がらみの、恰幅《かっぷく》のいい赤ら顔の男だった。冬姫とはあまり似《に》ていない。

ただ、なんとなく他人に安心感を与える雰囲気があった。

人の上に立つ者は、これが大事なのである。

徳をもって立つか、あるいは威をもって服させるか、そのどちらかである。両方揃《そろ》っていれば言うことはないが、そういう君主はなかなかいない。

「このたびは、娘が世話になったのう。父として篤《あつ》く礼を申しますぞ」

「いえ、当然のことをしたまででござる」

誠之助は身を固くして答えた。

緊張したのではない。木造具政が自分に好意を持つことを恐れたのである。

仕官はできない。

それでは大望を果たすことができなくなる。

「あの冬は、末娘で、とんだ跳ねっ返りでのう。わしも、つい甘やかして育ててしもうた。十九にもなるのに嫁にもいかず、まったく困ったものでござる」

「なかなかのご気性とお見受けしました」

「うむ、男ならば、ひとかどの武者になったかもしれぬが、女ではのう。――ところで、望月殿は、北信濃の村上家に仕えておられたそうな」

冬姫から聞いたのか、具政はそれを言った。

「はい」

「では、川中島《かわなかじま》の戦《いくさ》にもお出になられたのか」

「はい。村上義清公の旗本として参陣致しましてございます」

「ほう、それはそれは」

具政は身を乗り出して、

「あの戦は、武田殿と上杉《うえすぎ》殿の雌雄《しゆう》を決せんとした激戦として、この西国でも名高いのじや。ぜひとも、合戦話を伺《うかが》いたいものじゃのう」

「——」

「いかがなされた」

「いや、あの戦では、あまりよいことはございませんでしたので」

誠之助は言葉少なに言った。

具政は了解した。

おそらくこの者は、川中島の合戦でろくな手柄を立てられなかったのだろう。あるいは致命的な失敗をしたのかもしれない。

(冬の話では、この者は村上殿の下で侍大将だったという。それほどの者が致仕するには、やはり何かあったのであろう)

「相《あい》わかった」

具政はうなずいて、

「今宵《こよい》、貴殿の歓迎の宴《うたげ》を催《もよお》そうと考えておるのじゃ。しばらく、この城に逗留《とうりゅう》なされるがよい」

誠之助もいきがかり上、承諾せざるを得なかった。

宴はその夜、大広間に木造家の主立《おもだ》った家臣たちを集めて開かれた。

折しも満月で、庭の藤《ふじ》が花盛りだった。

姫が無事に戻ったこともあって、宴は初めから賑《にぎ》やかに進んだ。

途中で冬姫が現われ、誠之助に酒の酌《しゃく》をしたことで、羨望の眼差《まなざ》しが集中した。

「これこれ、嫁入り前の娘が、はしたない真似《まね》をするではない」

具政がその場の雰囲気を和《やわ》らげるため、笑顔でたしなめた。

冬姫は不満げに、

「命の恩人にこれぐらいのことをするのは、当たり前ではございませぬか」

と、言い返した。

具政が言い返せずにいると、一同がどっと笑った。

ただ、下座《しもざ》にいる若侍だけが笑わなかった。

大河内市之進《おおこうちいちのしん》という名の若者である。

（からんでくるな）

誠之助の予感は当たった。

はたして市之進は大酔したふりをして、誠之助の眼前にどっかと腰を下ろした。

「望月殿は村上義清公のご家臣だったと伺ったが」

市之進は、にらみつけるようにして言った。

「いかにも」

「川中島の合戦にも出陣されたそうな」

「左様でござる」

「川中島の合戦と申せば、武田信玄、上杉輝虎《てるとら》の両雄が、正面からぶつかり合った、当代《とうだい》無双《むそう》、前代未聞《ぜんだいみもん》の大合戦でござる。後学のために、ぜひとも戦話《いくさばなし》をお伺いしたい」

「これ、よさぬか、市之進。ご客人に対して無礼であろうぞ」

具政がたしなめたが、市之進はますます声を張り上げて、

「何が無礼でござるか。武士として、日頃武辺《ぶへん》を心掛ける者として、戦話を聞かんとするのは当然のこと。そうでござろう、望月殿」

「貴殿の申す通りだな」

誠之助は平静である。

「では、お話しくだされ。そもそも、川中島で望月殿は首級《しゆきゆう》をいくつ取られたのか」

市之進は問い詰めるように言った。

「首の数は問題ではない」

盃《さかずき》を置いて誠之助は言った。

「これはしたり、首級を数多く挙《あ》げることこそ、武士の誉《ほま》れ、功名《こうみよう》と申すものではございませぬか」

「あの合戦では、総大将の上杉殿が、首は取るな、突き捨てにせよと、厳しく命ぜられたのでござる。それゆえ、全軍総引き揚げの下知《げち》が出るまでは、首を取る者はおらなんだ」

「何故《なにゆえ》、そのような下知を」

「急いだからだ」

誠之助は一同を見渡して、

「あの合戦はご存知の方もおられようが、武田が軍勢を二手に分け、わが軍を挟撃せんとしたのを上杉殿が看破され、逆に手薄な本陣に奇襲をかけた。ぐずぐずすれば武田の別働隊が戻って来て本当の挟《はさ》み撃ちになる。それゆえ、上杉殿は本隊の旗本まで繰《く》り出して強襲したのでござる。それゆえ首などいちいち取っている暇はない」

「されど、上杉勢は追い討ちをかけられ、首を奪い返されたと聞き及びましたが」

重臣の所主馬《ところしゅめ》という男だった。

要するに、首を取り返されたということは、首を取っていたということではないか、というのだろう。

「それは、今も申した通り、総引き揚げの下知が出るに及び、にわかに功名の証拠を持ち帰りたいと思い至ったのでござろうな。その時、あわてて首を取った、あるいは、それ以前にも御《おん》大将の下知に反して、首を取っていた者がおったかもしれぬ。——この大河内殿が申す通り、首を挙げることこそ功名でござるからな」

誠之助の説明に一同は納得した。

首級を得るということは、自分がその者を討ち取ったということの証拠を取るということなのだ。そうしなければ乱軍の中、誰が誰を討ち取ったかということが、なかなかわかるものではない。いかに首を挙げるなと言われても、そうはいかない。本人がその言いつけを守っても、郎党《ろうとう》や小者《こもの》が死体から勝手に切り取ることもある。もちろん主人のためを思ってのことである。

「では、望月殿は敵を討ち取られたが、首級はあえて挙げなかったと申されるのだな」

「いかにも」

「では、どのような敵を討ち取られたのだ」

露骨な訊き方は、この時代の武士としては珍しいことではなかった。

しかし、その奥にはどうも反感があるように思えた。

「あまり覚えてはおらぬ。いちいち名を聞くゆとりもなかった。ただ一人だけ顔見知りの者がいたが、これとて証拠のあることではない」

「その者の名は?」

誠之助はためらった。

通常は名のある武者を討ち取れば、その証拠に首を持参する。その首は目付《めつけ》によって首《くび》帳《ちょう》に記載され、主君から褒賞《ほうしょう》が与えられる。後日の証拠として感状《かんじょう》が出ることもある。それを何枚も持っていれば、他家への仕官の時も有利なのだが、川中島については誠之助の武功を証拠立てる物がない。

だから勝手な法螺《ほら》話だと思われる恐れもある。

しかし、誠之助は正直に言った。

「山本勘助《やまもとかんすけ》と申す者にござる」

一同から驚きの声が上がった。

「山本勘助と申さば信玄の知恵袋にして、神算鬼謀《しんさんきぼう》の軍師と聞いておるが、その勘助のことか」

具政が言った。

誠之助はうなずいた。

「仰せの如《ごと》くでござる」

一同は半ば感嘆し、半ば誠之助の言を疑っていた。

特に、市之進は疑っている。

確かに証拠のあることではないから、他の者が勘助を討ち取ったと広言しても、誠之助ですら反駁《はんばく》の方法がない。そういう意味では疑われても仕方がなかった。

「では、望月殿は山本勘助を討ち取るという大功《たいこう》を立てながら、なにゆえ村上家を致仕されたのでござる」

「市之進、言葉が過ぎましょうぞ」

冬姫が怒った。

しかし、市之進は首を振り、

「これはぜひともお伺いしたいことでござる。戦についてわからぬことがあれば、後に残すな、必ずその場にて老功の武者に尋ねよと、殿も常々申されております」

「それとこれとは――」

「いや、姫、お待ちくだされ」

誠之助は手を上げて制止し、

「大河内殿の言、いかにももっとも。さればお答えしよう。拙者が村上家を致仕致したのは、一つはおのれの身を恥じたからだ」

「恥？　しかし、望月殿は大功を」

「その前に当方からお尋ねしよう。大河内殿も敵の首級を挙げたことは何度かござろう」

「いささか」

「しかし、大河内殿も旗本のお一人、旗本とは常に殿のお側《そば》近くにあり、殿の御身《おんみ》を守る務めもあるはず」

「もとより当然のことでござる」

市之進の答えに、誠之助は苦《にが》い顔で、

「その務めを、われは果たせなんだ」

「――？」

「今にして思えば、拙者はあまりにも敵のことばかり、総大将の信玄を追い詰めること、その首を挙げることばかりを考え過ぎておった。そのことのみに気を取られ、気が付くと、殿は敵の、山本隊の放った矢に首根《くびね》を貫《つらぬ》かれ落馬されていた」

一同は息を呑《の》んだ。

誠之助は後を続けて、

「拙者は修羅《しゅら》の鬼と化した。鬼と化し、山本勘助を討ち取った。しかし、それだけのことだ。汚名《おめい》は消えぬ」

「望月殿、貴殿はそう言われるが、川中島の合戦にて村上殿が落命されたとは聞き及ばぬが」

具政が不思議そうに言った。

「いかにも、矢は、血の道をはずれ、殿は九死に一生を得たのでござる。しかし、それはただ生き長らえたというだけのこと。武将としての村上義清殿は、既にこの世におられませぬ」

「わからぬな、どういうことじゃ」

誠之助は寂《さび》しげに微笑し、

「およそ九死に一生を得た者は、その後ふた通りに生きるようでござる。一つは死を恐れぬ不屈の武者となる。いま一つは、二度と戦場《いくさば》には出ず、ただただ生き長らえることのみ願う者となる。――おわかりでござろう」

「なるほど。そうか、村上殿はそうなられたか」

「ならばなおのこと、村上家に留まって、その将来を見届けるのが当然ではござりませぬか」

なじるように市之進が言った。

「あるいはそうすべきだったかもしれぬ。だが、拙者はもともと村上家の譜代《ふだい》の臣ではない。村上家に随身《ずいじん》したのは大望を果たすためでござる。その大望を果たすことのできぬ村上家に、これ以上留まっても仕方がないと思い定めたのでござる」

「ほう、大望でござるか、その大望とは何でござろう」

それまで黙って聞いていた安本民部が、初めて口を出した。

「武田信玄の首を取ることでござる」

てらいもためらいもなく誠之助が言ったので、一同は驚きの声を上げた。

「信玄の――、いや、それはまさに大望じゃな。しかし、それではこの――」

と、民部は言いかけて途中でやめた。

誠之助は敏感にそれを察して、

「なぜ、このあたりにおるのかと申されるのだな。それは拙者とてこの身ひとりで信玄を討てるとは思っておらぬ。それに拙者の大望とは信玄ひとりの首を挙げることだけではない」

「では、そのうえ何を？」

「武田家というものをこの世から滅ぼしてしまいたいのだ。そのためには、拙者ひとりの力では叶《かな》わぬこと。それゆえ、武田家を敵とする大名、いや、武田家に勝ち、これを滅ぼさんとする大名に、仕官したい。禄《ろく》などいくらでもよい。ただ、いつの日にか、甲斐《かい》へ攻め入る軍勢の先鋒として、その一手に加えられれば本望だ」

誠之助が思いの丈《たけ》をぶちまけると、一同はしいんとなった。

しばらく続いた沈黙は、具政によって破られた。

「望月殿、お伺いしてもよろしいか。何故にそこまで武田家を憎まれるのか」

一同の視線が再び誠之助に集中した。

「拙者、生国は諏訪、もとは諏訪大社の大祝《おおはふり》を務め、諏訪の領主でもある諏訪頼重《よりしげ》様の家臣でござった」

誠之助は一語一語嚙み締めるように言った。

「諏訪は平和な国でござった。領主頼重公は、諏訪の民から慕《した》われ、美紗《みさ》姫と申される、まるで宝玉のような、それはそれは美しい姫様と共に、諏訪の誇りでもございました。それが、ある日、あの信玄の手によって何もかもが壊《こわ》されてしまったのでござる」

「おお、思い出したぞ。もう二十年以上も昔のことではないか。確か、諏訪の頼重殿は腹を召されたとか」

具政が言った。

「左様、信玄に言葉巧みに乗せられて、甲府《こうふ》の寺で無理やりさせられたのでござる。そのうえ、信玄めはあろうことか姫を奪い、おのれの後室に入れたのでござる」

誠之助は昔の光景が目に浮かび、血が逆流する思いだった。

「当時、まだ拙者は元服《げんぷく》を済ませたばかり、主家の危急を救うどころか、姫の御身をお守りすることすら、できませなんだ。この誠之助、生涯の悔《く》いはそのことでござる」

「その姫とはもしや、諏訪四郎勝頼《しろうかつより》殿の？」

具政の問いに、誠之助は一瞬沈黙した。

四郎勝頼は、信玄が美紗姫に生ませた子である。

「——母御《ははご》でござる」

呻《うめ》くように誠之助は答えた。

「左様か」

具政はこれ以上聞くにしのびなかった。

4

誠之助は一人、月を見ていた。

久しぶりに昔のことを思い出し、眠れなくなったのである。

木造城の庭は、池を中心に様々な花を植えた、見応《みごた》えのある庭だった。

池の水面を見ながら、誠之助は故郷の諏訪の湖のことを思い出していた。

あの湖を離れてから、もう何年になるだろう。本当に帰れる日がくるのだろうか。

「誠之助様」

背後から声がしたので、振り返るとそこには冬姫がいた。

「姫」

「何をしておいでになったのです?」

「姫こそ、このような夜更《よふ》けに何をされておられます」

「あまりに月が美しいので」

「風流も結構だが、うかうかすると人さらいにさらわれますぞ」

誠之助は呆《あき》れて言った。

冬姫は笑みを浮かべて、

「その時は、また誠之助様がお助けくださいますもの」

「それは――、助けられるものなら、助けも致しましょうが」

「まあ、嬉しい」

冬姫は全身で喜びを表わすと、

「誠之助様、あなた様が何をお考えになっていたのか、当ててみましょうか」

「――」

「諏訪の姫様のことですね。そうでしょう」

誠之助は困って視線をはずした。

「ほら、当たった。よほどお美しい姫様だったのでしょうね。何年も忘れられないほど」

「――そうかもしれませぬ」

「まあ、はっきりとおっしゃること」

冬姫は口をとがらせて、

「そのようなこと、ずけずけとおっしゃるものではありません。目の前のわたくしはどうなるのです」

「は?」

誠之助はわけがわからず言った。

「そういう時は、こう言うものです。いえ、姫様ほどではございませぬとか、姫様のほうがずっとお美しいとか」

それを聞いて誠之助は笑った。

「何が、おかしいのです」

「いや、確かに姫はお美しい」

笑いながら誠之助は言った。

「本当に？」

「ええ、これまでお会いした女人《にょにん》のうちで五本の指に入ります」

「三本の指」

冬姫はすぐに言い返した。

「はは、そうですな。三本の指にしておきましょう」

子供だな、と誠之助は思った。

だが、そう思ったことは、すぐに冬姫にもわかったらしい。

「わたくしはもう子供ではありません」

「姫様、わたしはそのようなことは一言も申し上げていませんよ」

「言わなくてもわかります。その顔を見れば」

「姫、わたしをいくつだとお思いです。姫の父親でもおかしくない年なのです」

「うそ」

「本当です。来年は四十二《やく》ですからな」

冬姫は目を見張った。

誠之助はせいぜい三十五、六にしか見えない。

「さあ、もうお休みなさい。父が娘に言うのです。誰か気付いたら大騒ぎになりますよ」

それは本当だった。

なにしろ今日拐かされたばかりなのだ。寝所にいないことに誰か気が付いたら、城中が蜂《はち》の巣を突ついたようになるだろう。

冬姫は誠之助をにらみつけた。

「一言申し上げてよろしいかしら」

「どうぞ」

「望月様なんて、大嫌い」

そう言って冬姫は踵《きびす》を返した。

誠之助はひとり苦笑した。

こんな、のどかな気持ちになったのは、何年ぶりのことだろう。

それだけでも、この城に来てよかったと誠之助は思った。

5

翌日の午後、誠之助は具政に呼ばれた。

誠之助は、暇《いとま》を告げるちょうどいい折だと考えた。

これ以上ここにいては情が移る。

大望のためには、去る他はない。

「わしはそなたを百貫《かん》で召し抱えようかと思っておった」

具政は切り出した。

誠之助が何か言いかけると、具政はそれを制して、

「いや、わかっておる。そなたの志《こころざし》は、昨日の話でよくわかった。そこで、それを踏まえたうえで申すのだがな、そなたに引き合わせたい人物がおるのじゃ」

「どなたです」

怪訝《けげん》な顔で誠之助は尋ねた。

「名は申せぬ。だが、そなたの大望に関わりある人物とだけ、申しておこう。どうじゃ、会ってみる気はないか」

「はあ」

い。

誠之助は返事に困った。

大望に関わりある人物などと言われても、どういうことなのか、さっぱり見当がつかない。

誠之助の望みはあくまで武田討滅にある。

そんなことに関わりのある人物が、この平穏な伊勢国にいるのだろうか。

(北畠は武田とは一切関係がない。だが、他に誰がいるというのだ)

木造氏は北畠家の重臣である。当然、北畠を通じての関わりということになるが、誠之助はまったく見当がつけられなかった。

「どうじゃな、会ってみて、それでそなたの心が動かぬなら仕方がない。それでよいから、このわしの顔を立てて、会ってくださらぬか」

一城の主にこうまで言われては、誠之助も断わるわけにはいかなかった。

「では、お会い致しましょう。ただし、話を聞いてどうするかは、その時また決めさせて頂きます」

「おう、それでよい、それでよいのじゃ」

具政は喜色を満面に浮かべ、近習《きんじゅ》の一人に命じた。

「望月殿をご案内致せ」

「かしこまりました」

近習は先に立って広間を出た。厩《うまや》で馬に乗ると、城を出て村の中にある寺に入った。

近習は誠之助を方丈《ほうじょう》に案内すると、

「ここでお待ちくだされ。すぐに参られます」

と、襖《ふすま》を閉めて去った。

誠之助はあたりを見回した。

比較的新しい建物である。奥に小さな仏が祭られている。本堂ではないので、これで充分なのだろう。

(どんな奴が来る。あるいは坊主か)

誠之助の予想は完全にはずれた。

目の前の床板が突然上に向かって跳ね上がり、床下から黒装束《しょうぞく》の男が出現した。

男は床に飛び上がると同時に、背中に背負った刀を抜いた。

(忍びか――)

誠之助は飛び下がって、太刀を抜き放った。

忍者はいきなり上段から斬りつけてきた。

誠之助はそれを正面から受け止め、急に力を抜いて左へ回った。

忍者は勢い余ってたたらを踏んだ。

誠之助はすかさずその背に、必殺の太刀を浴びせた。

（仕留めた）

そう思ったのも束《つか》の間《ま》だった。

忍者は床に伏せると、まるで坂を転がる俵《たわら》のようにするすると誠之助の刃先を逃れた。

気が付くと忍者は上座《かみざ》に立っている。

「おのれ」

斬りかかろうとすると、忍者は一喝《いっかつ》した。

「待った」

「何が、待っただ」

「いや、失礼致した。貴殿の腕を試そうと、この儀に及んだのでござる」

そう言って忍者は太刀を背中の鞘《さや》に納め、覆面をはずした。

「木造殿が会えと申されたのは、拙者のことでござる」

誠之助は油断なく太刀を構えていた。

相手は忍びだ。迂闊に信じるとこちらがやられる。

「信じてくださらぬかのう」

忍者は刀の下緒《さげお》の結び目をほどき、背負った刀を右手ではずし、体の右側に置いてどっかりと腰を下ろした。これは害意のないしるしである。右利《き》きの者が刀を抜くためには、左手で持ち左側に置かねばならぬ。

しかし、相手は忍びである。武士ならば、そういう動作をした以上、こちらも刀を納めねばならぬのだが、誠之助は相変わらず太刀を構えたままだ。

「何者だ」

「木造殿から聞いておりませぬかな」

「名は申せぬ、と仰せられた」

「なるほど、それは用心のいいことじゃ」

男は笑みを浮かべた。

眉《まゆ》が薄く、唇も薄い。目も細いが、笑うとどことなく愛敬《あいきょう》のある顔であった。

(騙《だま》されぬぞ)

誠之助は思った。

そういう微笑に裏があることを、これまで数々思い知らされている。

男は居ずまいを正した。

「しからば、お名乗り申そう。拙者、織田弾正忠《だんじょうのちゅう》信長が家臣にて、滝川彦右衛門一益《たきがわひこえもんかずます》と申す者、見知り置かれたい」

「なんと、織田家の家臣と申されるか」

誠之助はわからなくなった。

北畠家と織田家は敵同士なのである。だとしたら、北畠家の重臣である木造家も当然織田とは敵同士のはずである。

（一体、どうなっているのだ。具政殿が会えと言ったのは、確かにこの滝川一益なのか）

誠之助は困惑の表情を浮かべた。

6

「おわかりにならぬかな」

滝川は笑みを浮かべている。

誠之助は、混乱した考えをまとめるのに、少し時を要した。

敵であるはずの織田と木造が、こうして裏でつながっているとは。

（裏切りか――）

ようやく誠之助は思い至った。

滝川は敏感にそれを察して、

「どうやら、お察し頂けたようでござるな。左様、ご推察の通り。木造殿はいまや織田家と共にある」

誠之助はふうっと息を吐き、体の緊張を緩《ゆる》めると、刀を鞘に納めた。

滝川は手を打って、

「おお、得心《とくしん》がいかれたようだな。まあ、お座りくださらぬかな」

誠之助は、滝川と向かい合わせに腰を下ろした。

「貴殿のことは、木造殿から聞いておる。望月殿でござったな」

「望月誠之助実高《さねたか》でござる」

誠之助はぶっきらぼうに名乗った。

正式の名乗りをするなど、何年ぶりのことだろう。

「いや、拙者は織田弾正忠信長様配下にて――」

「滝川彦右衛門一益殿であったな。二度名乗られるには及ばぬ」

誠之助は機嫌が悪い。

滝川は別に嫌な顔もせずに訊いた。

「望月殿は、諏訪のお生まれとか」

「左様」

「拙者は甲賀《こうが》でござる。あるいはご存知かもしれぬが、そもそも望月氏というのは甲賀発祥でな。拙者の縁者にも望月姓を名乗る者がおる。われらは同族と言ってもよろしかろう。いや、めでたいことじゃ」

「滝川殿」

誠之助はいらいらして、

「用件を伺いたい。拙者は物見遊山《ものみゆさん》で参ったのではござらぬ」

滝川はうなずいた。

「よろしかろう。では、申し上げる。望月殿、わが織田家に仕官なされるおつもりはござらぬかな」

誠之助は驚いて滝川を見た。

滝川は笑みを消し、極《きわ》めて真面目《まじめ》な顔をしている。

「滝川殿、なぜ、この拙者を？」

誠之助は尋ねた。

「織田家でも人を求めておる。貴殿のような、物の役に立つ侍は一人でも欲しいところだ。あっいや、いや、むろん、侍なら誰でもいいというのではない。特に、貴殿が欲しいのじゃ。われらは武田のことなら何でも知りたいのでな」

「滝川殿、拙者は大望を抱く身でござれば――」

「あ、ああ、それもわかっておる」

「――？」

「貴殿は、武田信玄の首を取ることを、生涯の念願とされておる。存じておる。そのために武田と雌雄を決する家に仕えたい、それもわかっておる。では、わが織田家に仕えなされ。それより他に信玄を倒す道などありませんぞ」

「織田殿は武田家と雌雄を決する覚悟がおありなのか」

「むろん、ござる」

（嘘だ）

誠之助はそう思った。

織田家と武田家の関係は、現在のところ決して悪くない。

信長は毎年数回、甲斐の信玄のもとへ大量の音物《いんもつ》を贈っている。そして、信長の長男奇《き》妙丸《みょうまる》と、信玄の末娘松《まつ》姫との婚約も既に成《な》っている。婚儀はまだ先のことだが、武田と織田は縁者になる。

「いかがなされた」

滝川は、誠之助の表情の変化に気付いた。

誠之助は素直に言った。

「滝川殿、織田殿は武田と事を構えるどころか、縁《えにし》を結ぼうとさえしておられるではないか」

「あははは、これは望月殿のような老練な武者のお言葉とも思えませぬな」

滝川は大口を開けて笑った。

「何と申される」

誠之助はむっとして言った。

「これは失礼致した。されど、この乱世に縁を結ぶなどは所詮《しょせん》方便に過ぎぬ。言ってみれば、一時しのぎ、その場限りのこと」

滝川は表情を引き締めて、

「――わが殿、織田信長様は、いずれ天下を取られる。武田信玄殿がわが殿の家来になるなら、それもよし、御首級《みしるし》まで頂こうとは思わぬ。だが、信玄殿はそうなされますかな」

誠之助の表情は、怒りから驚きに変わった。

今まで、これほど明確に天下を取ると言った者はいない。それに武田を敵とするということも。

あの信玄が、自ら天下を取ろうとしている武田信玄が、信長の家来などになるはずがない。

(織田と武田は、将来必ずぶつかり合うということか)

「左様」

まるで誠之助の心の中を見透《みす》かしたように、滝川はうなずいて見せて、

「一度、わが殿に会っては頂けぬか、望月殿。織田信長公と申される御方は、並みの人物ではござらぬぞ。この滝川一益、一命を捧《ささ》げて悔いなしと思う。また、そう思わせる御方でござる。いかがであろう、望月殿」

熱誠を込めて説く滝川に、誠之助はしだいに気持ちが動かされていく自分を感じてい

た。

（織田信長、どんな男か）

誠之助は、今この場からでも岐阜に行き、信長に会ってみたいとすら思った。

駿河《するが》争奪

1

武田信玄は兵一万八千と共に、駿河国興津《おきつ》にいた。

相模《さがみ》の北条氏政《うじまさ》の大軍と対峙《たいじ》すること、既に九十日である。

（さて、どうするか）

信玄の悩みは、これから軍をどう動かすかにある。

昨年、永禄十一年冬、信玄は念願の駿河侵攻を果たした。駿河は気候温暖の肥沃《ひよく》の地であり、何よりも海に面している。海は豊富な産物を生み出すだけではない、交易の利もある。海さえあれば、大量の荷を極《きわ》めて容易に運ぶこともできる。

甲斐・信濃という信玄の二つの領国は海がない。天下制覇を目指す武田家にとって、海のある国は喉《のど》から手が出るほど欲しいものであった。

初め信玄は諦《あきら》めていた。駿河・遠江の二カ国を治める今川家、相模・伊豆《いず》の二カ国を治める北条家、ともに強大であり、当主の今川義元、北条氏康《うじやす》ともに馬鹿ではない。武田が海に出るには、この両家を攻めるしかないのだが、信濃を奪う前の武田家にはとてもその力はなかった。

やむなく信玄は、軍師山本勘助の勧《すす》めに従い、今川、北条両家と婚姻政策によって同盟を結んだ。信玄の娘が北条氏康の子氏政に嫁《とつ》ぎ、氏康の娘が今川義元の子氏真《うじざね》に、義元の娘が信玄の子義信《よしのぶ》に嫁ぐという形での三国同盟である。

この同盟のおかげで信玄は、今川、北条という大敵ととりあえず和を保ち、信濃攻略及び、上杉輝虎との決戦に専念することができた。だが、海道へ出て都へ進むという選択は失われてしまった。

それでも信玄は、首尾よく大国信濃を手中に収めた。後は内陸伝いに都を目指すことになろう。そう思っていた矢先に、ひと足先に京を目指した今川義元が尾張田楽狭間《でんがくはざま》で織田信長に討ち取られた。

信玄にとってなんという幸運だったろう。

第一に、義元の後継者氏真は暗愚である。この戦国乱世に朝から晩まで蹴鞠《けまり》しかしない、という、極めつきの愚《おろ》か者である。義元ならば手強《てごわ》いが氏真など、信玄にとっては赤子の手をひねるようなものだ。

第二に、義元を討ち取った信長が、駿河という国にはそんなに関心を示さなかった。信長は東より西へ進みたがった。もちろん上洛を果たすためである。

いわば駿河、それに遠江の二ヵ国は、番人のいない宝の山のようなものとなったのだ。後はそれを誰が手に入れるか、だ。

当然、信玄は名乗りを上げた。

信濃を手に入れ国力を充実させた信玄としては、今度は海のある国がどうしても欲しい。

信濃と駿河、この二ヵ国を併《あわ》せ持てば、天下を制するのも夢ではないからだ。

信玄は周到な準備を重ねた。

唯一の障害は、長男の、今川から嫁を貰っている義信が、駿河侵攻に強硬に反対したことだ。

結局、義信には腹を切らせた。

後継ぎには諏訪の美紗姫が生んだ勝頼がいる。この勝頼に織田家から嫁を迎え、凡庸《ぼんよう》な君主に将来の不安を感じている今川家の重臣を、切り崩すだけ切り崩し、信玄は駿河に侵攻した。

朝比奈《あさひな》、瀬名《せな》、葛山《かつらやま》といった今川重臣の相次ぐ裏切りによって、合戦らしい合戦もなく、武田家は駿府《すんぷ》に入った。

今川氏真は呆《あき》れたことに、今川の主城たる駿府城を捨てて遠江掛川《かけがわ》城へ逃げた。

信玄は、血を流すことなく駿府城へ入城した。

ここまではよかった。

しかし、信玄のやったことは同盟破りであり、背信行為である。

少なくとも北条氏康はそう判断した。

そして長男氏政に四万の大軍を授《さず》けて、今川家救援に向かわせたのである。

しかも、氏政に嫁いでいた信玄の娘高《こう》姫は、離縁され送り返されてきた。

久しぶりに会った娘の、恨《うら》みの籠《こ》もった視線を信玄は忘れられない。高姫は氏政と六人の子を生《な》していたのに、生木《なまき》を裂《さ》くように別れさせられたのだ。

すべては父のため、父の駿河を奪うという野望のためである。

信玄は駿河欲しさに、長男義信を殺し、今また娘の幸福を奪った。

それだからこそ、是《ぜ》が非《ひ》でもこの国は欲しいところだ。

それなのにそうはさせじと北条氏康が大軍を送ってきたのである。

（さて、どうする）

信玄はこの九十日間、何度も同じ台詞《せりふ》を繰り返していたような気がする。

北条軍の軍勢は四万、こちらは一万八千、敵は倍以上だ。もっとも、相模の兵はあまり強くない。充分に対抗できる。

できない。

ただし、ここに釘付けされたら困ることがある。

武田軍の主体は徴発された百姓兵だ。

この者どもを田植えの時期までに本国へ帰したい。そうしないと秋の刈り入れに影響が出る。甲斐も信濃も、国力の基礎は稲作である。その生産量を減らすようなことは断じてできない。

それが信玄の辛《つら》いところであった。

みすみす宝の山を放棄して引き揚げるしかないのか。留《とど》まれば、もう一つまずいことがある。それは、この駿河の混乱に乗じて、ひょっとしてあの上杉輝虎が再び信濃を侵《おか》さないかという不安である。

(勘助なら、どうするか)

信玄はないものねだりをした。

こんな時に、死んだ山本勘助がいてくれれば、苦境を乗り切る知恵を出してくれたかもしれない。

勘助なき今、武田家軍師の座は空白である。

その謀略の才を継ぐ者としては、真田幸隆《さなだゆきたか》がいるが、やはり勘助と比べると見劣りする。

むしろ信玄は、勘助が目をかけて育て上げた源五郎《げんごろう》に期待している。

源五郎――高坂弾正《こうさかだんじょうの》忠昌信《じょうまさのぶ》である。

川中島の合戦以来、源五郎は対上杉の最前線信濃海津城《かいづ》にある。その城主に抜擢《ばってき》したのだ。

北の最前線である海津と、南の最前線である興津。武田家の版図《はんと》が拡大するにつれて、有能な将は各地に散らばっている。

できれば源五郎か真田幸隆のどちらかを側《そば》近く置いて、いろいろと知恵を出してもらいたいものだが、それもできない。

真田には甲府の留守居役を命じてある。

本軍が他国で戦う際には、よほどしっかりした者でなくては留守を任せられない。海津城においてもしかり。武田家には勇猛な武者は、それこそ息子の勝頼を筆頭に数限りなくいるが、謀略の才がある者と言えばせいぜいこの二人、後は勘助が晩年に目をかけた山県《やまがた》昌景《まさかげ》ぐらいのものだ。こういう武者は、一騎当千《いっきとうせん》どころか十万の兵に匹敵《ひってき》するとすら、信玄は考えている。

「高坂殿が参られました」

近習が知らせてきた。

「おう、参ったか」

信玄は、坊主頭を撫《な》でて顔をほころばせた。

障子《しょうじ》を開けて廊下に出た。

ここは、武田軍が臨時の本営にしている寺である。

「あちらの小座敷で会う」

「は？」

信玄の言葉に近習は妙な顔をした。

引見するなら広い本堂ではないのか。

「よいのだ、久しぶりに碁《ご》でも囲もうと思ってな」

それは本心ではなかった。

本当は碁などよりもっと深い楽しみがある。

石を取るより、国を取ることである。

五十にあと一歩で届くという年になって、信玄は世の中にこれほど面白《おもしろ》いことがあったのかと思う。

そして、その話し相手は今のところ源五郎しかいない。

信玄が小座敷に入っていくと、源五郎は既に座っていた。

「お屋形《やかた》様、お久しゅうござる」

「元気そうじゃな」

信玄は上座に着いた。

水もしたたる美男とは、源五郎のことを言うのだろう。甲信二カ国合わせても、これだけの美男はいないというのが、巷《ちまた》の噂である。

これだけの美貌ながら、妻がいないというのも、源五郎の名を高くしていた。海津城主という重職を務めるほどの侍が、妻を一人も持たないというのは極めて珍しいことだ。

「どうした、まだ子は作らぬか」

信玄はからかった。

源五郎は少しむっとした顔で、

「作りませぬ」

「作らねば、高坂の家はどうなる？」

「甥《おい》の惣次郎《そうじろう》に継がせます」

「なぜ、それほどまでにする。子を作るのも奉公の大事じゃぞ」

信玄の言葉に嘘はない。

高坂家は、いまや武田を支える重要な柱の一つである。当主が男子を多く持てばそれは武田の戦力になる。

「お屋形様は、そのような用件で、拙者をお呼びなされたのか」

源五郎は言った。

信玄は苦笑すると、

「わかっておろう、今のわしの立場が。そなたの知恵を借りようと思って呼んだのじゃ」

「お貸しする知恵などございませぬ」

源五郎はまだむくれていた。

「ないはずがあるまい」

信玄はむしろなだめるように言った。

「いえ、お屋形様の胸の内におありになることを、そのまま行なわれればよろしゅうござる。この昌信の出る幕はありませぬ」

「わしの胸の内?」

信玄はとぼけた。

実のところ、考えていることはないでもない。ただ、それが最善かどうか、誰かの意見を聞きたくて、遠く海津にある源五郎をわざわざ呼び寄せたのである。

「わからぬな、その方の考えをまず申してみよ」

信玄は言った。

源五郎はうなずくと、懐《ふところ》から地図を出した。

甲・信・駿・遠・相の五カ国を中心とした地図である。

本国甲斐が中央にある。

その北には上野《こうずけ》、越後《えちご》があり、東に武蔵《むさし》、相模がある。西には信濃があり、南には伊豆、駿河、遠江がある。さらにその西には徳川家康の領国三河《みかわ》が、そして織田信長の尾張がある。

このうち甲斐と信濃が信玄の領国である。これに今回新たに駿河が加わったが、これは完全に手中にしたとは言いがたい。

主城の駿府城は手に入れたものの、元の国主の今川氏真は隣りの遠江に逃げ、その主城の掛川城に立て籠もっている。

これを援助するために、東側の相模小田原《おだわら》城から北条の大軍がやって来た。

そして信玄の軍と、この正月から、もう九十日もにらみ合いを続けているのである。

「わが武田としては、どうしてもこの駿河が欲しい。いや、あわよくば氏真殿を追い払い、遠江まで手に入れたい。しかし、北条殿がその邪魔をする。さてと、どうすればよいのか、ということでござるな」

源五郎の言い草に、信玄は苦笑を禁じ得なかった。

（こやつ、物言いまで勘助そっくりになってきおったわい）

源五郎が妙な顔で信玄を見た。

信玄はあわてて真顔《まがお》になり、

「そちの申す通りじゃ。で、どうすればよいと思う」

「お屋形様のお考えの通り――」

「だから、それを申せと、申しておるのじゃ」

焦《じ》れったそうに信玄は言った。

源五郎は居ずまいを正して、一言《ひとこと》答えた。

「引き揚げでござる」

「引き揚げ？　この駿河を捨てよ、と申すか」

信玄は目を剝《む》いた。

「いかにも」

「理由《わけ》を申せ」

「自明のことでござる。わが軍勢は百姓の力に頼ること大きく、他国に長きにわたって滞陣すること叶《かな》いませぬ。このまま駿河惜しさに居座れば、今年の米はろくろく穫《と》れず、わが国の力はいたく損耗致しまする。そればかりでなく、武田本軍の留守を狙って越後や上野の敵が動き出すやもしれませぬ。駿河も惜しゅうはござるが、甲信両国を固めてこその他国取り。このままでは元も子も失うということになりかねませぬ」

「――やはり、そうか」

信玄の思いも実は同じだった。

もはや四月も半ばを過ぎている。田植えのことを考えれば、引き揚げる他はない。働き手を奪われた田畑は、相当荒れているはずだ。しかし、今ならまだ間に合う。

だが、せっかく手に入れたこの駿河を、むざむざ敵の手に渡すのは、あまりにも無念である。

この国を得たいがために、長男を殺し娘を犠牲にし、大国北条を敵に回すという危険を冒《おか》したのだ。引き揚げてしまえば、それが一切無になる。いや、無になるだけならよいが、北条を敵に回すという、極めて不利な結果だけは残るのである。

それでも、やはり甲斐に戻るしかないのだろうか。

(あの阿呆《あほう》の氏真めに、これほど手こずるとは)

それが第一の誤算であった。

駿河に侵攻した時、駿・遠二カ国の太守《たいしゅ》今川氏真は、一戦も交えず駿府城を捨てて逃げた。阿呆はどうしようもないものだと、国中の者が笑ったが、今にしてみると氏真の処置は悪くなかったのである。

というのは、もし氏真が駿府城に立て籠もったとしたら、とうの昔に信玄は城を落として今川家を滅亡させていただろう。そして今川家が完全に滅亡してしまったら、駿・遠両国の主《あるじ》は自動的に信玄になる。それが乱世の掟《おきて》でもある。

今川の家臣どもも、主なしでは済まされないから、当然続々と武田の傘下に入ったにちがいない。雨降って地固まるの喩《たと》え通りになったはずだ。

ところが、氏真は逃げた。

結果において今川家は滅亡しなかった。

しかも遠江という一ヵ国が残り、その主城掛川城に氏真はいる。同盟国のよしみで北条はこれを援助している。

だからまずいのである。

氏真は命惜しさに逃げたにちがいない。あの阿呆が策など考えずに実行したことが、結果において、駿河の武田軍を、東の相模の北条軍と、西の遠江の今川軍が挟撃する形を生み出したのである。

武田軍はこの両軍を一挙に撃破する力はない。北条軍にかかればその背後を今川軍に突かれるだろう。かといって今川を完全に滅亡させるために掛川城を攻めれば、今度は北条軍に背後を突かれるばかりでなく、甲斐への逃げ道すら塞《ふさ》がれる恐れがある。武田軍は他国での持久戦には耐えられない。だからこそ、この九十日間、信玄は動くに動けず、また北条軍も持久戦法を取った。北条氏政も利口な男ではないが、北条にはその父氏康が健在なのである。

「退《ひ》くより他ないか」

信玄は諦めの口調で言った。

何とも惜しい。

信玄にも、退くより他にないことはよくわかっていた。源五郎の言う通り、それは『自明の理』なのである。

しかし、あまりにも無念である。

こんな無念なことをするより他に、本当に方法はないのかと、そのことを確かめたくて源五郎を呼んだのだ。

しかし、源五郎の結論も同じだった。

信玄は嘆息した。

(もし、こんな時、勘助だったら、何かよい知恵を出してくれたにちがいない。やはり源五郎ではまだ無理か)

そういう信玄自身、いい知恵が浮かばないのだから仕方がない。

「総引き揚げの陣触《じんぶ》れを出すか。兵たちも喜ぶであろう」

それがせめてもの慰《なぐさ》めだった。

だが、それを聞いて源五郎は首を傾《かし》げた。

「はて、ご使者を出すのが先でございましょう」

信玄は思わぬ言葉に面食らって、

「何？　使者じゃと、どこへ出す？」

源五郎は微笑を浮かべて、

「おわかりかと存じましたが」

（こやつめ）

信玄は腹を立てた。

もっとも本気ではない。

こういうところも気味悪いほど勘助に似ていた。外見で言えば、勘助はむしろ醜悪な容貌であり、源五郎は美男である。

それでも両者は驚くほど似てきている。信玄はたまに、源五郎と勘助を混同することすらある。

「どこへ出すというのだ、源五郎」

「徳川殿でござる」

源五郎は平然として言った。

「家康じゃと」

「お屋形様、まさか、お屋形様はこの駿河をただ捨てていくおつもりではございませんでしょうな」

「駿府の城に兵でも残せと申すか」

信玄はそんなことをしても無駄だと思っている。

本軍が引き揚げる以上、駿府の城にわずかばかりの兵を残しても意味がない。そんなことをしても、今川と北条に寄ってたかって攻め滅ぼされる。

「左様なことは申しておりませぬ」

源五郎は一言の下《もと》に否定した。

「では、駿府城に火でもかけよ、と申すか」

それも一つの手ではあった。

駿府どころか、駿河国内の城すべてに火をかける。そうすれば敵は、また一から城造りをせねばならぬ。費用も人手もかかる。その間、守りは当然甘くなる。

だが、源五郎は、これにも首を振った。

「火をかけるならば、氏真の館《やかた》でございましょうな。城は無傷のままがよろしゅうござる」

「――？」

信玄はわけがわからなかった。

城は要塞であり、一種の兵器でもある。だが館は単なる住処《すみか》に過ぎない。そんなものに火をかけて何の得になるだろう。今後、再び駿河に攻め込むとして、邪魔になるのは城であって館ではない。

「源五郎、何のために、家康へ使者を出す？」

「この駿河を徳川殿に差し上げるためでござる」

まったく意外な源五郎の言葉に、信玄はわが耳を疑った。

2

「この駿河を家康めにくれてやるだと？」

信玄はあまりのことに怒るより、むしろ唖然《あぜん》とした。

「なぜだ。なぜ、そのようなことをせねばならぬ」

これが並みの家臣が相手なら、馬鹿なことを言うなと、一言の下に退けただろう。しかし、相手は源五郎だ。だからこそ信玄は訊《き》いた。

源五郎は微笑を浮かべている。

「損して得とれ、と口癖のように申されていた方がございましたな。つまるところ、それでござる」

それは亡《な》き勘助の言葉である。

「ええいっ、わかるように申せ」

信玄はしびれを切らした。

源五郎はうなずいて、

「そもそも、今日わが軍が苦境に陥《おちい》ったのは、今川氏真めのせいでござる。あの卑怯者が一戦も交えずして遠江へ逃げ、掛川城に籠もった。それゆえにわれらは腹背《ふくはい》に敵を受け、攻めるに攻められず動くに動けず、掌中《しょうちゅう》の玉を捨てざるを得なくなったのでござる」

「うむ」

「それゆえ、われらが第一に考えなければならぬことは、氏真めを何とか掛川から追い出すこと、これさえ叶えば、後はどうにでもなりまする」

「それができれば苦労はせぬ」

信玄はつぶやいた。

もし氏真がこの駿河に留まってくれたなら、信玄の駿河制覇は容易だったろう。たとえ駿府城に籠もられたとしても、甲斐と駿河は国境を接している。いつでも攻められる。それが一つ離れた遠江へ行ってしまった。これはまずい。一段奥に構えられると、武田軍は駿河において今川と北条に挟《はさ》み撃ちになってしまう。

だからこそ、怒りが込み上げてくる。阿呆が臆病ゆえにしたことが、結果的に最善の作戦となったのである。

もし、氏真が駿河に少しでも留まれば、遠江に逃げることもできなかったはずだ。以前から遠江を狙っていた徳川家康が混乱に乗じて掛川城を落としたにちがいない。

徳川家康。実は信玄が氏真の次に腹立たしいのはこの男である。

信玄が駿河を攻めている隙《すき》に、家康はまるで火事場泥棒のように遠江に侵入し、最も本国三河寄りの拠点浜松《はままつ》城を奪った。ならば、さらに東に兵を進めて掛川城まで攻めてくれれば、信玄も文句を言うつもりはない。家康が掛川城を落とし、今川家を滅ぼしてくれれば、信玄は腹背に敵を受けずに済むことになる。

ところが、小面憎《こづらにく》いことに、家康は遠江の西半分を固めるばかりで、さらに東へは進もうとしないのである。徳川と今川が掛川城で交戦すれば、あるいは信玄は北条軍を攻めることができたかもしれない。

いわば今日の状態を招いた責任の一端は、家康にもあるのだ。

その家康に、何も武田に利をもたらさぬ男に、どうして駿河一国をくれてやらねばならぬのか。

「お屋形様、この九十日の間に、何度か徳川殿へ使者を出されましたな」

「いかにも、出した」

信玄は認めた。家康だけでなく、その背後にいる信長にも出している。使者の口上はただ一つ、一刻も早く掛川城を攻めてほしいということだけだ。

だが、家康は重い腰を上げようとはしない。

「お屋形様の再三の要請にも拘《かか》わらず、徳川殿は掛川を攻めぬ。これはなぜでございましょうか?」

源五郎は微笑を含んだまま問うた。

「――」

「徳川殿は間抜けなのでござりましょうか？」

そう言われて、初めて信玄はそのことを深く考えないでいた自分に気が付いた。

信玄にしてみれば、東遠江をくれてやる、掛川城もくれてやる、いわば遠江は全部やるから早く取ってしまえと言ったつもりだ。だから、目の前にぶら下がっている宝を取らない家康が、馬鹿に見えるし愚図《ぐず》にも見える。

しかし、それはこちらから見た一方的な見方であることに気が付いたのである。

「昔、さる方の口癖に、両の目で物を見よ、というのがございましたな。片目で見るから物事が見えぬ、と」

それも勘助の口癖だった。物事は相手側の視点からも見ることを忘れるな、という教えである。信玄はついに降参した。

「もうよい、わかった。そのことはわかったゆえ、わしにもわかるように申せ。なぜ、家康にこの駿河をくれてやらねばならぬのか」

「その前に、徳川殿が掛川城を攻めぬ理由でござるが――」

と、源五郎は信玄を正視して、

「ここで徳川殿の立場に立って、考えることに致します。仮に徳川殿の家来衆が『殿、なぜ掛川城を攻められぬか』と申したとして、拙者が徳川殿ならこう答えますな。『馬鹿を申せ、掛川城はなかなかの堅城《けんじょう》、一朝一夕《いっちょういっせき》に落とせるものではない。あの氏真殿も駿府の時とは違って、今度は逃げ場がない。おそらく死に物狂いで抵抗するであろう。そうこうするうちに駿河にいる武田軍は必ず引き揚げる。さすれば北条の援軍はさえぎるものもなく、駿河を横断し掛川まで押し寄せてくる。そうなったらとうてい勝てるものではない。いや、それどころかせっかく手に入れた西遠江まで手放すことになりかねぬ』」

信玄は舌を巻いた。

源五郎はなおも続けて、

「『このままのほうがよいのだ。われらは既に西遠江を手に入れた。いずれ折を見て東半分を奪えばよい。あの氏真殿をあわてて滅ぼして北条と対立するよりも、むしろ掛川にいてもらったほうがよい。強国と境を接するより、弱国を柵《さく》となし強国に対抗したほうがよいのだ。ここで掛川城を攻めても、得をするのは武田ばかり。わが徳川は北条の恨みを買ったうえ、下手《へた》をすると西遠江まで失うことになる。馬鹿馬鹿しいではないか。やめておけ、やめておけ』と、まあ、このように申されるでしょうな」

信玄は膝を叩いて感心した。

源五郎はあくまで平静に、

「では、この徳川殿の重い腰を上げ、掛川城を攻めて頂くにはどうすればよいのか。いや、攻めてもらわずともよいのです。要は氏真殿を掛川城から追い払ってもらえば、よいのですから」

「だが、攻めずに追い払うことなどできまい」

「それができるのです。そのために駿河一国を差し上げるのですからな」

「つまりは、餌《えさ》か」

「はい」

信玄は首をひねった。

餌といっても、駿河をやるから掛川城を攻めてくれなどという、単純なことではないはずだ。

「お屋形様、やはり駿河一国を渡すのは惜しゅうござるかな」

「むろんだ。わしにとっては、血と涙で手に入れた国だぞ」

その言葉には実感が籠もっていた。ただし信玄がこういう言葉を吐くのは、家族以外では源五郎と真田幸隆だけである。

「ものは考えようでござる。いずれにせよ、この国は捨てざるを得ない国でござる。ならばうち捨てて北条や今川に拾われるより、のしを付けて徳川殿に差し上げたほうが数段ましというもの」

「だが、源五郎、それで掛川城は落ちるのか」

「落ちまする」

源五郎は断言した。

「どうやって落とす」

信玄の問いに源五郎は、目の前の地図に両手を置くと、それを一度交差させて見せた。

（そうか――）

信玄は悟った。

同時に源五郎の謀才がこんなにも優《すぐ》れていたことに、今さらながら驚いていた。

3

西遠江第一の城、浜松城に本拠を置く徳川家康のもとに、武田家から使者が来たのは、その翌日のことである。

家康は、使者の名が信玄の側近中の側近である高坂弾正忠昌信と聞いて、驚くよりむしろ舌打ちした。

用件はわかっている。

一刻も早く掛川城を攻めてくれ、ということだろう。

むろんその気はまったくない。

これまで何人もの使者に同じことを言っている。まだ西遠江が固まらぬので東に兵は出せぬ、という断わりである。

これは半分は事実、そして半分は口実である。一方的に武田の得になる出兵など、するわけがないではないか。

（信玄入道ほどの者がこれがわからぬか）

家康はいい加減うんざりしている。

送られてくる使者も、だんだんと大物になってくる。今日は高坂弾正だという。

海津城将として北辺の守りに就《つ》いている高坂がやって来るとは、信玄もよくよく困っているのだろう。

高坂は執拗《しつよう》に掛川出兵を求めるにちがいない。

しかし、今のところ家康は、どんな条件を出されたところで、掛川城を攻めるつもりはない。

家康は心重く大広間で使者に会った。

酒井《さかい》忠次《ただつぐ》、石川《いしかわ》数正《かずまさ》、榊原《さかきばら》康政《やすまさ》といった重役たちもうんざりした顔をしていた。

家康の楽しみといえば、名高い高坂弾正を間近く見られるということだけだ。

「高坂弾正忠昌信にござる」

源五郎は名乗りを上げた。

（ほう、噂に違《たが》わぬ美形だわい）

家康は、源五郎が型通りの挨拶《あいさつ》をする間、じっと観察していた。

この優男《やさおとこ》が、あの荒武者揃《ぞろ》いの武田家にあって、勇猛果敢の評判を取っている。

人は見かけによらぬものだと、列座の誰もが思った。

だが、源五郎の本領はむしろ軍師としての才にある。そして、そのことは徳川家のみならず武田家においてすら知られていない。

その本領を発揮する場がついにきたのである。

「して、ご使者の趣《おもむき》は?」

源五郎の挨拶が終わったので、家康は型通りの質問をした。

これに対して使者が掛川への出兵を要請する。そして家康はそれを断わるのである。

ところが使者は別のことを言った。

「本日は、徳川様に進上致したいものがあり、参上致しました」

(やれやれ、今度は贈物か)

家康は少しも嬉しくなかった。

物を貰うのは本来嬉しいことだが、どうせ厄介《やっかい》な条件が付いているに決まっている。

それでも家康は儀礼的に尋ねた。

「それはありがたいことじゃ。一体何を下さると申されるか。名高い甲斐駒《ごま》か、それとも甲州《こうしゅう》金か――」

「いえ、左様なものでは。もっと大きく、もっと価値あるものにございまする」

「ほう、では城でも下さるのか」

家康の言葉に皆が笑った。

しかし、源五郎だけは真面目な顔で言った。

「駿河一国を差し上げまする」

「――！」

家康はわが耳を疑った。

聞き違いかと思ったのである。

しかし、まぎれもなく使者はそう言った。

家康は身を乗り出して、

「ご使者殿、もう一度、申されよ。何と申された」

「駿河一国を、当家より徳川様へ進呈致しますと申し上げたのでござる」

源五郎は一語一語句切るように言った。

「ご使者殿、たわむれが過ぎましょうぞ」

怒りの声を上げたのは家康ではない。重臣筆頭の酒井忠次である。

源五郎は忠次をちらりと見ると、

「酒井殿、拙者は主君武田大膳大夫の名代《みょうだい》として参っております。たわむれなど申し上げませぬ」

「では、まことか。まことに、信玄殿はこの家康に駿河一国をくれると申されるのか」

「いかにも」

一同は呆気《あつけ》にとられていた。

こんな話は聞いたこともない。命懸《が》けで取った国を他国の領主にくれてやるなど、正気の沙汰《さた》ではない。

(ははあ、こういうことか)

家康は思いついて言った。

「信玄殿の真意はこうじゃな。まず掛川を攻めよ、と。そして城を落とせば、その代償として駿河をくれる、と」

家康の言葉に、重臣たちは皆、なあんだという顔をした。

それならわからぬ話ではない。しかし、同時に受けるつもりもない。そんな約束は空手《から》形に終わるに決まっているからだ。

だが、源五郎は首を振った。

「いえ、左様な条件は一切付けませぬ。ただ駿河一国を差し上げまする」

「わからぬ、な」

家康は当惑した。

なぜ信玄はそんな馬鹿なことを言い出したのか。

「くれる、くれると言うが、いつくれるのだ？　百年先と言われても困るぞ、ご使者殿」

「いえ、そのようなことはございません。日限は既に決めてござる。三日後ではいかがでござろうか。当方駿府にてお待ちし、一斉に軍勢を退いた後、城をすべて明け渡す所存」

「これは罠《わな》じゃ、殿、乗せられてはなりませんぞ」

突然、忠次が叫んだ。

「控《ひか》えい、忠次」

家康がたしなめた。

「いや、お疑いはごもっとも。ならば、われら軍勢すべて退いた後に、城に入られればよろしかろう。なんなら物見《ものみ》を出して頂いても結構でござる」

源五郎がそう答えたので、家康はますますわからなくなった。

「高坂殿、どうも呑み込めぬのだが、そのようなことをしてはご当家は何の得にもならぬのではないか」

家康は面子《めんつ》を捨てて率直に言った。

「ご配慮かたじけなく」

と、源五郎は頭を下げ、

「されど、ご案じなされますな。これは当家にとっても得になる話。それゆえ、申し上げているのでございます」

「駿河一国を捨てることが『得』か？」

「はい、それだけでは正直申して得になりませぬが、その後のことで、わが武田にも利することとございますれば」

「――？」

家康はどうにも理解できなかった。

この美形の使者は、一体何を言おうとしているのか。

「その後のこと、とは何のことか？」

「それは、徳川様の胸の内にあること。当方が差し出がましく申し上げることではございませぬ」

このあたりは細心の注意が必要だった。

源五郎は家康にやってもらいたいことがある。しかし、それを強制することはできないし、訊かれもせぬのに言い出すわけにもいかない。

家康にもそのへんの呼吸は充分わかる。

「では、高坂殿、こう致そう。もし、高坂殿が、この家康だったとして、この話お受けになるか」

「その喩《たと》えは、当方にはいささか僭越《せんえつ》でござるが――」

と、源五郎はまずは断わって、

「もし、そうなら、受けまするな」

「ほう、で、それから何をなさる」

「掛川城の今川殿に使者を出しまする」

「ほう、使者の口上は？」

「当方に駿河一国あり、これをご貴殿の遠江東半国と交換致しませぬか、と申し上げまする」

家康は目を丸くした。

重臣一同からも驚きの声が上がった。

国の交換、何という途方もない話だろう。見たことも聞いたこともない話である。

（しかし、できぬこともないな）

言われてみて初めて、家康はそれが決して机上の空論ではないことに気が付いた。

まず、今川の氏真だが、この話には乗ってくるにちがいない。

もともと今川の本国は駿河である。駿河のほうが遠江より国も大きく豊かだ。いくら氏真が愚かだといっても、今さら駿・遠の両国を全部返せとは言うまい。遠江半国が駿河一国に換わるなら望外の喜びだろう。

「高坂殿、だが、もしわしが今川に使者を送らず、駿河一国に居座ったら、何とする？」

家康は訊いてみた。

源五郎は笑って、

「おたわむれを。海道一の弓取りと噂される御方が、そのようなことはなされますまい」

「なぜ、せぬ？」

「駿河には北条が兵を出しております」

源五郎はまず事実を言った。

「——それゆえ駿河をおのがものとするためには、北条の大軍と血で血を洗う死闘をせねばなりませぬ。しかも、東遠江と交換せぬとなれば、ご本国三河・西遠江と、新たに得た駿河の間に、東遠江という敵国が挟まることになります。これでは戦《いくさ》になりませぬ」

源五郎の言う通りだった。

領国というのは、つながっていてこそ意味がある。兵も送れるし補給もできる。

その領国間に敵国があったら、すべては分断されてしまうのである。

最悪の場合、家康は補給を一切断《た》たれて駿河に孤立することになる。そうなったら自分の身も危ないし、本国三河まで危《あや》うくなる。留守を狙おうとする者が必ず出てくるからである。

そういう意味では、飛び地になる駿河よりも、たとえ半国とはいえ地続きの東遠江のほうが価値が高い。だから家康にとっても、両国の交換は利益になるのである。

（しかし、武田はどうする？）

家康は疑問に思った。

武田は何の得にもならぬのではないか。

その疑問を、家康は源五郎にぶつけた。

「当家にも、大いなる利がござる」

「その利とは？」

「今川殿が駿府に戻って頂けることでござる」

「――？」

「腹をうち割って申し上げれば、当方にとって一番困るのが、今川殿が掛川城に籠もることなのでござる。今川殿がかようになされますと、当方としては駿河を押さえていくことができぬのでござる」

源五郎は正直に言った。

ここは嘘を言う必要はない。騙す必要もない。

そうしなくても、相手は源五郎の思う通り動いてくれるのだ。

（なるほど、そうか、氏真めが駿府に戻れば、今川救援を名分にしている北条も兵を退かざるを得ぬ。信玄はそうさせておいて、今度はじっくりと駿河を取るつもりなのだ）

家康はようやくすべてを理解した。

掛川城を失えば、氏真は今度こそ駿河で信玄を迎え撃つしかない。もう逃げ場はないのだ。

（これは信玄の、今川封じの一策か。それにしても、考えたのは誰だ？）

信玄なのか、この高坂弾正なのか。

おそらく高坂だろう、と家康は判断した。

もし信玄ならば、もっと早くこの手を打ってきただろう。

家康は、源五郎の器量をさらに計《はか》ろうと考えた。

「高坂殿、では、もう一つお尋ねする。わしが国を交換し、遠江すべてを手中に収めた後のことだが、もし、再び駿河を望んだら、どうなるかな」

「一度、差し上げたものをどのように処分されようと勝手でござる。ただし、人手に渡されたのなら、それはもはやご当家のものではなくなります。したがって、また当方で取っても、無礼にはならぬと存じますが」

「駿河を取る、と言われるのだな。この家康には手を出すな、と」

「いえいえ、左様なことは一言も申し上げてはおりません」

あわてたように源五郎は手を振って、

「ただ、拙者は、徳川家と武田家の末長き友誼《ゆうぎ》を願うのみでござる」

「なるほど、友誼をのう。それは当方も望むところじゃ」

家康はそう言って笑った。

笑いながらも目は笑っていなかった。

源五郎も同じである。

家康は内心戦慄《せんりつ》していた。

(何という軍略の才、高坂弾正、恐るべき男よ)

4

源五郎の工作はすべて成功した。

浜松城の家康の承諾を得て、源五郎はただちに駿府へ引き返すと、今度は主君の信玄に許可を求めた。

「館を焼くのか？」

信玄は不思議に思って念を押した。

この駿河国は、駿府城など国内すべての城と共に、徳川家康にくれてやる。

それは承知した。そして、くれてやる以上、できるだけ無傷のほうが相手は喜ぶ。恩を着せることにもなる。

それなのに、この美形の軍師は、かつての今川氏の日常の住まいである館だけを焼き払ってしまえと言うのだ。

（城なら、ともかく）

信玄ならずとも、そう思うだろう。

城ならば意味はないとはいえない。

城は要塞だ。兵器の一種ともいえる。それを無傷のまま敵に渡さないことは、戦場の常識でもある。無傷で捨てれば、敵にまるまる利用されてしまうからだ。

しかし、今回は少し事情が違う。

家康も敵には違いないが、当面の敵ではない。だから城は無傷で渡す。国も渡してやる。

今さら軍事には関係のない館ひとつ焼いたところで、何の意味もない。そのはずである。

「源五郎――」

信玄は理由を問おうとした。

しかし、源五郎は頭を下げて、

「承知つかまつりました。それでは早速火をかけましょう」

「――」

信玄は苦笑した。

（こいつめ、わしにこの意味を考えろと言うのか）

勘助が生きて戻ったようだ。信玄はそう思った。源五郎さえいれば、この先の軍略に何の不安もない。

「よきに計らえ」

結局、信玄は許可を与えた。

三日後、徳川との約束通り、武田軍は城を捨てて本国甲斐への帰途に着いた。

徳川方からは、駿府城受け取りのため酒井忠次が兵三百を引き連れて現われた。

源五郎は、鎧《よろい》も着けず平装で、わずかな供廻《ともまわ》りと共に忠次を迎えた。

「酒井殿、お役目ご苦労に存ずる。城内には一兵たりとも残しておりませぬゆえ、しかとご検分されたい」

「そうさせて頂く」

忠次は馬上から、にこりともせずに言った。

源五郎は忠次の心が手に取るように読める。

疑っているのだ。武田の騙し討ちをである。

駿府城を餌に家康をおびき寄せ、伏兵をもって奇襲する。忠次はそれを警戒しているのである。

いきなり本軍が来ずに、兵三百で来たのがその証拠だ。

忠次は、もしこれが武田の策略であったら、この場で討死《うちじに》する覚悟なのだ。しかし、むざむざ首を取られるのも口惜《くちお》しい。敵《かな》わぬまでも華々《はなばな》しく戦いたい。だが、負けるに決まっている戦いに、多くの人数を割《さ》くこともできない。そこで兵三百となったのである。これだけあれば武者として恥ずかしくない抵抗もできるし、いざとなったら城に籠もることもできる。

忠次は、そういう考えでこの人数を連れてきた。その忠次が城内で何を検分するかも、源五郎にはわかっている。

まず、城内に伏兵がいないか徹底的に調べる。そして同時に櫓《やぐら》に登り、周囲を遠望する。物見を派《は》して武田本軍の撤退を確認する。いずれも奇襲を防ぐためである。さらに城の柵や堀が壊されていないかを調べ、兵糧が充分に貯《たくわ》えられているかを見る。そのうえで城門を固く閉ざし、野陣を張って周囲を警戒している家康に、狼煙《のろし》で安全を知らせ入城を促《うなが》す。

おそらく源五郎たちは、犬の子でも追っ払うように、城から追い出されることになるだろう。

源五郎の予想通りになった。

「高坂殿、ご苦労でござった。確かにこの城、受け取り申した。主人徳川三河守《みかわのかみ》に成り代わって御礼《おんれい》申し上げる。何卒《なにとぞ》、武田殿によしなにお伝えくだされ」

言葉は丁重だが、酒井は城内から門外に立たせたままの源五郎に向かって、そう言った。

　愛想も何もない。ただちに城門は閉じられた。

　馬を門外につないでおいてよかったと、源五郎は思った。

「殿、これではあまりに無礼ではございませんか」

　供をしていた惣次郎が言った。

　惣次郎は源五郎の姉の子で、かつて源五郎が名乗っていた春日《かすが》の姓を名乗らせてある。妻子のいない源五郎は、いずれ高坂の家を惣次郎に継がせるつもりだ。

　まだ、二十を少し越したばかりの眉目秀麗《びもくしゅうれい》な若者である。

「よいのだ。大将としてならともかく、一介《いっかい》の武者の心得としては、これでよい」

「――？」

「まず戦のことを第一に考えるのが武者だ。敵に後《おく》れを取らぬのが肝心《かんじん》。礼を考えるのは、その後でよい」

　源五郎は馬に乗ると、今度は大音声《だいおんじょう》で城内に向かって叫んだ。

「酒井殿、申し忘れた儀がござる」

「何でござるか」

　案《あん》の定《じょう》、すぐに門の内側から返答があった。

　門を閉じたからといって、ただちに立ち去る忠次ではない。あくまで源五郎を警戒し、聞き耳を立てていたのだ。

「誠に申し訳なき次第ながら、お渡しするはずであった今川館、失火にて焼亡《しょうぼう》致した。何もかも無傷にてお渡しするはずであったが、果たせず、無念でござる。このこと、何卒よしなにお伝えくだされい」

「わかり申した」

忠次は別に不快には思わなかった。

城さえ無事に受け取れればそれでいい。

館はあればそれに越したことはないが、なくても済むものだ。いざとなれば城で代用してもいいし、寺を使うという手もある。

忠次にとって、それは大した問題ではなかった。


「夢のようじゃな。この城が無傷で手に入るとは」

家康は城に入ると、ただちに物見櫓に登って、四方を見渡した。

南に広がる大海原《おおうなばら》、背後には富士《ふじ》が見える。そして、あたりは一面の田畑である。天と地の恵みを受けた、豊かな国がここにある。

「殿、これをむざむざ今川の小倅《こせがれ》にくれてやると仰《おお》せられるか」

忠次の毒を含んだ言葉に、家康は苦笑してたしなめた。

「これこれ、氏真殿は、仮にも駿遠二カ国の太守ぞ。せめて今川殿と申すがよい」

「いえ、あのような阿呆殿は小倅でよろしゅうござる」

忠次は頑固に言い張った。

三河侍は今川家を恨んでいる。その恨みは骨髄にまで達している。

かつて三河松平《まつだいら》家は、今川家の走狗《そうく》だった。もともとは独立の大名だったのに、力足らずして今川家の配下に組み入れられたのである。

この今川家の、松平家に対する処置は苛酷《かこく》を極めた。戦では三河兵は常に最前線に配置され、最も戦死率の高い困難な役目を押しつけられた。当主の家康は、初め松平元信《もとのぶ》と呼ばれた。今川の当主義元から『元』の一字を貰い、ついでに一族の年増《としま》女を押しつけられた。屈辱と忍従の日々である。

それが一度に逆転した。

忘れもしない永禄三年（一五六〇年）五月、今川義元は織田信長の奇襲を受け、尾張田楽狭間の露《つゆ》と消えた。この義元の横死《おうし》のおかげで、三河松平家は再び独立の大名となることができたのだ。

もはや今川に頭を下げる必要はない。

名も姓も改め徳川家康となり、今川とは絶縁し織田信長と結んだ。今は、今川を追い詰める身である。

昔、土下座しなければならなかった相手の城を、とうとう奪うことができたのだ。

家康も忠次も感無量の面持《おもも》ちであった。

それだけに忠次は、この城を返したくない。

あの憎っくき義元の息子である氏真に、むざむざ城も国も返してやることはないと思っている。

「返すのではない。取り替えるのじゃ」

家康は言った。

それは忠次にもわかっている。

当初からその段取りは決まっている。

だが、いざ城に入ってみると、惜しくてたまらなくなってきたのである。

「高坂弾正の申したことをよくよく考えてみるがよい。領国とはな、忠次、つながっていてこそ価値があるものだぞ」

家康は諭《さと》した。

いま駿河惜しさにこの城に居座ったところで、この国が手に入るものではない。かえって本国三河との連絡を断たれ、家康は敵中に孤立するかもしれないのである。

忠次もついにはうなずいた。

家康にも忠次の気持ちは痛いほどわかる。

かつて蠅《はえ》でも見るように自分たちを見た今川侍、その今川侍を見返してやるには、この駿河を奪うのが一番である。遠江も今川の領国にはちがいないが、やはり駿河に比べれば格が相当落ちる。

今川家は名門である。足利将軍家の一族でもある。

もし京の将軍家に人が絶《た》えたら、後を継ぐのはこの今川家だと噂されたこともある。

しかも、肥沃な駿遠二カ国を領し、海産物や金山にも恵まれ、その財力は群を抜いている。

家康は少年の頃、人質として今川館に初めて連れられて来た時のことを忘れない。

屈辱の思いもあるが、それにもまして素晴らしかったのは今川館の偉容だった。

今川侍は館のことを御所《ごしょ》と呼んでいた。

御所――本来なら天子《てんし》の住まわれる場所のことである。しかしそれは、御所の名にふさわしいほど華麗・優美な建物であった。実際、京にある本物の御所が、乱世の中で荒れ放題に荒れているのに比べ、この今川御所はおそらく日本国中で最も整備された御殿であったろう。

その御殿の大広間に、今川義元は公家の装束《しょうぞく》を着けて君臨していた。烏帽子《えぼし》をかぶり直衣《のうし》をまとい、歯は鉄漿《かね》で黒く染めていた。

また、その庭では京の公家たちを招いて、蹴鞠の会が行なわれていた。

万事に知恵が回らず、阿呆殿と笑われている今川氏真も、この蹴鞠だけは得意中の得意だった。家康は子供の頃から氏真を知っている。人質の家康は若殿氏真の遊び相手にあてがわれたのである。

不愉快な思いもないではなかったが、家康は家来たちほどには、氏真に悪意を持ってはいない。

あの氏真というのは、ただお人好《よ》しの、公家に生まれればよかったという男に過ぎない。

忠次たちは、その父義元への恨みから氏真のことをよくは思っていないが、その人となりを知っている家康は、あまり氏真を憎む気にはなれないのである。

（ただ蹴鞠と贅沢《ぜいたく》が好きな、人のよい男に過ぎぬ）

だからこそ、今度の計略は成功するはずだった。

家康から、丁重な口上と共に、駿河と遠江を交換したいと言えば、氏真は一も二もなく乗ってくるにちがいない。

（待てよ。高坂弾正め、ここまで読んでいたか）

家康はふと思って、まさかと打ち消した。

家康と氏真との交流、そして二人の間にある微妙な感情。それをはるか信濃にいた高坂が知るはずがない。

家康は、改めて忠次に掛川城への使いを命じた。

「よいか、こう申すのだ。今川殿とは竹馬《ちくば》の友のこの家康の手に駿河はある。もしお望みなら掛川城と引き換えに丸ごとお返し申し上げる、とな」

「はたして信じますかな」

忠次はそれが不安だった。

「なんなら人質を出してもよいが、それほどのことはあるまい。あの氏真殿なら話に乗ってくる」

「――」

「帰心矢《きしんや》の如しじゃ。氏真殿はな、一刻も早くこの駿府に戻り、館の庭で蹴鞠がしたいのよ。それが唯一の望みという、奇特な御方じゃ」

さすがに家康は苦笑して言った。

忠次は初めて気の毒そうに、

「それはただちには叶いませぬな」

「うん？　なぜじゃ」

「館は失火のため焼亡致したそうでござる」

「なに、それはまことか？」

家康は驚いて言った。

「はい、高坂殿が、帰りしなに申されまして」

「忠次、なぜ、それを早く申さぬ」

「はあ、申し訳ござらぬ。されど、館の一つや二つ、どうということはござらぬ」

忠次は心外そうに言い返した。

確かに、この国はすぐに今川家に返してしまうのである。館を失ったとしても、それを建て直すのは今川家の仕事だ。徳川家は一銭の損もしないのである。

しかし、家康は舌打ちした。

失火などということは考えられなかった。

あの信玄がむざむざとそんなことを許すはずがないのである。まして武田家には高坂弾正という希代《きたい》の食わせ者がいる。

(弾正が焼いたのだ。しかし、なぜ?)

家康は自問自答した。

そして、その答えがわかった時、怒るより先に感心した。

「殿、どうなさったのでござる」

「高坂め。なぜ、城ではなく館を焼いたのか、わかるか?」

「はあ」

忠次はわけがわからず生返事をした。

家康は苦虫《にがむし》を嚙みつぶしたような表情で、

「あの氏真殿がここへ戻って来れば、間違いなくこう言うであろう。余《よ》は城などに住みとうはない。一刻も早く館を再建せよ、と。それも仮普請《かりぶしん》では嫌じゃ、元通りの御殿にして返せ、とな」

「されど、殿、それはまずうござるな」

「どこが、まずい」

家康はじろりとにらみ返した。

忠次はやや色をなして、

「今川家にとっては二カ国のうち一つを失うという、危急存亡の秋《とき》でござる。ここは役にも立たぬ館普請などはやめて、駿河一国を固めることに専念すべきではござらぬか。愚《ぐ》にもつかぬ普請をするほどの金があるなら、地侍《じざむらい》どもに与えるなり、弓鉄砲を買い入れるなり、使うべきところはいくらもござる」

「そちの申す通りじゃ。並みの器量の武将ならそうするはず。だが、そちは氏真殿を知らぬ。あの者は、鉄砲を買うよりも蹴鞠の書を買う、そういう男じゃ。間違いなく、ここへ戻れば館の再建を命じるであろう。——だが、忠次、そうすればどうなる？」

「どう、と仰せられますのは？」

「わからぬか」

家康はいらいらして、

「このところの戦続き、今川家にそれほどの蓄《たくわ》えがあるとは思えぬ。当然、百姓や地侍どもに金を出させ人手を出させ、この危急存亡の折に、そちの申す愚にもつかぬ館普請をさせることになる。そちが、今川家の被官《ひかん》ならどうする？　このような主君、頼りにならぬとして、主家を見限るであろうが」

「殿、拙者はいかなることがあろうとも、殿を見限ったりは致しませぬぞ」

忠次が吠《ほ》えるように言ったので、家康は呆れて、

「喩え話じゃ。そちが今川侍なら、どうするかと申しておる」

「――それはやはり、頼りにならぬ殿と、見限ることになりましょうな」

忠次は不承不承《ふしょうぶしょう》答えた。

「それよ、それが館を焼き払った高坂弾正の狙いなのだ」

家康の言葉に、忠次は目を白黒させて、

「で、では、弾正は初めからそれを狙って館に火を放ったと？」

家康はうなずいた。

並みの武将なら、そんなことはしない。つまり館を焼いても無駄だということだ。しかし、氏真に対しては効果がある。だが、高坂弾正はなぜそこまで読めたか。

考えられることは一つしかない。

弾正は氏真の性格や嗜好《しこう》を知り尽くしている、ということだろう。初めからそんなことを知るはずもないから熱心に調べ上げたのだろう。そのうえで手を打ってきたのだ。

（信玄め、いい家臣を持っている）

家康は心の底から、うらやましく思った。

騙《だま》して取る

1

誠之助は滝川一益に連れられて、織田信長の本拠地岐阜に入った。

誠之助は、今までこれほど広く繁華な町を見たことがない。

「一益殿、今日は何かの祭礼か？」

誠之助は思わず尋ねた。

この賑《にぎ》わい、人の混雑ぶりは只事《ただごと》ではない。

一益は笑って首を振った。

「そうかもしれぬ。この城下は毎日が祭りじゃわい」

誠之助は見た。

ここではあらゆる物が売られている。

大は馬から小は針に至るまで。それればかりか春を売る女まであちこちにいる。

信濃でも甲斐でも十日に一度ほどの市《いち》でしか見られぬ、いやそんな市どころか祭りですら見られぬものばかりだった。

そして、城を見て、誠之助はまた度肝《どぎも》を抜かれた。

平野の中の清流沿いに、そこだけ屹立《きつりつ》した岩山がある。

その山の上に、今まで一度も見たことのない異様な建物が立っている。

それは唐風《から》というのか、唐の国の物語にでも出てきそうな山城《やましろ》だった。

（信玄とは桁違《けたちが》いだ）

少なくとも財力においてはそうだろう。

信玄はこんな豊かな町は持っていない、こんな大きな城も持っていない。

（これなら勝てるかもしれぬ）

誠之助はだんだんと興奮してきた。

生涯の目的は信玄を倒すことにある。

その願望を叶《かな》えてくれる武将が、ここにいるかもしれないのである。

山麓の居館に入って、誠之助は内部の装飾の見事さに三度驚かされた。

それにしても襖絵《ふすまえ》といい、天井といい、何と華美で極彩色《ごくさいしき》なのだろう。

こんな派手《はで》派手しい建物は、まったく初めて見る。

「驚いておられるな」

一益は、仏間に誠之助と並んで座って、

「傾《かぶ》き好みでござるよ」

「かぶき？」

誠之助は怪訝《けげん》な顔をした。

一益はうなずいて、

「近頃の流《はや》り言葉でござる。あのように一風変わった派手好みのことを、かように申す。わが殿は傾《かぶ》いたるお人。このことは覚えておかれるがよろしかろう」

しばらくして、その信長がやって来た。

信長は貴人らしくもなく、早足で小姓ひとりを連れて上座に上がり込んだ。

「彦右衛門、その者が望月誠之助か」

やや調子の高い、空気を切り裂くような声だった。

「はっ、望月誠之助実高殿にございます」

一益は平伏したまま答えた。

「誠之助と申すか。よい、面《おもて》を上げよ」

それまで平伏していた誠之助は、その時初めて信長を正視した。

胡座《あぐら》をかいている。

筋肉質の体軀《たいく》を赤と茶の縞《しま》模様の素襖《すおう》に包み、よく光る目はこちらをしっかりと凝視《ぎようし》している。

年は三十六というから、誠之助より五つ下ということになるが、年よりははるかに若く見えた。

「そちは信玄を見知っておるというが、まことか？」

「はい、かの者のもとへ使者としておもむいたこともございます。以後、幾度か戦場で顔を合わせました」

「なるほど。では、信玄とはどんな奴じゃ？」

信長は単刀直入に尋ねた。

「腹黒い男でござる」

誠之助もただちに答えた。

信長は愚図《ぐず》愚図することが嫌いだと、見て取ったのである。はたしてそれは当たっていた。

「腹黒いか。他には？」

信長は表情を変えずに言った。

「知恵者でござる。さらに申せば、希代《きたい》の女好きで――」

そこで信長は初めて笑った。

「女好きか。——そちの旧主諏訪頼重殿のご息女も、その毒牙にかかったというわけだな」

「——」

誠之助はあまり愉快ではなかった。

そのことにはできるだけ触れてほしくない。

信長は笑みを消して、

「そちの生涯の望みは信玄を倒し、武田家を滅ぼすことと聞いたが、それに相違ないか」

偽《いつわ》りを言うことを許さぬ、厳しい口調だった。

「相違ございませぬ」

誠之助は胸を張り、信長をにらみつけるようにして答えた。

「ならば、この信長に仕えよ。信玄を倒す者は、この信長をおいて他にない」

「信じてよろしいのでござろうか」

誠之助はあえて言った。

一益が、はらはらして二人を見守っている。

信長は誠之助をじろりとにらんで、次いで笑った。

「なかなかの者じゃな。気に入ったぞ。安心せい。わしは言ったことは必ず行なう。もっとも、信玄がわしに降参して、馬の轡《くつわ》を取るというなら、命を助けてやらんでもないが」

誠之助は、そこで改めて畳に両手をついた。

「では、この望月誠之助、殿のおんために働かせて頂きます」

「おう、そうか、それはめでたい。――これ、盃《さかずき》を持って参れ」

取り寄せた盃を誠之助と交《か》わすと、信長は上機嫌で、

「とりあえず禄《ろく》は二百貫《かん》与え、身分はこの信長の直臣《じきしん》とする。ただし、その身はこの滝川彦右衛門に預け、寄騎《よりき》とする。今後は何事も彦右衛門の指示に従うようにせよ」

「かたじけのうござる」

誠之助は礼を述べた。

「めでたいことでござる」

一益も祝福した。

「そちとしては、すぐにも武田攻めの勢に加わりたいであろうが、まだ機は熟さぬ。しばらくは彦右衛門に付いて伊勢攻略に専念致せ。いずれ、必ず時がくる。だが、それまでわしに武田攻略の意図があることは、構えて漏らしてはならぬぞ」

信長は、誠之助と一益の双方に命じた。

「かしこまりました」

代表して一益が答えた。

信長は満足げにうなずくと、今度は誠之助に向かって言った。

「わしもそのうち伊勢に行く。そちの武者ぶり、とくと見せてもらうぞ」

2

信長が八万の大軍を率《ひき》いて岐阜を発したのは、その年の八月二十日のことである。織田軍は尾張清洲《きよす》から伊勢の桑名《くわな》に入り、三日後には白子《しらこ》を経て木造城に入った。行軍の途中から雨が降り出し、人馬ともずぶ濡れになっての入城だった。誠之助も一益勢の一員として従軍している。織田家に仕官したので、新たに郎党を数人雇《やと》い入れた。

その中に喜三太という若者がいた。

誠之助が木造の冬姫を助けた時、頼まれて城に急報してくれた若者である。足が速く利発で、物の役に立ちそうなので、誠之助が口説《くど》いて若党《わかとう》に雇い上げたのだ。

「嫌な雨だな」

誠之助は、降りしきる雨に煙《けむ》る道を振り返った。

「今年は雨が多いようで」

喜三太が言った。

「この雨は続くぞ」

「どうしてわかりますので?」

「古傷が痛む」

「――？」

誠之助は右肩のあたりを撫《な》でて、

「切り傷も痛むが、打ち身の跡《あと》がよけい痛むようだな。なるべく手傷は負わぬがよい」

「戦場《いくさば》に出れば、そうも参りますまい」

喜三太は白い歯を見せた。

「そうかもしれぬな」

八万もの大軍が木造城に全員入城するのは不可能である。入城し座敷の中で過ごすことができるのは、信長とその側近ぐらいだ。

城主の具政も信長に遠慮して館《やかた》を明け渡し、自らは別の場所に逗留《とうりゆう》しているはずだった。

一益勢には、先頃誠之助と一益が会った寺を中心に、いくつかの集落が宿舎としてあてがわれた。

宿舎となった寺や民家に支払うよう銭が支給されたのを知って、誠之助は驚いて一益に訊《き》いた。

「彦右衛門殿、織田家ではこのような時、いつも銭を払うのか」

「いつも、とは限らぬ。だが、これからはわが織田家の所領となるのだ。民百姓《たみ》に銭を与えておいて損はあるまい。――信濃ではそうせぬのか」

「そうしたくとも、銭がない」

誠之助は正直に言った。

そんな銭があれば、もっと馬や鉄砲を買うだろう。そもそも信濃には銭そのものが少ない。まだ物々交換が幅を利《き》かしている。だが、仮に米であろうと、信濃では征戦《せいせん》に当たって民百姓から徴集することはあっても、与えることはまずないといっていいだろう。

(豊かさが違うのだ、豊かさが)

このところ誠之助はそれを痛感している。

聞くと見るとは大違いともいうし、百聞《ひゃくぶん》は一見《いっけん》に如《し》かずともいう。

誠之助がまず驚いたのは、尾張や伊勢の人々が、百姓に至るまで日に三度も飯を食うことだった。昼飯などというものは、信濃や甲斐にはない。合戦の時に特別な弁当を持っていくのがせいぜいだ。ところが、この国の民はいつも三度三度の飯を食っている。しかも、それが米の飯なのである。

信濃では、蕎麦《そば》・稗《ひえ》などの雑穀《ざっこく》を食わねば、とても食糧が足りない。

この差を、おそらく両国の民は知るまい。

話には聞いていた。しかし、この目で見るまでは信じられなかった。一方、この国の民は信濃や甲斐の民がそれほど貧しいとは知るまい。

「そうか、ならば銭で買うのも一つの手だな」

一益がつぶやいた。

「うん？」

聞き咎《とが》めた誠之助に、一益は真面目《まじめ》な顔で、

「甲信二カ国を金で買う、ということだ」

「まさか」

「できぬとも限らんだろう」

一益は、冗談とは思えぬ口調である。

そんなことを話しているところへ、城主の木造具政のところから使者がやって来た。

顔見知りの安本民部だった。

「望月殿、お久しゅうござった」

民部は頭を下げた。

誠之助も挨拶《あいさつ》を返した。織田家に仕官以来、誠之助は滝川一益の持ち城蟹江《かにえ》城にいたのである。木造城は三カ月ぶりである。

「ぜひとも一献《いっこん》差し上げたいと、わが殿の仰《おお》せでござる。お越し願えませぬか」

「いや、それは、戦《いくさ》の最中でござるゆえ」

誠之助は一旦《いったん》は辞退した。

誠之助自身はまだ戦そのものには参加していなかったが、織田軍の別働隊は既に北畠方の諸城を攻めている。中でも木下藤吉郎秀吉《きのしたとうきちろうひでよし》の率いる一隊は、阿坂《あさか》城を陥落させていた。

「よいではないか」

意外にも一益はうなずいた。

「しかし、彦右衛門殿」

織田軍の軍紀は厳しい。

戦の最中に勝手に持ち場を離れた武士が、軍紀違反を理由に、有無を言わせずに斬られたこともあった。

そのことを語って注意を与えたのは、一益その人ではなかったのか。

「よいのだ。このことは殿のご了解も得てある」

「殿の？」

誠之助はますます不可解な顔をした。

一益はにやにやして、

「いいから、行ってこい。この雨では、明日の出発は遅れるだろう」

「――？」

首を傾げながらも誠之助は、ともかくも民部に付いていくことにした。

民部は、誠之助を城下の豪農の館に案内した。

城を明け渡した木造具政は、この館を借り上げているのだろう。

「こちらでござる」

民部は誠之助を奥座敷に導いた。

「望月殿をお連れ申した」

誠之助は驚いた。

そこには木造家の重臣は一人もおらず、当主の具政と娘の冬がいるだけだったのである。

「よう参られた」

具政は、その温顔に笑みをいっぱいに浮かべて、誠之助を歓迎した。

「ご健勝のこととお見受け致す」

誠之助も一別《いちべつ》以来の挨拶を述べた。

「冬姫様もお変わりなく――」

冬はぷいと横を向いた。

怒っている。

「冬は望月様がお変わりないかどうか、知るよしもありませんでした」

「――」

「だって、望月様は目と鼻の先の蟹江におられながら、お手紙すら下さりませぬもの」

「これこれ、無理を言うでない」

具政があわててたしなめた。

「――望月殿は仕官したばかり。お忙しかったのであろう。なにしろ、家風の厳しい織田家じゃ。いろいろと苦労もあったであろうな」

「恐れ入ります」

誠之助は頭を下げた。

「まあ、まず一献差し上げよう。これ、冬、酌《しゃく》をせぬか」

「知りませぬ」

「左様なことでは望月殿に嫌われるぞ」

具政に言われて、冬はしぶしぶ銚子《ちょうし》を取り上げた。

具政と誠之助は酒を酌《く》み交わした。

「どうじゃな、織田家に仕官されて」

「驚き入ることばかりです。信濃の山猿には尾張はまぶし過ぎる」

「ほう、まぶしいとは？」

「何もかも豊かでござるな。日の光すら多く当たるような心地《ここち》が致します。この伊勢も尾張も、いや、海のある暖かな国はうらやましい」

「なるほど、そういうものかのう」

「そういえば、この酒もうまい」

誠之助は盃を手にしみじみと、

「やはり米がよいからでござろうな。信濃は米の作柄が悪いので、酒によい米が使えぬのでござる」

「左様か。——では、兵はどうでござる」

「兵？」

「うむ、軍勢じゃ。甲信二国の兵一人は、他国の兵三人に匹敵するというが——」

具政の問いに、誠之助は答えをためらった。

そうだと答えることは、織田家や木造家の兵は弱いと公言するようなものだからだ。

しかし、嘘はつけなかった。

「貴国の兵は弱うござるな」

「弱いか」

具政は、答えを予期していたかのように笑った。

実のところ、織田家に仕官した誠之助が最も失望したのは、この点なのである。

信玄と雌雄を決するためには、武田騎馬軍団と戦い、これに勝たねばならない。

ところが誠之助の見たところ、織田家の騎馬隊はとうてい武田の敵ではない。もちろん、まだ戦ったところを見たわけではないが、行軍の様子などを見ていれば誠之助のような歴戦の古強者《ふるつわもの》にはわかるのである。

(この分では信玄と対決するのはいつになることか)

考えられるのは信長が京を押さえ、肥沃《ひよく》な国を数カ国領有して多数の兵を養い、数の力で武田軍を圧倒するしかないだろう。幸い、甲信二カ国は尾張や伊勢に比べれば、はるかに貧しい国である。この二カ国に留まるうちは、武田家もそれほど力をつけることはできない。

(絶対に駿河を与えぬことだな。駿河を得れば武田の力に、富が加わる。そうなれば下手をすればやられる)

ぼんやりと誠之助がそんなことを考えていると、具政はにわかに居ずまいを正して、

「ところで、望月殿、折り入って願いの儀があるのだが」

「何でござるか」

具政は娘の冬にちらりと視線を走らせて、

「この娘を貰ってくれまいか」

「――――!」

誠之助は驚いて冬を見た。

冬はさすがに恥ずかしそうにうつむいた。

「どうであろう? ふつつかな娘であることは重々承知しておるが、ここは枉《ま》げてご承諾

願えぬか」

「父上、ふつつかは、よけいです」

冬が抗議した。

具政は苦笑して、

「見ての通りじゃ」

「木造殿、何故《なにゆえ》拙者に？」

「うむ、この暴れ馬がな、初めて嫁に行きたいと申したのでな。わしもこの機を逃してはならぬと思ったのじゃ。それに望月殿、この件については、既に織田殿の承諾も得てある」

「殿の承諾もでござるか」

誠之助は早手回しに驚いた。

「うむ、織田殿も、めでたいことじゃ、ぜひ話を進めるようにとのお言葉でな」

「しかし、しかし、拙者のような者と城主のご息女とは釣り合いませぬ」

誠之助は当惑して言った。

「望月様は冬がお嫌《す》いですか」

冬は誠之助を見据えて言った。

「いや、それは――」

誠之助はたじたじとなった。

「どうであろう。望月殿」

具政は再び言った。

「はあ」

誠之助は必死に言い訳を考えていた。

冬が嫌いなのではない。

ただ、生涯信玄の首を取るために生きてきた自分が、四十を越した今となって初めて嫁を迎える気になれなかっただけだ。

「いつ戦場の露《つゆ》と消えるかもしれぬ身の上でござれば――」

「それはわれらも同じこと。かようなことを気にしていては、誰も嫁など娶《めと》ることはできまい」

具政の言は正しい。

誠之助は言葉に詰まった。

3

「それでどうした?」

一益は勢い込んで訊いた。

「とりあえず、考えさせて頂くということにしてもらった」

誠之助の答えに一益は呆《あき》れて、

「何をためらう。こんなうまい話はないぞ。名門の姫君、それも娘といっていいほどの若さではないか。わしが代わりたいぐらいだ」

「では、代わるか」

「何をたわけたことを。わしにはあの年頃の娘がおる」

「ほう、それはそれは。まだ嫁に行かぬか」

「婿《むこ》は決めておる」

一益はそこで言葉を切って、

「北畠の一族で具建《ともたけ》殿と申される。なかなかの利《き》れ者でな」

「北畠の――」

誠之助は後の言葉を呑み込んだ。

一益は織田家の北伊勢総督であり、南伊勢への調略《ちょうりゃく》も信長から一任されている。木造氏を織田陣営に引き込んだのも、一益の功績である。

(すると、さしずめこのおれも滝川一益の持ち駒の一つというわけか)

「違う、それは違うぞ」

誠之助の心を見透《す》かしたように、一益は、

「わしがこの話を取り持ったのは、あくまでおぬしのためと思うたからじゃ。それに、冬姫殿もおぬしを好いておる。わしはな、友として、よかれと思ってしたことじゃ」

「友として、と申されるか」

誠之助は厳しい表情で一益を見た。

「いかにも」

一益はたじろがない。

「ならば、信じておこう」

誠之助は表情を和《やわ》らげて言った。

「では、進めてよいのだな」

「それは、早過ぎる」

「――？」

「わしは織田家にとっては新参者、まだ何の手柄も立ててはおらぬ」

「わかった」

突然、一益は明るい顔になり、

「では、まず手柄を立てることだ。しかるのちに堂々と冬姫殿を嫁として迎えればよい。それでよいな」

「いや、待て、それは――」

「ちょうどよい、その手柄を立てる話だが、おぬしの意見を聞きたい」

一益は誠之助の抗議は聞き捨てにして、懐《ふところ》から一枚の絵図を取り出した。

誠之助の目が光った。

それは城の絵図面である。

「北畠の主城、大河内《おおこうち》城の絵図じゃ」

絵図を床に広げると、燭台《しょくだい》を引き寄せ、どっかりと腰を下ろした。

誠之助も向かい合わせに座って、

「大河内？　北畠の主城は多気《たけ》城ではなかったのか？」

「あれは御所じゃ、伊勢国司の館じゃ。敵を迎え撃つには弱過ぎる。それに引き替えここは要害堅固の地、今日あたり北畠具教殿はこの城に移っているはず」

一益は自信に満ちた口調で断言した。

「確かに堅固だな」

誠之助はつぶやいた。

大河内城は小高い山の上にある。東と北には川が流れ、西と南には深く谷が入っている。

久しぶりに誠之助は故郷の山河を思い出した。信濃にはこうした山城が多い。

「それにしてもよく調べたものだ」

誠之助は感心した。城の様子が手に取るようにわかる。

「この城が要《かなめ》であることはわかっていたからな」

一益が小声で言った。

誠之助は納得した。

おそらく一益は、あらゆる手を使って情報を集めたのだろう。

その中には、一益自身現地に行き、調べたものもあったにちがいない。

なにしろこの滝川一益という男は、織田家の兵数千を預かる一手の将でありながら、一人で敵地に忍び込んだりするのである。

「おぬしなら、どう攻める」

一益は訊いた。

「北はどうだ」

誠之助は答えた。

絵図面で見る限り、北側の崖《がけ》が最も登りやすそうだ。

「そこはだめだ」

「――？」

「まむし谷というてな。何千もの蝮《まむし》が放してある。闇に乗じて崖を登ろうなどと考えた

「では、東の川を渡り、堂々と攻め上っていくのがよいだろう」

「力攻めか？」

誠之助はうなずいて、

「回り道のようで、これが一番早い。城攻めは、まず弱き所を攻めるべし。弱き所なくば糧道を断ち気長に攻めるべし、だ」

「ところが、殿はそれを考えてはくれぬ」

「なぜ？」

一益は渋い表情で、

「織田家の力を天下に示すため、一刻も早く落とせと仰せられるのだ。火の出るように攻め立てよ、とな」

「敵の数は？」

「まずは五千と見ればよかろう」

「当方は八万ある。五千と八万なら、いかに城が堅固であろうと八万のほうが勝つ。むしろ、焦《あせ》ってはかえってまずいことになるぞ」

「うん、それは？」

一益は不思議な顔をした。

「八万対五千なら、八万のほうが勝って当たり前、なまじ強襲して城が落ちぬようだと、かえって諸国の侮《あなど》りを受けるぞ。織田家の軍勢は弱い、とうてい頼みにならぬ、とな」

誠之助は心配そうに言った。

「なるほど、おぬしの言う通りだ。だが、今のところ殿はそのようにお考えになってはおらぬ。あくまで力攻めにするおつもりだ」

「それは下策というもの。彦右衛門殿、殿に申し上げて頂けまいか、軍議の席で。力攻めはよろしからず、と」

一益は溜《た》め息をついて、

「申し上げたいところだが、殿にはお考えがある。力攻めにしても必ず勝てるという策がな」

「なんだ、それは」

「これは口外してはならぬぞ」

と、一益は声を潜《ひそ》め、

「おぬし、わが織田家に何挺《なんちょう》鉄砲があるか知っておるか」

「さあ」

誠之助は首をひねった。

もちろんそれは軍事機密である。

「当て推量でよい。言ってみろ」

「二百ぐらいか」

おそらく信玄のところはそれぐらいか、あるいはもっと少ないかもしれない。なにしろ鉄砲というのは、とてつもなく高価な武器である。

「織田家には一千ある」

「一千！」

誠之助は度肝を抜かれた。

一益は平然として、

「おそらくあと二、三年のうちには二千挺に達するであろう」

「しかし、そんなにあって使えるのか」

誠之助が訊いたのは射手のことではない。火薬のことである。

火薬の原料である煙硝《えんしょう》は、国内では産出しない。すべて海外から商人の手によって運ばれてくる。その火薬が大量に供給できなければ、いくら鉄砲の数を増やしたところで役に立たない。

海のある国を持たない武田家が、鉄砲の採用に消極的なのも、一つはこの理由による。

現に鉄砲一挺分の金があれば馬三頭か武者一人を買うことができる。火薬がそれほど手に入らないなら、人を雇うことに使ったほうがいいと考えるのは当然の発想である。

だが、織田家はそうではない、と一益は言う。

「殿はそのために堺《さかい》を押さえられた」

一益はそう説明した。

その話は誠之助も聞き及んでいた。

先年、信長は足利義昭を奉じて京に入り、室町幕府の守護者として天下人への道を歩み始めたのだが、その際信長が望んだのは近隣諸国の領有ではなく、堺や大津《おおつ》に代官を置くことであった。

信長が、新将軍となった義昭の許可を受けてそうしたことを、諸大名は不審の目をもって見た。中には笑う者もいた。なんと無欲なことよ、と。

しかし、それはとんでもない浅薄な見方であったことに、誠之助は気が付いた。

(異国からの産物が集まる堺を押さえれば火薬を大量に入手できるばかりか、他の大名に火薬を売らせぬようにすることもできる)

そうなれば他の大名がいくら鉄砲を集めようとも、それはただの棒になってしまうのである。しかも、そういう状況になれば、諸大名は高い金を出して鉄砲を買うことをやめるだろう。当然、鉄砲は安い値段で織田家だけが手に入れられることになる。

(そうか)

誠之助は、目から、鱗《うろこ》が落ちる思いだった。

信長という男はそこまで考えて手を打っているのだ。

「殿は、この戦に鉄砲五百挺を持参しておられる。鉄砲隊の一斉攻撃で大河内城を落とさ れるおつもりなのだ」

一益はそう言った。

4

（鉄砲五百で――）

誠之助はうなった。

斬新《ざんしん》といえば、これ以上斬新な戦術もない。

この日本広しといえども、そんな戦法を取った大名は、一人もいないだろう。いや、そうしたくても、できないのだ。

そんな大量の鉄砲を所持している家は、他にあるまい。

「だが、うまくいくのか」

誠之助は一益に疑問をぶつけた。

「いくはずだ」

一益はうなずいて、

「城攻めで最も難渋するのは、城内から射《い》かけられる矢玉の類《たぐ》いじゃ。これを矢の届かぬ外から鉄砲で狙い撃ちにする。城内がひるんだところを、正面から塀を乗り越え、討ち入るのじゃ」

「なるほど」

話を聞くと、うまくいきそうではある。

そもそも鉄砲の弱点は機動性がないこと、別の言葉でいうと動きが鈍《にぶ》いことだ。

だから誠之助が参加した川中島の合戦のように、騎兵が早い動きでぶつかり合う戦いでは、あまり役に立たない。

鉄砲は一発撃てば、弾《たま》込めに時間がかかる。その間に敵の攻撃を受けたら、ひとたまりもない。

だから、鉄砲の最大の利点は防御にあると、誠之助は考えている。城ならば、殺到してくる敵に対して、こちらは動かずに障壁の中から撃つことができる。弾込めの間に敵の攻撃を受けることもないし、雨が降っても城内からならば、撃つことができる。火縄《ひなわ》が濡れずに済むからだ。

「大河内城の鉄砲の数は？」

「そうさな。まず十数挺というところであろうよ。火薬の貯《たくわ》えもそれほどはないと見た」

一益は自信を持って言い切った。

この男がそう言うからには充分に調べた末のことだろう。しかし誠之助は何か不吉な予感がした。

5

信長の本軍は、そのまま木造城に三日間滞在した。

雨が降り続いたためである。

そして四日目の八月二十六日、ようやく晴れた空の下、敵将北畠具教が籠もる大河内城に向かった。

大河内城は海岸線から数里ほど内陸に入った、山の上にある。

それほど高い山ではないが、周囲を川で囲まれ、攻めるに難《かた》く守るに易《やす》き城だ。

大河内城と川を挟んで向かい合う位置に、信長は本陣を置いた。

早速開かれた軍議の席で、信長は強硬に夜襲を主張した。

「夜陰《やいん》に乗じて城壁近くまで忍び寄り、夜明けと共に鉄砲玉をさんざんに浴びせ、一気に奪い取る」

異論はなかった。

もともと、この攻城戦は信長の新戦術を試す場であることは、誰もが知っていた。新戦術だから、その成否は試みてみなければわからない。

したがって異論を唱《とな》える者がいないのは、当然の成行《なりゆ》きだった。

「明日、夜明けと共に、丹羽《にわ》、池田《いけだ》、稲葉《いなば》の三隊が攻めかかる」

一益は軍議から帰って来て、誠之助に説明した。一益の隊は、他の多くの隊と共に信長本陣近くに野営している。

「鉄砲攻めか？」

丹羽、池田、稲葉の三隊は鉄砲隊と言ってもいいほど、鉄砲が多く配備されている。つまり少数の騎乗の侍に、足軽《あしがる》、それに多数の鉄砲足軽で構成されている。

「うむ、われらは後詰《ごづめ》だ。お手並み拝見というところだな」

一益はむしろ口惜《くや》しそうに言った。

先陣を受け持てば、功名《こうみょう》の機会も多くある。

後詰（予備軍）では、手柄を立てる機会などなきに等しい。

野戦ならまだしも、攻城戦で予備軍が役立つことはまずないのである。

誠之助は空を見上げた。

日は西に傾いている。

夕焼けはそれほどでもなく、雲はほとんどない。

「彦右衛門殿、殿様に夜襲はやめるように申し上げてくれぬか」

突然の言葉に、一益は驚いて誠之助を見た。

「どういうことだ」

「今宵《こよい》、いや、夜明けになるかもしれぬが、雨が降る」

「雨？」

一益は改めて空を見上げた。

雨の降る兆《きざ》しはどこにもない。

「どうしてわかる？」

一益は不審の目を向けた。

「──わかるのだ」

誠之助は理由は言わなかった。

前に説明して笑われたことがあったからだ。

理由は言わないほうが、信じてもらえるかもしれないと思った。

しかし、それはやはり無理だった。

一益は執拗《しつよう》にその理由を訊いてきた。

「もういい」

たまりかねて誠之助はついに言った。

「よくはなかろう」

一益は真剣な表情で、

「もし、それがまことなら、城攻めの隊は負けるぞ」

それは一益の言う通りだった。

攻城隊は鉄砲を中心に編成してある。

敵を火力で制圧し、その隙に城内に突入しようという作戦なのである。

もし、鉄砲が使えなくなれば、勝てるわけがない。

「では、直接、殿に申し上げてくる」

「それもよいが、殿も、理由を言わねば納得されまいぞ」

「――」

「どうした、この際だから言ってしまえ」

「笑わぬか」

「笑う？」

一益は怪訝な顔をした。

誠之助は腹を決めた。

「傷が痛むからだ」

「傷？」

「古傷だ。この古傷が痛む時は必ず雨になる」

誠之助の言葉に、一益は呆気《あっけ》にとられた顔をした。

「わからぬな。どうして傷が痛むと雨になる?」

「理由はわからぬ。だが、これまではそうであった。おそらく湿《しめ》り気が傷にさわるのだろうが――」

「その古傷が痛むのか」

「痛む」

「そうか」

一益は立ち上がった。

「どこへ行く」

「ご本陣だ」

「よいのか」

「よいともさ」

一益は兜《かぶと》をかぶり直して、

「みすみす負けるとわかっている戦を、殿にさせることもあるまい」

「だが、お信じ頂けるかな」

「わからぬな」

一益は本陣へ行き、信長に誠之助の予言を言上した。

しかし、信長は一笑に付した。

丹羽、池田、稲葉の三隊によって、攻撃は予定通り敢行された。

各隊が雄叫《おたけ》びを上げて突進しようとした時、突然雷鳴が轟《とどろ》いて激しい雨が降ってきた。

三隊の鉄砲は火縄を確認する暇もなく、瞬時にして使用不能になった。

これに対して、城方の鉄砲は、屋内から撃つために雨中でも使用できる。弓も相当数用意されていた。

三隊の兵は次々に矢玉を浴びせられ、多くの戦死者を出して後退した。

かくして大河内城攻めの緒戦は、織田方の惨敗となったのである。

6

翌日、誠之助は信長に直接呼び出しを受けた。

「古傷と雨か。老功の者の言は聞くべきだな」

信長は諸将を遠ざけて、近習のみを従えて待っていた。

「恐れ入ります」

誠之助は頭を下げた。

「雨はまだ続くか」

「いえ、たぶん明日からは晴れ間が続くものと」

「そうか」

信長は床几《しようぎ》に腰を下ろしたまま、ちらりと空を見上げて、

「しかし、鉄砲とはいかに雨に脆《もろ》いか、わしもよい薬になったわ」

誠之助は、信長が何のために自分を呼び出したのか、見当がつかなかった。

「そちはどう見る。この城攻め、てこずるか？」

「はあ」

誠之助はためらった。

他の将がいれば、かえって景気のいいことも言えただろうが、正直そういう気持ちにはなれなかった。

「城方の意気は盛んと見えまするな」

「では、てこずるな」

「はい」

緒戦で大敗を喫《きつ》したのは、いかにもまずい。

城内では織田軍何するものぞという気運が盛り上がっているにちがいない。

「信玄なら、どうする？」

信長は突然訊いた。

誠之助は意外な質問に戸惑《とまど》った。

信長は真剣な顔で、

「そちは信玄の人となりをよく存じておる。そのやり口も存じておろう。信玄なら、どう攻める」

「は、それは――」

誠之助はしばらく間を置いて、

「おそらく、騙《だま》しましょうな」

「騙す？　調略か？」

「御意《ぎょい》。信玄は孫子《そんし》を旗印《はたじるし》にしておりますが、その孫子に、城攻めは下策、戦わずして敵に勝つのが最上とあるそうでございます」

「ふむ」

信長は腕を組んで考えていたが、

「では、どうやって騙す」

「されば――」

誠之助は急いで考えをまとめて、

「北畠家は伊勢国司を務め、官位も大納言《だいなごん》、中将《ちゅうじょう》等に任ぜられる名誉の家柄、その家を滅ぼしたくはないはずでござる。それゆえ北畠には戦をやめる気があると見ねばなりません」

「ならば、わしとなぜ戦う？」

「それは、殿のほうが攻めたからでござる。いや、より正しく申せば、北畠家は殿を侮っておるのでござる。意地でも織田家の下には付きたくない、しかし、このまま滅ぼされても困る。なにしろ由緒正しき家柄でござるゆえ。――信玄なら、ここへつけ込むはずでござる」

誠之助は苦々《にがにが》しい思いで、その言葉を吐いた。

考えてみれば、主家の諏訪家も、本家の望月家も、その手で滅ぼされたのである。

どうせ滅ぼされるなら、むしろ一族郎党《ろうとう》華々《はなばな》しく戦って武田の心胆《しんたん》を寒からしめたほうがよかった。

だが信玄の巧みな騙しの手に乗せられて、両家とも当主が切腹させられ、その一族は武田の支配下に入れられてしまった。

「では、どうやって、騙せばよい」

信長はそこまで訊いてきた。

誠之助はその問いには、少し戸惑った。

具体的にどうするか、それは北畠家の内情、当主の性格にもよる。

誠之助はまずそれを言って、

「いずれにせよ、まず北畠には、このままでは滅ぼされる、だが、和議に応じれば助かる、と思わせることでござろうな。そして、和議に応じさせるには、形のうえだけでも、北畠の面子《めんつ》を立ててやる。決して負けたのではなく、織田家の配下に付いたのでもないという形をつけてやる。これが肝要でござる」

信長は大きくうなずいた。

「わかった。では、そちにその工夫を命ずる」

「――!」

誠之助はびっくりして、思わず信長の顔を見た。

信長は当然のように、

「彦右衛門が北畠の家のことには詳しい。彦右衛門と相談して工夫をつけるように。ひと月の猶予《ゆうよ》を与える。その間、わしは大河内城を攻め、兵糧が尽きれば死ぬ他はないと北畠の者どもに思い知らせてやろう。よいな、ひと月じゃぞ」

「は、はい」

「では、下がってよい」

そう言うと、信長はさっさと立ち上がり、自分のほうから先に陣所を出て行ってしまった。

取り残された誠之助は、しばし呆然《ぼうぜん》としていた。

「それは難題だな」

戻って事の次第を報告すると、一益はまず言った。

誠之助は渋い顔をしていた。

「どうした？　難題とはいえ、わしはおぬしがうらやましいぞ」

「どうしてだ？」

誠之助は尋ねた。

「殿直々《じきじき》のご下命ではないか。これをこなせば、覚えめでたく、さらなる出世が望めるではないか」

「出世などどうでもいい。信玄を討てればそれでよい」

一益は呆れて、

「欲のない男じゃのう」

「それに、調略をするために、織田家に仕官したのではない。槍を執《と》って戦場《いくさば》に出るのが性に合っておる」

「まあ、そう言うな」

一益は誠之助の肩を叩いて、

「わしも相談に乗る。なんとか北畠を騙す手を考えようではないか」

誠之助は不承不承うなずいた。

7

それからひと月、信長は大河内城を包囲したまま時を過ごした。

この間、誠之助が驚いたことが一つある。

信長は、大河内城の戦意を喪失させるため、そして補給を断つために、城下の村をすべて焼き払った。

それはいい。どこでもすることだ。

ところが、信長は、その村々を焼き払うにあたり、村人たち全員に銭を払ったのである。田畑など焼いても消えてなくなるものではない。家など銭さえあればすぐに建てることができる。

そのため、村人の中にはかえって喜んだ者もいたくらいだ。

これが信濃や甲斐なら、いきなり焼打ちするか、せいぜい予告して立ち去らせるぐらいが関の山だ。

それを信長は、わざわざ銭を払ったのである。

「民を大事になさるご主君だな」

誠之助が感嘆して言うと、一益は褒《ほ》められたのが自分であるかのように、照れ笑いをし

て、

「いや、なに、いずれは織田の領国になるのだ。わざわざ恨みを買うこともない。銭を払っておけば、親しみを買うことができる」

「そういうものか」

理屈はわかる。

おそらく信玄だって、そうしたいのは山々かもしれない。

しかし、これは銭がないとできない。

豊富な財力がないと、決してできないことなのである。

誠之助は、織田家の実力を改めて認識した。

断言してもいい。こんなことのできる大名は全国広しといえども、織田家だけだろう。

「それより、工夫がついたぞ」

一益が言った。

「騙しの手か？」

誠之助は訊いた。

「調略と言え、調略と」

「わかった、わかった。で、どうするのだ？」

「何、おぬしに言われたことを、よくよく考えてみたのよ」

「――？」

怪訝な顔をする誠之助に、一益はうなずいて、

「面子を立てる。意地でも織田家の配下となりたくない――ならば答えは一つだな。こちらから頭を下げればよい」

「頭を下げる？」

誠之助はますます妙な顔をした。

確かに大河内城は頑強に抵抗している。しかし、八万対五千の兵力差は如何《いかん》ともしがたい。

じっくりと待っていれば、熟した柿の実が落ちるように、城は落ちるはずだ。

「それが待てるなら苦労はしない」

一益は説明した。

いま信長は本拠を岐阜に置きながら、京の将軍家も庇護するという態勢を取っている。いわば両面作戦であるが、天下を目指す織田にとっては、周囲がすべて敵であるといってもいい。

こんなところで長い間釘付けになっていては、反織田勢力があちこちで勇気づけられ蜂起する恐れがある。

「だからこそ、殿は、鉄砲で一気に結着をつけようとされたのだ。だが、うまくいかなん

だ」

「だが、待つわけにもいかぬ、ということか」

「うむ、それでひと月、調略の手を考えよと申されたのだ。その間、このままでは勝てぬと、北畠に思わせる手を打ってくださってな」

「で、その調略の手だが、頭を下げるとは、どうするのだ？」

「縁組よ」

「縁組？　当家の姫を北畠へ輿入《こしい》れさせるのか」

「違う。北畠家にはな、若殿がおらぬ」

「――？」

「当主具教殿には、まだ男子がおらぬ。御年《おんとし》十一の姫君がおられるばかりでな」

「では、どうしようもないではないか」

一益は笑みを浮かべて、

「ところが幸いなことに、当家には若殿がおられる。ご次男の信雄《のぶかつ》様じゃ。年も北畠の姫より一つ上――」

「何、では、まさか」

「その、まさかよ、信雄様を北畠家へ婿《むこ》養子に入れるのだ」

誠之助は呆気にとられた。

勝っているほうが負けているほうに、入り婿をお願いしようというのである。

だが、よく考えてみると、うまくいくかもしれない。

相手が何より恐れているのは、北畠の家名が絶えることである。しかし、今は娘しかいないから、いずれどこからか婿を取らねばならない。

そこへ織田家が婿養子の一件を持ちかけるのである。

北畠にしてみれば渡りに船だ。

引っかかるとすれば、格下の家から婿を貰うという点だけだ。

しかし、背に腹は代えられない。滅びるよりははるかにましだ。

(なるほどうまく考えたな)

誠之助は感心した。

北畠の内情に詳しい一益ならではの知恵である。

後は話のきっかけを摑《つか》むことだろう。

相手は誇り高き名門である。

下手に怒らせては、まとまる話もまとまらなくなる。

「まず、殿に申し上げて、ご裁可を仰《あお》がねばならぬ」

一益は言った。

誠之助は、一益と二人で信長の陣所に出頭した。

一益が説明した。

信長は黙って聞いていたが、最後に一言、

「よかろう、よろず任せるぞ」

と、許可を与えた。

「殿、そこでお願いの儀がござる」

一益が言った。

「何か？」

「この話、持ちかける前に、もう一度北畠の心胆を寒からしめる必要があるかと存ずる」

「わかっている」

信長もそのつもりだった。

もう一度、総攻撃をする。

そして、北畠にこのままでは滅びるしかないと思わせるのである。

ただ、あまり苛烈《かれつ》な攻撃をして、相手の憎しみを掻《か》き立てることは、慎《つつし》まねばならなかった。

そんなことをすれば和議の障害になる。

「鉄砲がよろしかろうと存ずる」

誠之助は進言した。

「ほう」

信長は誠之助を見た。

「すべての鉄砲を集め、城内に向けて一斉に放つのでござる。脅《おど》しとしては、これ以上のものはないと存ずる」

「だが、闇雲《やみくも》に撃っても、当たりはすまい。それで脅しになるかどうか」

一益が言った。

誠之助は首を振って、

「いや、それでよいのでござる。なまじ多くの死者を出せば、和議の妨《さまた》げになる」

「鉄砲が何の役にも立たぬと、かえって侮りを受けはせぬか」

「いや、それは織田家の方々が鉄砲に慣《な》れておるから、そう言われるのだ」

と、誠之助は信長の方を向いて、

「拙者、当家に随身《ずいじん》して初めて、これほど多くの鉄砲を拝見致しました。また、鉄砲の放たれる時の音が、いかに凄《すさ》まじいものかも、初めて知りました。まさに耳をつんざくとはこのことでござる」

それは誠之助の実感だった。

村上家にも数挺だが鉄砲があり、川中島の合戦でも鉄砲の轟音は聞かなかったわけではない。

しかし、織田家の鉄砲は、質も量も群を抜いていた。

その鉄砲が五百挺も並べられ、一斉に放たれれば、その轟音を聞いた者の魂《たましい》は揺らぐだろう。

この大河内城攻めの初回、それは行なわれるはずだったが、思わぬ雨で失敗した。

そして結局、今日まで行なわれずじまいなのである。

「面白い。やってみるか」

信長は初めて笑った。

その作戦は大成功を収めた。

猛将稲葉一鉄《いってつ》に率いられた鉄砲隊が、城に向かって何度も何度も鉄砲を撃ちかけた。

それはこの国の人間が、かつて一度も耳にしたことのない、凄まじいばかりの轟音だった。

(織田家の鉄砲足軽には、少し耳の遠くなった者もいるという)

冗談だと思っていたが、それが冗談ではないと、誠之助は悟った。

これだけの音を毎日耳にしていれば、耳がおかしくなって当然である。

それに織田家の鉄砲足軽はよく訓練されていた。

これが当たり前のようで、織田家以外ではあまり見られないことだ。

まず、どこの大名でも、鉄砲足軽にはあまり訓練させせない。させたくても、できないのである。火薬が貴重品で容易に手に入らないからだ。

訓練に使う火薬があるくらいなら、実戦に取っておけということになる。当然、若い者に鉄砲術を習わせる機会も減る。鉄砲足軽は、古手の、職人肌の、扱いにくい男たちばかりになる。

誠之助が織田家に来て感じたのは、鉄砲足軽に若い者が多いこと。

その若い足軽たちの動作が非常に機敏であることだった。

実際、弾込めの速さは天下一ではないかとすら思われるほどだ。

その一事を見ても、ふだんからよく訓練されていることがわかる。

信長が鉄砲隊を自慢にしているのも、よくわかる。

正直にいえば、織田軍の中で武田軍に勝《まさ》っているものを挙げれば、この鉄砲隊だけだ。

後は、騎馬武者、槍隊、弓隊、足軽隊、すべて武田軍に比べて数段劣るといっても過言ではない。

いま信玄と戦えば、織田軍はおそらく勝つことはできないだろう。

(まだ、先のことだ)

とりあえず誠之助は、今のことを考えることにした。

信長は聡明《そうめい》な大名である。

今すぐ武田と事を構える気はない。

いや、ないからこそ、伊勢を取り、力を蓄《たくわ》えようとしているのだろう。

「どうやら、われらの出番だな」

総攻撃が終わったところで、黙ってそれを見物していた一益が言った。

「拙者もお供つかまつる」

誠之助は言った。

一益は明日にでも軍使として大河内城を訪ね、例の話を切り出すことになる。

「よいのか、下手をすると――」

と、一益は手で首筋をとんとんと叩いた。

「おぬし一人ではやれん。拙者も万一の場合は付き合わねばならぬからな」

それは誠之助の偽らざる気持ちだった。

もともと、調略を命ぜられたのは、誠之助自身なのである。

この使いがうまくいかねば、どうせ責任を取らねばならぬ。

それなら一益と一緒に使いに出たほうが気が楽というものだった。

命の危険はある。

北畠家が屈辱の生より名誉ある死を選ぶとすれば、二人はその血祭りに上げられるだろう。

それがうまくいくかは、一益の弁舌にかかっているといっても過言ではない。

「ならば、来るがいい。わしも一人で地獄へ行くのは御免だからな」

一益はそう言って笑った。

8

翌日、誠之助は一益に付いて大河内城の門をくぐった。

城主の具教は、武将とはとても言えない醜《みにく》く太った男だった。戦の最中だというのに公家の装束をしている。烏帽子をかぶり歯には鉄漿《かね》を付けている。

その具教が、一益にどういう視線を浴びせるか、誠之助は平伏しながらも、それに注意していた。

よほどの人物でない限り、心の動きは目に現われる。しかも、初めて見る時が肝心だ。後になれば取りつくろうことができても、初めての時はどうしても心の動きが目に現われる。

「滝川殿と申されたな、口上を聞こうか」

感情を押し殺した声であった。

しかし、滝川を見る具教の目には、敵意よりもむしろ恐怖がある。

（怯《おび》えている）

誠之助は直感した。そして同時に安堵《あんど》した。

これなら話はうまくいくと確信したのである。

「いやいや、ご当家にとっても、誠にめでたいお話で――」

一益は満面に笑みを浮かべて、話を切り出した。

誠之助は妙な気分になってきた。

昔、こういう場面にでくわしたような気が、突然したのである。

（どういうことだ、これは――）

誠之助が記憶を探っている間に、一益はどんどん話を進めていた。

具教は明らかに乗り気になっていた。

条件は三つある。

一つは、具教が信長の次男信雄を婿養子として迎えること。ただちに家督を譲って隠居すること。そして、大河内城を明け渡すこと。この三つである。

「この国に住むのは、かまわぬのだな」

具教は、一益の目を覗き込むようにして言った。

「言うまでもなく」

一益は笑みを浮かべて、

「御所をお造り致そう。そこで若き国主の後見をお願いできれば、と存ずる」

「そうか」

具教はうなずいた。

その口から、承諾の返事が出ることは、その場にいる誰もが感じた。

「お待ちくだされ。拙者は反対でござる」

列席の家来の中から、声を荒らげた者があった。

誠之助はそちらを見てはっとした。

木造の冬姫を助けた時、やむを得ず斬り倒した侍がいた。

その時誠之助を、まるで仇敵《きゅうてき》でも見るように、にらみつけていた若侍――それがそこにいた。

相手も誠之助の存在に気付いた。

一瞬、憎悪の視線をこちらに向けたが、すぐに視線を逸《そ》らすと、

「わが北畠一族は平安《へいあん》の昔にその源《みなもと》を発する名家でござる。少しばかり羽振りがよいからといって、どこの馬の骨ともわからぬ者の子を迎えるなど、とんでもないこと。天下の物笑いになりまする」

広間は一瞬しいんと静まり返った。

若者の言うことは正論である。

だから、とりあえず非難の声は上がらない。

具教も何と言ってたしなめていいのか、わからないようである。

「なるほど北畠家は名家でござる」

一益はすかさず言った。

「それゆえにこそ、血を絶やしてはならぬのでござる。このままいけば、北畠、織田の両家は手切れとなり、互いにどちらか滅ぶまで戦うしか道はござらん。まさか、それがよいとは申されますまい」

「いかにも、左様じゃな、使者殿」

具教がすぐに応じた。

「されど、殿」

「ひかえい、市三郎《いちさぶろう》」

具教ではなく、脇に控《ひか》えていた老臣が叫んだ。

市三郎と呼ばれた若者は、口惜しそうに口をつぐんだ。

「織田殿に申し上げてくれ。この具教、喜んで信雄殿を養子に迎えさせて頂くと、な」

「ははっ」

一益は平伏し、頭を上げる時にちらりと誠之助を見て、にやっと笑った。

確かにこれで大事な役目を果たした。

しかし、誠之助は市三郎という若者の存在が気になって、喜ぶ気にはなれなかった。

案の定、若者は帰途に着く誠之助を、門のところまで追いかけてきた。

「拙者、北畠家家臣北畠市三郎と申す者、ご貴殿の名を伺いたい」

斬りつけるような声だった。

実際、誠之助が軍使でなければ、斬りかかってきたにちがいない。

誠之助も腹を据えて答えた。

「織田家家臣望月誠之助でござる」

「望月殿、いずれお会いする」

市三郎はそれだけ言うと、踵《きびす》を返して城内に走り込んだ。

「何だ、あやつは？」

一益が不思議な顔をした。

誠之助は黙って首を振った。

翌日、信雄と北畠の姫の婚礼があわただしく執り行なわれた。

北畠具教は大河内城を明け渡し、北伊勢に次いで南伊勢も信長の支配下に入った。

逆襲　三増峠《みませとうげ》

1

信長が伊勢を完全に手中に収め、伊勢神宮に参拝し戦勝報告を行なった十月五日、武田信玄は兵二万を率《ひき》いて、北条氏康の領国相模に侵入していた。

ここには、天下最大の巨城小田原城がある。

かつてあの上杉謙信《けんしん》が十万の大軍で包囲しながら、ついに落とすことのできなかった難《なん》攻不落《こうふらく》の名城でもある。

あの謙信の城攻め以後、小田原城を攻めようと試みる武将はいなくなっていた。天下の名将が、十万という、まず他では考えられないほどの大軍を擁《よう》しながら、手も足も出せずに引き揚げたのである。

小田原城は落ちない――これはいまや天下の常識といえた。

その小田原に信玄は何を思ったか、突如侵入したのである。重臣たちは信玄の真意を計《はか》りかねた。

十万で落ちないものが、二万で落ちるわけがない。

それなのに、なぜ、というのは当然の疑問である。

そんな中で、信玄は息子の勝頼を本陣に呼び出し、二人きりで対面した。

勝頼は、あの諏訪の美紗姫の忘れ形見である。今年で二十四になる。

すでに、数々の戦《いくさ》に参加して、華々《はなばな》しい手柄も挙げていた。

長男の義信は駿河を得るために腹を切らせた。二男は盲目、三男は早世している。後を継ぐのは、この勝頼をおいて他にはない。

信玄の目から見ても、勝頼は武者としては第一級の技量を持っている。侍大将なら、これほどの人材は他にはいない。

しかし、大将というのはそれだけではいけない。

いや、極端にいえば首など一つも取れなくてもよい。

軍略の才能こそ肝心《かんじん》なのだ。

信玄は、勝頼の才がこの面においてやや乏《とぼ》しいのを知った。

それゆえ、折に触れて、その面を教育することにしているのである。

「四郎、この父がなぜ勝ち目のない小田原攻めをしたか、わかるか」

信玄は勝頼と酒を酌《く》み交わしながら尋ねた。

「勝ち目がないとは思いませぬ」

勝頼はまず抗議するように言った。

勝頼は信玄よりも母に似ている。

きりりとした若武者ぶりは、家中でも評判である。

「ほう。では、この城、落とせると申すのか」

「はい。戦はやってみねばわかりませぬ」

「もちろん、そうだ。しかし、わかることもある。小田原城は落とせぬというのは誰もが知っていることだ」

「そうは思いませぬ」

勝頼は頑固に首を振った。

「なぜだ。兵糧《ひょうろう》は一年分ある。いや、さらにあるかもしれぬ。城の造作《ぞうさく》はこのうえもなく頑強だ。攻め口が見つからぬ。――どうやって落とすというのだ」

「調略で落とします」

「調略か。それもよいが、手立てはどうする」

「――」

勝頼は口をつぐんだ。

そこまで考えていたのではないらしい。

信玄は苦笑して、

「よいか、調略の手があれば、すでにこの父が手を打っておる。だが、北条氏康め、一筋《ひとすじ》縄《なわ》ではいかぬ奴。北条家に氏康ある限り、まず調略などできぬものと知っておくことだ」

「では、なぜ父上はこの相模に入られたのですか」

「だから、それを問うておるのではないか。四郎、考えてみるがよい」

「わかりませぬ」

「少しは頭を使うことだ。よいか、わしが小田原城を攻めるのは、城を落とすためではない。だが、北条に勝つためではある」

「――?」

「城は落とさずとも北条には勝てる。そして、勝つことによって、城ではなく国を手に入れる」

「この相模を、でございますか」

勝頼の問いに、信玄は大きく首を振って、

「駿河よ」

「駿河」

勝頼は目を瞠《みは》った。

駿河は隣国であり、今川の領国である。

もっとも当主の氏真は政治を放り出しているため、姻戚《いんせき》でもあり同盟者でもある北条家が事実上の支配下に置いている。

それにしても、駿河を奪うために、なぜ直接駿河に攻め入らず、隣国の相模に攻め入ったのか。

城の堅固さも、相模と駿河では大違いである。

なぜ、よりによって難攻不落の城がある北条の本国に、攻め入らなくてはならないのか。

勝頼はわけがわからなかった。

信玄はそこをわからせたくて、わざわざ呼んだのである。

（やはり、四郎の器量では無理か）

信玄は失望した。

だが、失望してばかりもいられない。

この勝頼は武田の後継者なのである。

（考えてみれば、わしもこの四郎の年齢《とし》では何もわかっておらなんだ。確かな軍師さえ付ければ、何も心配はいらぬかもしれぬ）

信玄は手を叩いて近習を呼んだ。

「高坂をこれへ」

近習に命じた。

「高坂？　弾正殿でござるか」

勝頼は妙な顔をした。

「うむ、そちは知るまいが、高坂弾正こそ、この武田家随一の知恵者であるぞ。――おう、源五郎、参ったか」

信玄は上機嫌で源五郎を迎えた。

「これは若君」

源五郎は、一礼して、用意された床几《しょうぎ》に座った。

「源五郎。今、わしは、この小田原攻めの意味を説いて聞かそうと思っておったのだが、わしより、そちの口から申したほうがわかりやすかろう。この四郎に教えてやってくれぬか」

「いえ、お教え申すなどとはとんでもない。この弾正、浅学《せんがく》非才《ひさい》の身でござれば」

源五郎は恐縮して頭を下げた。

勝頼も嫌そうな顔をした。

「かまわぬ。わしが許す」

信玄が強く言うので、源五郎もその言葉に従った。

「若君――」

「四郎でよい」

勝頼はぴしゃりと言った。

源五郎はうなずいて、

「では四郎様、そもそもこの小田原攻めは、小田原攻めにして小田原攻めに非《あら》ず。狙いは駿河でござる」

「それは聞いた。なぜ、駿河を取るために、小田原を攻めねばならぬ？」

「駿河が欲しいなら、駿河を攻めればよいと申されますか？」

「当たり前だ」

「ならば、駿河を攻めたと致しましょう。駿河は今川の領国とは名ばかり。いまや北条の下にあります。北条はこの豊かな国を奪われまいと、大軍を率いて駿河に派し、駿府城の兵ともども頑強に抵抗致しましょう」

「一戦して打ち破るまでだ――」

勝頼は息巻いた。

源五郎は首を振って、

「その一戦が華々しくできればよろしゅうございます。しかし、北条殿はそのような正面切っての戦いは避け、持久戦に持ち込まれるでしょうな」

「なぜ、わかる?」

「武田家の兵は強い、正面切ってぶつかれば多大な損害が出る、負けるかもしれぬ。となれば、正面からぶつかるなどは下策中の下策、左様なことはせずともよいのです。わが軍には大きな弱味があるのですからな」

「弱味? 聞き捨てならぬな。われらが兵が北条軍に劣るというのか」

「左様なことは申しておりません。むしろ勝《まさ》っているものと思いまする。それゆえに北条殿は正々堂々たる戦いを避け、逃げ回り、そのことによって時を稼ぎ、われらの息切れを待つと申し上げております」

「息切れ?」

「はい。われらが兵は百姓が主体、他国での長い戦には耐えられませぬ。だが、北条家には海がある、暖国が生み出す多大の富がある。したがって北条殿は戦いが一年続いても痛みは少ない。そこのところは、われらよりもはるかに勝っております」

「——」

「したがって、こう申せましょう。まともに駿河に攻め寄せても、まず勝ちは拾えぬ。骨折り損のまま甲斐に引き揚げることになりましょう、と」

「ならば」

と、勝頼は憤然として、

「この相模も同じではないか。相模は北条の本国、天下無双の小田原城に籠もれば、一年悠々《ゆうゆう》戦える。そこへ攻め入ったところで、領国を得るどころか、骨折り損で甲斐に引き揚げることになるではないか」

「ところが、そうならぬから、世の中は面白いのでござる」

源五郎の言葉に、思わず信玄は笑った。

それを自分に対する嘲笑《ちようしよう》と見た勝頼は、ますます腹を立て、

「一体どういうことなのだ。わかるように申せ」

と、源五郎に向かって叫ぶように言った。

「申し上げましょう。小田原城を攻めずして、北条に勝つ手が一つだけあるのでござる」

源五郎は、気負いも何もない、穏やかな口調で言った。

(敵は全軍城に籠もっているのだぞ。攻めずに勝てるはずがあるか)

勝頼はまた怒りを覚えた。

2

「敵北条は城に籠もっております。その城は天下無双の名城。となれば、われらが勝つためには、まず、北条軍に城の外へ出てもらわねばなりませぬ」

「おびき出す、というのか？」

勝頼は源五郎をにらんだ。

「仰《おお》せの通り」

「どうやって？」

「逃げるのでござる」

「逃げる？」

怪訝《けげん》な顔の勝頼に、源五郎は大きくうなずいて、

「北条は城に籠もる限り、われらより有利でござる。それゆえ、その利を捨てさせるためには、餌《えさ》を撒《ま》くしかござらん」

「餌とは何だ？」

「それが、逃げること、でござる」

「敵に後ろを見せよ、と申すか」

勝頼は憤然として詰め寄った。

源五郎は見つめ返して、

「――ここは敵の大将北条氏康殿になったつもりでお考えくだされ。敵、つまり、城を取り囲んでいた武田勢が一斉に引き揚げ始めたら、氏康殿なら、四郎様が氏康なら、いかがなさいます？」

「追う。追って、敵将の首を取るぞ」

息巻く勝頼に、源五郎は初めて笑みを浮かべて、

「つまり、城をお出になるということでございますな」

「――」

むっとしたように黙り込む勝頼を見て、信玄が笑った。

「四郎、わかるか。それが軍略というものだ」

「父上、そのようなことをせずとも、北条には勝てまする」

勝頼は叫んだ。

「ほう、どうやって勝つ？　そのような方策があれば、ぜひ聞きたいものだな」

信玄の言葉に勝頼は絶句した。

源五郎は黙って見ていた。

下手にこの場を取りつくろおうとすると、この若い貴公子はかえって激高《げっこう》するにちがいない。

（何も正面から突っ込むばかりが兵法ではない。臨機応変《りんきおうへん》こそが肝要。この理《ことわり》さえ、わかって頂ければ――）

わからないのも無理はないかもしれない。

それがわかるためには、手痛い敗北を何度か喫《きっ》するべきなのだ。痛い目に遭《あ》ってこそ、

人間は学ぶことができるのだ。

しかし、勝頼は今まで一度も負け戦の経験がない。しかも、単なる負け戦では意味がない。大将として一軍を指揮し、なおかつ負けなければ、本当に負け戦を経験したことにはならない。

(所詮《しょせん》、ないものねだりかもしれぬ)

源五郎はひそかに思った。

現に信玄ですら、武田家の棟梁《とうりょう》となり全軍を率いる身分になってから、二度ほど負けた。だが、その負けが今日の信玄を名将たらしめているのだ。

結局は勝頼が武田の当主となり、実際に采配《さいはい》を振るって、負けを味わわぬ限りは、いくら口を酸《す》っぱくして説いても無駄なのかもしれない。

しかし、それでも説いておきたい信玄の親心も源五郎にはよくわかった。

信玄は自ら地図を取り出し、目の前に広げた。

相模から駿河、そして甲斐にかけての図である。

「源五郎――」

信玄は促《うなが》した。

源五郎は進み出て勝頼の方を見た。

「もう一度、念を押しまするが、今度の戦は小田原攻めにして小田原攻めに非ず、狙いはこの相模ではなく駿河でござる」

「それはわかった」

　勝頼は短く答えた。

　源五郎はうなずいて、

「では、なぜ当の駿河ではなく相模を攻めるのか。それは、われらが駿河を取らんと欲し駿河を攻めても、この相模から必ず邪魔が入るからでござる。先程も申しました通り、駿河ではわれらに勝ち目は薄い。しかしながら、駿河を取るには、どうでも北条に手を引かせなければならぬ。そのためには、どうしても北条軍に一度手痛い打撃を与え、われらと戦っても勝てぬと思い知らせてやらねばなりませぬ」

「だが、敵は城に籠もって戦おうとはせぬ。それゆえまず逃げるふりをして、敵を城からおびき出すと申すのか」

「左様でございます。さすが、おわかりが早い」

「世辞はよい。手立てはどうするのだ」

　勝頼は明らかに興味を示し始めていた。

「はい、これを御覧くだされ」

　と、源五郎は地図上の小田原城を指した。

「まず、明日の夜更《よふ》け、われらはあわただしく陣払いをし、東へ向かうのでござる。できるだけ目立たぬように――」

「昼日中《ひなか》堂々と陣を払えばよいではないか。さすれば北条はすぐさま後を追って来るであろう」

勝頼は異《い》を唱《とな》えたが、源五郎は首を振って、

「それはまずうござる」

「――」

「一つは、そのように堂々と陣払いをすれば、氏康殿は武田に何らかの備えありと見て、出て来ぬかもしれません。こそこそと逃げ出してこそ、追い撃ちをかけようかという気になるものでござる。いま一つは時でござる」

「時?」

「もし四郎様が氏康殿だとしたら、どのようにして、われらを討とうとなさいますか」

と、源五郎は地図の向きを変えて、勝頼の目の前に置いた。

勝頼は地図をちらりと見て、

「挟《はさ》み撃ちだな」

「挟み撃ちと申されますと?」

「知れたこと。われらは平塚《ひらつか》より北上し中津川《なかつがわ》、三増《みませ》峠を経て津久井《つくい》に向かう。甲州路に出れば後は一路甲斐にたどり着ける。それをさせぬためには滝山《たきやま》などにある武蔵の北条勢

をすべてこの進路に配置し、われらの退路を断《た》つ。そのうえで、後方より追いかけてくる北条本軍と、挟み撃ちにする。さすれば――」

勝頼はその後の言葉を呑み込んだ。

北条軍がその作戦を取れば、武田軍は全滅の危険すらある。そのことに気が付いたのである。

「お見事でござる。まさにその通り。その策を取れば、われらは甲斐に帰れず屍《しかばね》を相模の野にさらすことになりましょうな」

「不吉なことを」

「なんの。そう思わせてこそ軍略でござる。四郎様、氏康殿はまさにそう考える。それゆえ難攻不落の城を出て来るのでござる」

「だが、このままでは負け――いや、不利ではないか」

「それゆえ時を稼ぐのでござる」

「――？」

「挟み撃ちされぬにはどうしたらよいか。それは造作《ぞうさ》もないこと。挟み撃ちは二手に分かれてこそできるもの。片方をつぶしてしまえば挟み撃ちにはなりませぬ」

「では武蔵勢を？」

勝頼は察した。武蔵国滝山城を中心に陣取るのは、氏康の次男氏照《うじてる》を総大将とする軍勢およそ二万である。もっとも数は多いが、実態は武蔵豪族の寄せ集めで、強大な北条氏の傘下に仕方なく入っているに過ぎない。

現に、武田軍が同じ道を通ってこの相模に侵入した際、本気で抵抗したのは氏照と弟の氏邦《うじくに》配下の数千の兵のみである。

「左様。時を稼ぐのはまさにその武蔵勢を討つため。われらが小田原城の囲みを解いて引き揚げる時、それに先んじて先遣隊を津久井まで送っておきまする。氏康殿は、わが軍がこそこそと引き揚げたのを見て、追撃の好機とばかりにまず急使を滝山城の氏照殿のところへ出すにちがいありませぬ。言うまでもなく、退路を断てと命ずるためでござる」

「氏照が命に従い、のこのこと滝山城を出て来たところを、先遣隊が叩くというわけか」

源五郎は大きくうなずくと、

「続いて、本軍も急いで駆けつけ、氏照殿率いる武蔵勢を完膚《かんぷ》なきまでに叩くのでござる」

「それでどうする?」

「三増峠で北条の本軍を待ち伏せ致します。氏照殿が武田軍を足止めしていると信じた北条軍は、飛んで火に入る夏の虫とも知らずに、あわよくば武田を全滅させせんと峠に入ってくるでありましょう」

「そこを、包んで皆殺しにするのか?」

勝頼は驚いて言った。

「そこまでうまくいくとは限りませぬがな」

源五郎は微笑を含んで答えた。

「だが、われらが武蔵勢を叩く前に、北条本軍に背後を突かれたら何とする？」

勝頼の疑問は当然だった。

それでは結局、挟み撃ちされることになってしまう。

その疑問には信玄が答えた。

「案ずるな。北条本軍は、この源五郎が、いや高坂弾正が足止めを食らわせる」

勝頼は物問いたげに源五郎を見た。

「横槍を入れ、矢、鉄砲を射《い》かけ、本軍を足止めして御覧に入れまする」

「おぬしは何人率いる？」

「左様、一千ほどでございましょうか」

「北条本軍は二万を超《こ》すであろう。たかだか一千で二万を超す軍勢に勝てるか！」

「勝つとは申しておりません。正面切って当たるとも申しておりません。ただ、横槍を入れて足止めをかけると申しております」

「――」

「この小田原は城だけでなく、町そのものが山に囲まれ、片側は海という要害の地。それが北条の利でござる。しかし、攻め入りがたしということは、裏を返せば外へ出にくいということでもござる。小田原の出口に兵を配すれば、わずかの手勢で大軍の動きを封じることができまする」

「それで、源五郎、何日足止めできる？」

信玄が訊《き》いた。

「まず、二日。うまくいけば三日でござろうな」

「四日はどうだ？」

「それは、いささか難しかろうと存ずる」

「わかった。四郎、源五郎の手並みをよく見ておくことだ」

信玄は、勝頼に言い聞かせるようにして席を立った。

3

その日夜半、武田本軍は闇に乗じてひそかに退却を始めた。

これより先、小幡《おばた》尾張守《おわりのかみ》率いる千二百の手勢が、日没と共に三増峠へ向かっていた。

退却はできる限り迅速《じんそく》に、しかし北条方に気取《けど》られぬように行なわれなければならなかった。

幸いにして北条勢はすべて小田原城内にあり、野戦の場合と違って北条方の物見《ものみ》に発見されることはない。

旗、陣幕等はそのまま残しての撤退である。

城内が撤退に気付くのは、明朝になってからだろう。明るくなって初めて、陣内がもぬけの殻《から》とわかるはずだ。

それまでに本軍は、できるだけ三増峠に近づいておく必要がある。

殿軍《しんがり》は、源五郎こと高坂弾正忠昌信率いる一千の手勢である。

夜明け近くまで本陣に留《とど》まり、篝火《かがりび》を焚《た》くなどして、いかにも平常と変わらぬように見せかける。

そして夜明けと共に算を乱して逃げ出す。いや、逃げ出すふりをするのだ。

「北条氏康、われらの策に嵌《は》まるでしょうか？」

甥《おい》の春日惣次郎が言った。

源五郎が、いずれ跡《あと》を継がせようと考えている若者である。

「嵌まるかもしれぬ。あるいは、嵌まらぬかもしれぬ」

源五郎は他人事《ひとごと》のように言った。

兜《かぶと》を脱ぎ具足《ぐそく》を付けたまま腕を組んで、小田原城の方角を見つめている。

その一幅《いっぷく》の絵のような姿に、惣次郎は見とれていたが、その言葉には驚いた。

「嵌まらねば、困るではありませんか」

「なぜだ？」

源五郎は振り返った。

惣次郎はますます驚いて、

「それは――策に嵌まらねば、策を立てたかいがございませぬ」

「かい、か。惣次郎、戦とはそのためにやるものか？」

「――」

「どうした？」

「しかし、策がうまくゆかねば勝てぬではありませぬか」

「どうして勝てぬ、とわかる？」

源五郎が思いがけないことを言ったので、惣次郎の頭はますます混乱した。

「それは――勝つために立てた策ゆえ、策が破れれば負けることになりませぬか」

「だから、策が破れれば、どうして勝てぬかと訊いておる」

惣次郎は憤然として、

「それは自明の理ではございませんか」

「自明の理か――」

源五郎はふっと笑って、

「必ずしもそうとは言えぬ。惣次郎、よくよく考えてみるがいい。わしが立てた策の狙いはそもそも何だ？」

「それは、北条氏康を城からおびき出し、北条軍を叩くことでございましょう」

「そうだ。では、その策が破れるとは一体どういうことだ」

「――」

「わからぬか。それは氏康殿が誘いには乗らず、この小田原の城から出て来ぬということだ。ならば、われらは滝山城に陣取る氏照以下の武蔵勢のみを相手とすればよい。武蔵勢は城に籠もればそこそこの戦いができるが、野戦ではわれらの敵ではない。それに加えて、小田原の本軍も動かぬとあれば、よもやわれらに負けはあるまい」

「では、小田原の本軍ばかりでなく、滝山城の武蔵勢も一切動かなんだら、どうなさります」

「ならば、その前を素通りして国に帰るまでのこと。案外それがよいかもしれぬな。苦労はいらず、人死《ひとじに》もない」

源五郎は明るく笑った。

「しかし、それでは何のために、ここまで来たのか――」

「それは違うぞ、惣次郎」

と、源五郎は真顔《まがお》になって、

「そうなることはない。よいか、北条は断じてわれらを素通りさせてはならぬのだ」

「何故《なにゆえ》でござります」

「北条の武威《ぶい》が地に落ちるからよ」

「――？」

「小田原城に籠もるのはよい。小田原の城は誰知らぬ者のない天下の名城。籠もって大軍の退却を待つは、軍略として当然のこと。だが、せっかく敵が尻尾《しっぽ》を巻いて、すごすごと引き揚げるのに、黙って見過ごしたとあっては沽券《こけん》に関わるのだ。何よりも北条の威を恐れて従っている地侍どもに示しがつかぬ。腰抜け北条頼むに足らず、ということになる」

「なるほど。では、北条はどうあっても、われらを追い撃ちせねばならないのですね」

惣次郎は感心して言った。

「うむ。それゆえ、氏康殿も出て来なくてはならぬ」

「なれば、われらの勝ちは決まったも同然――」

「そうは言えぬ」

「――？」

「北条勢をすべて野戦に引きずり込んだとしても、本当に挟み撃ちにされてしまっては何にもならぬ。それでは墓穴《ぼけつ》を掘るために策を弄《ろう》したことになるではないか」

源五郎は、そう言って惣次郎の肩を叩いた。

「それゆえ、われらの役目は重いのだ。お屋形様の本軍が氏照らを打ち破るまでの間、われらは北条本軍を足止めせねばならぬ」

「はい」

惣次郎は決意を新たにうなずいた。

源五郎はそこで鎧《よろい》を脱ぎ捨てた。

「何をなさるのです？」

「われらの戦は正面切っての戦ではない。二万の軍勢に一千で食らいつく。逃げ足が速くなくてはどうにもならぬぞ」

促されて惣次郎もあわてて鎧を脱いだ。

夜が明けて、小田原城内の氏康は、武田軍の完全撤退を知った。

「父上、ただちに追い撃ちをかけましょう」

ただちに催《もよお》された軍議の席で、長男の氏政は氏康に進言した。

氏康は、三十二歳のこの長男に、既に家督を譲り、隠居の身分となっている。

しかし、国運を懸《か》ける重大な決定はまだ氏康によってなされるというのが、北条家の不文律であった。

「よかろう」

氏康にも異存はなかった。

ここで武田を追撃し、多大の損害を与えれば、駿河は完全に北条のものとなる。北条と武田、そのどちらが真の強者か、天下に知らしめる。そうすれば、去就に迷っている多くの中間勢力も、北条家になびく。そればかりでなく関東の支配も固まることになる。

しかも、戦場は勝手知ったる自分の領国である。

何もかも条件が揃《そろ》っていた。

「氏政、まず滝山城の氏照に急使を出すのだ。三増峠あたりに陣を張り、武田の退路を断て、とな」

「かしこまった」

「そなたは全軍率いて信玄の後を追え。逃がすでないぞ。——いや、わしも行こう」

氏康は言った。

「父上が？」

氏政は少しだけ顔をしかめ、あわててそれを消して作り笑いを浮かべた。

「——父上がご出陣なさるなら、味方の勇気は百倍致しましょう」

そのこと自体は事実だった。

なにしろ氏康は若き日にその名を轟《とどろ》かせた『河越《かわごえ》の夜戦』の大勝利以来、敗北というものを知らないのである。

あの無類の戦上手上杉謙信ですら、氏康には勝っていない。

しかし、氏政は面白くなかった。

いかに常勝将軍とはいえ、父氏康は既に隠居の身であり、北条家の当主は氏政なのである。

(父上は、まだ、すべてを任せてはくださらぬのか)

氏康は、その氏政の心の動きを敏感に察して、言った。

「あの、煮ても焼いても食えぬ信玄のことだ。何をたくらんでいるかわからぬ。まあ、用心のためだ」

「わかっております」

氏政はあくまで笑みを絶やさなかった。

北条本軍は総勢二万、留守居にわずかの兵を残し、ほとんど全部が城を出た。

(信玄め、ただ逃げたのか、それとも何かたくらんでおるのか)

氏康は、そこのところが気になってはいた。

(いずれにせよ、信玄は甲斐に帰らねばならぬ。この相模に留まることはできぬはずだが――)

既に十月である。しかも、今年は朝夕の寒さが一段と厳しくなってきていた。

山地ではそろそろ雪が降り始めている。

(信玄め、必ず息の根を止めてくれる)

氏康は行軍を急がせた。

4

一日が過ぎた。

信玄率いる武田本軍は、既に三増峠の前方まで来ていた。

信玄は全軍を停止させると、三増峠付近に向かって物見を多数放った。

「北条氏照殿を大将とする武蔵勢二万、峠の西南に陣取っております」

「小幡尾張守殿、三増峠の背後にある津久井城を押さえられております」

次々にもたらされた報告によって、峠の周辺状況が明らかになった。

小田原から東へ向かい、平塚で相模川沿いに北上した本軍は、いま三増峠の手前にいる。

その北の三増峠の入口には、北条氏照率いる二万の軍勢がいる。そして、そのさらに北の津久井城には、味方の勢一千二百が籠もっている。津久井を越えれば甲州路、甲斐まで街道が続いている。

(氏照は兵を知らぬ)

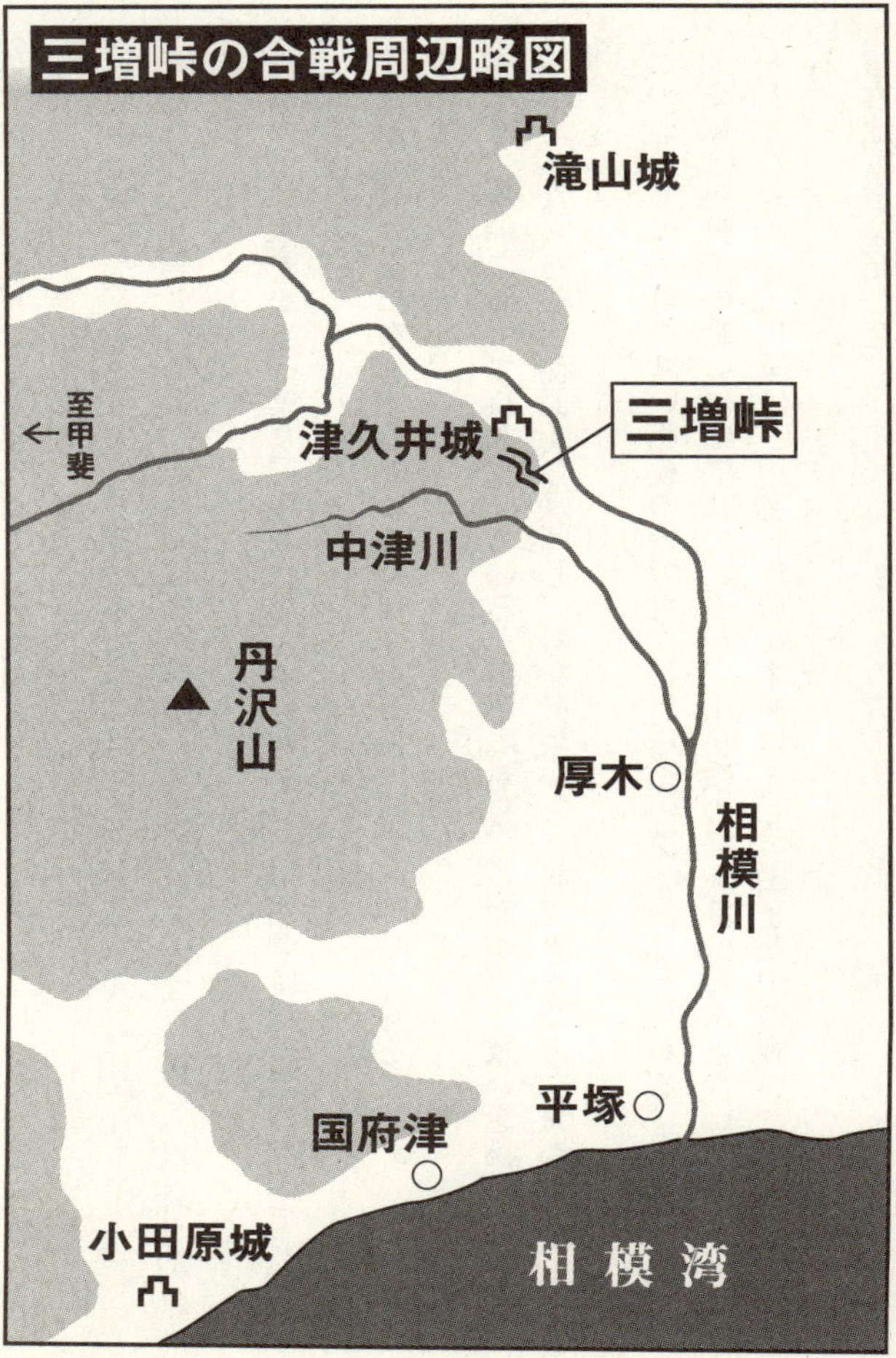
三増峠の合戦周辺略図
滝山城
至甲斐
津久井城
三増峠
中津川
丹沢山
厚木
相模川
平塚
国府津
小田原城
相模湾

信玄はひそかに、ほくそ笑んだ。

北条軍は峠の上でなく下にいる。

こういう時には、高い所に陣取るべきなのだ。

そのほうが見通しもいい。敵は斜面を駆け上ってこなければならないから息も切れる。

鉄砲で狙い撃ちもしやすい。

斜面の上に木々が生《お》い繁り、陣取れない場合もあるが、三増峠は一面の芝山で、高い木は生《は》えていない。

すなわち峠の上に布陣するのに、不都合なことは何もないのである。

信玄は作戦を決めた。

初めは三増峠において待ち伏せている北条軍に対し、正面切って戦いを挑むつもりでいたが、これならむしろ側面から迂回《うかい》し、敵を背後から奇襲できることに気が付いたのである。

このあたりは平野の多い相模の内でも、むしろ山の深いところである。

北条軍は平野での戦いには慣れているが、山岳戦の経験はほとんどないはずだ。

それにひきかえ武田軍は、甲斐・信濃を本拠地とし、山また山の戦いには充分習熟している。

信玄は軍令を発した。

本隊一万三千、山県昌景隊五千は三増峠東南の山伝いに移動し、三増峠の北条軍の背後に回る。夜陰に乗じて移動し、夜明けと共に背後の山の上から、峠の下にいる北条軍に一斉に突撃を開始する。本隊と山県隊の二隊に分けたのは、山県隊にはさらに迂回をさせ、敵の側面を突かせようと考えたからである。

また、兵糧等の補給物資を積んだ小荷駄《こにだ》隊には、武田軍の精鋭中の精鋭である内藤昌豊《ないとうまさとよ》隊一千を護衛に付けてある。

故国を離れた敵地で戦うためには、兵糧が何よりも大切である。これを奪われたら、武田軍は尻尾を巻いて逃げる他はない。

だから内藤隊を付けてあるのだ。

しかし信玄は、この点については安心していた。

ここは平野ではなく山岳である。その山の中に紛《まぎ》れ込んでしまえば、北条軍は容易に小荷駄隊を発見できないだろう。まして、内藤隊が護衛に付いているのである。小荷駄に関しては心配する必要はない。

後は迂回作戦を、敵に気取られないようにするだけだ。

武田軍は山中深く潜行した。

敵の背後へ回るには、あと最低一日はかかる。直進するなら半日の行程なのだが。

（源五郎、頼むぞ）

信玄は夜の闇に語りかけた。

この作戦が成功するもしないもすべて、源五郎の隊が北条本軍をどれだけ足止めできるかにかかっている。

一方、氏康は苛立《いらだ》ちを隠せなかった。

小田原城を出て、三増峠まではわずか十里（四十キロ）、急げば一日の行程だ。

それなのに、氏康の軍勢二万は、まる一日経《た》っても、わずか二里ほど進んだだけであった。

それは、武田軍の巧妙な狙撃作戦によるものだった。

鉄砲である。

何十挺もあるとは思えない。

たかだか数挺であろう。

大軍が進行する途上、それを見下ろす山の上から、何度も狙撃を受けた。

敵は、総大将の氏康と氏政を執拗《しつよう》に狙ってきた。

敵が少人数で攻撃してくるたびに全軍を停止させ、応戦せねばならぬ。

しかし、こちらが応戦の姿勢を取ると、小面憎《こづらにく》くも相手は山の奥へ消えてしまう。

最初のうちは多くの兵を割《さ》いて、追跡させていたが、相手は山慣れした武田軍である。

どうにも捕まらない。

「父上、夜まで待ちましょう」

氏政は進言した。

「うむ」

氏康はうなずいた。

まさか敵にこのような備えがあるとは、思わなかった。

せいぜい五千ほどの殿軍《しんがり》が、正面に道を塞《ふさ》ぐ形で待ち構えているぐらいだろうと、信じていたのである。

敵の数は五千より、はるかに少ない。

それなのに二万もの大軍が、むざむざと足止めを食らわされてしまったのだ。

一つは地形のせいもある。

海沿いに続く道を、すぐ側《そば》まで迫《せ》り出した山が見下ろすという地形、これは狙撃するのには絶好の形である。

氏康も敵がこういう作戦に出るとは、夢にも思わなかった。本来、地の利を生かした作戦とは、地元の軍がするものである。

まさにお株を取られたことになる。

その夜、氏康は眠りを妨げられることになった。

敵が夜襲をかけてきたのである。

今度は小荷駄隊を狙ってきた。

携行している食糧を、まんまと焼打ちされてしまった。

油断であった。

氏康は、敵の人数が思ったより多いのを知った。

数十人の鉄砲隊ではなく、少なくとも五百以上、千人はいるのではないかと悟った。

しかし、後の祭りであった。

いかに領国内とはいえ、二万の大軍を飢《う》えたまま進軍させるわけにはいかない。

兵糧の手当てをせねばならなかった。兵が各自携行している食糧は、せいぜい二日分である。このまま山岳戦に突入して、もし万一長引くことになれば、軍全体を危機に陥《おとしい》れることになる。

氏康は国府津《こうづ》に野陣を張って、周辺の村々から兵糧の徴発を行なった。

このため、さらに進軍は遅れることになった。

5

信玄は首尾よく迂回に成功した。

小田原を発《た》って二日目の夜半である。

幸いにも北条氏照率いる二万の兵は、まだこのことに気が付いていない。

「よいか。夜明けと共に北条氏照および氏邦兄弟の本軍五千に突進する」

信玄は諸将を集めて注意を与えた。

「だが、北条の加勢に来た武蔵諸豪族には手出しはならぬ。たとえ鉄砲を撃ちかけられても、反撃してはならぬぞ」

「何故ですか」

早速反撥《はんぱつ》する者があった。

勝頼であった。

しかし、信玄にとって、この質問は望むところだった。

「それはな、諸豪族どももともと戦う気などないからだ」

「――？」

「きゃつらは北条の武威を恐れ、命《めい》に従わねば攻められるゆえ、いやいや兵を出したのだ。できれば戦いたくなどない。ゆえにわれらの真の敵は、氏照、氏邦兄弟の率いる本軍のみ。この本軍を蹴散らせば、烏合《うごう》の衆の諸豪族は算を乱して逃げ出すであろう。戦場《いくさば》へ出て来ることで、北条への義理は果たした。後は命あっての物種《ものだね》だ、とな」

と、信玄は噛んで含めるように言った。

勝頼だけではなく他の武将にも言い聞かせているつもりである。

「それでは面目《めんぼく》に関わります」

勝頼は不満を見せた。

「なんの、戦は面目でするものではないぞ。勝つためにするものだ。忘れるな。反撃すれば必ず反撃される。勝頼、そなたとて頬を打たれれば打ち返すであろう」

「もとより」

「だが、それでは戦う気のない武蔵衆を、その気にさせてしまうことになる」

「――」

「だから、やめておくのだ。われらの敵は北条の本軍五千。くれぐれも忘れまいぞ」

信玄はきつく言い渡した。

夜が明けた。

信玄は自らの陣所を、峠下の北条軍を見下ろす小山の上に置いた。

あたりは一面の草地である。

北条軍の大将氏照は夜明けと共に、味方の恐怖の叫びに眠りを破られた。

弟の氏邦が泡を食って飛んできた。

「兄者《あにじゃ》、敵だ」

「なに、敵？　どこだ」

氏照は目をこすって、前方を見た。

敵の姿などどこにも見えない。

「違う、こちらだ、こちら」

氏邦は逆の方向を指さした。

氏照は一目見て肝《きも》をつぶした。

武田軍が、なんと背後の山から、こちらを見下ろしているではないか。

総勢は一万余なのだが、氏照の目にはそれが二万にも三万にも見えた。

「げえっ」

氏照は思わず獣《けもの》じみた叫びを上げた。

山というより、なだらかな斜面というに近い。その斜面の上に、勇猛をもって鳴る武田騎馬隊が突入の構えを見せている。

（今、突っ込まれたら、ひとたまりもない）

氏照はただちに軍令を下した。

警戒のために待機していた一隊を、ただちに陣の前方から背後に回した。

しかし、信玄はそれを待っていた。

山の冷気を切り裂くように、凄まじい轟音《ごうおん》がした。

武田の鉄砲隊が、氏照陣を守りに出た一隊に、一斉攻撃をかけたのである。

武田の鉄砲は数は少ないが、その分、狙いは正確である。

北条軍の前衛は、この攻撃に度肝を抜かれた。

「よしっ、突っ込め」

満《まん》を持《じ》していた騎馬隊に、信玄は命令を下した。

喊声《かんせい》が上がった。

寝《ね》呆《ぼ》け眼《まなこ》でいるところを、いきなり鉄砲で狙い撃ちされ、戦意を喪失していた北条軍に、騎馬隊は突っ込んで縦横無尽《じゅうおうむじん》に暴《あば》れた。

氏照は、軍を立て直す暇すらなかった。

伝令を発して、周囲の友軍に加勢を求めたが、それら武蔵衆は、義理立てに少数の鉄砲を武田勢に撃ちかけたのみであった。

「ひとまず、陣を払って後退する。後退」

氏照は叫んだ。

北条軍は一斉に逃げ出した。

といっても戦場を離脱するのではない。

いくらか下がって、敵が深追いを恐れて突撃を止めたところで、態勢を立て直し、反撃に転ずるつもりだった。

武田軍の退路を断ち、北条本軍と挟み撃ちにするのが、氏照軍の任務である。

そのためにも、絶対に敗走するわけにはいかなかった。

氏照は一里ほど後退して、半原《はんばら》という平地に出ると、旗を高く掲げさせて兵を収容した。隊の編成のし直しである。

ところが信玄はそれを読んでいた。

氏照がそうすることも、それをどこでするかもである。

信玄はそのために山県昌景に兵五千を預け、側面から迂回させたのである。

氏照はまんまとその罠に嵌まった。

兵の半数が集まりかけたところを見計らって、山県隊は西側面から氏照の本隊を急襲した。

二度目の攻撃に、氏照軍は呆気なく崩壊した。

その間、信玄率いる本隊は峠の南にも別働隊を派《は》し、北上してくる氏康軍と氏照軍の残兵が合流しないように遮断《しゃだん》した。

そのために、氏照勢は居城である北の滝山城に向かって敗走した。

その頃には、あれだけいたはずの武蔵衆の姿は、影も形もなくなっていた。

信玄の読み通り、指揮を執《と》る氏照が敗走したのを見て、これ以上の義理立ては無用とばかりに逃げ出したのだ。

（勝った）

峠を見下ろす山上から見つめていた信玄は、思わず笑みを漏らした。

氏照軍五千はほとんど壊滅状態である。

しかも、信玄の最も恐れていた、氏康率いる本軍と氏照軍の合流という事態は、これで完全になくなったのである。

しかも、氏照軍は氏康とは反対の北へ向かって逃げている。氏康は氏照軍に何が起こったのかを知らずに、そのまま北上して来ることになる。

「お屋形様に申し上げます」

伝令が来た。

「――浅利右馬助《あさりうまのすけ》殿、お討死《うちじに》にござる」

緩《ゆる》んでいた信玄の表情が、たちまち凍《こお》りついた。

浅利右馬助信種《のぶたね》、信玄子飼いの武将である。信玄が最も目をかけていた一人でもあった。

戦死の状況を聞くと、鉄砲で狙撃されての死だという。

(武蔵衆から撃たれても撃つな、と命じておいたのが仇《あだ》となったか)

右馬助の隊は後衛《こうえい》である。

撃ったのは北条ではなく、友軍の武蔵衆だろう。それも義理立てで撃った鉄砲にちがいない。

(あたら右馬助を犬死《いぬじに》させてしまったか)

それだけが悔いであった。
幸いにも狙撃されただけで、首は取られていない。
信玄は右馬助の遺骸を丁重に葬《ほうむ》るように命じた。

6

その時、氏康は何とか三増峠南方二里の地点まで達していた。
結局、一日の行程を丸三日かかった。
（信玄め、よくも足止めをかけてくれたな）
氏康は怒りに燃えていた。
信玄は、まるで巨熊に絡《から》みつく虱《しらみ》のように、陰湿で執拗な攻撃を仕掛けてきた。
その攻撃にさんざん悩まされ、ようやく振り切るようにして、ここまで来たのだ。
（それほど挟み撃ちが怖《こわ》いか）
氏康はひそかに嘲笑した。
信玄が足止めをかけてくる理由は、それしか考えられない。
氏照らが率いる武蔵勢に退路を断たれ、その背後を氏康自ら率いる本軍に突かれる。
これでは敗北は必至である。

だからこそ信玄はその事態を避けようと、必死になっているのだろう。

しかし、信玄はまだ甲州路へ出ることはできていないはずだ。

そのためには氏照軍を破らなければならない。いかに信玄の軍が強くとも、数において勝る氏照軍を、そう簡単には打ち破れないだろう。

(信玄め、いよいよ最期だな)

氏康はそんなふうに思っていた。

その考えをにわかに変えたのは、長男氏政のはしゃぎぶりである。

「父上、いよいよ信玄の首を肴《さかな》に飲めますな」

この一言《ひとこと》が氏康の耳を刺した。

(——待てよ)

氏康の頭に別の考えが浮かんだ。

(信玄ともあろうものが、こんなに簡単に窮地に陥《おちい》るものか?)

氏康は、息子の氏政の器量をあまり買っていない。

北条家の跡取りとしては、やや物足りないのである。特に、軍略の面においては、いささか欠けるものがある。

その息子が喜んでいることに、氏康は首を傾《かし》げた。

あの戦上手の信玄が、氏政が手を打って喜ぶような失策を、はたしてするものだろうか。

（何かある）

氏康は考えてみた。

あの執拗な妨害工作は、何を意味するのだろう。まともに考えれば、それは本軍の進軍を遅らせて、甲斐へ一目散《いちもくさん》に逃げ帰るためである。

しかし、本当にそうなのか。

氏康はそれを考え続けた。

信玄は、相変わらず三増峠を見下ろす小山の上に陣を張っている。

峠を囲む山々の陰には、兵を伏せてある。

信玄の戦略はこうである。

いまや武田軍が完全に制圧した峠の周辺に、兵を伏せておく。

そこへ北条本軍が現われる。当然本軍は信玄の風林火山《ふうりんかざん》の旗を見て、そこへ殺到するであろう。そこを素早く包み込んで討つ。

もちろん狙いは北条氏康、氏政親子の首である。

この二人を討ち取ってしまえば、北条家は崩壊する。

かつて、織田信長が今川義元を討ち取って、駿・遠・三の太守今川家を破滅させたように、武田は北条の領国の相模・伊豆・武蔵、それに駿河を労せずして手に入れ、天下の名城小田原城も収めることができるだろう。

いかに難攻不落の名城とはいえ、主《あるじ》を失えば脆《もろ》いものである。

信玄は床几にどっかりと腰を下ろし、眼下の峠を見ていた。

後は、罠に獲物が飛び込むのを待つばかりである。

そこへ源五郎が戻って来た。

顔は汚れて、目だけがぎらぎらと輝いている。

「まずは大勝利、祝着《しゅうちゃく》に存ずる」

源五郎は頭を下げた。

相当に疲労している様子である。

「苦労であった。そちの功は抜群じゃ」

信玄はねぎらいの言葉をかけた。

「恐れ入ります」

「後は大魚を得るばかりだな」

信玄が言うと、源五郎は白い歯を見せた。

「ならばよろしゅうございますが」

「わしが今、何を考えていたかわかるか?」

信玄は尋ねた。

「——取らぬ狸《たぬき》の皮算用、でございましょうか」

源五郎の答えに、信玄も笑って、

「そちの見立てではどうだ？」

「五分五分でございます」

それを聞くと信玄は意外な顔をした。

「五分五分とは辛《から》いな」

「なにせ氏康殿でございますからな」

源五郎は振り返って峠を見た。

まだ北条本軍の姿は見えない。

「ここに来て、そちも検分するがよい」

信玄は床几を出させて、源五郎を座らせた。

「気付くかな」

信玄は期待に胸をふくらませていた。

「あと一刻の間にわかりましょう」

しばらく沈黙が続いた。

信玄は待ち切れずに、床几を立って歩き回ったり、軍配《ぐんばい》をもてあそんだりした。

源五郎は身じろぎもせず、黙ってそれを見ていた。

そのまま半刻ほどの時が過ぎた。

ついに、物見からの知らせが入った。

「北条勢、およそ二万、峠を目指して進んでおります」

「来たか」

信玄は立ち上がって、峠の方向に目を凝《こ》らした。

そろそろ見えるはずだった。

（来い、氏康。来て、首を取られてしまえ）

そうすれば武田の天下統一は、十年早くなるかもしれない。

決して若くない信玄にとって、それは人生最大の快事となろう。

それが目前に迫っている。

（来た）

信玄の目にも北条軍の先頭が見えた。

三鱗《みつうろこ》の紋を鮮やかに染め抜いた旗を押し立て、北条軍はまさに峠の前方に姿を現わした。

（来い、氏康。早く来い）

信玄は念じた。

氏康の本隊が峠に差しかかったら、信玄は軍配を振れる。それを合図に山上から鉄砲が撃たれ大旗が振られる。

そこで伏兵が一斉に突っ込み、あるいは北条軍の退路を遮断する。

その形さえ作ってしまえば、もう北条軍に勝利はない。

（――！）

信じられないことが起こった。

峠の入口まで来ていた北条軍が、突如反転して引き返し始めた。

「どうした、氏康」

信玄は思わず声を出した。

「どうやら気付かれたようですな」

源五郎は冷静な口調で言った。

もともと源五郎は、氏康の首を取るところまでは考えていなかった。

それができれば、それに越したことはないが、氏康が気付く可能性も相当あるとは思っていた。

「――さすが、氏康じゃ。なかなか、嵌まらぬわ」

興奮から醒《さ》めた信玄は苦笑して言った。

「されど、この戦は、われらの大勝利でございますな」

源五郎は本心からそう言った。

信玄も大きくうなずいて、

「これで、氏康は武田に対して尻尾を巻いた、ということになるわけだな」

「御意。これで駿河はお屋形様のものにござります」

源五郎は帰りゆく北条軍を、その目で確認しながら言った。

安土春色《あづちしゅんしょく》

1

永禄十三年（一五七〇年）春。

織田軍は久しぶりに平穏な日々を過ごしていた。

織田家は伊勢一国を傘下に収め、京では足利将軍家の庇護者《ひご》として、事実上の織田王国を築きつつあった。

その当主信長は、相変わらず岐阜を本拠地としながら、折々上洛《じょうらく》するという形を取っている。

信長の心は室町将軍家から離れつつあった。

将軍足利義昭は、もとは覚慶《かくけい》という名の坊主であった。

それが兄の義輝《よしてる》をはじめとして次々に足利家の男子が殺されたために、還俗《げんぞく》して十五代将軍を継いだ。

しかし、この乱世である。

足利将軍家など名のみの存在で、領地もなければ軍勢もない。義昭自身、京へ住むことすらできなかった。

その浮浪人に等しい境遇の義昭を、信長は自分のもとに引き取った。

義昭はそれまで越前《えちぜん》の太守朝倉義景《よしかげ》のもとで居候《いそうろう》をしていた。義景はせっかく将軍家の血を引く義昭を迎えながら、厄介者扱いした。館《やかた》を建て捨扶持《すてぶち》を与えたが、義昭を擁《よう》して上洛しようとはしなかった。

義景は、天下を取ろうという野心も気力もなかったのである。

信長はそこに目をつけた。義昭に使いを出し、本国である美濃に迎え取ったかと思うと、あっという間に兵を起こし京に入った。

そして足利将軍家を再興するという名の下《もと》に、義昭を将軍の座に就《つ》け、自らはその黒幕として京や堺や大津に勢力を伸ばした。

信長の狙いは、日本の中央部を押さえ、その経済力を手中に収めることにある。

それにもう一つ大きな狙いがあった。

鉄砲である。

新たに手に入れた近江には国友《くにとも》村がある。

日本有数の鉄砲の産地である。

そればかりではない。鉄砲には火薬がいる。火薬がなければ鉄砲はただの棒に過ぎない。その火薬を製造するために絶対に必要な硝石《しょうせき》は、南蛮《なんばん》や中国から輸入するしか入手する方法がない。硝石は、まだ国産できないのである。

したがって貿易港を押さえれば、火薬を独占的に輸入し、他大名への火薬の供給を断つことができる。

鉄砲の生産地を握り、火薬の輸入港を押さえれば、織田家は日本一の鉄砲大名となることができるのである。

信長の狙いは着々と実現しつつあった。

この春、信長は岐阜城にわずかな兵を残して、近江へ入った。

近江の琵琶《びわ》湖のほとりに、常楽寺《じょうらくじ》という村がある。

水田の間を入り組んだ水路が縦横に走り、春霞《はるがすみ》たなびく山際には、淡い光の月が出る。

信長は、この水郷の春景色をこよなく愛していた。

軍勢をこの地に留《とど》め、信長は四方に布令を発した。

戦争のためではない。

角力《すもう》の興行をするためである。

信長は角力が何よりも好きだった。

近江一国の角力自慢が集まって、賑《にぎ》やかに興行が行なわれた。百済寺《ひやくさいじ》の鹿、小鹿、河原寺《かわはらでら》の大進、はし小僧、宮居目左衛門《みやいめざえもん》、青地与右衛門《あおちよえもん》、鯰江又《なまずえまた》一郎《いちろう》らが、白熱の名勝負を繰り広げた。信長だけでなく、周辺の村々から集まった見物衆も大いに熱狂した。

その常楽寺の信長に、誠之助は呼び出された。

伊勢平定以来、誠之助は寄親《よりおや》の滝川一益と共に大河内城にあった。

前の伊勢国司北畠具教は、信長の次男信雄を北畠家の後継ぎにすることを条件に降伏し、城を去っている。

誠之助は首をひねりながら、常楽寺に向かった。

主君が寄親に預けた家臣を直接呼び寄せるなど、極《きわ》めて異例のことである。

織田家は尾張・美濃・伊勢・山城《やましろ》・大和《やまと》・和泉《いずみ》の六カ国と、近江半国の計六カ国半を押さえている。

それゆえ、配下の有力部将を各地に派遣し、その部将たちに国々を任せる形を取っている。たとえば伊勢は一益である。誠之助は身分は信長直属の臣だが、同じ信長の直臣《じきしん》の一益に預けられている。これが寄親である。

その寄親を飛び越して、直々《じきじき》に信長から呼び出しを受けたのである。

信長は、水郷常楽寺を見下ろす小高い丘の上で待っていた。

南蛮人から贈られたというマントを身に着け、同じく贈られた遠眼鏡《とおめがね》を片手に、信長は機嫌よく笑みを浮かべた。

「参ったか、まあ、近《ちこ》う寄れ」

「はっ」

誠之助は地面にひざまずいたまま、信長に近づいた。

「立って、ここからの景色を見るがよい」

信長の言葉に、誠之助は立ち上がった。

「ほう」

誠之助は思わず声を上げた。

丘の麓《ふもと》まで湖水がきている。

その先は春霞にかすんでいるが、比叡《ひえい》の山並みも見える。手前は水田地帯で、四通八達《しつうはったつ》する水路に小舟がいくつも浮かんでいる。

唐《から》の国の山水図のような、本当に絵のような景色だった。

「これは見事な眺めでございますな」

「うむ」

信長は満足げにうなずいて、

「誠之助、わしはここに城を築くぞ」

「城を？」

誠之助は驚いて思わず主君の顔を見た。

「岐阜の城より大きな城をな。この近江のみならず、畿内《きない》一円を押さえ、北陸に対する押さえも兼ねる。名も決まっておる」

信長は笑みを浮かべて、

「安土《あづち》というのだ」

「あづち、でございますか」

「こう書く」

と、信長は遠眼鏡を小姓に渡し、枯枝を拾い上げて、地面に字を書いた。

「――平安楽土《へいあんらくど》の意でござろうか？」

「よう見た、その通りだ。さすがは名流望月の出、学があるのう」

「恐れ入りまする」

「信玄が駿河を取ったそうな」

信長はまったく突然に話題を変えた。

「わしが伊勢を取ったことと、信玄が駿河を取ったこと、いずれが大きいか？」

誠之助は一瞬返事に詰まった。

しかし、すぐに心は定まった。

「恐れながら、信玄が得たもののほうが大きゅうござる」

信長はたちまち笑みを消して、

「何故《なにゆえ》、そう思う」

「信玄の領国には、これまで海がございませんでした。海は多くの富を生み出す因《もと》でござる。しかも、海があれば異国と直接交易し、鉄砲、火薬を買うこともできまする」

「信玄はこれまでより、はるかに富強になったと申すか」

「御意」

信長は笑った。

「そうだろうな、わしもそう思う」

「――」

「信玄は、このまま放っておけば、そちの申す通り異国との交易を始めるかもしれぬ。強くなり富んでいく。――今のうちに叩いておくべきかどうか」

誠之助は再び膝をつき、信長を見上げた。

なぜ信長が自分を呼びつけたか、わかった。

「叩くと仰《おお》せられますのは、遠江の徳川殿と力を合わせて、信玄を駿河から追い落とすということでございましょうか」

「そうだ。そちの考えを聞きたい」

信長は真剣な顔で言った。

織田軍団に人材多しといえども、武田軍と実際に戦った経験のあるのは、誠之助ただ一人といっても過言ではない。

単に武田軍との合戦に一度や二度参加した者なら、他にもいるかもしれないが、信玄と直《じか》に顔を合わせ、その半生を敵として戦い、その戦《いくさ》ぶり、調略の仕方などつぶさに知っているのは、誠之助をおいて他にない。

それゆえ信長は、寄親の一益を飛び越してでも、直接誠之助と話すことを欲したのだ。

誠之助は考えた。

信玄を駿河から追い返すことは決して不可能ではない。

信玄は、今川、北条と結んだ三国同盟を破って駿河に侵入した。

今川は滅亡したも同然だが、大国北条はまだ健在である。その北条は武田に駿河を奪われたのを怒り、また武田がより強大になることを恐れている。

だから、北条と盟約を結び、その領国相模から兵を出してもらい、遠江からも攻め寄せて、駿河の信玄を挟《はさ》み撃ちにする。できないことではない。

だが――。

「おやめになったほうがよろしゅうござる」

誠之助は信長の顔を直視して言った。

信長は黙って誠之助を見返した。

笑みは再び消えている。理由を話せと、その顔が言っていた。

「されば……」

誠之助は腹を決めて答えた。

「織田家の兵は武田家の兵に敵《かな》わぬからでございまする」

「――」

「拙者、当家に随身するまで、武田兵一人に尾張兵三人でようやく勝負になると耳に致しておりました。しかし、それはあくまで噂で、いくら何でもそのようなことはあるまい。いくら武田兵が強いといっても一人に三人で当たらねばならぬとは、あまりに馬鹿にした話。腹黒い信玄の取り巻きが織田家を貶《おとし》めるために言い触らした根も葉もない噂だと……」

「それが正しかったと申すか」

「――はい」

誠之助は少し言いにくそうに、

「まさにその通りでござった。今のままでは武田の三倍の兵を集めて、ようやく互角。本当に勝つには四倍か五倍の兵を集めるべきでしょう」

「武田勢が一万なら、われらは少なくとも四万集めねば勝てぬと?」

「御意」

そう言ってしまってから、誠之助は信長の反応を窺《うかが》った。

並みの大将なら激怒するところである。

どの大名も、麾下《きか》の兵が弱いと言われれば怒る。まして、四倍でなくては勝てぬと聞けば、意地に懸《か》けてもそんなことは認めぬはずである。

しかし、信長の反応は違った。

激怒するどころか苦笑したのである。

「ずけずけと申すことよ」

「恐れ入りまする」

頭を下げた誠之助はほっとしていた。

ここで激怒するような大将なら、信玄には絶対に勝てない。

「ならば、やめておくか」

まるで物見遊山を取りやめるような口調で、信長は言った。

誠之助もうなずいた。

それは自明の理である。

駿河に居座る武田軍を仮に二万としよう。すると織田軍は八万の大軍を動員せねば勝てぬ理屈になる。

北条軍もいるではないかと、言う者もあるかもしれない。

だが、北条軍が味方となるのは、信玄を駿河から追い出すまでである。信玄がいなくなれば、宝の山の駿河をめぐって織田と北条は敵同士となる。北条軍は、信玄との戦いでへとへとに疲れた織田軍に、牙《きば》を剝《む》いて襲いかかるだろう。なにしろ北条軍は駿河の隣国相模を本拠地にしている。当然、はるかに有利である。

この際、北条をも叩いておけと思っても、北条には難攻不落の大要塞小田原城がある。そこに逃げ込まれてはどうしようもない。それに小田原まで攻め込めば、今度は信玄に背後を突かれる。

甲斐に追い返され、そのまま黙っている信玄ではない。

では、さらに大軍、たとえば十万の兵を集めたらどうか。

この数字は織田にとっては決して不可能ではない。しかし、それだけの兵を集めて駿河を攻めれば、当然各領国の守りは手薄になる。

それを周囲の大名が黙って見過ごしてくれるだろうか。

いや、そんなはずはない。

あわよくば領地を広げようとしている連中である。しかも、あの外交上手な信玄のことだ。越前の朝倉義景、摂津《せっつ》の本願寺《ほんがんじ》、あるいは西国の雄毛利元就《もうりもとなり》に使者を送り、信長の留守を狙え、とそそのかすにちがいない。

摂津の本願寺は、信長を仏法の敵と定めている。一向一揆《いっこういっき》、この篤《あつ》い信仰心に裏打ちされた日本最強の一揆は、本願寺の指令で動く。その本拠石山《いしやま》本願寺城も、小田原城に匹敵する難攻不落の名城である。

なにしろ伊勢長島《ながしま》でも摂津でも、信長は一向一揆には手を焼いている。

この強さは尋常のものではない。あの上杉謙信さえ、一向一揆の跳梁《ちょうりょう》には手を焼き、しばしば苦杯を嘗《な》めさせられている。

その背後には、信玄がいる。

信玄の正妻三条《さんじょう》夫人と、本願寺の門主顕如上人《もんしゅけんにょしょうにん》の夫人は、実の姉妹である。

本願寺は信玄の味方と考えていい。

その本願寺が、信長軍の留守を狙わないはずがないのである。

もう一人、越前の朝倉義景も同じだ。

義景は、足利義昭の保護者であった。その義昭を義景の手から奪い、その権威を利用して天下に号令している信長を、義景は激しく憎むようになった。

都合の悪いことに、この義景と将軍義昭が再び結びついたのである。

初めのうち義昭は信長に感謝していた。

流浪人に等しい身の上だったのに、信長の力で将軍になることもできた。京に住むこともできるようになった。

しかし、信長が足利将軍家を『再興』したのは、あくまでその権威を利用して天下に号令するためで、自分に臣従するためでなく、実権を握らせるためでもない、ということに義昭は気付いた。

そして、そう気付いた時、義昭は逆に将軍の権威を使って信長を倒すことを考え出したのである。

具体的には、各地の大名に御教書《みきょうしょ》を送って「不忠の臣、信長を討て」と命じればよい。曲がりなりにも将軍の命令である。

どの大名も、形式的には将軍の家来である。その意を伝えた御教書は謹《つつし》んで受けなければならない。将軍を敬《うやま》う気持ちはなくとも、御教書を貰えば信長を討つ大義名分が出来る。

義昭と義景は親密の度を深めている。

逆に信長の心は義昭から離れつつあった。

おとなしくしていればよし、もししなければ――とばかりに、信長は義昭の自由を拘束した。

勝手に他国の大名と通信することを禁じたのである。すべて信長の許可を得よ、と。

義昭にとって、これにまさる屈辱はない。

将軍が臣下の命令を聞かねばならぬとは、なんたることか。義昭の怒りはある意味でもっともである。

当然、義昭は信長をいっそう激しく憎むようになった。

しかし、その義昭を、信長はあくまで保護していかねばならない。

義昭が将軍だからである。

一方、義昭も、しばらくは信長の手の中にいるしかない。義昭自身、軍勢すら持っていないのだから。

しかし、もし信長が京を留守にし、別の大名が京を奪えば、義昭はそちらのほうに乗り換える気でいた。

そして、本人がそういう気持ちであることは、周囲の誰もが知っていた。

だからこそ信長は京を留守にできない。少なくとも織田軍の主力を、駿河に遠征させることは、まず不可能である。

(やはり、ここは自重するしかないか)

信長は初めからそのように考えていた。

しかし、念のために武田勢に詳しい誠之助を呼んで、その意見を聞いてみようと思い立ったのだ。

これには誠之助の器量を計る意味もあった。

誠之助は信玄への復讐を生きがいにしている男だ。しかし、信玄憎しに凝《こ》り固まって冷静な判断ができないようでは、あまり使い物にはならない。

そこで信長は誠之助に餌を投げた。

信玄を討つことに、誠之助が一も二もなく賛成するかどうか、反応を見たのである。

（この男は使える）

信長は感心した。

拾い物だとも思った。

相手の大将を憎悪していながら、今度の戦は負けるからやめろとは、なかなか言えるものではない。

信長は決心した。

いずれ信玄とは雌雄《しゆう》を決しなければならない。それは天下を狙う以上、避けられないことである。

だから、今のうちに、対武田攻めの戦略を練《ね》っておく必要がある。その任に当たる者も、主立《おもだ》った者は今から決めておかねばならない。

誠之助をその一員にしようと、信長は決意したのである。

「蘭丸《らんまる》、筆――」

と、信長は近侍《きんじ》していた小姓の森《もり》蘭丸に命じた。

蘭丸は、素早く矢立てを差し出した。

信長は懐紙を取り出し、その場で書状をしたためた。

「これを一益に見せよ」

信長は誠之助にそれを渡して言った。

「かしこまりました」

誠之助は受け取り、信長の御前を退出した。

2

翌日、誠之助は伊勢に戻った。

一益は大河内城にいる。

北畠の家督を継いだ信長の次男信雄を守って、事実上の伊勢総督として君臨している。

信雄が成長するまでの間、伊勢の統治は一益に委任されているのである。

しかし、当の一益は、大名然として城の奥にふん反《ぞ》り返っているような男ではない。

忍び装束を着け、どこにでも出かけて行く。

変装も巧みである。

もっとも、そのことを知っているのは、誠之助も含め、ほんのわずかの人間に過ぎない。

誠之助は一益の居室を訪ねた。

一益は廊下に出て、武具の手入れをしていた。

「おう、殿はお元気であったか」

一益は快活に声をかけた。

「相変わらず、ご壮健で」

誠之助はほっとして言った。

一益を差し置いて、信長に呼ばれた。そのことを一益は気にしているのではないかと、誠之助は気にかけていた。

どうやらそうでもないらしい。

誠之助は手紙を差し出した。

「――？」

「殿からの書状でござる」

「殿から」

一益は受け取って一読した。

誠之助は黙って見ていた。

一益は読み終わると苦笑した。

「何か？」

誠之助は訊《き》いた。

「おぬしを呼んだのは武田のことを尋ねるためじゃ。気にするな、とな」

書状を畳《たた》みながら一益は言った。

誠之助は感心していた。

信長の配慮であった。一益が余計なことを気にかけぬよう、わざわざしたためたにちがいない。細《こま》やかな心遣《づか》いというべきだった。

「それで、殿は、武田の何を尋ねられたのだ？」

一益はさりげない口調で言った。

やはり一益もそのことは気になるのだろう。

誠之助はあたりを見回し声を潜《ひそ》めた。

「武田を討つべきかどうか、と」

「なんと」

一益は目を丸くした。

誠之助はうなずいた。

「しかし、なぜ、今この時期に」

「信玄が駿河を手中に収めたからでござる」

「駿河を？」

「駿河には海がある。海があれば異国と交易もできる――」

「なるほど、鉄砲か」

さすがに一益である。わかりが早かった。

「――これまで海のなかった武田がこれからは鉄砲を入手しやすくなる。それはまずい。それゆえ武田に駿河を渡さぬように、ということか」

「その通りだ」

「で、おぬしはどう答えた？」

「――やめておかれませ、とな」

「なぜ？」

「今の織田家の力では、信玄に勝てぬからよ」

誠之助は苦《にが》い顔をした。

「勝てぬか」

一益は別に憤慨する様子もなく、淡々とした口調で言った。

「まず」

「やはり、織田兵は弱いか」

「弱い。武田兵の敵ではない」

誠之助は断言した。

一益はさすがに苦笑して、

「それでは、おぬしの生涯の望みが果たせぬではないか」

信玄を討つことである。

誠之助は首を振った。

「もっと兵の数を増やせばよいのだ。敵の五倍の兵を擁すれば、どんな相手にでも勝てる」

「五倍？　それはまたたいそうな」

「武田の強さは並みではない」

「――」

「あるいは城の中から鉄砲で狙い撃ちするのもよいかもしれぬ」

誠之助は、つい先日までのこの城を舞台にした攻防を思い出していた。

あの時、城方の北畠勢にもっと多くの鉄砲があったら、どうなっていたか。

おそらく力攻めはまったく不可能で、兵糧《ひょうろう》の尽きるのを待つという、消極的な手段しか取れなかったのではないか。

城を攻めるには、守備側の三倍の兵がいるというのが常識である。しかし、城方に大量の鉄砲があれば、五倍の兵が必要ではないか。誠之助はそのことを大河内城攻防戦で悟った。

言うまでもなく、そのことは総大将の信長にも一益にもわかったはずである。

「鉄砲で狙われたら、いかな猛将といえどもひとたまりもない。武田に勝つには、やはり鉄砲の数をさらに増やすことかもしれぬ」

誠之助の言葉に、一益は、

「だが、鉄砲は雨に弱いぞ」

と、異《い》を唱《とな》えた。

それも大河内城攻防戦の教訓であった。

晴天時にはあれだけ威力を発揮する鉄砲が、雨の中ではただの棒と化す。

緒戦は突然の雨にたたられて、織田軍はさんざんな敗北を喫《きっ》した。

鉄砲がいかに雨に弱いか、そのことを思い知らされたのである。

「城の中ならよい、城中なら火縄も濡れぬ」

「では、信玄が攻めてくるのを待つか。攻めてきたところを、城の中から鉄砲で狙い撃ちせよ、と?」

誠之助はうなずいて、

「今のところ、その手しかないな」

「——誠之助、それはわし以外の者に言ってはならんぞ」

「わかっている」

激怒されるのがおちだからだ。

あるいは臆病者と罵《ののし》られるかもしれぬ。

「だが、兵糧攻めにされたらどうする」

「ははは、彦右衛門殿」

と、誠之助は一益に、

「兵糧攻めなら恐れることはない。それならわれらが勝つ」

「――？」

「武田の弱味はそこよ。武田の足軽は百姓を無理やり集めたものだ。田植え、稲刈りの時期には国へ帰らねばならぬ」

「なるほど」

織田家は違う。織田家の兵は百姓の次男三男や諸国流浪の民の出が多い。田畑は持っておらず、耕作の義務もない。

言ってみれば専門の兵である。

それができるのは、織田家が豊かだからだ。

尾張・美濃・伊勢といった織田の領国は、ろくな作物の穫《と》れぬ甲斐と違って、多くの人口を養うことができる。

戦いたい者は戦い、耕作したいものはすればいい。

それがこの国では可能なのである。

（しかし、駿河を手に入れたとなれば、そうもいかぬか）

誠之助は突然気付いた。

駿河は甲斐とは違う。尾張・伊勢に優るとも劣らぬ豊かな国だ。鉄砲のことだけでなく、そのこともあるのに気が付いた。

今後、武田の弱味は解消されるかもしれないのだ。

（なるほど、殿はそこまで考えておられたか）

誠之助は信長の洞察力に改めて敬意を表した。

常に、敵の長所と弱点に注意していなければ、そこまで考えられないだろう。

「どうした？」

一益が不審げな顔をした。

誠之助は説明した。

一益は興味深げに聞いていたが、

「では、改めて殿に呼ばれたらどうする？　今度は武田攻めを進言するか」

「いや」

誠之助は首を振って、

「やはり、やめて頂く」

「では、どうすればよい？」

「――」

「殿はこの伊勢を手中に収められた。同時に信玄は駿河を奪った。その信玄を攻めるにはまだ機熟さぬというなら、どうする？」

「――力を蓄《たくわ》えることだ」

「どのようにして？」

「それは殿がお決めになることだ」

誠之助は言った。

そのように答えるしかない。

他に答えようもないではないか。

「力を蓄えるとなれば、やはり国を取ることかのう――摂津か丹波《たんば》か、それとも紀伊《きい》か」

一益は具体的な国名を挙げてみせた。

いずれも強敵である。

摂津は一向一揆の総元締《もとじめ》顕如上人のお膝元《ひざもと》であり、その住処《すみか》である石山本願寺城は無双の名城だ。

丹波は山深く攻めるのがそもそも困難な地形だし、紀伊には雑賀《さいか》鉄砲衆がいる。これは日本最強の鉄砲軍団である。その実力には織田の鉄砲組も及ばないほどだ。

まずどれを討ち、どれと結ぶか。

それが問題である。

いずれにせよ、それは信長の判断にかかっている。

「ところで、冬殿が来ておられるぞ」

一益は突然言った。

「えっ」

誠之助は思わず一益を見返した。

木造城主木造具政の娘なら、木造城にいるはずである。

「今、木造殿はこちらに来ておられる。冬殿も同行されておるのだ。誠之助、貴公と木造殿はとりわけ縁の深い間柄、挨拶《あいさつ》を欠かしてはなるまいぞ」

「しかし――」

「しかしもへちまもない、会ってこい。これは寄親としての命令だ」

一益は笑みを浮かべていた。

3

「誠之助様、常楽寺はいかがでございました」

冬は、初めはにこやかに訊いてきた。

「うむ、殿が気に入られて長逗留《ながとうりゅう》されるだけあって、なかなか見事な春景色でござった」

「御覧になったのは、春景色だけでございますか」

「――？」

誠之助は冬の言う意味がわからず首を傾《かし》げた。

「まあ、とぼけて」

「とぼけてなどおらぬが、はて、何のことか」

「湖国《ここく》にはいろいろと美しい花が咲くとか」

「花か、わしは花にはとんと興味がない。どれがどの花と、言われてもわからぬ」

冬はきっとなって、

「誠之助様、それは本心でございますか」

誠之助はますます首を傾げた。

「誠之助様は、これまで女子《おなご》を好きになったことはありませぬのか」

「それはある」

誠之助は正直に答えた。

隠しても仕方がないことである。

冬は誠之助をじっと見つめた。

そして、おもむろに口を開いた。

「――花と申すは、そのことでございます」

誠之助はようやくわかった。

（そうか、湖国の花、近江の女と遊んできたのではないか、と言いたいのか）

そして思わず笑って、

「そのようなこと、まるでなかった。お役目第一でな。花には触れる間もなかった」

「本当に？」

「本当だ。嘘はつかぬ」

「まあ、嬉しい」

冬は手を叩いた。

誠之助は思わず微笑した。

「常楽寺では、いきなり殿に呼ばれてな。ご下問《かもん》があった。それにお答えしただけだ」

「どのような？」

「――いや、それは申せぬな」

「まあ、水臭い」

「許されよ。織田家の将来に関わることなのでな」

「でも、それなら嬉しい」

「織田家の将来について、殿からご下問があるほど、信頼されているということでしょう」

「うん?」

「それはそうだが」

「ご出世間違いないと思います」

「そうかな」

「そうですとも。冬は嬉しい」

誠之助は照れ隠しに頭を掻《か》いた。

大河内城は無骨《ぶこつ》な城である。

敵を迎え撃つためだけに造られた要塞である。

それでも庭ぐらいはあった。

その庭には、いま誠之助と冬の二人しかいない。

「誠之助様、冬をいつまでこのままにしておかれるのですか」

思い詰めたような口調だった。

誠之助ははっとした。

「——このままでは、冬は伊勢中の女子の侮《あなど》りを受けまする。冬には殿方を惹《ひ》きつける力がないのだ、と」

「何を言われる、冬殿」

誠之助はあわてて言った。

「それは違う、冬殿ほど美しい女子は、この伊勢中探しても、他にはおりませぬ」

「ならば、なぜ――嫁にして頂けぬのですか」

冬の言葉に、誠之助はたじたじとなって、

「それは、――わしが冬殿にふさわしくないからだ」

「嘘」

「――」

「誠之助様はまだ忘れられないのですね。昔、お仕えした姫様のことが」

「――それは違う」

「本当に？」

冬は誠之助の瞳を直視した。

誠之助は心に動揺を覚えた。

「誠之助様――」

と、冬が何か言いかけた時だった。

突然、誠之助は背後に冷《ひ》やりとしたものを感じて、さっと身をかわした。

一陣の刃風《はかぜ》と共に斬撃《ざんげき》がきた。

誠之助は飛び下がって刀を抜くと、そこで初めて敵の正体を見た。

あの若者、北畠市三郎だった。

「父の敵《かたき》、望月誠之助、覚悟」

市三郎の目は憎悪に燃えていた。

「冬殿――」

誠之助が声をかけるまでもなく、冬は誠之助の身体《からだ》の陰に身を隠した。

「とんだ色模様だな、恥を知れ」

市三郎が叫んだ。

「なんの。恥を知るのは、おぬしのほうだ」

誠之助は冷静な口調で言った。

「なんだと」

対する市三郎は、興奮で声がうわずっている。

「人と人とが好きになるのに、何の遠慮が要《い》る。わしも冬殿も天地に恥じることは何もない」

「――」

「それにひきかえ、おぬしはどうだ。わしがおぬしの父を斬ったのは、やむを得ぬこと。昼日中《ひなか》、娘御《むすめご》を拐《かどわ》かすなど言語道断、武士にあるまじき振舞いではないか。それを咎《とが》めて斬ったことを、父の敵呼ばわりされるのは迷惑千万」

「うっ」

「それに父の敵を討つなら討つで、なぜ堂々と名乗りを上げぬ。背後から不意討ちをかけるなど、若い者のすることではないぞ」

「父の敵を討つのだ。討ってしまえばそれでよい」

「手段は問わぬか」

「問答無用だ、死ね」

市三郎は躍《おど》りかかってきた。

その打ち込みは、実戦経験豊富な誠之助から見れば、児戯《じぎ》に等しいものであった。
二、三合《ごう》打ち合っただけで、誠之助は市三郎の刀を撥《は》ね飛ばし、尻餅《しりもち》をつかせた。
その喉元に太刀の切尖《きっさき》を突きつけると、市三郎は無念の形相で叫んだ。

「殺せ」

「未熟だな。その腕では、確かに堂々と立ち合うことはできまい」

市三郎の顔は屈辱で真っ赤になった。

「行け」

誠之助は刀を引いた。

「――？」

「行けと言うのだ。今回はおぬしの負けだ。もっと腕を磨《みが》いて出直してくるのだな」

「敵の情けは受けぬ」

「ならば、ここで腹を切れ。止めはせぬ」

「――」

「ここで腹を切れば、おぬしは女子を拐かすために生まれ、しかも失敗して死んだことになるぞ。それでもよいのか」

市三郎は憎悪に燃えた目で、じっと誠之助を見ていた。

そして、手探りで落とした刀を探して鞘《さや》に納めると、

「覚えていろ、必ずまた会うぞ」

と言い残し、市三郎は立ち上がり、走り去った。

「なぜ、斬ってしまわれぬのです」

冬が不満そうに言った。

誠之助はちょっと驚いて、

「これは、きついことを申されるな」

「あの男、今度はもっと強くなって戻って来ますよ」

冬は忠告するように言った。

「わしが討たれるとお考えか」

冬は大きく首を振って、

「そうは思いませぬ。思いませぬが、何事も悪縁は芽のうちに刈り取っておかねば――」

「では、冬殿とのこともそうしますかな」

誠之助は冗談のつもりで言ったのだが、それを聞くと、冬は突然泣き出した。

「ひどい。誠之助様、それはあまりのお言葉でございます」

冬は誠之助の胸に飛び込んで、それを何度も拳《こぶし》で叩いた。

「すまん。許されよ、冬殿」

誠之助は冬の為《な》すがままに、その場で動かずにいた。

4

翌朝、まだ夜の明け切らぬ頃から、誠之助は大河内城の大広間にひとり座っていた。泣きじゃくる冬をようやくなだめて帰し、それから誠之助は一晩まんじりともせずに夜を明かし、この大広間にやって来た。

冬の言葉、そして市三郎の憎悪に燃えた目が昔を思い出させた。

(市三郎は昔のわし自身だ)

あれはもう何年昔のことになるだろう。

武田の当主である武田晴信《はるのぶ》が、妹婿《いもうとむこ》の諏訪頼重を騙《だま》し討ちにしたのは。

頼重こそ誠之助の旧主であり、晴信は信玄である。

信玄、いや晴信は、諏訪へ降伏を勧めるために使者として山本勘助を送ってきた。

勘助は言葉巧みに頼重を説得し、降伏開城させた。

だがそれは晴信の罠《わな》だった。

晴信は、城を明け渡させておいて、頼重を甲府に呼び、切腹させてしまったのである。

そればかりか諏訪者の宝であった頼重の娘美紗姫を、おのが後室に入れた。

このことを思い出すたびに、誠之助は全身の血が逆流するような怒りを覚える。

だが、ふと自らを省《かえり》みれば、この伊勢北畠家に対して、誠之助はかつての勘助の役割を果たしているのである。

名門の誇りで、辛《かろ》うじて立っている旧家、その旧家の最後の抗戦をつぶすべく、好餌《こうじ》を投げかける役――まさに往年の勘助そのものではないか。

北畠家存続と当主具教の助命、それを条件に織田家は北畠家を降伏開城させた。

しかし、その約束が守られるかどうか。

かつて晴信が頼重に腹を切らせたように、信長は具教を殺すのではないか。

その疑いは濃厚にあった。

いくら信長次男の信雄が北畠家を継いだとはいえ、北畠一族はまだあちこちに残っている。その中には市三郎のような若者もいるはずだ。

市三郎の怒りは、かつての誠之助の怒りでもある。

市三郎の目から見れば、誠之助は父の敵というだけでなく、北畠家を滅亡に導く大悪人でもある。

それゆえ、誠之助は市三郎を斬ることができなかった。

（因果《いんが》は巡《めぐ》る、か）

この前、この大広間で、一益と共に北畠具教に会った時、誠之助は何か奇妙な感じがしたものだ。

ずっと昔、同じようなことをしたような気がした。

その時は気のせいと、気にも留めなかったが、今ようやくわかった。

あれはずっと昔、諏訪桑原《くわはら》城の広間で体験したことなのだ。

ただし、あの時、誠之助は攻める側ではなく守る側にいた。

三十年近くも経って、攻守ところを変えたのである。

（奇妙なものだ、人生とは）

つくづくそう思う。

冬とのこともそうである。

冬は城主の娘、誠之助は外からこの国に来た人間だ。

ひょっとして伊勢者は誠之助を、諏訪から娘を奪った信玄を見るような目で見ているかもしれないのである。

それは違うぞ、と誠之助は思う。

信玄は美紗姫を無理やり奪ったが、誠之助と冬は相思相愛である。

相思相愛——ふと、この言葉が誠之助の喉《のど》につかえた。

そう言ってよいのだろうか、自分は充分に冬に応《こた》えていると言えるのだろうか。

誠之助はそれを考え続けていたのである。

どれくらい時間が過ぎたろう。

夜が完全に明け切った頃、にわかに城中が騒がしくなった。

太鼓が打たれた。

これは、集まれの合図である。

城中の主立った武士が大広間に集まってきた。

その中には冬の父の木造具政もいる。

「何事でござる?」

誠之助の問いに、具政は、

「何やら殿から重大な知らせが届いたそうな」

具政もその内容までは知らなかった。

やがて上使《じょうし》が到着し、北畠当主の信雄に書状を差し出した。それを全員に伝えるのは若い信雄を補佐する一益の役目である。

満座の注目の中、一益は上座に着いた。

そして、その言葉にその場にいた武士すべてが驚きの叫びを上げた。

厄難《やくなん》の夏

1

「本日、早暁《そうぎょう》、殿は越前攻めの軍を発せられた」
一益はまずそれだけ言った。
(越前――)
驚いたのは誠之助だけではない。
越前といえば朝倉義景の領国である。
その越前に攻め入るとは、どういうことなのか。その理由は誠之助だけが知っていた。
(殿はこの際、朝倉を滅ぼすのが得策と判断されたのだ)
織田家にはいま余力がある。
伊勢を支配下に収め、岐阜と京の間がまたひとつ安全になった。

その力を、信長は一度武田へ振り向けようとした。

おそらく常楽寺での角力《すもう》の興行は、兵に休息を与えつつ、自ら考えるためでもあったろう。

誠之助は、そんな信長に問われるままに、武田信玄と事を構えるのは時期尚早だと、進言した。

（殿は、あれでお考えを変えたのか）

もちろん賢明な信長のことだ。誠之助の進言がなくても、そのような判断を下したにはちがいない。

しかし、誠之助の言葉が決心を変えさせる重要な力になったことは疑いない。

誠之助は、なんとなく朝倉義景に後ろめたさを覚えた。

広間のざわめきは一時《いっとき》のことだった。

この戦《いくさ》には、伊勢の兵は関係ない。

京に集められた信長本軍がこれに当たる。伊勢兵は留守をしっかり守ればいいのである。

冷たく言えば対岸の火事であり、高見の見物をしていればいいことである。

「朝倉勢もなかなか古強者《ふるつわもの》がいるというぞ」

「いや、なに、殿の敵ではあるまい。大将の義景は、うつけ者よ」

あちこちで、そんなささやきが聞こえた。

織田家の家中がそう思うのも無理はない。

信長がこれほど短期間に、事実上の近畿《きんき》王という地位にのし上がったのはなぜか。

手品の種は足利義昭である。

この、将軍家の血を引いているということの他は何の取り柄《え》もない男を、信長は神輿《みこし》として担《かつ》ぎ上げ将軍にまつり上げることによって、今の地位を得た。

それがなければ、信長は今でも尾張・美濃の両国を治めるだけの田舎《いなか》大名に過ぎなかっただろう。将軍家の代理人として動いたからこそ、京へ上っても誰も表立っては文句はつけられなかった。

足利将軍家の再興を邪魔するのかと言われれば、すごすごと引き下がる他はないからだ。

滑稽《こっけい》なことに信玄も謙信も、北条氏康も朝倉義景も、信長ですら形式的には将軍の家来なのである。

だが、その義昭はもともとは義景のところにいたのである。それを信長が横から奪ったのだ。

だから信長にできたことは、本来義景にもできたはずなのである。少なくとも織田の家中はそう思っている。

それゆえ、義景は間抜《まぬ》けだ、その気になればうちの殿より早く天下に号令できたはずだ、という侮《あなど》りが生まれている。

（それは少し違うな）

織田の家中でも、誠之助だけはそうは思っていない。

義景が義昭を擁《よう》して天下に号令しようとしなかったのは、義景自身の優柔不断のせいもあるだろう。だが、それだけではない。

朝倉の兵は他のすべての国と同じく、徴発された百姓が主体だろう。専門の武士は騎乗の士とわずかな郎党だけで、足軽の大部分はふだんは田畑を耕している百姓のはずである。当然、田植えや刈り取りの時期には在所《ざいしょ》に帰してやらねばならない。そうしなければ食糧の生産ができず、国はあっという間に崩壊する。

それに、その時だけ帰してやればいいというものではない。田植えと刈り取りだけ人手があればいいというものではないからだ。

要するに、常時戦争はできないし、国を長期間空《あ》けることも難しい。

天下に号令したくとも、できないというのが本当のところだろう。

だが織田家は違う。

全国に大名は数あるといえども、専門兵士の足軽を雇《やと》っているのは織田家だけだ。

つまり、織田家では、田畑のことは心配せずに、いつでも戦争ができるのである。

この差は限りなく大きい。

決して朝倉義景は、極《きわ》めつけの間抜けではないのである。

しかし、織田家の武士はそう思っている。

(それが敵に対する侮りを生みはせぬか)

誠之助がそんなことを考えながら、廊下を歩いていると、木造具政が後を追ってきた。

「望月殿」

「あっ、これは木造殿」

誠之助は振り返った。

具政はあたりを見回して声を潜《ひそ》めた。

「――冬のこと、よろしく頼みましたぞ」

「は、はあ」

誠之助は返事に困った。

「いや、どうしても気に染まぬとあらば、無理強《じ》いすべきではないかもしれぬが――」

「左様なことはございませぬが」

そこへ一益がやって来たので、誠之助はほっとした。

具政は一益に会釈《えしやく》すると先に出て行った。

「返事を迫られていたようじゃな」

一益は、にやにやしながら顎《あご》をしゃくった。

誠之助はうなずいた。

「いい加減に年貢《ねんぐ》を納めるがいい。いつまでも返事を延ばすのは男らしくないぞ」

「何を言う」

誠之助は反撥《はんぱつ》した。

男らしくない、というのは武士に対する最大の侮辱《ぶじょく》である。

他の男から言われたなら、刀に懸《か》けても取り消させるところだが、相手が一益ではどうしようもない。

「まあ、よいわ。ただ、あまり待たせてはならんぞ」

「わかっている」

誠之助は自分に言い聞かせるように言った。

「ならばよい」

そう言う一益の顔がふっと曇った。

「どうした？」

答える代わりに、一益は、目で障子《しょうじ》を示した。

誠之助は一益に続いて座敷に入った。

「越前攻めは、おぬしの知恵か？」

対座するなり、一益は訊《き》いた。

「いや、その話は一切なかった」

「だろうな」

一益は腕組みして、

「殿は、おぬしの話を聞き、そのうえで朝倉退治を決められたのだろう。おそらく、殿の胸の内ひとつ、兵を出すまで誰にも漏らしてはおられぬだろうな」

「朝倉は寝耳に水というわけか」

誠之助は言った。

それは織田家にとっては有利な事実である。

だが、一益の表情は晴れなかった。

「寝耳に水は浅井も同じであろう」

「浅井？」

突然出てきた名に誠之助は首を傾《かし》げた。

もちろん名前だけは知っている。

北近江を領する大名である。当主の長政《ながまさ》は信長の妹を嫁に貰っている。つまり、長政は信長の義弟になる。

長政の妻となっているお市《いち》は、艶麗類《えんれいたぐ》いなしと噂される絶世の美女だという。長政との夫婦仲もよく、既に四人の子を生《な》している。

その程度のことなら、織田家の家中なら誰でも知っている。

「浅井殿も何も知らなければ、まずいことになるかもしれぬ」

「なぜだ？」

「おぬしは知らんのか、浅井と朝倉の深い縁《えにし》を」

一益は語り始めた。

浅井長政の祖父亮政《すけまさ》は、このあたりの大名京極《きょうごく》家に仕える、名もない武士に過ぎなかった。

それが下剋上《げこくじょう》の風潮に乗り、独立した大名となった。その最大の強敵が南近江を支配する六角《ろっかく》氏だった。

新興の浅井氏は、古くからの大名である六角氏に攻められ、滅亡の危機に瀕《ひん》したこと一度や二度ではない。それを助けたのは、朝倉氏なのである。

朝倉氏は、なぜか当初から浅井氏には好意的で、再三にわたって援兵を送り浅井氏を助けた。

浅井家ではこれを感謝することひと通りでなく、朝倉家に対しては恩人の扱いをしているという。

「では、今度の朝倉攻め、浅井殿は決して愉快には思わぬ、と？」

誠之助の問いに、一益は、

「それなら、まだよい」

「――?」

「浅井備前守《びぜんのかみ》殿は、ことのほか律義《りちぎ》な御方じゃ。しかも浅井家には先代の久政《ひさまさ》殿がまだご健在で、何かと備前守殿の仕置《しおき》に口を出されると聞いておる――」

そこまで聞けば、誠之助にも一益の危惧《きぐ》はわかる。

「まさか、彦右衛門殿は、浅井殿が裏切ると――」

「しっ、声が高い」

と、一益は制しておいて、

「取り越し苦労かもしれぬ。だが、もし、そうなったら大変なことになるぞ」

それはそうだ。

信長軍は敵地で、前方の朝倉軍と後方からの浅井軍の挟《はさ》み撃ちに遭《あ》うことになる。しかも、信長の本軍を救援できる態勢は、まったく整っていない。本来、何か不都合があれば、むしろ浅井家こそ援兵になるべきものである。

(殿が危ない)

誠之助の顔も蒼《あお》ざめた。

2

一益の予感は当たった。

信長軍は破竹の勢いで越前に侵入したが、前哨戦はあっさり勝ったものの、敗退を余儀なくされた。

信長が浅井離反の知らせを聞いたのは、越前金《かな》ケ崎《がさき》近くの野陣であった。

（長政が裏切るとは――）

さすがの信長も、顔から血が引いていくのを感じていた。

浅井軍の動員能力はそれほどでもない。

おそらく八千がせいぜいだろう。

織田軍は加勢の徳川軍を加えれば三万五千ある。

これに対して朝倉軍は一万五千、浅井と合わせれば二万三千となる。

数では織田軍有利だが、信長はそんな数字はあてにならないことを、誰よりも知っていた。

ここは敵地である。

朝倉軍は城に籠《こ》もって悠々《ゆうゆう》と守ればよい。

いかに織田軍が豊かだといっても、浅井軍によって補給路を断《た》たれたら、あっという間に干上《ひ》がってしまう。

朝倉義景はじっくりと織田軍が消耗し、力をなくすのを待てばよい。

それをさせぬために、織田軍はこのまま反転し、浅井軍を撃破して帰るべきだろうか。

（いや、それもまずい）

信長はただちにその考えを捨てた。

なぜなら、そうした場合、下手をすれば織田軍は浅井勢の待ち伏せに遭う。なにしろ、越前から京へ向かっての道は、山また山の難路である。大軍を奇襲するのにうってつけの地形なのだ。

自分が長政ならどうするか、信長は考えてみた。

なんとしても総大将である自分の所在を突き止め、そこに全力を集中して討ち取ろうとするだろう。そして、同時に織田軍が京へ戻るのを、あらゆる手段を使って妨害しようとするだろう。そうしていれば、そのうち越前を発した朝倉軍が、織田軍の背後を突くことができる。

退路を断たれ、挟み撃ちにされる。しかも平野ならともかく、大軍が展開しにくい山地で、である。

信長は爪《つめ》を嚙んだ。

考えごとをする際の信長の癖である。

（軍を返すのもまずい。だが、このまま留《とど》まれば、さらにまずい）

ぐずぐずしてはいられなかった。

決断の遅れは死を招く。

「逃げるか」

信長は口に出して言ってみた。

言ってみて、それが案外名案なのに気が付いた。

「軍議を開くぞ」

信長は近習の者に命じた。

諸将が集まってきた。

重臣筆頭柴田勝家《しばたかついえ》、丹羽長秀《にわながひで》、佐久間信盛《さくまのぶもり》、木下秀吉、池田恒興《いけだつねおき》、森可成《もりよしなり》――いずれも織田家の将領の中では、最も優秀な者たちである。

その中で、木下秀吉は最も新参の、しかも足軽からの叩き上げの大将だった。武家の生まれですらない。

しかし、この席の中で、秀吉は最も鋭い頭を持っていた。

（徳川殿がおらぬ）

軍議の席に徳川家康が呼ばれていない。秀吉はすぐにそのことに気が付いた。

軍議に家康を呼ばないということは本来ない。徳川は同盟軍である。軍を動かすのに相談しないという法はない。家康が出なくても代理は出席するはずだ。

その家康が呼ばれていない。

それは何を意味するのか。

(殿は、徳川家を見捨てて逃げるおつもりだな)

秀吉は見当をつけた。

同盟軍の家康を囮《おとり》にするのである。

そして、信長本軍は撤退の意思がないように思わせる。そう思わせることが無理でも、家康が取り残されることによって、朝倉軍に対する楯《たて》ともなりうる。

いわば非情の作戦である。

だが、信長はそのことは一言《ひとこと》も言わなかった。

「わしは京へ戻ることにした」

その言葉には誰も驚かなかった。

既に浅井の離反は高い噂となっている。

信長が兵を退《ひ》くことは、誰もが予測している。問題はどうやって退くかだ。

「その方ら、順次引き揚げるよう――」

信長は全員を見て言い渡した。

諸将は顔を見合わせた。

一度に引き揚げずに、順次にするということは、問題は誰が殿軍《しんがり》を引き受けるかである。

殿軍とは、引き揚げの際、最後尾の部隊となり敵の追撃から味方を守る役目である。

味方は逃げる途中だから戦意は低い。それに対して敵の戦意は高い。しかも味方を逃がすために楯にならねばならないから、危険は大きく、死ぬ可能性も高い。

誰もが引き受けたくない役目だ。本音をいえばできるだけ早い順番で帰りたい。

しかし、それを口にすることは憚《はばか》られた。

武将としての沽券《こけん》に関わるからだ。ひとたび臆病者の評判が立てば、諸人の侮りを受け、誰も付いてこなくなる。

（好機だな）

秀吉は思った。

男を上げる好機と見たのである。

秀吉には、どうしてもそうしなければならない理由があった。

諸将の侮りをかわすためだ。

秀吉は足軽上がりである。百姓上がりである。今でこそ織田家の侍大将の一人にのし上がっているが、これは戦場《いくさば》での働きによるものではない。

情報収集、謀略等、おのれの得意業《わざ》で信長の信頼を得てきた。

そんな秀吉を、武骨一点張りの武将たちは馬鹿にする。所詮《しょせん》槍の使い方も知らない、百姓上がりだ、と。

それを拭《ぬぐ》い去るには、おのれを馬鹿にする諸将でさえ尻込みするような、困難で危険のある仕事を引き受けることしかない。

それがこの殿軍である。

信長も、この殿軍がいかに困難な役目か熟知している。

それゆえ、さすがの信長も、おまえがやれとは言えない。

それは、死ねということに等しいからだ。

だからこそ、信長は誰にも命じず、おまえたちで決めろと投げ出したのだ。

投げ出された側も困る。

やりたくないとは言えないし、やりたいと言えば死が待っている。

秀吉は、まるで明日の天気を訊くような何気《なにげ》ない声で言った。

「殿軍は拙者にお任せくだされ」

皆が驚いて秀吉の顔を見た。

信長も目を瞠《みは》って、

「藤吉郎、そちがやると申すか」

「はい」

秀吉は笑みを浮かべた。

「死ぬぞ」

信長は真顔《まがお》である。

「なんの、この藤吉郎、たとえ十万の大軍が押し寄せようとも、必ず生きて帰って御覧に入れます」

「大言《たいげん》を吐くのう――」

信長は明らかに秀吉を見直し始めていた。

それは諸将も同じである。

いつも秀吉を頭ごなしに怒鳴りつける柴田勝家も、何も言わなかった。

秀吉は全員の犠牲になるのだ。どうして叱《しか》りつけることができよう。

「では、しかと申しつけたぞ」

信長はそれだけ言うと、さっさと奥に引っ込んでしまった。

残された柴田たちは、結局くじ引きで帰る順番を決めねばならなかった。

秀吉は陣に帰ると、まず家康に使者を出した。信長が既に引き揚げたことを内密に知らせてやったのである。

家康は感謝して、数挺の鉄砲を秀吉の陣に届けた。秀吉の勇気に感動した諸将も、ある者は兵を預け馬を贈った。なによりも秀吉にとって嬉しい誤算は、家康がぎりぎりまで踏み留まって助けてくれたことだ。

それに朝倉義景の追撃も、思ったより生ぬるいものだった。

結局、信長は死地を脱し、近江朽木谷《くちきだに》から京へ帰ることができた。

秀吉も九死に一生を得た。

この戦で、同盟国浅井の離反を招き、最も損をしたのが信長なら、武将としてまたとない箔《はく》を付けて男を上げた木下秀吉は最も得をした男となった。

3

「信長め、浅井長政に裏切られ、命からがら京へ逃げ帰ったそうな」

信玄は甲斐の躑躅ケ崎《つつじがさき》の館で、愉快そうに笑った。

相手は源五郎こと高坂弾正である。

余人はいない。

信玄は、この海津城の守将が甲斐を訪ねて来るたびに、別間に通し二人きりで密談する。

謀略を語るに足る家来が少ないせいもあるが、むしろこの年齢になって信玄は、謀略を練《ね》ることが無上の楽しみになりつつある。

「義弟の浅井に背《そむ》かれるようでは、信長の足元も危《あや》ういとみたが、どうだ?」

信玄は言った。

「左様でございますな」

源五郎はうなずいて、

「信長の本国は美濃、この美濃と京を結ぶ要《かなめ》の地が近江でございます。近江が敵方に入れば、信長の領地は分断されることになり申す」

「まず、何をすべきか?」

信玄は源五郎に軍師としての見解を求めた。

「この分断の形がそのまま続くよう、後押しをすることでございましょうな。本来なら軍勢を西へ送るべきでござるが――」

源五郎は言葉を濁《にご》した。

残念ながらその力はない。

信玄は今川家を滅ぼして駿河を手に入れた。駿河を手に入れることにより、豊かな富と海を得た。

しかし、同時に失ったものもある。

武田・今川・北条の三国同盟、すなわち北条家との友好である。

いま信玄が大軍を擁して西へ向かえば、北条はただちに信玄の背後を突くだろう。それればかりではない。おそらく北条氏康は上杉謙信にも使者を送り、北の越後からも、この甲斐を突かせるにちがいない。

このところ少しおとなしくなったとはいえ、謙信はまだ信濃奪回の望みを捨ててはいない。だからこそ信玄は、本来なら手元に置きたい源五郎を、信越国境の海津城に置いているのだ。

また、万難を排して西上の軍を起こしても、途中には徳川家康という難物がいる。信長と固い同盟を結ぶ家康を倒さぬ限り、西へ進むことはできない。

それやこれやで、いま武田が西へ軍を送り浅井、朝倉を助けることは無理だった。

「せめて駿河に、小田原城ほどの堅固な城があればな」

信玄は珍しく愚痴《ぐち》を言った。

武田の領国内には巨城というものはない。

信玄の住むここも、城ではなく館である。

常々「人は石垣、人は城、情《なさけ》は味方、仇《あだ》は敵」と言っているのも、城がないからである。

甲斐のような山国なら、国全体が一つの城のようなもので、新たに城を築く必要はないかもしれない。

しかし、駿河とか信濃といった平野の広い国では、本当は大きな城がいる。そういう城さえあれば安心して国を空けることができるからだ。

現に北条氏康や上杉謙信が、しばしば出兵できるのも、それぞれ小田原城、春日山城《かすがやま》という巨大な城を持っているからだ。信長にしても、本国美濃に岐阜城がある。わずかな留守居の兵で、数倍の大軍の来襲にも耐えられる。だからこそ多数の兵を率いて他国へ遠征ができるのである。

だが、同じく平野の広い国でありながら、駿河にはそんな大きな城はない。

駿府城があるにはあるが、春日山城や小田原城に比べれば、かなり見劣りがする。安逸《あんいつ》をむさぼっていた今川家を象徴するような、締まりのない城なのである。

この城が他国に攻められることなど、おそらく今川家では考えてもいなかったのだろう。

確かに、今川の先代の義元の時代には、そのようなことは考えられなかった。今川家の実力は東海随一であったし、その頃、敵であった北条も、せいぜい国境を脅《おびや》かすことしかできなかった。

だが、今は違う。

甲斐・信濃・駿河と、武田の支配下にある三国の兵を動員して西へ向かえば、氏康は留守を狙ってくるだろう。

かといって、遠征する兵の数を減らせば、家康という堅い壁にはばまれて、京や近江へたどり着くことなどおぼつかない。

せっかく信長を倒す好機なのに、信玄は自軍を動かすことはできないのである。

そのことは信玄にもよくわかっていた。だからこそ源五郎に問うたのである。

直接、信長を叩くことはできない。では、何を為《な》すべきか。

「手立てはございます」

源五郎は確信に満ちた顔で答えた。

「どうする？」

「いよいよ、十万の大軍をもって信長を討つ秋《とき》が参りましたな」

「十万？」

信玄は耳を疑った。

そんな多数の兵を動員できる大名など全国津々浦々を探してもいないだろう。

あの信長にしたところで、その領国である美濃・尾張・伊勢等々の兵を掻《か》き集めてようやく集められる数だ。もちろん、全部の兵を動かすことはできない。誰かが留守を守らねばならないからだ。現に今回の越前攻めでも、信長が出撃させた人数は同盟軍の徳川勢を加えても三万五千であった。

十万という数は、それほど途方もない数なのである。

「そんな人数がどこにいる」

「おりますな。この日《ひ》の本《もと》のそこここに」

「民はどこにでもおる。兵として使えるかどうかではないか」

「最も手強《てごわ》い兵として使えますな」

源五郎は冗談を言っているのではなかった。

「まるで手妻《てづま》じゃな、ただの民を強兵に出来るとは」

信玄は少しむっとしていた。

そんな魔術がこの世にあれば、天下を取るなど易《やす》きことではないか。

「御意」

「では、その手妻使いはどこにおる？」

「摂津の国に。しかも殿のご縁者であらせられます」

「そうか、光佐《こうさ》殿か」

信玄は大きくうなずいた。

光佐、正式には本願寺の門主《もんしゅ》顕如上人のことである。

顕如は全国数十万の一向宗門徒の頂点に立っている。

顕如がひとたび命ずるや、門徒は水火の中へも飛び込んでいく。

死を恐れない。

それどころか法門《ほうもん》のために戦って死ねば、必ず極楽往生《ごくらくおうじょう》ができると信じている。

武家にとってこれほど手強い敵はない。

あの強敵上杉謙信ですら、一向一揆には手を焼き、ついに上洛を断念したほどである。

天下の名城春日山城を持ち、信玄と同じくらいの兵の動員力を持つ謙信が、京への道筋に一向門徒の支配する加賀《かが》国があるために、ついに上洛できなくなってしまったのだ。

その顕如と信玄は義兄弟の縁がある。正妻が共に京の三条家より来ており、信玄が兄、顕如が弟という関係になる。

この縁があったればこそ、信玄は謙信の上洛の道を断つことができた。

そして、今度は信長の番だ。

今のところ顕如は本拠を石山に置き、巨大な城といってもいい寺の中に籠もっている。

その石山本願寺は、京とは目と鼻の先の摂津にある。

信長が足利将軍家再興を旗印にしているために、顕如は表立って信長とは対立していない。

だが、顕如が信長打倒の檄《げき》を全国に飛ばしたら、どうなるか？

全国数十万の門徒が、信長に公然と反抗するのである。

門徒は百姓だけではない。有力な武士も商人もいる。

ただちに一揆を起こす連中もいるにちがいない。信長は、内から燃え上がる炎を消すのに手一杯になる。とても天下どころではあるまい。

「だが、門主殿がその気になるかどうか」

信玄は腕組みした。

何といっても、相手は天下を狙う信長である。その信長と対決するということは、本願寺の存亡を懸けての戦いになる。

そこまで踏み切る気になるだろうか。

おとなしくしていても、顕如はその地位を保つことができるのである。あえて火中の栗を拾うだろうか。

「拙者が参って口説《くど》いて参りましょう」

思いがけないことを源五郎が言った。

「そちが？」

「はい、このお役目、滅多《めった》な者は送れませぬ。下手をすれば裏目に出ますゆえ」

源五郎の言うことはもっともだった。

「しかし、海津の城はどうする」

「影武者に任せましょう。甥の惣次郎もおりまする」

「影武者か――」

武田家に、自らの影武者を持つ男が二人いる。

信玄と源五郎である。

君主である信玄は当然だが、臣下の身である源五郎までも影武者を持つとは極めて珍しい。

おそらく他家には例がないだろう。

源五郎は上杉謙信という大敵のため、海津城を動けない。しかし、このところ謙信は信濃よりも関東攻略に血道を上げている。自分は関東管領《かんれい》ぞという強烈な自己意識がそうさせるのである。

ならば海津城には影武者を置き、自分はもっと他の仕事をしたほうが武田家のためではないか、ということに源五郎は気が付いたのである。

影武者を置くことについては、信玄の許可は得てあった。

その利点も少なくない。

現に今も、武田の将高坂弾正は海津城に在《あ》ることになっている。したがって自由に動けるし、身の危険もない。もし高坂があちこち動き回っていると敵に知られれば、命を狙われる可能性もあるが、その心配はないのである。

「摂津へ行くと申すか」

「はい、お屋形様の書状をたずさえて、船で参りたいと存じます」

「船で？　そちは船に乗ったことなどあるまい」

「山国育ちでございますからな。しかし、これからの武田武士は、船にも乗らねばなりますまい」

海のない武田家に水軍というものはなかった。だが、海のある駿河を手に入れることによって、今川家に従っていた水軍がまるまる武田家のものになったのである。

ただし、信玄すら、まだその船に乗ったことはない。

山国育ちの武田侍にとって、陸路ではなく海路で摂津まで行くなどということは、まるで月に行くような大冒険とすら思えるのである。

「大丈夫か、源五郎」

「陸路を行けば、美濃か遠江、いずれにしても敵の領国を通らねばなりませぬ。船ならば枕を高くして眠れるのではございませぬかな」

源五郎はそう言って笑った。

「その、へらず口、確かに聞きおくぞ」

信玄も笑って、

「では、書状をしたためるとするか」

「実はもう一つお願いがございまする」

源五郎は畳に両手をついた。

「なんだ、改まって」

「菊《きく》姫様の将来を、拙者にお預けくださるわけにはいきませぬか」

「菊の？——なるほど、そういうことか」

信玄は合点して、うなずいた。

菊姫は信玄の四番目の娘である。

長女は北条氏康の息子氏政に嫁《とつ》ぎ、子を六人まで生《な》したが、父信玄の同盟破りの結果、離縁されて戻って来た。その心労で帰国してほどなく死んだ。

次女は武田一族の穴山信君《あなやまのぶきみ》に嫁いでいる。

三女は木曽《きそ》谷の領主木曽義昌《よしまさ》に嫁ぎ、五女の松姫は幼少の頃、信長の息子信忠《のぶただ》と婚約している。まだ、この婚約は解消されていない。

四女の菊姫だけが、まだ嫁ぎ先が決まっていない。

その将来を預けるとはどういうことか。

言うまでもなく、本願寺の有力者との縁組である。

「後継ぎの光寿《こうじゅ》殿には、既に嫁御《よめご》がおられたの」

「左様でございます」

源五郎は残念そうに言った。

「やはり菊の婿になるというなら、それ相応の人物でなければな」

「もとより承知でございます。その点、上人様には念を押しましょう」

本願寺の一向宗は、全国唯一といっていい妻帯を認める宗派である。

だからこそ嫁ぎ先には事欠かないだろう。

しかし、信玄は何となく気が進まなかった。

このまま信長との膠着《こうちゃく》状態が続けば、いずれ松姫は織田家へ嫁ぐことになるやもしれぬ。となれば、菊と松はそれぞれ敵同士の夫人となるのだ。

（骨肉の争いということになるかもしれぬな）

それが嫌なら、源五郎の願いは退けるべきであった。

だが、信玄は言った。

「そちに任す。よきに計《はか》らえ」

「ははっ」

（子のない源五郎には、所詮親の気持ちはわからぬ）

それだけが、この抜群の軍師に対する不満だった。

4

源五郎は朝焼けの駿河湾を出航した。

帆にはくっきりと、武田菱《びし》の紋が染め抜かれている。

帆走する船の甲板《かんぱん》で、源五郎は心地《ここち》よい潮風《しおかぜ》に当たっていた。

「このまま五日で摂津に行けるとは、船の旅は極楽だな」

源五郎は傍《かたわ》らの真っ黒に日焼けした大男に言った。

武田水軍の頭領に任ぜられた土屋杢左衛門尉貞綱《つちやもくざえもんのじょうさだつな》である。

貞綱は笑って、

「極楽もあれば地獄もございます」

「ほう、地獄もあるか」

「ございます」

「どこにある？」

「われらは板子《いたご》一枚下は地獄、とよく申します。いずれおわかりになりましょう」

「ならば楽しみにしておこう」

甲板上には、もうひとり若侍がいた。

今年二十四歳になる武藤喜兵衛昌幸《むとうきへえまさゆき》という、姓は違うがあの真田幸隆の三男であった。

幸隆には三人の男子がいたので、信玄が特に命じて昌幸を独立させ、武藤の名跡《みょうせき》を継がせたのである。

以後、信玄の近習として身近で学び、今は足軽隊将に任じられている。

若侍の中で最も優秀な一人といっていいだろう。

その昌幸を、信玄は船に乗せてやってくれと、源五郎に頼んだ。

源五郎にも異存はない。

優秀な若者には、何事も経験させておくのがよいのである。

源五郎はかつて勘助に学んだことを、この昌幸に伝えるつもりだった。

もっともそれ相応の器量があればの話だが——。

その昌幸が二人の側《そば》にやって来た。

「そなたは船に乗ったことはあるのか」

「川舟ならございます」

「川舟か。しかし川舟とこの船では、大人と子供の違いがあるな」

「船は船でございましょう」

昌幸は言い返した。

源五郎はちらりと土屋を見て、

「どうかな」

「大人と子供の違いは、船のことばかりではござらぬ」

土屋は昌幸に、

「川と海、これも大人と子供の違い——」

「どう違う?」

「それは、この船旅の間におわかりになるでしょう」

その言葉は正しかった。

二日目の朝、突然時化《しけ》が船を襲ったのである。

源五郎は百戦練磨の勇士である。昌幸も戦の経験は、若い割には豊富である。

その二人が顔を蒼白にして震え上がった。

天は暗く、船はまるで風に舞う枯葉のように揺れた。岸も見えない、一面の海原《うなばら》の中で、源五郎と昌幸は生きた心地がしなかった。

(なるほど、地獄とはこれか)

そう思ったのは、後のことである。

そんな余裕はとうていなく、源五郎は大地というものが足の下にないという孤独を、嫌というほど味わった。

それにもまして閉口したのは、猛烈な吐き気に襲われたことである。

胃の中のものをすべて吐き、黄色い体液まで吐いて、源五郎は一瞬海の中へ身を投じようかと思ったほどである。

それは昌幸も同じだった。

まさに地獄のような時が過ぎて、いつの間にか海は鏡のように穏やかになった。

源五郎はそれから三日を文字通り半死半生で過ごした。

ようやく体力が回復した頃、船は淀川《よどがわ》の河口に入っていた。

「御覧なされい、あれが石山本願寺でござるわい」

源五郎は甲板に出て、思わず感嘆の声を上げた。

それは見事な城だった。

摂津の野に、ひとところだけ盛り上がった台地がある。

その上に本願寺はある。

それはやはり寺というより城であった。

巨大な伽藍《がらん》も、仏堂というよりは大勢の兵を収容する建物のように見える。

何よりその外郭の堅固なこと。これなら兵糧さえ運び込めば、数年の籠城も可能だろう。

（久しぶりに城らしい城を見たな）

こんな気持ちになったのは、今は亡き勘助に連れられて小田原城を見て以来のことである。

「武藤殿」

と、源五郎は、幸隆の子を丁寧に呼んだ。

「はい」

「わしは、あの城の主《あるじ》に、織田信長と事を構えるように焚《た》きつけなければならぬ」

「そなたなら、どう話を進めるかな」

「それは――」

昌幸はしばらく考えて、

「門主様はわれらが主君の義兄弟の縁に当たりますゆえ、それを」

「それはだめだ」

源五郎はにべもなく撥《は》ねつけた。

「何故《なにゆえ》でございます?」

「義兄弟の縁など、この乱世では朝露のようなものじゃ。信長殿と事を構えれば、殺すか殺されるか、生死を懸けての戦いになる。いかに義兄弟とはいえ、そこまでは頼めぬであろう」

「しかし、門主様は義に篤《あつ》い御方と聞いております」

「義か――」

と、源五郎は苦笑して、

「あてにはならぬ。それに義を言い立てるなら、まず当方が改めねばならぬことがある」

「――?」

「松姫様のことよ」

昌幸はあっと思った。

松姫は今でも、織田家の嫡子《ちゃくし》信忠の婚約者である。

ということは、形式上はあくまで武田と織田は縁者であり、その縁者である武田が、同じ縁者である本願寺に織田を討てと頼むのは、おかしなことになる。

当然、本願寺は、それを言うならまず織田と完全に絶縁しろと言うだろう。

「ならば――」

「織田と手切れをせよと申すか」

「はい」

昌幸はうなずいた。

源五郎は首を振って、

「それもまずい。今、将軍は信長の手中にある。迂闊《うかつ》に動けば、信長め、将軍に無理やり御教書を出させ、武田を討てとけしかけるであろう。そうなれば上杉が動く」

「――」

「あの馬鹿律義《りちぎ》な男が、再び信濃を狙ったら、われらは織田どころではなくなるぞ」

「では、われらは織田と手を切らずに、本願寺には織田を討たせようと？」

「そうだ」

「虫のいい話でございますな」

昌幸はできるはずがないと思った。

源五郎は含み笑いをして、

「軍略とはな、虫のいい話を通すことだ。そのために知恵を働かすことだ。まあ、見ているがいい」

源五郎一行は小舟で上陸し、ただちに本願寺講堂の大広間に通された。

中央の一段高い座に顕如上人がいた。

顕如は信玄よりやや年下だが、つるりとした肌の色のよさは、それよりもはるかに若く見えた。

「義兄上《あにうえ》はご息災かな」

上人の口から発せられた最初の言葉は、それだった。

「ますますご壮健にて、お上人様のことを気遣《きづか》っておられます」

「それはなにより」

儀礼上の挨拶が終わると、ただちに坊官《ぼうかん》の下間頼廉《しもずまらいれん》が後を引き取った。

頼廉は顕如の代言《だいげん》として、この本願寺教団を切り回している。顕如が皇帝なら頼廉は宰相《さいしょう》ともいうべき人物である。

年はまだ三十四と若い。

「ご用の趣《おもむき》、拙僧が承《うけたまわ》ろう」

頼廉は源五郎に言った。

「おめでたき話でござってな」

と、源五郎は笑みを浮かべて、

「わが殿には、菊姫と申されるご息女がおありになる。殿が申されるには、この姫を本願寺ご縁故の方に嫁がせたい。お上人様にその仲介の労を取って頂きたい、とのことなのでござるが」

「なるほど、確かにおめでたい話でござる」

頼廉はにこりともせずに、

「それで、武田殿はその見返りに何を望まれるのだ」

「下間、無礼であるぞ」

顕如がたしなめた。

しかし、頼廉は顕如に向かって軽く一礼しただけで、

「お許しくだされ。わが下間一党には、この寺をお守りする務めがございまする。そのためには非礼を省《かえり》みぬこともございます」

と、源五郎を見据《す》えた。

「下間殿、今、この寺を守ると仰《おお》せられたが――」

源五郎は素早く頼廉の言葉尻を捉《とら》えた。

「では、伺《うかが》うが、寺を守るということはどういうことでござる？」

「いかにも」

源五郎の問いに頼廉は顔をしかめて、

「知れたこと。この法門と、御教《みおしえ》を守ることだ」

「御教を守るとは、この伽藍のことではござらぬな」

「――？」

「御教とは、建物のことでも、仏像のことでもないはず――」

「それは、申される通りじゃ」

頼廉はうなずいた。

建物や仏像も大事だが、それはあくまで物に過ぎない。大切なのは教えそのものであり、その教えを象徴する上人である。

「ならば、この高坂弾正、本願寺の御教を守るため、非礼を省みずにお上人様に申し上げたき儀がござる」

「何かな？　高坂殿」

顕如は尋ねた。

高坂は畳に手をつき軽く一礼すると、顔を上げて言った。

「ただちに織田信長殿に降参し、この寺を開け渡すことでござる」

一瞬、驚愕が堂内を覆《おお》った。

同席していた昌幸も驚き、次いで怒りが込み上げてきた。

(何を言うのだ、この人は。こんなことを言ったら味方になるものもならぬではないか)

坊官の頼廉も怒っていた。

「高坂殿、何を申されるか」

「御教を守るためでござる」

源五郎は平然として言った。

「だ、だから、何故、御教を守るために、織田信長ごときに降参せねばならぬ」

「それは、いま申さずとも、近江姉川《あねがわ》で合戦が起こればおわかりになるでしょう」

「姉川？」

頼廉は他の坊官たちと顔を見合わせた。

そんな地名は聞いたこともない。

「あと三月《みつき》のうちに、ここで必ず戦が起こりまする。勝敗は拙者にも読めませぬが、本願寺の将来は、この一戦にかかっていると申し上げても過言ではございませぬ」

源五郎はあくまで冷静に言い放った。

顕如上人と本願寺の家臣たちは、源五郎の暴言に驚き怒っていた。

こともあろうに信長に降参せよと、この軍師は言うのである。

(どういうつもりなのだ、この人は)

源五郎に同行してきた昌幸までが、そう思った。

顕如上人は、この場にいる人々の中で、源五郎に次いで冷静だった。

上人は穏やかに尋ねた。

「高坂殿、近江姉川で合戦が起こればわかる、とはどういうことかな」

源五郎は一礼して、

「申し上げます。先日、織田信長は越前朝倉家を攻め、かえって義弟浅井長政の離反を招きました。浅井の領国北近江は、京と岐阜を結ぶ要《かなめ》の地。この地が敵となれば、信長の力は大きく損ずることになりまする。近江なくば、京と美濃は孤立してしまうからでござる。信長にしてみれば、ここは是《ぜ》が非《ひ》でも、浅井を討ち近江を取らねばなりませぬ」

「それがどうした?」

不満の声を上げたのは、坊官下間頼廉であった。

源五郎は頼廉を見た。

頼廉は膝を乗り出して、

「それは信長と浅井の争いではないか。当方に何の関わりも――」

「ない、と仰せられるか」

「いかにも」

頼廉は挑むように言った。

源五郎は首を振って、

「さにあらず、よくお考えくだされ。信長は何をおいても浅井を討たんとする。一方、浅井には必ず朝倉が味方致しましょう」

「なぜ、わかる？」

頼廉は詰め寄った。

源五郎は落ち着いた声で、

「浅井が滅びれば、次は朝倉の番だからでござる」

「――」

「そもそも信長が朝倉を攻めたのは、天下統一の業《ぎょう》には、どうしても朝倉が邪魔であったからこそでござる。浅井が滅びれば、信長は必ずまた朝倉を狙う。ならば、今のうちに浅井に味方し、信長を叩いておくのがよい。朝倉殿ならずとも、かように考えるのではございませんか」

「その浅井・朝倉と信長の戦が、近江姉川であると申すか」

顕如が言った。

「御意」

源五郎はうなずいた。

「近江はよいにしても、なぜ姉川とまでわかる?」

顕如はそれが不思議だった。

合戦をするのは武田家ではないのに――。

「兵法軍略の理《ことわり》から見て、姉川で両者が戦うのは十中八九《じっちゅうはっく》間違いござらん」

「ならば、どちらが勝つのだ、大軍師殿」

と、言った頼廉の口調には、明らかに軽侮《けいぶ》の気《け》があった。

顕如はその無礼に少し顔をしかめたが、源五郎は気にも留めずに、

「わかりませぬ」

「ほう、大軍師殿でもわからぬか」

「控えよ、下間」

顕如が叱った。

頼廉は不服そうに口をつぐんだ。

「この戦いは五分と五分にて、どちらに転ぶか、拙者にも読めませぬ。ただ一つ、わかっていることは――」

と、源五郎は顕如上人に軽く一礼し、

「法主猊下《ほっすげいか》が浅井・朝倉両家に味方されれば、この戦、必ず勝つということでござる」

「何をたわけたことを」

頼廉がすかさず言った。

源五郎は初めて頼廉をにらみつけると、

「たわけたことでござろうか」

「大名同士の私闘ではないか。私闘になぜ、わが門徒が加わらねばならぬ。それに、先程から貴殿の申すこと、いちいち支離滅裂《しりめつれつ》ではないか」

「下間殿、この拙者の申すことの、どこが支離滅裂かな」

「そうではないか。そなた最初に何と申した。ただちに信長に降参し、この城を明け渡せと申したではないか」

「いかにも、申し上げた」

源五郎はあっさり認めた。

「ならば、その舌の根も乾《かわ》かぬうちに、今度は浅井・朝倉に味方せよと申す。それはとりもなおさず信長と戦えということではないか」

「いかにも、左様」

「これが支離滅裂でなくて何であろうか」

「ならば、お伺いしたい、下間殿。下間殿は一体信長と戦いたいのか、戦いたくないのか、それを伺おう」

「それは――」

頼廉は一瞬虚《きよ》を衝《つ》かれたように、

「戦わずに済めば、それに越したことはない」

「ならば話は早い。初めに申し上げたように、信長に降参なされい」

「降参――」

「左様、信長という大将は、天下を統一しようとしているのでござるぞ。天下を統一するということは、この日の本のあらゆる者を家来にするということ。信長は本願寺も、家来になるなら許すでござろう」

「な、なにを、たわけたことを。わが本願寺が信長めの家来になる、だと」

「このままでは、そうなりまするな」

「和睦《わぼく》の道はないと申すか」

顕如が言った。

「ないこともござりませぬ」

「それは？」

「堺の町衆のようになさることですな」

源五郎の言葉に一同はしいんとなった。

堺――この日本第一の商業都市は、本願寺に近い。

かつて堺は自治都市であった。商人が集まり組織を作り、浪人を雇って軍備を整え、乱世の中で平和を保ってきた。

しかし、その自治を信長は許さなかった。

信長は、あくまで堺を自己の支配下に置くことに固執した。そして紆余曲折《うよきょくせつ》の末、ついに信長は堺を支配することに成功した。

浪人を解雇させ丸裸にし、代官《だいかん》と共に兵を駐留させたのである。堺の自治は失われ、商人は今では信長の家来同然である。

すぐ近くの都市で起こったことだ。

その経緯《いきさつ》は、本願寺の者は誰でも知っていた。

「信長は、この天下に、おのが家来以外の者は認めませぬ。どうしても戦いたくないと申されるなら、膝を屈《くっ》して家来になる他はありませぬ。家来になるなら、城も武器も差し出すのは当然のこと。いかがでござる、下間殿。やはり戦いたくはござらぬか？」

源五郎は打って変わって鋭い口調で頼廉に迫った。

「い、いや、そういうことなら、戦う。戦わねばならぬ」

気圧《けお》されたように頼廉が言った。

「確かに？」

源五郎は念を押した。

頼廉はうなずいた。

源五郎は破顔《はがん》して、

「戦うならば、早いほうがよろしゅうござる。お味方あるうちに」

「味方、とは？」

「浅井・朝倉でござる」

源五郎はそう言って、一同を見渡すと、

「浅井・朝倉と信長の勝負、どちらが勝つかはわかりませぬ。しかし、仮に信長が勝つと致しましょう。信長勝てば、浅井・朝倉は衰亡へと向かい、この畿内における信長の力はますます強くなる。その強くなった力を、信長は今度はどこへ振り向けましょうや」

最後の言葉は顕如に向かって言った。

顕如はうなずくと、

「この本願寺に向けると申すのだな」

「御意」

源五郎は再び全員を見て、

「ならば、いま浅井・朝倉と信長の戦を座《ざ》して見るより、兵を出し助けたほうが、いかに宗門の益となるか。これはもはや申すまでもなきことではございませんか」

一同は黙っていた。

しかし、今度は反論や不満の声は上がらなかった。

源五郎の言葉に嘘偽《いつわ》りはない。

顕如も、頼廉以下坊官たちも、いま本願寺がどのような立場に置かれているか、はっきりと悟っていた。

（たいしたものだ）

昌幸は感心していた。

一時はどうなることかと、はらはらしながら見ていたが、源五郎の水際《みずぎわ》立った弁舌が、本願寺の空気をまったく変えてしまったのである。

（高坂弾正、この人に付いていこう）

昌幸はひそかに決心した。

6

信長は災難続きであった。

浅井長政の離反に遭い、九死に一生を得て京へ戻ったのも束の間《つかま》、今度は京から岐阜へ戻る途中、鉄砲で狙撃された。

それもこれも浅井の離反のせいだった。

京から美濃へ帰る途中の近江が敵国となったため、間道《かんどう》伝いに小人数でひそかに戻ろうとしたところを狙われたのである。

ところが極めて至近距離から、二発も射《う》たれたにも拘《かか》わらず、信長は無事だった。

一発は袂《たもと》を貫通し、もう一発は刀の柄《つか》に当たって撥ね返った。

それを一益は、身振り手振りで誠之助に説明して見せた。

甲賀の忍び出身の一益自身、鉄砲の名手でもある。

射手は叡山の僧兵の中で鉄砲随一と謳《うた》われた杉谷善住坊《すぎたにぜんじゅぼう》であることが、わかっていた。

「善住坊ほどの手練《てだ》れが、二十間《けん》の距離で二発放ち、それでも死なぬとは、わが殿は不死身じゃわい」

一益は膝を叩いて感心していた。

誠之助も同感だった。

織田家に仕えてから、鉄砲を熱心に練習している誠之助である。

他家では、騎乗の士《さむらい》が鉄砲を射つことなどない。鉄砲は専門の足軽に任せているし、だいいち鉄砲のような「卑怯な」武器は、士の使うものではないという偏見があるのだ。

織田家ではそうではなかった。

鉄砲を射つことは士のたしなみでもある。

それに練習をしようと思えば、いくらでもさせてもらえた。鉄砲・火薬ともに豊富にあるからだ。他家ではこうはいかない。

善住坊は、信長が来るのを待ち伏せしていたはずだ。

あらかじめ道の一点に狙いをつけ、そこへ来たところを射つ構えだったろう。

最も難しいのは逃げていく相手を、急いで弾込《たま》めして射つことである。足場も定まらず、狙いも正確にはつけられない。

しかし、善住坊はこれとは逆に待ち伏せしていたのである。足場を固め狙いをつけ、弾込めをして、火縄に火を点じていた。しかも鉄砲を二挺用意していた。間断なく二発射つためだ。

条件は完璧だ。

それなのに弾は当たらなかった。いや、当たったが命を奪えなかった。

（殿の強運恐るべし）

誠之助は舌を巻いた。

（この強運なら、あるいは天下の主《ぬし》となれるか）

とにかく大将というものは器量も大事だが、運もそれに劣らず大事だということを、誠之助は知り抜いていた。

村上義清、上杉謙信——器量は抜群だが、運に欠ける。性格の違いもあるかもしれない。謙信は自ら運を浪費しているようなところがあった。だが信長は違う。そうしたところはまったくない。

「それにしても厄難《やくなん》続きの年であることよ」

誠之助は嘆息した。

朝倉攻めの失敗以来、信長は厄難に見舞われ続けている。

「だが、今度のことは、むしろ厄払いになったのではないかな」

一益は言った。

一益の見るところ、信長の運は今が底である。並みの人間ならここで命を落とすところだが、九死に一生を得たことで運気も変わるのではないか。

「そうかもしれぬ」

一益の言葉には同感できるものがあった。

これまでの人生でも、そういうことは多々あった。

絶体絶命の危機を乗り切ると、幸運のほうが、足音を立ててやって来るのである。

「ところで、彦右衛門殿」

と、誠之助は一益に言った。

「うん？」

「今日は何の用だ」

一益が信長のことを語りに来たのではないことはわかっていた。

「さすがだな」

「まさか、冬殿の話ではあるまいな」

まさか、と言ったのは、いま織田家はそれどころではないからだ。とにかく近江を回復するまで、家臣は何事も耐え忍ばねばならない。

「むろんだ。わしはちと留守にするでの。その挨拶に来た」

「留守？　どこへ行く？」

この危急存亡の秋《とき》に、伊勢の事実上の総督である一益が、一体どこへ行こうというのか。

「長島――」

一段と声を落として一益は言った。

誠之助は驚いてあたりを見回した。

伊勢長島。長良川《ながらがわ》の河口にある一向門徒の牙城《がじょう》である。

伊勢は織田家の領国だが、この長島だけは手がつけられない。

願証寺《がんしょうじ》という本願寺派の大寺があり、これを中心に門徒たちは自治地区を作っている。

ここに手を出せば、本願寺との全面戦争になる。

もちろん一揆は頻発《ひんぱつ》していた。

一揆勢と織田家の軍勢が戦ったこともある。しかし、今のところそれは局地戦に限ってのことだった。

願証寺は他の本願寺系の寺と同じく、堅固な城郭造りである。

本気で戦うつもりなら、一年近い籠城戦を覚悟しなければならない。仮にそれで願証寺を落としたところで、一向門徒がこの世からいなくなるわけではない。

そうなれば、石山本願寺の顕如は、全国の門徒に信長を討てと命ずるだろう。織田家は全国数十万人にも上る門徒と、血で血を洗う戦をしなければならなくなる。

いわば伊勢長島は、信長の領国に張りつく腫《は》れ物のようなものだった。

うっかりいじれば大変なことになる。

その長島に、一益は行こうというのだ。

「軍使か？」

「いや、様子を探りに行く」

誠之助はますます驚いた。

ということは隠密行動であろう。

もし、織田家家臣滝川一益と、相手に気取《けど》られたら命がない。

「なぜ、行かねばならぬ」

「不穏の動きがあるのだ」

「――？」

「おぬしなら、わかろう。信玄と本願寺は浅からぬ縁《えにし》――」

一益はささやくように言った。

誠之助は瞠目《どうもく》した。

「まさか、信玄と本願寺が組んで、われらを攻めるというのではあるまいな」

「しっ、声が高い」

一益は制しておいて、

「その、まさか、だ。考えてもみよ、浅井の裏切りによって、わが織田家は領土を分断されておる。殿に仇《あだ》を為《な》そうとする者にとって、今こそまたとない好機ではないか」

「そこで願証寺が動くというのか。願証寺は門徒を動員し、われらを攻める、と」

「うむ」

一益はつと立って、誠之助のすぐ脇に座ると、耳打ちした。

「そこで頼む。わしは病気引き籠もりということにして、しばらく長島へ行ってくる。行先は誰にも明かしてはおらぬ、おぬしだけだ。もし万一帰らぬ時は、殿にこのことを申し上げてくれ」

「それなら、わしも行く」

「おぬしが？」

「そうだ、おぬし一人ではやれぬ」

「誠之助、わしは忍びだぞ、こういうことには慣れておる」

「いや、付いていくぞ。一人より二人のほうがよいこともある」

誠之助は頑強に粘った。

一益はついに根負けした。

「よかろう。勝手にすることだ。ただし正体を見破られても、助けはせぬぞ」

「正体というなら、わしよりおぬしのほうが危ないぞ」

「――？」

「わしは信濃者だ。初めからその触れ込みで行く。本物なのだから、見破られるはずもない。それにひきかえおぬしはどうだ？」

「甲賀者は、どの国の者にも化けられる。門徒にもな。おぬしは、門徒のことを知っておるのか？」

一益は言い返した。

「――」

「ははは、それでは困るではないか。門徒のふりをせねば長島には入れぬぞ」

「ならば教えてくれ」

誠之助は口をとがらして言った。

「よかろう。だが、われらのこと、誰に言い置いて行く？」

一益は言った。

誠之助も共に行く以上、誰か別の人物にこのことを知らせておかねばならない。

もちろん信頼できる人物でなければならない。

伊勢の名目上の主人は、信長の次男で北畠の養子となった信雄である。

しかし、信雄も、その側衆《そばしゅう》も、あまり器量のある者たちとは言えない。

「木造殿はどうだ？」

誠之助は言った。

「おお、それはよい」

一益も賛成した。

冬の父木造具政なら口も堅いし、信頼できる。

「では行くか、誠之助」

一益は、まるで物見遊山に行くように立ち上がった。

7

伊勢長島への道は、想像以上に警戒が厳重だった。

誠之助は浪人、一益はその従者という出立《いでた》ちである。道々、一益は『門徒の心得』を誠之助に説いた。

「難しゅうはない。ただ、ナムアミダブツと唱えればよい」

「それだけでいいのか」

誠之助は意外な顔をした。

「そうだ、朝起きたらナムアミダブツ、朝飯を食えばナムアミダブツ、女を抱いてナムアミダブツ、夕日が沈めばナムアミダブツ、これでよい」

「――」

「何だ、疑うのか？」

「いや、疑うわけではないが、何とも簡単な教えだな」

「その簡単なところが、愚民どもの心を捉えたのよ。経も読まず、座禅も組まず、ただナムアミダブツと唱えればよいというところがな」

「なぜ、ナムアミダブツだけでよいのだ」

「それはな、きゃつらの信ずる阿弥陀如来《あみだにょらい》とやらが、どんな悪人でも救ってくれるという誓いを立てたからだそうだ」

「阿弥陀如来か――」

誠之助は久しぶりに、故郷信濃の善光寺《ぜんこうじ》仏のことを思い出した。

善光寺仏も阿弥陀如来なのである。

わが国最古の仏像とされている。

その信濃の民の統合の象徴である阿弥陀如来は、武田信玄の手によって甲斐へ持ち去られた。

善光寺仏が信濃へ戻らない限り、信濃に真の平和が訪れたとは言えないのである。

（公次郎《こうじろう》はどうしているか）

ふと誠之助は、公次郎――出家した真海《しんかい》のことを思い浮かべた。

真海は善光寺大勧進《だいかんじん》に属する僧である。

幸いなことに門徒ではない。大勧進は天台宗《てんだいしゅう》に属する。

善光寺仏を守る宗派はもう一つある。大本願《だいほんがん》を名乗る浄土《じょうど》宗系の教団である。

これも幸いなことに門徒ではない。

一向宗は浄土宗から分かれたが、本体の浄土宗は一向宗ほど過激な教えではない。

「彦右衛門殿、門徒はどうして土地の領主の言うことを聞かぬのだ？」

気が付いてみれば、誠之助は今まで一度もそのことを考えたことがなかった。

ただ、織田家が本願寺と激しく対立しているので、単純に敵と考えていたに過ぎないのである。

しかし、さすがに一益はその理由を知っていた。

「それは、阿弥陀の前には主君も家来もないからよ。すべて同じ、頭を下げることはないという理屈だ」

「門徒は誰にも頭を下げぬのか」

「誰にもというわけではない。法主や坊官、それに本願寺より遣《つか》わされた使僧《しそう》には頭を下げる」

「おかしいではないか」

「うん？」

「仏の前では主君も家来もなしというなら、法主も使僧も関係あるまい。同じ仲間のはずだ」

「ははは、おぬしは面白い」

一益は声を上げて笑い、

「だが、それが人の世というものだ。門徒どもの肩を持つわけではないが、そうしなくては世の中は立ちゆかぬ」

「そういうものかな」

誠之助は納得しかねた。

願証寺の領域に入るまで、何ヵ所もの関所があった。

そこで生国《しょうごく》とか、願証寺を訪ねる理由を訊かれる。

「拙者、信濃国諏訪の生まれにて、平松新九郎《ひらまつしんくろう》と申す。これは小者の市助《いちすけ》」

そのように誠之助は名乗った。

「何用があって参られる？」

関所を守っていた寺侍が尋ねた。

「拙者、当代よりの門徒でござるが、まだ一度も石山のお寺を訪ねたことがなく、一度は参拝致したく、西上の途中でござる。この際、長島の御堂《みどう》も参拝致したく、まかり越した」

「それはご奇特なこと」

と、寺侍は笑みを浮かべて、

「当山の証意《しょうい》様は、法主ご一門にて、由緒ある方でござる。ご法話をお聞きなされて国の土産《みやげ》にされるがよろしかろう。南無阿弥陀仏」

「ナムアミダブツ」

誠之助と一益は、無事に長島の地に入ることができた。

長島は、その名の通り、木曽川・長良川・揖斐川《いびがわ》の三つの川の河口の中洲《なかす》を中心に発達した南北に長い町である。

願証寺はその中洲の真ん中にあった。

(ほう、これはまるで城ではないか)

誠之助は目を瞠った。

川の中洲にあるため、前後左右は水である。

すなわち天然の堀に囲まれている。

しかも、その水際まで石垣が組まれ、寺全体が大きな柵《さく》で囲まれている。

(これなら五千や一万の兵が籠もることもできる)

となると、攻め落とすには、その二倍から三倍、つまり三万の兵を動員しなければならない。

願証寺が寺だという認識は改めねばならないと、誠之助は思った。

これはまさに城である。

願証寺ではなく願証寺城だ。

「石山の本願寺は、この五倍はあるぞ」

一益がささやいたので、誠之助はうっかり声を上げそうになった。

この五倍といったら、それはもはや天下の巨城である。

この長島ですら厄介なのに、その五倍の城があるとは。

「前に来た時よりも堅固になっている」

一益はまた小声で言った。

願証寺の周囲には、石垣で輪のように囲まれた集落がいくつかある。

その中には、中心が城になっているものもある。ひとたび戦乱が起これば、この城は本城願証寺城を守る有力な付城《つけじろ》となるだろう。

だとしたら少なくとも五万の兵を動員しなければ、ここは攻め切れない。

あの越前の太守朝倉氏を攻めた時ですら、織田家の総勢は三万五千でしかなかった。

それがこの伊勢国のわずかな一画を占《し》めるだけの一揆勢に、五万の軍勢が必要になるのである。

(門徒というのは恐るべきものだな)

一益があれほど過敏に門徒の動向に気を配っている理由が、わかるような気がした。

願証寺の中には百畳敷はあるかと思われるほどの大講堂があった。

その大講堂の中には、近在の百姓やら浪人やら、あらゆる階層の信者が大勢集まっていた。

湯茶の接待もある。

二人は巧みにその中へ紛《まぎ》れ込んだ。

「どちらから来なすった？」

話し好きそうな老人が、向こうから声をかけてきた。

二人にとっては、もっけの幸いである。

「――信濃でござる」

「ほう、信濃、それはそれは遠い国から。して、どちらへ」

「石山のお寺に参ろうと思いましてな」

「おう、それはよい。わしも一度は行きたいと思っているが、いまだ果たせぬ」

「ご老人はこの地の生まれで？」

誠之助は訊いた。

「左様、この長島の地侍の家じゃ。今はつまらぬ隠居じゃがの」

「ほほう、それはそれは。この地の方々は、ほとんどが門徒でござるか？」

「ほとんど、ではない。すべて、じゃ」

老人は笑いを浮かべて言った。

「すべて？　一人も残さず？」

「むろんじゃ。この寺の門主様はたいそうな御方でのう。このあたりで門徒でないものはおらぬ」

「こちらのお上人様は何と申されます？」

「証意様じゃ。血脈をたどれば蓮淳《れんじゅん》様、かの蓮如《れんにょ》大聖人のお子じゃ」

「ほう、由緒正しきものでございますな」

誠之助は感嘆の声を上げてみせた。

一向宗は僧でも妻帯し、子を生《な》すのが普通である。蓮如の子も大勢いる。

老人は得意になって、

「その由緒正しさに、このたびはまた一つ箔《はく》が加わる。いや、めでたいことじゃ」

それを聞いて一益の目がきらりと光った。

「箔と申されるのは？」

「おう、証意様の後を継がれる顕忍《けんにん》様が嫁を娶《めと》られることになってな。いや、これがとびきりの名家からでな」

「それは？」

一益が身を乗り出した。

「武田じゃ」

「武田と申しますと、あの甲斐の――」

「おう、武田信玄殿じゃ。その信玄殿のご息女が、この願証寺のお裏方《うらかた》になられる。これほどめでたいことはない」

「いや、誠に左様でござりまするなあ」

一益は平静を装《よそお》って言った。

(これは容易ならぬ)

信玄と伊勢長島の一向一揆が組めば、容易ならぬ敵となる。

先に信玄は越前、加賀の一向一揆と手を結んだ。その結果、それ以前には二度上洛していた上杉謙信が、その道をまったく閉ざされてしまったのである。

(もし、ここの一向衆が本気で信長様に立ち向かってきたら――)

織田家の天下統一に大きな障害となる。

伊勢・尾張両国の国境にある長島は、交通の要衝でもあるからだ。

(この縁談、できることなら、つぶさねばならぬ。だが、どうやってつぶすか?)

下手《へた》なことをしたら、藪蛇《やぶへび》になりかねない。

今のところ、織田と武田は友好国である。

友好国といっても、もはや名目だけのことだが、それでも友好国は友好国だ。

有名無実とはいえ、信玄の息女松姫と織田家嫡男信忠との婚約も、まだ破談にはなっていない。

ここで下手な手を打って、両家の不仲を促進することになってはならない。

「どうする？」

誠之助が、聞き取れないほどの小声で言った。

この重要な情報を伝えるために、急いで戻ろうか、との意味である。

一益は敏感にそれと察した。

「いや、まだだ」

一益にしてみれば、せっかくここまで来たのだから、もう少し願証寺内部の様子を探ってみたかった。

（証意、顕忍親子の顔を見ておきたい）

一益の望みは叶《かな》った。

門徒たちの間からざわめきが起こり、やがて全員が居ずまいを正した。

誠之助と一益もそれにならって見ていると、上段の阿弥陀如来の掛軸の前に、中年の僧が立った。年若《としわか》の僧が脇に控えている。

「証意様と顕忍様じゃ」

先程の老人が小声で教えてくれた。

誠之助は壇上の二人をそっと窺《うかが》った。

二人とも京の公家のような、目鼻立ちの整った顔をしている。

特に、若い顕忍のほうは、水もしたたる美男ぶりであった。

誠之助が、宿敵高坂源五郎を思い浮かべたほどである。

一益は、獲物を見るような目で二人を見ていた。

法話が始まった。

「ご同朋《どうほう》の方々、よう参られた。今日は弥陀《みだ》の誓願《せいがん》不思議ということについて、お語り申そう」

門徒ではない誠之助や一益には、退屈極まりない話が長々と続いた。

ただ二人とも驚嘆したのは、これだけの広い講堂を埋め尽くした聴衆が、咳《しわぶき》の音ひとつ漏らさずに、証意の法話に聞き入っていることだった。

この力が槍を持った時にどう発揮されるか、誠之助も一益も戦慄《せんりつ》した。

最後に証意は言った。

「では、皆の衆、念仏をば致さん」

それに対して、「おう」という賛同のどよめきが、堂内に轟《とどろ》いた。

「南無、阿弥陀仏」

「ナム、アミダブツ」

証意の声に唱和する念仏の声は、堂内をびりびりと震わせるぐらいのものであった。

誠之助は一瞬恐怖すら覚えた。

「南無、阿弥陀仏」

「ナム、アミダブツ」

「南無、阿弥陀仏」

「ナム、アミダブツ」

「進むは極楽」

「――進むは極楽」

「退《ひ》くは地獄」

「――退くは地獄」

「仏敵、許すまじ」

「――仏敵、許すまじ」

「仏敵、許すまじ」

「――仏敵、許すまじ」

最後の言葉は、証意ではなく顕忍が発した。

その言葉は堂内を圧し、ようやく二人は退場した。

その時、誠之助は背後にふと冷たい視線を感じた。

「――!」

はっとして振り返ると、そこには見覚えのある若者がいた。

北畠市三郎、である。

(しまった)

誠之助は目の前が暗くなった。

市三郎はにやっとした。

ここで市三郎が、ここに織田家の侍がいると一言叫べば、門徒どもは殺到してくるだろう。万に一つも助かる術《すべ》はない。

一益も市三郎のことに気が付いた。

(もうだめか)

誠之助は観念した。

こうなったら生け捕りにされるよりは、できるだけ多くの門徒を道連れにして地獄へ行くまでだ。

ふと、冬姫の顔が浮かんだ。

(許されよ、冬殿)

次の瞬間、思いがけないことが起こった。

「こやつ、織田の間者ぞ」

大音声《だいおんじょう》に叫んだのは一益だった。

なんと市三郎を指さして、そう叫んだのだ。

市三郎は虚を衝かれた。

満場の敵意が市三郎に集中した。

「――な、なにを。拙者は」

「黙れ、黙れ、黙れい。見忘れはせぬ、汝《なんじ》は北畠市三郎ではないか。とぼけても無駄だ」

一益は相手に反論の機会を与えなかった。

それに市三郎が北畠市三郎であることは事実なのである。そして、北畠氏が信長に降服したのも周知の事実だ。

市三郎は言葉に詰まった。

市三郎ではないとは言えない。しかし北畠の名はここでは敵なのである。

そのうちに、興奮した門徒が市三郎に摑《つか》みかかった。

「何をする」

市三郎は思わず抵抗した。

こうなれば、もう市三郎の話に耳を貸す者は誰もいない。

「待て、拙者の話を聞け」

「黙れ、仏敵め」

門徒が、なだれを打って市三郎に摑みかかった。

一益は誠之助の袖《そで》を引いた。

二人は講堂を出た。

誰かに出会うと、「織田の間者が出た」と叫んで、講堂を指さした。

「それにしても、おぬしという男は――」

願証寺を遠く離れて、誠之助は感嘆の声を漏らした。

「見直したか」

一益は得意そうに顎をしゃくった。

「ああ、それにしても咄嗟《とっさ》に、ようもしてのけたものだ」

「あれがすなわち忍びの極意よ」

「忍び？」

「そうさ、忍びはな、どんなことがあっても死んではならぬのだ。――おぬしのように斬り死しようなど、とんでもないこと。冬殿が泣くぞ」

「――」

誠之助は一言もなかった。

「さあ、急ごう。入る者と違い、出る者への調べはないとは思うが、あの若侍が何か言えば面倒なことになる」

「殺されはしまいな」

誠之助は伽藍の方を見て、心配そうに言った。

「たわけ者、人の首より自分の首を心配せい」

一益は呆れたように笑った。

8

一益からの報告を受けた信長は決意した。

(武田と本願寺が組み、浅井・朝倉と手を組んだら、容易ならぬことになる)

敵の同盟が強固なものにならぬうちに、各個撃破するしかない。

それにはまず浅井・朝倉を討って、北近江を織田家の支配下に入れなければならない。

「誰かある。徳川殿へ使者を出すぞ」

信長は叫んだ。

六月十九日、信長は本軍二万九千を率いて岐阜を出陣した。

そして近江に入り、二十一日には浅井長政の籠もる小谷《おだに》城を攻撃した。

この攻撃は、城を落とすためでなく、浅井軍を野戦に引き出すための挑発であった。

二十四日、使者の要請に応じて、徳川家康が遠江から五千の兵を引き連れて参陣した。

これに対して、浅井軍の応援に朝倉勢一万が駆けつけた。

浅井軍は八千であるから、浅井・朝倉連合軍の総数は一万八千、これに対して織田・徳川連合軍は三万四千──。

倍近い人数である。

しかし、信長はまったく楽観していない。

織田家の兵は弱い。

それは誠之助の喝破《かっぱ》した通りなのである。

それにひきかえ、敵の浅井勢は精兵中の精兵、おそらく近畿最強の部隊だろう。

この兵に同数の兵で対抗できるのは、同盟軍の徳川勢だけだ。

しかし、徳川勢は五千と、浅井勢の八千に比べて数が大幅に少ない。

考えた末、信長は次のような作戦を立てた。

本来は浅井勢に対して徳川勢を当てたいところだが、八千対五千ではどうにも分《ぶ》が悪い。

そこで、徳川勢五千は朝倉勢一万に当てることになる。五千対一万では不利なようだが、朝倉勢は弱い。一対二でも充分に対抗できるだろう。

一方、織田勢二万九千は浅井勢八千に当てるのである。

これなら三対一だ。

いくら織田兵が弱いからといっても、数の力で勝つだろう。

仮に朝倉に対峙《たいじ》した徳川勢が敗れても、浅井勢さえ打ち破ればいいのである。

この戦の目的は北近江の支配権を奪うことにあるのだから、浅井の力さえなくしてしまえばそれでいい。

（これで勝つ）

信長は確信した。

野戦で一気に決着をつければいい。

籠城される恐れはないのだ。

朝倉勢一万が駆けつけたからである。

小谷城には、本軍以外あと一万の軍勢を養う兵糧などない。

朝倉勢を呼んだということは、浅井長政も野戦で決着をつける意思があるということである。

このあたりで大合戦ができる場所は、姉川周辺の湿地帯しかない。

信長は姉川の南岸に軍を配置した。

川を挟んで向かい合わせの浅井軍に対して、坂井政尚《さかいまさなお》、池田恒興、木下秀吉、柴田勝家、森可成、佐久間信盛の六人の武将に、それぞれ二個大隊を与え、本陣の前に置いた。

この二かける六の隊に信長本隊を加えて、十三段構えの布陣である。

これに対して、浅井軍はせいぜい五個大隊しかない。

その五つで十三段構えを破らぬ限り、浅井軍の勝利はないのである。

一方、左翼には徳川家康率いる五千が、同じ川向こうの朝倉勢に対峙している。

徳川勢に期待することは、そこそこに善戦して、朝倉勢が浅井勢を助けられないようにすることである。

それ以上、信長は家康に期待していない。

また、それは当然のことでもあった。

家康勢は五千しかないのである。

(これで勝つ)

信長は再び確信した。

戦いは元亀《げんき》元年(一五七〇年)六月二十八日未明から始まった。

まず浅井が姉川を渡河して、信長軍の先鋒坂井隊に襲いかかった。

信長の計算では、突進してくる浅井軍を十三段構えで受け止めて、力を徐々に奪って相手が勢いをなくしたところで、反撃に出る予定だった。

自軍の最後尾の小高い丘の上で、信長は戦況を見守っていた。

信じられないことが起こった。

左翼の徳川勢は期待通り善戦している。それはいい。問題は本軍のほうだ。

慎重に準備したはずの十三段構えが、浅井軍の激しい攻撃の前に苦もなく破られていく。

坂井・池田・木下隊はあっという間にやられ、織田軍随一の猛将柴田勝家の隊までが既に崩れかかっている。

（これでは負けだ）

信長は蒼白になった。

浅井軍は勢いに乗り、十二段まで織田軍の備えを打ち破った。

残るは信長に直属する旗本隊のみ、これも敗れれば、信長自身の首も危うい。

（いかん、逃げるしかないのか）

しかし、いま逃げれば全軍総崩れになることは確実だった。

そのうえ、この合戦に敗れれば、北近江が戻らないどころか、全国の反信長勢力が一斉に蜂起する恐れすらある。

信長は進退窮《きわ》まった。

9

（逃げるか）

信長は、そう決断せざるを得ないところまできていた。

越前で敗れ、今回もとなれば、浅井・朝倉に対して二度目の敗北である。

天下人を目指す信長として、絶対に喫《きっ》してはいけない敗北である。

しかし、逃げないわけにはいかない。

もしここで死ねば、それこそ元も子もなくなる。

信長の取るべき道は一つしかない。

信長は立ち上がろうとした、ちょうどその時、左翼の朝倉軍が崩れるのが見えた。

「どうしたのだ、あれは」

信長は大声で叫んだ。

旗本の一人が飛んで行き、戦況を把握して戻って来た。

「徳川殿が朝倉軍の左に横槍を入れ、泡《あわ》を食った朝倉が、崩れ出したのでございます」

信長は、しめたと思った。

自分の撤退のために最後まで温存しておいた稲葉一鉄隊を、信長はただちに朝倉勢に突撃させた。

一度崩れを見せた軍は脆《もろ》い。

もし人数の多い朝倉勢を崩すことができれば、善戦している浅井勢も必ず浮足立つはずである。

信長の目論見《もくろみ》は、まんまと図《ず》に当たった。

朝倉勢は稲葉隊の突撃を支え切れず、敗走を始めた。

すると、今まで圧倒的に優勢だった浅井勢に、動揺が走ったのである。

「貝を吹け、巻き返しじゃ」

不思議なもので、これまで意気消沈していた信長軍が、一気に息を吹き返した。

信じられないことだった。

信長の十三段構えを打ち破った浅井勢が、まるで負け犬のように敗走を始めた。

（勝った）

勝つには勝ったが、信長は作戦の誤りを痛感していた。

越前兵は弱い、浅井家の兵の半分の力しかない。

初めからそこを突くべきだったのだ。

（それにしても、もし一向門徒が大挙して浅井勢と合流していたら）

信長は背筋に冷たいものを感じていた。

確かに門徒は参加はしていた。しかしそれは、数としては多くなかった。もし、本願寺顕如の指揮の下《もと》、一揆が総力を挙げて浅井・朝倉を応援していたら――。

信長はぞっとした。

もし、そうなら今頃、信長は確実に屍《しかばね》をこの近江の野にさらしていたにちがいない。

四面楚歌《しめんそか》

1

「殿はついに石山本願寺と事を構える決意をなされたようじゃ」

一益が誠之助にそう言ったのは、姉川の合戦が勝利に終わって二カ月ほど後の、元亀元年九月のことである。

「本願寺と」

誠之助は、くるべきものがとうとうきたか、と思った。

石山本願寺、法門《ほうもん》のためには死をも恐れず戦う最強の軍団。その軍団と信長は戦わねばならなくなったのだ。

それは誠之助のいる伊勢も平穏でなくなることを意味していた。

伊勢には長島願証寺がある。

これまで散発的な抵抗を続けてきた長島門徒が、今度は本気でかかってくる。長島という拠点を守るためだけに戦っていた門徒が、今度は織田領に積極的に攻めてくる。それを相手に戦わねばならないのである。

「どうも今年は厄年《やくどし》だな」

誠之助はぼやいた。

「厄か、そうかもしれぬ」

一益もうなずいた。

危険な情勢であった。

姉川で浅井・朝倉連合軍を破ったとはいえ、両者は壊滅したわけではない。依然として北近江の一部は浅井に押さえられている。この浅井・朝倉に、石山本願寺や三好三人衆が味方すれば、信長は四方を敵に囲まれることになる。

そのうえ、その背後には黒幕として将軍足利義昭がある、という噂だった。

義昭はもとは浪人に近い身の上だった。それを信長が拾い上げて、将軍の座に就《つ》けてやったのである。

ところが義昭はその恩も忘れて、信長を嫌い始めた。傀儡《かいらい》であることに耐え切れなくなったのである。

義昭は真の将軍になろうとした。

そのために将軍の権威を利用して、全国に反信長の気運を盛り上げようとしたのである。

それは今のところ成功している。

「どうする?」

誠之助は訊《き》いた。

「どうもせぬ。ここはひとつ、敵の出方を見るより仕方あるまい」

一益は言った。

その通りだった。こちらから動くとしたら、それは信長の本軍以外にない。他の織田軍は自分の持ち場を守るよりない。

その本軍は間もなく動いた。

かつての京洛《きょうらく》の支配者であった三好勢が、京を奪おうと天王寺《てんのうじ》あたりに進出した。それを討つため、信長本軍は出撃した。

しかし、天王寺は石山本願寺にごく近い重要な拠点である。

今まで信長は、この地に兵を出すのをためらっていた。ここに兵を出せば、それは本願寺との全面対決を意味するからだ。

だが、信長はあえてそれをした。

顕如もここに至って、ついに信長との全面対決を決意した。

「仏敵、信長を討て」

顕如は全国の門徒に檄《げき》を飛ばした。

本願寺の早鐘《はやがね》が暁《あかつき》の野に轟《とどろ》いた。

信長軍は、初めて顕如直属の門徒と激突した。

伊勢の長島願証寺も決起した。

だが、長島門徒は矛先《ほこさき》を伊勢ではなく、尾張に向けた。尾張と伊勢の国境にある小木江《おぎえ》城を包囲したのである。

小木江城は信長の弟信興《のぶおき》が守っている。

信興は信長よりもはるか年下で、まるで自分の息子のように可愛がっている弟である。

信長は、最愛の弟を人質に取られた形になった。

だが、信長は小木江城救援の命令をついにどこにも出さなかった。

誠之助は一益を捕まえて詰問した。

「なぜだ。なぜ殿は、小木江城を助けぬ？」

一益は苦渋に満ちた顔で、

「殿とて、信興様を助けたいのは山々だ」

「それならば、なぜ」

「誠之助、考えてもみよ。どこから兵を出す？」

「この伊勢から出せばよいではないか」

「伊勢から兵を出せば、本願寺はこの伊勢に兵を出し、奪うぞ」

「では、尾張から」

「尾張はもともと手薄なのだ。東は徳川殿の三河、北は美濃、西は伊勢と、わが織田家の領分だ。兵はわずかしか置いておらぬ。小木江城救援のために清洲城から兵を出せば、清洲ががら空《あ》きになる。もし清洲を取られでもしたら、尾張一国まるまる門徒のものになってしまうぞ」

一益は悔《くや》しそうに言った。

「では、本軍は？」

「それはますます敵の思う壺《つぼ》だ。本軍が尾張に戻れば、本願寺と三好三人衆、それに浅井・朝倉がなだれを打って京に入り、義昭公と共に京は敵のものとなる。そうすればこれまで築いてきたものが、一気に水の泡と化すぞ」

誠之助は舌を巻いた。

(誰だ、これほどの弱味を衝《つ》くことを考えたのは？)

誠之助の脳裏《のうり》に一人の男の名が浮かんだ。

武田の軍師高坂源五郎昌信である。

2

「源五郎、その方の悪知恵も磨《みが》きがかかってきたではないか」

信玄の言葉に、源五郎は苦笑して、

「悪知恵とはひどうございます。せめて軍略と仰《おお》せください」

「そうであった。軍略じゃな」

信玄はうんうんとうなずいた。

顕如に対して、織田家の最大の弱点である小木江城攻めを進言したのは、信玄である。

しかし、それは源五郎の献策によるものだった。

「信長はどうする?」

「並みの男なら弟を助けようとするでしょうな」

「そうでなければ?」

信玄は膝を乗り出した。

「見殺しにするかもしれませぬ」

「するか?」

源五郎は信玄の目を見た。

「するかもしれませぬ。するほどの男でなくては天下を取ること、叶《かな》いませぬ」

「これこれ。天下を取るのは、このわしだ」

信玄と源五郎は声を合わせて笑った。

ひとしきり笑ったあと信玄は、別人のように眼光を鋭くした。

「次なる手は何とする？」

「やはり浅井・朝倉でございましょうな」

源五郎は答えた。

浅井・朝倉の動きにすべてはかかっている。

「なぜなら、浅井が勝てば、信長の領地を二つに分断できるからでござる。特に近江は信長の死命を制する要《かなめ》の地。京と岐阜、この連絡さえ断《た》つことができれば、信長の力は半分になります。いや、それ以下かも。京に出兵できぬとなれば、足利将軍家はもはやこちらのもの」

「その後はどうする、源五郎？」

「まず、お屋形様には副将軍になって頂きます」

「ほう、副将軍にか」

「はい、信長を追い払えば、将軍家は当家の思いのまま、こちらで頼まなくても副将軍に任じてくれましょう。これはいとたやすきことにござる」

「その後はどうする？」

信玄の問いに、源五郎は含み笑いをした。

「おわかりのことと存ずる」

信玄もわかっていた。

足利家を乗っ取るのである。

実力の副将軍が、名目の将軍を倒すのだ。

信長のような成り上がり者と違って、武田は甲斐源氏《げんじ》の名門である。征夷大将軍になる資格は充分だ。

足利義昭を追ってもいいし、義昭から将軍職を譲り受けてもいい。

いずれにせよ、将軍信玄の下《もと》に武田幕府が開かれることになる。

「ふふふ、そうか、いよいよわしの手で天下を取る時がきたか」

「まだ少し早うございますな」

源五郎はたしなめるように、

「そのためには、まず信長を滅ぼさねばなりません」

「浅井・朝倉だな」

「浅井・朝倉でござる」

信玄は立ち上がって小座敷の障子《しょうじ》を開けた。

あれほど咲き誇っていた躑躅《つつじ》が終わり、萩《はぎ》の花が盛《さか》りを迎えている。

「浅井はどうすればよい」

「できるだけ粘ることですな」

源五郎は即答した。

「粘り、か」

「御意。粘れば粘るほど信長は進退窮《きわ》まりまする。浅井は本国を守ればよい。信長は出陣してこれを叩かねばなりませぬ。どちらが有利かは、言わずと知れたこと」

信玄は障子を閉めた。

「信長の滅亡は近いな」

信玄はここ数年来にない上機嫌だった。

3

信長は、本軍を率いて再び浅井・朝倉軍と対峙《たいじ》していた。

今度の戦場は姉川でも、浅井の本拠小谷城でもなかった。

近江坂本《さかもと》である。

坂本には比叡山延暦寺がある。

八百年の昔、王城鎮護《おうじょうちんご》のために建てられた天台宗の根本《こんぽん》道場である。この寺は数千の僧兵を抱《かか》え、その実力は大名に匹敵《ひってき》する。いや大名以上だ。大名を攻めようとする者はいるが、この叡山に戦いを仕掛ける者はいない。権威と実力、叡山には誰も手出しができない。皇室・将軍といえどもその例外ではない。

その叡山と浅井・朝倉が同盟した。

浅井・朝倉連合軍は叡山に本営を置いたのである。

さすがの信長もこれには困惑した。

敵が叡山にいる限り、攻めることはできない。

しかし、浅井長政と朝倉義景は、いっこうに山を下りる気配がなかった。

信長は叡山の登り口にあたる坂本に、二万の兵を配していた。

足元に火が点《つ》いている。

北近江の小谷城も攻略したいし、本願寺にも兵を向けたい。むろん小木江城の信興にも救援を出したい。

しかし、ここに釘付けにされている限り、それは叶わぬ。

だが、ここでずっと釘付けにされていれば、もっと大変なことになる。領国は分断され、各地で反信長の火の手が上がるだろう。

信長にはそれがよくわかっていた。

わかっていて、どうにもならない。

その信長に、さらに悲報がもたらされた。

「小木江城、奮戦つたなく落城致し、信興様、ご自害のよしにございます」

「――信興が死んだか」

信長は天を仰《あお》いだ。

美男美女の家系として名高い織田家でも、信興は極《きわ》めつきの貴公子であった。

信長は特にこの弟を愛し、愛するがゆえに危険の少ない尾張の小木江城を任《まか》していたのだった。

それが裏目に出るとは。

信長は怒りに震えた。

こんなことになったのも、義弟の浅井長政が裏切ったからだ。

長政の裏切りさえなければ、今頃、朝倉家は滅び、越前は織田家のものとなっていただろう。信興が一揆勢に殺されるようなことも、なかったはずである。

（おのれ、長政め）

信長は刀を抜いた。

抜いて、空《くう》を思い切り斬った。

（必ず、この仇《あだ》は討つ。長政め、わしを裏切ったことを百万遍《べん》も後悔させてやるぞ）

信長はそう心に誓った。

一方、その浅井長政と朝倉義景は、比叡山上で何度も協議を重ねていた。

これからの方針についてだ。

「わしはそろそろ兵を退《ひ》きたいと思うのだが、浅井殿はいかが思われる」

義景がいきなり切り出したので、長政は驚いた。

寝耳に水、とはこのことだ。

「朝倉殿、それはなりませぬ」

「ならぬ、とはどういうことかな？」

義景がむっとした顔をしたので、長政はあわてて、

「いや、これは言葉が過ぎました。されど、朝倉殿、今ここで兵を退けば、信長が息を吹き返します」

長政は二十六の若さである。

十歳以上も年上の、しかも気位高い名門の当主を口説《くど》くには、言葉遣《づか》いから注意をせねばならなかった。

義景は濁《にご》った目を長政に向けた。

かすかに酒の匂いがする。

（陣中で酒を飲むとは）

本来なら咎《とが》めたいところだが、相手が義景とあってはそうもいかない。

「朝倉殿、信長はいま困っておりまする」

「――」

長政は必死に口説いた。

「この近江に釘付けされることほど、信長にとって苦しいことはござりませぬ。今の信長はまさに四面楚歌《しめんそか》にて、この形が長く続けば続くほど、信長は弱っていくのでござる」

「備前守殿はそう言われるが、弱るのはわしも同じじゃ。わしの本拠は越前。まもなく雪に閉ざされる。このままでは、わしは帰る国を失ってしまう」

「いや、それはそうかもしれませぬが、信長も同じこと。朝倉殿がここで信長を引きつけてくだされば――」

「そなたは、近江が本拠ゆえ、そのような気楽なことを申すのだ。わしにしても、信長にしても、このような他国で正月を過ごしとうはない。――どうであろう、ここは一つ和睦《わぼく》して、双方兵を退くということで収めたら」

「和睦――」

長政は呆《あき》れた。

呆れて二の句が継げなかった。

この義景という男は一体何を考えているのだろう。

戦《いくさ》は遊びではない。いま織田と浅井・朝倉は食うか食われるかの瀬戸際《せとぎわ》である。

ここは我慢比べだ。

我慢比べに勝ったほうが勝つのである。

それを和睦とは、一体何だ。

そんな和睦をすれば、虎口《ここう》を脱した信長は手を叩いて喜ぶだろう。

「朝倉殿、もし兵糧《ひょうろう》のことでお困りなら、何とか面倒を見ますゆえ、どうか居残って頂きたい」

「いや、ご厚志かたじけない」

義景は一応礼を言った。

しかし、その後で驚くべきことを口にした。

「ご厚志はかたじけないが、われらは兵を退く。これは公方《くぼう》様のご意向なのじゃ」

「公方様の？」

長政はまた耳を疑った。

将軍足利義昭が、どうしてこんなところに出てくるのか。

「公方様は、このままでは双方共倒れじゃと、ご心痛になられてな、信長と和議をせいとお命じになった。これがその御教書じゃ」

義景は文箱《ふばこ》に入った書状を差し出した。

長政はそれを引ったくるようにして、中身を取り出した。

それは間違いなく将軍義昭の花押《かおう》のある、和議の勧告状だった。

長政は青ざめた。

(公方様は何を考えておられるのだ。信長を滅ぼしたくはないのか)

長政は必死に考えた。

義昭という男は、とりたてて知恵のある人間ではない。だが、いくらなんでも、こんな文書を自分の考えだけで出したりはしないだろう。誰か後ろで糸を引いているはずである。

(信長か――)

考えられるのはそれしかなかった。

この和議で一番得をするのは信長である。信長が将軍義昭を焚《た》きつけて、斡旋《あっせん》に踏み切らせたのか。

(いや、そんなはずはない)

長政は自分の考えを自分で打ち消した。

そんなはずはないのである。

いくら義昭でも、この状況が信長にとって圧倒的に不利であることは知っていよう。言うまでもなく、義昭は信長追い落としを策している。

そんな義昭のところへ信長が行っていくら頼んだところで、義昭が首を縦《たて》に振るはずがないのである。

だが、御教書は現実に目の前にある。

贋物《にせもの》ということは考えられない。

では、一体どうしてこんなことが可能だったのか。

(わからぬ)

長政は目の前がくらむ思いだった。

4

和議は成立した。

信長はその年の十二月の半ばになって、ようやく本拠地の岐阜城へ戻ることができた。

生涯最大の危機を脱したと言えるかもしれない。

北近江の戦線は、一時膠着《こうちゃく》状態となった。これだけでも信長にとっては、百万の味方を得るよりありがたいことなのである。

しかし、信長は暮れや正月をのんびりと過ごすような男ではなかった。疲れ切っている兵たちには休息を与えたが、自らは今回の敗因の分析を重ねた。

最も恐れなければならないことは、反信長陣営が一斉に、しかも同時にかかってくることだ。

それをさせないように、敵を分断し各個撃破する必要がある。

敵は逆に信長の領国を分断し、一致団結して領国を各個撃破すればいいのである。

やはり最も重要なのは近江だった。

近江は信長の領国群の中間に位置し、しかも、もともとの本拠地である尾張・美濃と京をつなぐ回廊でもある。

敵がもう一度まとまらないうちに各個撃破し、しかもまず近江を完全に支配下に収める。

これが今後最も重要な作戦課題である。

信長は年が明けると、すぐに北近江の最前線横山《よこやま》城を守る木下秀吉を呼び寄せ、姉川の封鎖を命じた。

姉川一帯に警戒線を張り、越前と近江の交通を遮断するのである。

むろんこれは浅井と朝倉及び越前一向一揆との連絡を断つためだ。

次に信長は伊勢から、事実上の伊勢総督である滝川一益を呼び寄せた。

「誠之助も連れて参れ」

信長の命令で、誠之助は一益に同行した。

誠之助と一益は、岐阜城の一間で信長に会った。

信長は小姓だけを従えて上座にいた。

重臣たちもいない。

これは秘密の指令を出す時のやり方だ。それを一益は知っていた。

「誠之助、なぜ、浅井・朝倉との和議が成ったか、その方はわかっておるか?」

開口一番、信長は誠之助に言った。

「いえ、わかりませぬ」

誠之助は正直に答えた。

このことは伊勢の織田家中でも話題になっていた。

まるで天の助けのように、将軍が和議を斡旋した。それによって、信長は危地を脱することができた。

どうして、そんなに都合のいいことが起こったのか。

信長は薄笑いを浮かべて一益を見た。

「彦右衛門、そちはどうじゃ」

「公方様の側近に、鼻薬《はなぐすり》を利《き》かされたのでしょうな。さしずめ、このままでは浅井はともかく朝倉は叡山に封じ込まれて枯死《こし》する。一刻も早く、朝倉を救うべし。それには和議より他に道はない」

「はっははは」

信長は高笑いした。

「よう見た。その通りじゃ」

「おそらく、殿の意を体《たい》して明智十兵衛《あけちじゅうべえ》殿あたりが動かれたのでは――」

一益が言うと、信長は急に不機嫌になって、

「彦右衛門、余《よ》はそこまで訊いてはおらぬぞ」

「はっ、申し訳ござらぬ」

一益はあわてて頭を下げた。

信長は、ちょっとしたことで機嫌を損ねることがある。

うかうかできない。

「まあ、よい、それより長島じゃ」

信長はすぐに機嫌を直して、

「長島の門徒め、余はきゃつらを皆殺しにしてくれる」

「――」

一益は誠之助と顔を見合わせた。

信長は一度口にしたら、必ず実行する男である。

「そこでじゃ、まず、そちに頼みたいのは、長島に休みを与えぬことだ」

「一手を率いて牽制《けんせい》せよ、との御諚《ごじょう》でござるか」

信長はうなずいて、

「まずは浅井を片付けねばならぬ。だが、この間の、小木江城のようなことあらば、誠に面倒。きゃつらの目を常に伊勢に引きつけておきたいのだ」

「かしこまりました」

「言うまでもなきことながら、まともに戦ってはならぬ。あくまで目を引きつけるのが狙い。よいな」

「わかっておりまする。もともと忍びの拙者には、まさに格好のお役目かと」

「うむ、しっかり頼むぞ」

信長は次に誠之助を見た。

「誠之助、信玄はいま何を考えておるか」

「はっ」

誠之助はしばらく考えて、

「殿が先程仰せられた、なぜ和議が成ったのか、このことを探り出そうとしておるのではないかと存じます」

「うむ、そうであろうな。おそらく信玄のことだ。わしが公方の側近に手を回し、朝倉との和議を進めさせたこと、すぐに探り出すにちがいない。――そこで、そちが信玄ならこれからどうする?」

「は、まず朝倉殿に書状を送り、このようなことが二度とあってはならぬと、たしなめるでしょうな。それから、公方様と何とか連絡を取ろうとするにちがいありませぬ」

「よう見た。余もそう思う。では、まず何を為《な》すべきか?」

「この前の、坂本のようなことにならぬよう、万全の手を打つべきでございましょう。浅井と朝倉の連絡を断ち——」

「それは既にやらせておる」

「では、浅井を一刻も早く討たれるべきでございます。浅井と朝倉が再び組まぬうちに——」

「そうか。やはり、そう思うか」

信長は満足げにうなずいて、

「うん、それでよい。それで」

「——?」

誠之助は信長の真意を計《はか》りかねて、一益を見た。

一益は軽くうなずいた。

(——?)

「その後は信玄じゃ」

信長は突然言った。

誠之助は驚いて信長を見た。

「浅井・朝倉を倒せば、今度は信玄と本願寺が組んで、わが織田を狙ってくるであろう。誠之助、いよいよ、そなたの出番じゃのう」

「はっ」

誠之助の全身に闘志が燃え上がった。

「心せいよ」

それで信長との会見は終わった。

伊勢への帰路、誠之助は一益にそっと尋ねた。

「彦右衛門殿、貴殿はともかく、わしはなぜ呼ばれたのだ」

「おぬしに活《かつ》を入れるためであろうな」

「活？」

「そうじゃ、おぬしはもともと武田信玄を倒すために織田家に仕官したのではなかったのか」

「それはそうだが――」

馬を器用に操《あやつ》りながら、誠之助は何か釈然としないものを感じていた。

「――殿が、わしに、これから何を為すべきか、尋ねられたな」

「うん？　ああ、そうだな」

一益は目を逸《そ》らした。

「あれは、どういうおつもりであったのだろうか？」

その問いに、一益はしばらく沈黙を守っていた。

たまりかねて誠之助がもう一度問おうとした時、一益はにやりと笑って、ようやく口を開いた。

「怒るなよ」

「うん？」

「殿はな、おぬしに並みの者の考えを聞きたかったのだ」

「並みの？」

一益の言うことは、ますます不可解だった。

「殿は時々そういうことをなさる。つまり、敵の裏をかくために、まず並みの器量の武将ならどう見るか、それを確かめて、それとは別の手を打つのだ。敵の意表を衝くということだな」

「待ってくれ、それは少しおかしいぞ」

「どこがおかしい？」

「殿のご下問に、わしはまず浅井を討つべきと進言した。だが、今、織田家が何をおいてもすべきは、そのことではないか。これは誰が考えても同じではないのか」

「その、同じ考えを殿は聞きたかったのだ」

「では、訊くが――」

と、誠之助は改まった口調で、

「もし、浅井を討たぬとすれば、一体何をする？　浅井を討つことよりも先に、何かすべきことがあるというのか」

「――それは、だな」

一益はしばらく考えていたが、

「たとえば長島攻めだ。弟君の信興様の無念を晴らすために、長島を皆殺しにする」

「これは、彦右衛門殿の言葉とも思えん」

誠之助は笑って、

「殿が、そのような私怨を先に考える御方かどうか、貴公こそよくご存知ではないのか。もしもそうなら、そもそも信興様を捨て殺しにすることもなかったはず」

「――」

「いかが？」

「おぬしの申す通りだな」

一益はあっさり認めた。

「では、何をする。何をなさるおつもりか。われらの考え及ばぬことなのか?」

「わからぬ」

一益は首を振った。

それはどうでもいいことだ。

一益は、ただ信長の指示に従って動けばいいと思っている。

しかし、誠之助は何か嫌な予感がした。

5

誠之助の勘は適中した。

五月に入って、信長は一度長島に兵を出した。だが、それは後から考えると、本来の目的から目を逸らすためだった。

八月になると、信長は兵二万五千を率いて岐阜を出発し、北近江の横山城に入った。ここは織田方の対浅井最前線の城である。

信長は数日滞陣し、近隣の村々への放火を命じた。

誰もが浅井家の食糧生産を妨害し、弱らせておいて総攻撃する腹と見た。

しかし、突然、信長は攻撃を中止すると、今度は全軍に京への移動を命じた。

そして、移動のため全軍が近江坂本へ差しかかると、突然命令を変更した。

「敵は叡山なり。焼討ちをかけ、山上の者は皆殺しにすべし」

前代未聞《ぜんだいみもん》の命令だった。

しかし、信長の兵士は忠実にこの命令を実行した。

僧兵三千人を擁する叡山も、不意討ちを食らって態勢を整えることができなかった。

信長軍は、根本中堂《こんぽんちゅうどう》をはじめ堂塔すべてを焼き払い、山上にあった者は僧俗問わず皆殺しにした。

本来聖地である山上に、女はいないはずだが、堂塔が焼き払われると、後から後から女が出てきた。

命乞《ご》いをする者もあったが、信長は一切の例外を認めず、すべての者の首を刎《は》ねた。名僧智識といえども、許されなかった。

叡山はこの世の地獄となり、死の山となった。

この知らせはただちに全国にもたらされた。

信玄も甲府の館《やかた》で、その知らせを受け取った。

「――叡山を焼くとは」

さすがの信玄も、これには驚かされた。

かつて信玄も信濃国の象徴である善光寺を無理やり甲斐へ移したことがある。

しかし、その善光寺を焼き払ってしまおうと思ったことは、一度もない。

出家をし法体《ほったい》となっている信玄にとって、それは考えも及ばぬことであった。

「信長め、きゃつは天魔か」

信玄は罵《ののし》った。

源五郎もさすがに驚いたが、すぐに気を取り直して言った。

「このこと、決して当方に不利になることではございません。どうかご案じなきよう」

「ほう、そう思うか」

「はい。信長は叡山を焼いた。あるいはしてやったりと思っておるやもしれませぬが、これで墓穴《ぼけつ》を掘りましたな」

源五郎は膝を進めて、

「信長は、おのれに逆《さか》らう者は許さぬ、必ず皆殺しにすると公言したようなものでござる。許されぬ、必ず殺されるとあらば、信長に降参する者はいなくなります。本願寺もまたしかり――」

信玄はうなずいた。

信長は宗教勢力との妥協を拒否したのである。ということは、本願寺との妥協もあり得ない。

その本願寺は最強の兵力を持ち、しかも武田の味方である。

（不利なはずはない）

源五郎はそう思った。思い込もうとした。

「――いっそのこと、叡山を甲斐に引っ越しさせるか」

「は？」

信玄の思わぬ言葉に、源五郎は一瞬虚《きょ》を衝かれた。

信玄は真面目《まじめ》な顔をしていた。

「なにも難しいことではあるまい。叡山は焼き払われ、堂塔一つ残っていないという。八百年の法灯《ほうとう》を絶《た》やすわけにもいかず、さりとて近江にはもはや寺を建てる地はあるまい」

「なるほど」

源五郎は感心した。

言われてみればその通りである。

寺を再建するには金もいる。

あながち不可能なことではない。

現に信玄は、それよりずっと困難な善光寺移転を既に成功させているのである。

「源五郎、動いてみてくれ」

「はっ、かしこまりました」

まず、叡山の生き残りを探し出すことだ。

と、源五郎は思った。

会者定離《えしゃじょうり》

1

尾張国大高《おおだか》、ここは十一年前、今川義元と信長が戦った場所である。

その近くを過《よぎ》る鎌倉《かまくら》街道を西へ向かう、三十半ばの僧がいた。

その片足は軽く引きずられているが、日焼けした体軀《たいく》は逞《たくま》しく、並々ならぬ修行を感じさせた。

「――？」

僧がふと歩みを止めたのは、道端に男が一人倒れているのを認めたからだ。

薄汚れた着物をまとった若い侍だった。

土気《つちけ》色の顔には生気がない。

「いかがなされた」

僧は声をかけた。

びくっと若侍の体が動いた。

そして薄目を開け僧の姿を認めると、今度は目を大きく見開いてもがいた。

「なにも恐れることはない、出家でござる」

僧は穏やかに言ったが、若侍はもがいて逃げ出そうとした。

しかし、体が思うように動かないのか、二、三歩行ってばたりと倒れた。

僧は駆け寄って若侍の体に触れた。

高い熱があった。

「これはいかん」

僧は若侍の体を背負うと、不自由な足で歩き始めた。

若侍が再び意識を取り戻したのは、それから数刻後のことだった。

日は既に落ちていた。

「ご気分はいかがかな」

僧の声がした。

若侍は、自分が小屋の中の藁《わら》の上に寝かせられているのに気付いた。

全身に疼痛《とうつう》があった。

「――体のそこここの打ち身が凝《こ》って高い熱となったのでござる。薬を塗っておきましたゆえ、やがて痛みは治まりましょう。後は体力をつけることでござる」

僧は炉《ろ》に火を熾《おこ》して鍋をかけていた。

そして、それとは別に椀《わん》を取り出して、若侍のところまで持ってきた。

「薬湯でござる。飲みなされ」

若侍は受け取らず、僧の顔をじっと見た。

「宗旨は何だ？」

「――？」

「宗旨は何だと訊《き》いておる」

「天台宗でござるが――」

僧は奇妙な顔をした。

「天台宗？　まさか一向門徒ではあるまいな」

「門徒？　ははは、門徒ではござらぬが――」

僧は笑みを浮かべて、

「さては、門徒に恨《うら》みでもお持ちかな」

若侍の体はいたるところに打ち身や痣《あざ》があった。よほど手ひどい扱いを受けたらしい。

「――ならばよい」

若侍は椀をひったくるようにして、薬湯を飲んだ。

「いま、粥《かゆ》も煮ておる。しばし、待たれるがよい」

僧は立ち上がって炉のところへ行くと、鍋の蓋《ふた》を開けた。

「——御坊は何と申される」

その後ろ姿に若侍は声をかけた。

今までと違って、穏やかな声である。

「真海と申す。信濃国善光寺大勧進に属する者でござる。お手前は？」

「——北畠市三郎だ」

若侍は名乗った。

「北畠と申されると、伊勢の北畠で」

「そうだ」

「名門ですな」

「何が、名門なものか」

市三郎は吐き捨てるように、

「いまや出来星《できぼし》大名の織田に乗っ取られ、家中は離散の有様《ありさま》よ」

「織田？　すると、その傷も織田の手の者に——」

「そうだ、織田家中の望月誠之助という男にたばかられてな」

「望月——」

真海は思わず声を出した。

「御坊はご存知か？」

「――いや、望月と申さば、信濃では珍しくない苗字《みょうじ》でござってな」

真海は咄嗟《とっさ》にごまかした。

「そうであったな、きゃつも元は諏訪の者と言っていた」

「その者が貴殿に何をしたのです？」

恐る恐る真海は訊いた。

誠之助は兄である。

別れて数年になるが、とにかく兄である。

「わしの父を斬った」

「――！」

「不倶戴天《ふぐたいてん》の敵というのは、きゃつのような男のことを言うのだな。誠之助め、あれほど腹黒い男はおらぬ。この傷もきゃつのせいよ、危《あや》うく命を落とすところであった」

市三郎は憎々しげに、伊勢長島の出来事を語った。

あの時、市三郎はすんでのところで門徒になぶり殺しに遭《あ》うところだった。門徒たちが市三郎を殺さずに生かし、織田のことを訊き出そうとしたから、なんとか命が助かったのである。

しかし、その後はさんざん拷問にかけられ、自分は織田とは敵同士なのだと、何度弁解しても受け入れられず、たまたま門徒の中に北畠の家中のことをよく知っている者がいたため、ようやく命だけは助かった。

市三郎は、それでも残って共に信長と戦いたいと申し入れたが、門徒でないことを理由に拒絶され、西へも戻れずこうして東への旅を続けている。

「それで、これからどうなさるおつもりで」

真海は粥を勧《すす》めながら尋ねた。

「甲斐へ行く」

「甲斐へ？ 武田のもとへでござるか？」

市三郎はうなずいて、

「御坊も善光寺僧ならご存知であろう。武田信玄公こそ、天下を統一する器量のある御方。わしは武田殿の家臣となり、もう一度伊勢へ戻って来るつもりだ。その時は、武田家の先鋒となって、憎っくき望月誠之助の首級《しゆきゆう》を上げてみせよう」

真海は複雑な思いで、息巻く市三郎を見ていた。

何という皮肉か、これは数年前の兄望月誠之助そのままではないか。

兄誠之助も、主家が滅ぼされたのを憤《いきどお》り、その恨みを晴らすために諏訪を去った。

主家を滅ぼした武田信玄に対抗し、いずれの日か武田討伐の先鋒となって戻って来るためだ。

その兄の仕える織田家に、主家を滅ぼされたこの若者は、復讐を求めて兄の敵である武田のもとへ走ろうというのである。

（因果《いんが》は巡《めぐ》る、とはこのことか）

巨大な武田の力に泣いた兄が、今度は泣かせる側に回っている。

復讐など空《むな》しいことだ。

真海は少なくともそう思っている。

しかし、この若者はそれをわかってくれるだろうか。

いや、おそらくわかってはくれないだろう。

それでも真海は説得を試みようとした。

「その男、望月某、年はいくつぐらいでござるか」

「うん？」

市三郎は変な顔をしたが、

「四十少し前というところかな」

本当は四十過ぎである。真海はそれを知っている。

しかし、異議は唱《とな》えずに後を続けた。

「あと十年、いや二十年経《た》てば、おそらく、その望月某もこの世の者ではござりますまい」

「――」

「放っておいても、二十年経てば死ぬのでございます。あなた様はまだお若い。仇《あだ》を討つのに一生を費《つい》やすのは無駄とは思われませぬか」

「思わぬ」

市三郎は叫んだ。

「思われませぬか」

「思わぬ。誠之助は父の敵《かたき》だ。敵を討たずして、父の霊も浮かばれない」

「それはいかがでございましょう。お父君は既に極楽の蓮《はす》の台《うてな》で、あらゆる恩讐を脱しておられるかもしれない」

「御坊、世話にはなったが、そのようなことを申されるなら、もはや問答は無用じゃ」

市三郎は椀を投げ棄《す》てて立ち上がった。

「いずれご恩返しの折もあろう。これにて御免」

市三郎は真海の止めるのを振り切って、外へ出て行った。

真海は残りの粥を胃の腑《ふ》に収めた。

(兄上は織田家に随身なされたか)

あれはいつの日のことだったろうか、川中島で兄と別れたのは。

兄は信玄への復讐を念願としていた。

その望みを果たすため、あえて村上義清のもとを去り、西へ向かったのだ。

真海は兄を諫《いさ》めた。

だが誠之助は聞き入れなかった。

いずれの日か信玄を討つために、必ず信濃へ戻って来ると言い置いて、誠之助は信濃を去ったのである。

ちょうど、今の市三郎のように。

（兄上にお会いすべきかどうか）

真海は迷っていた。

真海が信濃を出て西への旅に出たのは、皮肉なことに織田信長のせいだった。

信長が焼討ちした叡山は、真海の属する天台宗の大本山なのである。

叡山には、わずかながら真海の知己《ちき》、友人もいた。

その人々の安否を気遣《きづか》って旅に出たのである。

（いま天台宗と織田家は敵同士、やはり兄上に会うのはまずかろう）

兄にあらぬ疑いがかけられることになるかもしれぬ。

真海は、あえて兄のいる伊勢を通らずに、美濃から近江へ抜ける道を取ることにした。

2

誠之助は、木造具政の娘冬を妻として迎えることにした。

叡山焼討ちが終わった元亀二年（一五七一年）冬のことである。

「四十を越えた身で、今さら嫁取りでもござらぬが――」

誠之助は木造城へ行き、当主の具政に会って正式に申し入れた。その時、思わず口をついて出たのが、この言葉だった。

「何を申される」

具政は破顔して、

「貴殿のように知勇兼備の士が、もともと独《ひと》り身なのが、おかしいのじゃ。いや、よく決心なされた。わしも嬉しい、娘も嬉しい、織田家にとってもめでたい。いや、めでたいことじゃ」

祝言《しゅうげん》は五日後に行なわれることになった。

誠之助は一益に立合いを頼んだ。

「そうか、ついに、決心したか」

一益は、にこにこ顔で承諾した。

「なにか気恥ずかしいのだが」

誠之助が言うと、

「何を言う、この果報者めが」

一益は口をとがらした。

もっとも、目は笑っている。

「わしが代わりたいくらいじゃ。こうなったら、早く子を作れよ」

「子？」

「そうだ。子を作らねば、望月の家は絶《た》えるではないか」

「それはそうだが――」

正直なところ、その気はまるでなかった。

望月の家を存続させたい。だから妻を娶り子を生《な》す――そうではないのである。

誠之助は諏訪を出て以来、そういうことは一度も考えたことはない。

「ならば、なぜ冬殿を娶る？」

同じことを、誠之助は冬からも言われた。

祝言の夜、新床の前である。

「どうして、わたくしを妻《めと》として迎えてくださるのです」

「わしは、もう生涯そういうものとは無縁に生きていこうと思い定めていた」

誠之助は正直に言った。

「諏訪の姫様に操《みさお》を立てて？」

「違う」

誠之助は首を振って、

「わしは、武田信玄を滅ぼすことを、生涯の念願としているのだ。そのためには妻も要《い》らぬ、子も要らぬ、望月の家名も要らぬ。ただひたすら武士として生きればよい。そのように考えていた」

「――」

冬は誠之助の顔をじっと見つめていた。

誠之助は微笑して、

「だが、長島の願証寺で、危うく死にかけた折、わしの脳裏《のうり》に何が浮かんだと思う？」

冬は黙って誠之助を見ていた。

「怨敵《おんてき》信玄でもない。父、母でも弟でもない。――そなたの顔だ」

「嬉しい」

冬は誠之助にしがみついてきた。

誠之助はそれをしっかりと抱き留めた。

「この先、何年生きられるかは、わからぬが、その年月をそなたと共に生きてみたい」

「生きてください。絶対に死んではいや」

冬は心の底から叫んだ。

誠之助は、その冬を再び強く抱き締めていた。

3

真海は近江に来ていた。

叡山は想像以上にひどい有様である。

全山ことごとく火をかけられ、無事に残った建物はない。

山にいた僧俗男女三千人が皆殺しにされたというのは、まったくの事実であった。

真海の師友も杳《よう》として行方《ゆくえ》が知れない。

この様子では死んだと考えるほうが、妥当かもしれなかった。

（それにしても、信長という男は、本当の天魔なのか）

真海はまだ信じられなかった。

伝教大師《でんぎょうだいし》以来八百年の伝統を誇る延暦寺を、一堂も残さず焼き払ったのみならず、山上に住む僧俗をすべて殺すとは、一体誰がそんなことを予想しただろうか。

帰るべきか、と真海は迷った。

せっかく京の近くまで来たのだから、この際日本の都を見ておきたいという気もする。

しかし、今さら京見物ではない、という気がした。

これだけ多くの仲間が死んだのだ。浮いた気持ちで京見物できるものではない。

(やはり帰るか)

真海は逢坂《おうさか》山を目前にして、もと来た道を引き返した。

そのまま大津を過ぎ、常楽寺あたりの水郷に差しかかった時、真海は呻《うめ》き声のようなものを耳にした。

街道の脇に森があった。

その木立ちの中から、声がしたような気がする。

真海は中に入って行った。

大木の幹《みき》にもたれるようにして、中年の百姓姿の男がいた。

その腹に、目を背《そむ》けたくなるほどの、大きな傷口があった。おびただしい血が流れており、男の顔には生気がない。

「これ、どうなされた」

真海は男の肩に触れた。

男は、閉じていた目を開いた。

「手当てをして進ぜる」

真海は言ったが、男は、

「――無駄だ。血が流れ過ぎた。もう手遅れだ」

「何を弱気な。いま血を止める」

「無用だ。それより、御坊はどちらの御方かな」

男は鋭い視線を真海に向けた。

「拙僧は、信濃国善光寺大勧進に属する者にて、名を真海と申す」

「善光寺大勧進とは、いずれの宗旨か」

「天台宗にござる」

「おお、これこそまさに天の佑《たす》け」

男は真海の衣《ころも》を摑《つか》むと、

「御坊、願いの儀がござる。死にゆく者の最後の願いじゃ」

「申されませ」

真海はひざまずいて、男の手を握った。

男の言う通り、確かに手遅れである。

医術の心得もある真海は、それがよくわかった。

「かたじけない」

男は手を頭の後ろに回した。

髷《まげ》の元結《もとゆい》をほどこうとしている。

真海は手伝ってやった。

元結の紐《ひも》と見えたのは、実は紙をこよりのように細く巻いたものだった。

「書状でござる。これを京におわす将軍様にお届け願いたい」

真海は驚いた。

「これは、どなたからの書状でござる」

「――」

「拙僧とて、子供の使いはできませぬ」

「――わかり申した」

男はうなずくと、

「拙者、北近江小谷城主浅井長政が臣、江島多門《えじまたもん》と申す者。主君長政より公方様への密書を届けるべく小谷を出ましたが、織田方の兵に見破られ、血路《けつろ》を開いて何とかここまで逃れてきたところでござる。どうか、お願いつかまつる」

たどたどしく、弱々しい声だった。

「わかり申した。ご安心あれ。必ずこの書状はお届け申そう」

「かたじけない、くれぐれも織田方の目には気を付けられ――」

男は、江島多門はがっくりと首を垂《た》れた。

「もし、江島殿」

真海は揺り起こそうとしたが、既に江島の息は絶えていた。

真海はその亡骸《なきがら》に向かって合掌《がっしょう》した。

それから真海は近くの村へ行き、村長《むらおさ》に頼んで人を出してもらい、江島を近くの寺へ埋葬することにした。

江島の遺体を寺へ運び込み、簡単な法要を営《いとな》んでいると、突然足軽を数人連れた武士が現われた。

いきなり地上に横たえられた遺体の顔を改めた。

「何をなさる」

真海は抗議した。

「お手前が、この者の最期を看取《みと》られたのか」

頭《かしら》らしい武士が言った。

「左様でござる」

真海は答えた。

「この者、何か申さなんだか」

「申されるとは？」

「包み隠さず申すがよい。隠し事をするとためにならんぞ」

武士は威丈高《いたけだか》に言い、真海をにらみつけた。

真海は怒りを抑《おさ》えて、

「一体、あなた様はどちら様でございます」

「わしか。わしは織田家家臣藤井左馬助《ふじいさまのすけ》だ」

武士は真海をにらみつけた。

「拙僧は信濃国善光寺大勧進の僧にて、真海と申す者」

「善光寺？　その、だいかんじんとか申すはどの宗派か」

やれやれまたか、と真海は思ったが、ここは素直に答えた。

「天台宗でござる」

「なに、天台宗？」

藤井の顔に警戒の色が浮かんだ。

「天台とは聞き捨てならぬな」

「なぜでございます？」

「知れたこと。叡山の坊主どもは、わが主家の敵」

「それは、わたくしの与《あずか》り知らぬところでございます」

「ええい、黙れ。その方、この者から何か受け取ったであろう」

「拙僧が駆けつけた時は、既に事切れておられました」

真海は嘘をついた。

嘘をつくことに、まったく抵抗はない。

藤井の態度は、それほど気に入らなかった。

「体を改めたい」

足軽が真海の衣に手をかけた。

「ご無体《むたい》な」

真海は一言《ひとこと》抗議したが、後は足軽の為すがままに任した。

真海の体のどこからも、怪しい物は発見されなかった。

「このまま供養《くよう》を続けてもよろしいか？」

一度脱がされた衣をまとうと、真海は藤井に言った。

「こやつ、浅井方の間者《かんじゃ》ぞ」

「今は仏でござる」

「――」

「それとも、もう一度お断りなさるか？」

真海は皮肉交《ま》じりに言い捨てて、かまわず経を上げた。

藤井は、苦虫《にがむし》を噛みつぶしたような顔をして、それをじっと見ていた。

4

武田家に、新たな風が吹いていた。

それは、東の方からの幸運である。

あの北条氏康が死を迎えようとしていた。

信玄と氏康、甲斐と相模は、ともに天を戴《いただ》くことのない敵同士であった。

信玄がこれまで天下に号令することが叶わなかったのも、背後に氏康という大敵がいるからだった。

もとは、この両家に駿河の今川家を加えて、三国の同盟が成立していた。

しかし、今川の太守である義元が、桶狭間《おけはざま》の合戦で横死して以来、この関係は崩れた。

山国ばかりの領土で、海道への進出を生涯の念願としていた信玄は、ただちに駿河へ侵攻した。

甲斐と信濃、そして海に面した美国である駿河――この三国を併《あわ》せ持てば、天下に号令することも夢ではない。

信玄は駿河を手に入れるために、駿河侵攻に反対した長男義信を殺しまでした。

義信は、今川家から嫁を貰っていたのである。その嫁は今川家へ送り返された。

信玄の侵攻に、愚鈍な今川家当主氏真は支え切れず、氏康の支援を求めた。

氏康は三国同盟を破った信玄を非難し、武田家から長男氏政のもとへ嫁に来ていた姫を、甲斐へ送り返した。

それ以来、氏康と信玄は敵になった。

氏康にしてみれば、同盟破りの不信義に腹を立てているだけではない。天下一ともいえる美国駿河、この海の幸にも山の幸にも恵まれ、金を生み出す『港』があり、本物の金を産する金山すらある、その豊かな土地を一人占めすることを、許したくなかったためでもあった。

それ以後、氏康は何度も駿河に兵を出し、また信玄も小田原城に攻め寄せ三増峠でも戦ったが、決着はついていなかった。

氏康はまた、信玄憎しの思いから、越後の上杉輝虎と結んだ。

世に言う相越《そうえつ》同盟である。

しかし、これはうまく機能しなかった。

(わしも、いよいよ終わりか)

氏康は死期を悟っていた。

それゆえ、言葉が話せるうちに、長男氏政に今後のことを言っておこうと考えたのである。

氏政は緊張した顔で現われた。

父氏康には似ても似つかぬと称される息子である。

しかし、今川の氏真ほどの腑抜《ふぬ》けでもない。

だとしたら、これから北条家が生きていく手段は一つしかない。

「信玄と結べ」

人払いをして、氏康はまずそれを言った。

案の定、氏政は驚きに目を丸くして、

「それは日頃のお考えと違うのではありませぬか」

と、抗議するように言った。

父氏康は、三国同盟を踏みにじった不徳漢の信玄を許さず、今川の氏真を迎え入れて信玄に制裁を加えている、氏政はそう信じていたのである。

(阿呆《あほう》め、わしが氏真に肩入れしたのは、とどのつまり、わしも駿河が欲しいからよ。信玄のような男に駿河をくれてやれば、ますます大きくなる。いずれはこの北条も脅《おびや》かされるかもしれぬ)

それゆえ氏康は信玄と対立した。

今川氏真は、その対立に大義名分をもたらす道具に過ぎない。

だが、それもこれも、氏康ならばこそである。信玄に対抗できる力を持っている氏康ならばこそだ。

氏康の目から見れば、息子の氏政が自分と同じやり方で信玄と対立することを、絶対に許すべきではない。

そんなことをしたら、滅ぶのは今度は北条の番である。

そうさせないためには、信玄と結ぶ他はない。

「そうだ、わしは間違っていた」

氏康はあえてそういう言い方をした。

本当はこう言いたい。おまえの器量では信玄と戦うのは無理だ、だから信玄に頭を下げて、言うことを聞いてやれ、と。

しかし、それはできなかった。

氏政には誇りがある。父に負けまいとする意地もある。

そんなことを口にすれば、かえって氏政は信玄を敵とするだろう。

あの信玄を敵に回しては勝ち目がない。そうなれば北条は滅亡への道を歩むのである。

そうさせないためにも、ぜひとも信玄と和を結ぶ必要があった。

それを、氏政の意地を刺激しないように持ち出さねばならない。

そのために氏康は、あえて「間違った」と言ったのである。

「よいか、氏政。わしは上杉輝虎と結ぶことによって、信玄と張り合おうとしていた。だが、つらつら考えるに、これはまったくの間違いじゃ」

「なぜでござりまする」

「そなたは、わが北条家はこれからいかにして力を伸ばすべきだと思うか？」

氏康は逆に息子に尋ねた。

「それは、やはり関東を鎮《しず》めることでは」

氏政は恐る恐る答えた。

氏康は微笑して、

「申す通りじゃ。わが北条家は関八州《かんはっしゅう》を鎮め、いにしえの源頼朝《みなもとよりとも》公の道を歩むべしと、わしは思うておる。だが、ここでよくよく考えてみよ。上杉輝虎とは、そもそも何者ぞ？」

「――」

「関東管領ではないか。越後の領主でありながら、輝虎は関東管領じゃ。いや、それが名ばかりのものならよい。だが、あの輝虎は真面目一方の、融通の利かぬ男じゃぞ。関東管領の務めを果たさんと、日夜腐心《ふしん》しておるではないか」

「はあ」

「はあ、ではない。関東管領の職務とは何であると思う」

「それは将軍家の代理として関東の武士を束《たば》ね、関東を鎮めることでは――」

「それゆえ、わが北条とは相容《あいい》れぬのじゃ」

覆《おお》いかぶせるように氏康は言った。

氏政は虚を衝かれた表情である。

「輝虎とは所詮《しょせん》水と油。永遠に交《まじ》わることなき者じゃ。ならば手を切るべきであろう」

「はい」

思わず氏政は返事した。

「そのことに思い至ったのじゃ」

と、氏康はそのことにいま初めて気が付いたような口調で、

「これに比して、信玄はどうか？　信玄は関東などに興味はない。狙っておるのは西上じゃ、京への道じゃ。したがって、信玄から見ても、わが北条と和を講じたいはずじゃ。われらと結べば、安心して西へ進むことができる。われらも安心して関東へ兵を送り輝虎の手出しを撥《は》ね返すこともできよう。信玄と結べば、わが家にとって利するところは大きいのじゃ」

「しかし、今さら同盟を申し込んだところで、信玄殿がそれを信じますかどうか」

氏政は難色を示した。

「信じる。二つの手を打てばな」

「二つの手とは？」

「その一は、まず今川の氏真をこの相模から追放すること」

「いま一つは？」

「上杉輝虎と先に断交することじゃ」

「わかりませぬ。輝虎殿との断交はもっともとしても、なぜ氏真殿を追放せねばなりませぬか？」

「氏真ある限り、信玄はわが北条に駿河乗っ取りの意図があるとの疑いを捨てぬ。それでは同盟はならぬ」

「父上、氏真殿は寄るべなき身の上、それを追放とは、あまりにも情なき措置と思われますが」

「やむを得ぬ。わが北条、百年の安泰のためじゃ。よいか、わしが死んだら、ただちにいま申した二つの手を打ち、信玄と盟約を結べ。よいな、わしの遺言として、重臣どもを説得するがよい。のちのちの証拠のために一筆書いておこう」

氏康は病《やま》いの身を氏政に起こさせ、家来に命じて筆墨を取り寄せた。

やっとの思いで遺言をしたためると、氏康は深い眠りに落ちた。

そのまま意識を戻さず、氏康は小田原城内で波瀾《はらん》に満ちた一生を終えた。

五十七歳だった。

5

「氏康め、味な真似《まね》を」

そう言ったのは信長である。

このところ、信長は岐阜にいる。

浅井・朝倉も、本願寺も、しばらく鳴りを潜めている。

冬になったこともあるかもしれない。

しかし、信長には、この小康状態がかえって無気味だった。

そして、やはり、甲斐・相模方面に忍ばせておいた密偵から、とんでもない知らせがもたらされたのである。

信長は、まず伊勢から誠之助と一益を呼んだ。そして、岐阜城の一間で対面した。

信長は、簡単に、北条氏康の死と、氏康を継いだ氏政が、武田との同盟を復活させたことを言った。

誠之助と一益は顔を見合わせた。

これは恐るべき事態である。

「信玄が来るぞ」

信長は二人を交互に見て、

「まず、来年、いや、再来年かもしれぬが、信玄は大軍を率いて必ず西上の途《と》に着くであろう」

武田・北条の甲相《こうそう》同盟によって、信玄は背後の不安から解放された。

信玄はかねてから西上の軍を起こし、京に入って天下に号令しようという望みを抱いていた。

だが、そのためには大軍を率いて領国を留守にしなければならない。

特に問題なのは、北条領の相模と隣り合わせの駿河だった。駿河は武田領のうちで最も豊かな国である。その国を北条は虎視眈々《こしたんたん》と狙っている。

だからこそ信玄はこれまで動くに動けなかった。西上への留守中に駿河を奪われれば、元も子もなくすことになりかねない。

しかし、その武田と北条が和を結んでしまった。

これで信玄は後顧《こうこ》の憂《うれ》いなく、西へ進むことができるのである。

「それにしても殿、どうして北条は武田と和を結ぶことにしたのでしょう」

一益が不思議そうに言った。

これは外交方針の百八十度転換である。

「氏康の差し金よ」

と、信長はいまいましそうに、

「北条はな、武田に屈したのだ。降参したといってもよい」

「降参？　何故《なにゆえ》でござる」

「決まっておろう。氏政の器量では信玄に勝ち目がないからよ。それゆえ遺言して、氏政に和を結ばせたのだ。おそらく、和を結ぶために、かなり下手《したて》に出ておるはずだ。だが、信玄は受ける。この話、受ければ長年の望みが叶うのだ。氏康めが、そこまで読んでおったのだ」

「では、氏政殿は、それが降参であるとは――」

「知らぬであろうな。あるいは、父は父、おのれはおのれ、自分の道を歩んでおると思っておるかもしれぬ。所詮、天下を狙う器量はない」

「わかりませぬ。北条が武田と結ぶことが、どうして降参になるのでございますか」

誠之助が、たまりかねて訊いた。

信長はじろりと誠之助をにらんで、

「わからぬか。氏康は天下を狙える男であった。それゆえ、あまり得にもならぬ同盟を上杉輝虎と結んでまで、信玄を西へ行かせまいとしたのだ。氏康とて関東をすべておのが物にするためには、信玄と和を結びたかったであろう。だが――」

と、信長は今度はにやりと笑い、

「和を結べばどうなる？　まず駿河は武田の領国だと認めたことになる。あれほどの大国をむざむざと信玄にくれてやることはないではないか」

「なるほど」

誠之助は感心した。言われてみればその通りである。

「しかも、信玄は安心して西上の軍を起こせることにもなる。うまくいけば、信玄はこのわしをも滅ぼして天下の主になるかもしれぬ。さすれば、北条はそれと戦うか家来になるか、その二つの道しかない。和を結べば、これほど損なのだ」

「その損をあえて為《な》した以上、駿河は武田領として認める、どうぞ西上の軍を起こしてくだされということになるわけでございますか」

「そうだ、さればこそ降参と申した。氏康は意地も捨てて、息子氏政に信玄の家来となる道を選ばせたのだ」

信長は言い切った。

誠之助は、改めて氏康という人物を見直した。

自分は天下を狙う、しかし息子にはその器量がない。

それゆえ、面子《めんつ》を捨てて安泰の道を選ばせたのだ。並みの男にできることではない。

しかし、感心してばかりもいられなかった。

信玄はこれで必ず来る。

あの甲州軍の精鋭が、都を目指して進撃するのである。

（今の織田軍で、あの信玄率いる精鋭に対抗することができるか）

誠之助の不安は、また信長の不安でもあった。

「誠之助、そちは本日よりこの岐阜に住まい致せ」

信長は突然命令を下した。

「はっ」

誠之助は平伏した。

「そちは、余の旗本として、武田攻めの役に立ってもらわねばな。彦右衛門もよいな」

信長は一応寄親《よりおや》の一益にも了解を求めた。

「ははあ、誠に残念でござるが、殿の仰せとあれば、致し方ございません」

一益も畳に手をついた。

「では、誠之助、住まいなどは、後で沙汰《さた》する」

信長は立ち上がって、座敷を出ようとしたところで振り返った。

「そういえば、年若い女房がおったの。呼び寄せるがよいぞ」

「ははっ、ありがたきお言葉」

「早く子を作るのだな。信玄が来たら、それどころではなくなるぞ」

にやりと笑って、信長は出て行った。

後に残された一益は、誠之助に、

「いよいよ、おぬしの念願が叶う時がきたな。いや、めでたいことじゃ」

誠之助は居ずまいを正して一礼し、

「彦右衛門殿、今日までのご厚情の数々、拙者、生涯――」

「いや、待て待て、堅苦しい挨拶は抜きじゃ」

と、一益は誠之助の言葉をさえぎっておいて、言った。

「これから、まだ同じ手として、働くこともあろう。なにしろ、わが殿は気まぐれな御方だからな。それにしても、武田信玄とは容易ならぬ。これは内密の話じゃが――」

一益の声は一段と低くなった。

「勝てるのか？　われらは」

「勝たねばなりませぬ」

誠之助は断固として言った。

「そうではない、勝てるかどうかを訊いている」

「――わかりませぬ。そんなことは、戦ってもいないのに、わかるはずがござらん」

誠之助は一応はそう言ったが、内心の不安は隠せなかった。

武田軍というのは、おそらく日本最強の部隊なのである。

6

真海は重い足を引きずりつつ京へ入った。

藤井左馬助の取調べは峻烈《しゅんれつ》であった。

しかし、真海が何も持っていなかったことが幸いした。

実は、万一のことをおもんぱかって、例の密書は村はずれの地蔵の祠《ほこら》に隠しておいたのである。

密書は今、懐中《かいちゅう》にある。

しかし、これを届けるべきかどうか、真海は迷っていた。

浅井長政から将軍足利義昭への書状である。義昭は信長の庇護《ひご》下にあり、長政はその信長と厳しく対立している。

そんなところへ、いかに死に際に頼まれたからといって、密書を届ければ、下手すれば命に関わる。

浅井方の密偵ではないかと疑われても、身の証《あかし》を立てるものが何もない。

(まさか、兄の名を出すわけにもいかんしな)

そんなことをすれば、兄にも迷惑がかかる。

真海は、江島多門の死に際の願いでもあり、なんとか密書を届けたいとは思っていた。

しかし、ひとくちに将軍家といっても、その誰に渡せばいいのか。

将軍家家臣の中にも、織田派もいれば反織田派もいよう。うっかり織田派に渡せば身の破滅だ。

将軍に直接渡せれば、これに越したことはないのだが、無位無官の身ではそれも叶わぬ。

もし、このまま織田家の侍に捕まれば、それは死を意味するだろう。

一番安全なのは、密書を捨ててしまうことだ。

しかし、人が命懸けで届けようとした物を道端に捨てることは、どうしても真海にはできない。

迷いに迷って、真海は御所の近くまで来てしまった。

これ以上近づけば、不審な者として調べられる恐れがあった。

(困った、どうすべきか)

真海にはいい知恵が浮かばなかった。

その時、御所の門から、三十を少し過ぎたぐらいの武士が出てきた。

供《とも》は連れていないが、その気品ある顔立ちに、真海は思い切って声をかけてみることにした。

「卒爾《そつじ》ながら、将軍家に仕える御方であろうか」

いきなり、すり切れた衣をまとった僧が声をかけてきたので、武士は一瞬戸惑《とまど》いを見せたが、

「いかにも」

と、胸を張って見せた。

「ならば、申し上げる。拙僧、三月《みつき》前に江州《ごうしゅう》常楽寺近くの街道で、ある武家の死を看取《みと》ったのだが、その侍から、用事を頼まれたのでござる」

真海は一礼して早口でしゃべった。

「ほう、その用事とは」

「これでござる」

真海は懐《ふところ》から、紐のようになった書状を出すと、その武士に示した。

「これは？」

「密書でござる。浅井長政殿より将軍家へ」

「なんだと」

武士は顔色を変えた。

「お受け取り願えまいか。いや、実のところ拙僧も困惑しておるのでござる。末期《まつご》の願いゆえ無視することもならず、かといって痛くもない腹を探られるのも辛《つら》い」

「わかり申した」

武士はそれをひったくるようにして、懐にねじ込むと、

「御坊の名は？」

「信濃国善光寺大勧進の僧にて真海と申しまする」

「真海殿か。拙者、公方様のお側《そば》近く仕える者にて、姓名の儀は真木島貞光《まきしまさだみつ》と申す」

「真木島殿か、それでは確かにお渡し致しましたぞ」

真海はほっとして、その場を去ろうとした。しかし、貞光はそれを引き止めた。

「待たれい」

「何か、お疑いでも」

真海は言った。

正直言って、これ以上関わり合いになるのは御免だった。

「上様もさぞお喜びでござろう。真海殿、ぜひ、拙者と同道されい」

「御所へ参るのか？」

「いやいや、別の場所でござる」

真海は固辞しようとしたが、貞光は強引に真海の手を引っ張って、洛北《らくほく》の古寺へ連れていった。

その離れでは茶会が催《もよお》されていた。

「上様もお見えになられる」

貞光はそう言って、真海を庭へ案内した。

「しばらくお待ちあれ」

真海はそこで一人で、一刻近くも待たされた。

痺《しび》れを切らした頃、貞光が小柄な貴人の供をして現われた。

その貴人は、直衣《のうし》を着け、公家のこしらえであった。顔も武者の顔というよりは、公家によくある面長《おもなが》の狐《きつね》のような顔だった。

しかし、貞光が真海にこう耳打ちした。

「公方様であらせられるぞ」

真海はびっくりして、その場に土下座した。

「ああ、よいよい、面《おもて》を上げい」

何か調子はずれな、能役者のような声がした。

真海は顔を上げた。

狐顔の貴人の顔は、すぐ目の前にあった。

真海は再度驚いて顔を伏せようとした。

「よいと申しておるのに」

と、貴人、将軍足利義昭は、真海の顔を凝視《ぎょうし》し、

「その方の忠節、嬉しく思うぞ」

「ははっ」

「まさに、勇に満ちた振舞い。なにしろ、それを見つかったら首が飛ぶからのう。それを見ず知らずの者のために——いや、なかなかできることではない」

「はは——っ、もったいないお言葉でございます」

「真海と申したか」

「はい」

「そちは善光寺大勧進に属する僧であるな」

「その通りにございます」

「では訊く——」

義昭はひと呼吸置くと、

「信長の叡山焼討ち、そなたも天台の席に名を連ねる者ならば、信長めを憎しと思うであろうな」

「——」

「いかがした、そうは思わぬのか?」

「いえ、思いまする」

真海はあわてて言った。

巨星動く

1

越後国の冬は早い。

雪に埋もれた春日山城で、関東管領上杉謙信は、織田家からの使者を引見していた。

景虎、政虎、輝虎等々、何度も改名したが、今はこの謙信で落ち着いている。不識庵《ふしきあん》謙信、これが終《つい》の名である。

「織田殿は、このわしに何をせよと言われるのか」

謙信は物憂《ものう》げな目を使者に向けた。

「いえ、何をせよ、とは申しておりませぬ」

使者はあわてて、

「ただ、ご当家にすがり、裏切り者北条と戦う覚悟の関東の者たちに、管領としてお力をお貸し願いたいと、考えるのみでございます」

「相変わらず、口がうまいのう、尾張者は。こればかりは越後の者は一人も敵《かな》わぬわ」

謙信がそう言うと、家臣どもがどっと笑った。使者は赤面した。

(信長の魂胆《こんたん》は見え透《す》いている)

謙信は思った。

北条氏康が死に、その後を継いだ氏政は、謙信との同盟を一方的に破棄して信玄と結んだ。息子氏政の器量を考えて、氏康はそうさせたのである。

これは、信玄にとって願ってもない幸運だった。武田がこれまで都へ進軍できなかったのは、背後に北条がいたからだ。いや、その北条が敵だったからである。

しかし、武田と北条の同盟は復活した。

かつて織田が東の徳川と結び、後顧《こうこ》の憂《うれ》いなく上洛《じょうらく》できたように、いまや武田の上洛も可能になった。

信長は困惑しているだろう。

これまで動けなかった武田が動き、その結果、信長は武田軍と正面切ってぶつかり合わねばならぬ。

義弟の浅井長政に背《そむ》かれ、そのために朝倉義景との決着もまだついていない。本願寺もいる。

そんな状態で、唯一安全だった東側から、最大の強敵信玄が西上してくるのである。

信長は、枕を高くして眠れるような状態にない。

（今、信長が考えているのは、信玄の西上を一日でもいいから遅らせることだろう。そのためにはどんな手でも打つつもりにちがいない）

その手の一つがこの使者だろう。謙信はそれを見抜いていた。

一番いいのは信玄の国である甲斐や駿河で反乱を起こさせることだ。しかし、調略上手《ちょうりゃくじょうず》の信長をもってしても、それは不可能だった。

次に打った手は、関東の反北条勢力を焚《た》きつけて北条家に反乱を起こさせることだ。

これはうまくいった。もともと関東は小豪族の草刈り場で、北条のやり方に不満を持っている武士も少なくない。

反乱が起こった以上、北条家は兵を出して鎮《しず》めようとする。

そこで、信長は、反乱した豪族たちに上杉家に助力を求めるよう促《うなが》した。

越後の領主でありながら謙信は関東管領でもある。関東管領は関東を無事治めるのが仕事だ。もちろん名目だけのことである。実質上の『管領』はむしろ北条家だ。

しかし、名に拘《こだ》わるのが謙信の真骨頂《しんこっちょう》である。

関東の豪族から助けてくれと頼まれれば、腰を上げざるを得ない。氏康の死以前なら、上杉と北条は同盟していたが、いまやその同盟も破棄されている。

謙信が北条を討つのに何の遠慮もいらないのである。

（だが、ここでわしが関東へ出陣すればどうなる）

泡を食った氏政は、新しい同盟を楯《たて》に信玄の援軍を求めるだろう。一刻も早く西上したい信玄だが、同盟を結んだばかりの折でもあり、ここはひとつ実《じつ》のあるところを示さねばならない。

ある程度の兵力を関東へ送らねばならなくなる。

当然その分だけ、信玄は力を殺《そ》がれ、全力を投じなければならない上洛は遅れることになる。

それが信長の狙いである。

（あの尾張の小僧め、こまごまとよく考えつくものだ）

謙信は感心した。

だが、感心してばかりもいられない。

信長の思う壺《つぼ》に嵌《は》まってまで出兵するか、それともこのまま動かずにいるか。

動きたくはないところだった。このところ越後は治まっているとはいえ、いつ反乱が起こっても不思議はない。越中、加賀の一向一揆の動静も気になる。

一向衆はいまや信玄の完全なる味方と考えてよかった。うっかり越後を留守にすれば、その隙を衝《つ》いてくるやもしれぬ。

重臣たちもそれがあるから、使者にいい顔はしないのだ。

だが、それでも、謙信は言った。

「兵を出そう」

「かたじけなきお言葉」

使者は平伏した。

「殿――」

たしなめるような口調の声が、あちこちで起こった。

謙信は意に介さず言い渡した。

「わしの助けを一日千秋《いちじつせんしゅう》の思いで待っている者どもがおる。見捨てるわけには参らぬ」

外では雪が降っていた。

今年は何年に一度という豪雪の年である。

2

謙信出陣の報は、それから間もなく甲府の信玄のもとへも届けられた。

「謙信が動いたか」

信玄は苦笑した。

まさかと思った。だが心の底では、あるやもしれぬとも思っていた。

謙信ほどの器量の男が、なぜ関東で北条への反乱が起こったのか見抜けぬはずはない。

そして、自分の出陣が結局誰を利するのかも知らないはずがない。

「それでも動くとは、馬鹿律義《りちぎ》というのは、あの男のことをいうのだな」

いずれ北条氏政から、謙信と戦うため援軍を望んでくることは、火を見るより明らかだった。

「さて。いかほど出すかな」

信玄は、重臣たちに下問した。

馬場《ばば》信春《のぶはる》は三千と答え、山県昌景も三千と答えた。

内藤昌豊に至っては二千で充分と言ったし、逆に息子勝頼は一万出すべきだと言った。

「ほう、一万か」

信玄は、勝頼にどうしてそう思うのか、訊《き》いてみた。

「上杉謙信は当家にとって長年の宿敵。この際、葬《ほうむ》って後顧の憂いを断《た》つのが肝要と存じます。それには馬場殿や内藤殿の言う二千、三千などは論外。北条軍と力を合わせるにしても最低一万は必要でしょう」

勝頼は一気にまくし立てた。

なんだ、そんなことか、と信玄はがっかりした。

勝頼には、今が西上の絶好の機会だということが、まったくわかっていない。

馬場や山県や内藤はそれがわかっている。

だから、同盟を維持するだけの兵でいい、すなわち二千、三千も割《さ》けば充分だと言ったのだ。

それに対して勝頼は一万と言った。

だが信玄は何か勝頼独自の考えがあるのではないかと期待したのである。

しかし、それは戦略というには余りにもかけ離れたものであった。

実は信玄は内心、今度の出陣は兵の数が多いほうがいいと思っている。

しかし、それは勝頼の言う理由のためではない。

（そうだ、信友《のぶとも》がいたな）

信玄は隅の方に静かに座っている秋山《あきやま》信友のことを思い出した。

若い頃から源五郎こと高坂昌信と共に、育ててきた人材である。

ただ、秋山は木曽に近い伊奈《いな》の守りを任せていたので、あまり甲府に出てくることはなかった。

その秋山が、久しぶりに姿を見せていたのである。

「新左《しんざ》、そちはどう思う」

信玄は秋山に声をかけた。

「は」

秋山はかしこまった。

「そちの考えを訊きたい。このたびの戦《いくさ》は何人出せばよい」

秋山は顔を上げて、

「恐れながら、やはり一万ほど出すべきかと存じます」

信玄は意外に思った。

「どうして一万じゃ？　勝頼と同じ意見か」

「いえ」

秋山は首を振って、

「申し訳なきことながら、若とは少し違います」

「ほう、申してみよ」

「はい、おそらくこのたびの戦、上杉殿はせいぜい三千、多くとも五千の兵しか出さぬと見えるからでございます」

「五千か。なぜそう言い切れる」

信玄は難しい顔をして言った。

「上杉殿は本当は兵など出したくない。そもそも今回の北条家への反乱、陰で糸を引くのは織田信長でございましょう」

「ほう、信長か」

信玄はあえてとぼけた。

秋山は律義にうなずいて、

「御意。それゆえに、上杉殿の腰は座らぬはず。関東管領の名に関わりますゆえ、人数を出さぬというわけには参りませぬが、その数は少ないと見るべきでござる」

「謙信は、わしが兵を出すとは考えぬかのう？」

「当然、考えには入っておりましょう。されど上杉殿は、お屋形様の狙いはあくまで京にあり、関東へたいした人数は割かぬと、高《たか》をくっているはずでござる」

「二千、三千がいいところと思っておるか」

「御意」

「では、なぜそうせぬ？　なぜ一万も出す」

「これはお人の悪い――」

と、秋山は苦笑して、

「おわかりのことと存ずる」

「いや、いっこうにわからぬな。申してみよ」

信玄はわからぬのではない。ただ馬場や内藤たちに、どうして三千ではなく一万でなければならぬのか、秋山の口から語らせようと思ったのだ。

秋山はそれを敏感に察した。

「――では、申し上げまする。敵が三千しか兵を出さぬなら、それに倍する兵を出せば戦には必ず勝ち申す。おそらくわれらが兵数を見て、上杉殿は戦わずして引き揚げるはず。つまり尻尾《しっぽ》を巻いて逃げるはずでござる」

「どうして、わかるのじゃ。三千でも上杉殿なら、かかってくるかもしれぬ」

横から勝頼が口を出した。

秋山は首を振って、

「そうは思えませぬな。上杉殿は確かにしぶとい御方ではござる。しかし、それは自らの側に大義の旗印があってこそのこと。今度の出陣にはそれがござらぬ。命を懸《か》けるに値《あたい》せぬと、ただちに兵を退《ひ》く。拙者にはそう思えます」

「もし、雌雄を決せんと、かかってきたらどうする?」

「若殿、それなら、まさに千載一遇の好機ではございませぬか」

「――?」

「味方は敵の倍おるのでございます。それこそ包み込んで上杉殿を討ち取ってしまえばよいのです――おそらくそうは参りますまいが」

「謙信めは、引き返すと申すのだな」

信玄が言った。

「御意。十中八九は――」

「それでもよい。いや、むしろそのほうがよい」

信玄は一同を改めて見渡して、

「それなら一兵も損せずに、われらは上杉に勝ったことになる。上杉はわが武田の武威《ぶい》に恐れをなして、逃げたことになる。世間はな、兵の数など気にはせぬ。ただどちらが逃げたかを気にするものじゃ。秋山の申した通り、このたびのことは信長が糸を引いておる。信長の狙いは申すまでもない。いずれにせよ、北条との盟約のため兵は出さねばならんのだ。ならば、大軍を出したほうがよい。そうすれば上杉は逃げ去り、その面目《めんぼく》は丸つぶれとなる。なまじ兵の数を減じれば、かえって戦いは長引く。謙信もその気になってかかってくるであろうからな。――わかったか、勝頼」

と、信玄は列座の将の中から、勝頼を名指した。

「はっ」

勝頼は短く返事をした。

「これが軍略というものだ。覚えておけ。われらは兵一万をもって関東へ出陣するものとする。よいな」

信玄は今度は全員に言い渡した。

諸将は一礼した。

(それにしても、秋山がこれほど見事な読みをするとは)

嬉しい誤算であった。

同年代の高坂に比べて、秋山は武勇では優《まさ》るが軍略では劣るというのが、これまでの評価であった。

(これなら、総大将も務まる)

信玄は西上の軍の一手の大将を、この秋山信友にしたらどうかと考え始めていた。

源五郎は海津城にある。

武田領の北辺の守りを預けている。そうは滅多《めった》に呼び出せない。

しかし、秋山のいる伊奈は、今は比較的安全な場所である。もう秋山を置いておく必要はないかもしれないのだ。

(今日は拾い物をしたわい)

信玄は上機嫌だった。

3

ひと足先に関東へ入り、利根川《とねがわ》べりに陣を敷いた謙信は、やって来た武田の大軍を見て驚いた。

自軍の倍の人数がいる。

（なぜだ）

謙信は考えた。そして信玄の考えが読めた時、顔色を変えた。

（そうか、信玄め、わしの裏をかいたか）

油断といえば油断だった。

西上という大目的がある以上、関東には多くの人数は割けまい。せいぜい二、三千で、それならこちらの五千で悠々《ゆうゆう》勝てる。そう思っていた。

武田なにするものぞ、という評判を作るためにやって来たのに、これでは話がまったく逆ではないか。

片手間の出兵どころか、本軍一万で信玄自ら指揮を執《と》っているのである。

（これでは勝負にならぬ）

謙信は早くも悟った。

指揮を執っているのが信玄でないならば、勝機はある。兵の駆け引きの巧拙《こうせつ》で、数の差を補《おぎな》えるからだ。

しかし、相手が信玄ではそうはいかない。

（兵を退く他はない）

謙信は唇を噛んだ。

そんなことはしたくない。そんなことをすれば、関東管領上杉家の武威は地に堕《お》ちることになる。

謙信以外の大将なら、意地でも退却したりはしない。

なんとか戦いを引き延ばし、何らかの手を打って、信玄に勝とうとするだろう。

だが謙信は兵を知っている。信玄の力量も知っている。

(負けた)

謙信は決意した。

ただちに全軍に命令を発し、武田軍がその退路を断とうとした時には、上杉軍は安全な国境まで逃れていた。

「さすがは謙信、逃げ足の早さも並みではないな」

信玄は苦笑した。

だが、これでいいのである。

武田は上杉に勝ったのだ。

上杉は、初めて敵に後ろを見せて逃げ帰ったのである。

反乱もあっという間に収まった。

武田の大軍を見て、一方で上杉軍の遁走《とんそう》を見たのだ。気力がくじけるのも当然だった。

「北条殿には、よしなに伝えてくれ」

援軍を謝する北条氏政の使者がやって来た時、信玄は重々しい口調で言った。

「これで、関東管領は死んだ、とな」

「は？」

使者はその意味がわからず、信玄の顔を仰《あお》ぎ見た。

「謙信め、もはや関東管領だとほざいても、誰も付いてはこぬということよ。関東はな、これで北条殿のものじゃ」

「かたじけなきお言葉でござる」

使者は頭を下げた。

「早いうちに、関東を固められることだな。わしは、関東には興味はない。早々に兵を退くゆえ、後はご存分に。そうお伝えくだされ」

「かしこまりました」

信玄は広々と続く平野を眺めていた。

この土地にも食指が動かぬわけではない。

だが、まず京を押さえることが先決だ。

それまでこの地は北条に預けておく。それが今の信玄の偽《いつわ》らざる心境であった。

4

甲府にも遅い春がきた。

春と共に、西から新しい客が躑躅ヶ崎館を訪ねてきた。

焼討ちされた比叡山延暦寺の生き残り、豪雲《ごううん》長老ら数名の天台僧であった。

表向きの用事は、めでたい話だった。

信玄を天台宗大僧正《だいそうじょう》に任ずるというのである。

「ほう、これはこれは」

信玄は喜色を満面に浮かべた。

関東管領などには、まったくなりたくもないし、魅力も感じないが、大僧正というのは嬉しい。

かつて武家で大僧正になった者など、数えるほどしかいまい。

いや、ひょっとしたら一人もいないのではあるまいか。

「身に余る光栄でござる」

信玄は礼を述べた。

「それはようござった。武田殿にこれほど喜んで頂けるとは、われわれにとっても嬉しきことにござる」

言葉とは違って、豪雲の表情は暗く沈みがちであった。

無理もない。彼らの総本山である叡山は、織田信長によって、完膚《かんぷ》なきまでに叩かれ、焼かれ、滅びてしまっているのである。

豪雲らは信玄に期待していた。

仏敵信長を倒し、叡山を復興させてほしいのだ。

大僧正はそのための手土産《みやげ》のつもりである。

「信玄殿、そこでわれらの願いを聞いてくださらぬか」

豪雲はあえてお屋形と呼ばず、信玄と呼んだ。法名《ほうみよう》を呼ぶことによって親しみを表わしたのである。

「仏敵信長を滅ぼし、叡山を復興せよと仰《おお》せられるか」

信玄は先回りして言った。

豪雲はうなずいた。

「そのこと、お願いしてもよろしゅうござるか」

「もとよりのこと。この信玄にお任せあれ。お約束致そう。必ず信長を滅ぼし、叡山を復興して御覧に入れよう」

力強く信玄は言い切った。

「おお、ありがたや」

豪雲は目に涙すら浮かべ、懐中から念珠《ねんじゅ》を取り出して、合掌した。

「――ところで、ご長老、信長より先に、叡山を復興しませぬか」

意外な言葉に、豪雲は目を瞠《みは》った。

「ほう、これはこれは。信長を滅ぼさずして叡山の復興が叶いますかな」

叡山のある南近江は現在信長の支配下にある。

だから、信長を追い払わない限り、叡山の復興は不可能ではないか。

「まず、叡山をこの甲斐に引っ越しされよ」

信玄は言った。

「この甲斐に――」

豪雲は驚いて二の句が継げなかった。

「いかがでござる」

「それはできませぬ」

豪雲は珍しく、きっぱりと答えた。

信玄は期待を裏切られて、ちょっと不愉快な顔をした。

豪雲はひるまずに、

「そもそも叡山は都の鬼門《きもん》を守る、王城鎮護の道場でござる。都の近くにあってこその叡山。いかに復興のためとはいえ、かの地を離れるわけには参りませぬな」

豪雲が去った後、信玄は久しぶりに源五郎と小座敷で対面した。

「源五郎、やはり無理であったわ」

信玄は言った。

「都の者というのは、さすがに誇りが高うございますな。あの善光寺仏を強引にここへ移された殿も、叡山は無理でござったか」

源五郎は残念そうに言った。源五郎自身このことを実現させようと色々な工作をしたが、どれもうまくいかなかったのである。

「まあ、そういうことだな」

「よいではございませんか。いずれ都は殿のもの。都さえ手に入れてしまえば、叡山の復興など、いとたやすきこと」

源五郎はそう言い、改めて居ずまいを正すと、

「いよいよ、その時が参りました。まずはめでとうござる」

「そうか、ついにきたか」

信玄もそれは感じていた。

だが、改めて源五郎の口から聞くと、無限の感慨が浮かんでくる。

甲斐という貧しい国の若き国主となってから、一体何年の歳月が過ぎたことだろう。

その間、見苦しい敗戦もあった。敵に先を越されたこともあった。断腸《だんちょう》の思いも何度か経験した。

それもこれも、京へ上り、武田の旗を立てるためである。そのためにすべてを耐え忍んできたのだ。

その生涯の大目的を果たす時がついにやってきた。

「まず何をすべきかな」

内心の興奮を押さえて、信玄は問うた。

「金でございましょうな」

「金か」

「はい。先立つものがなくては戦はできませぬぞ」

「ふむ、それから？」

「次に人でござる、馬でござる。そして兵糧《ひょうろう》もたんと持っていかなければなりませぬ」

源五郎はそう言ってから、一段と声を落として、

「後は、わが軍の最も大きな弱味を補う手立てを考えねばなりませぬ」

「大きな弱味とは」

信玄の問いに、源五郎は側《そば》に寄って耳打ちした。

「一年中、戦ができぬということでございます」

「うむ」

信玄もそのことは気付いていないわけではない。

武田軍の主体は徴発された百姓だ。

田植え、稲刈りなどが行なわれる農繁期には使えない。

もし無理に使ったら、米の生産量が激減し武田家の財政は破綻《はたん》してしまう。

それをどうするか、そのことは勝敗の行方《ゆくえ》を決めるほどの大問題である。

信玄も手を打ってこなかったわけではない。

それこそ国主の座に就いた頃から、間引《まび》きを禁止し人口を増やすように努め、余剰人口を産業の発展で養えるように工夫してきた。

大国信濃、ついで駿河が支配下に入ったのも大きかった。特に駿河は海に面し気候に恵まれ、日本有数の豊かな国である。

そのために武田軍団の兵も、徐々に専業の者が増えてきた。しかし、その比率は、まだまだ織田家には遠く及ばない。

「源五郎、何か策があるか」

信玄は期待を込めて問うた。

「ございます。まず第一に、冬に戦を起こすことでござる」

「冬に、とな」

た。

信玄は驚いた。

これまで冬に兵を出したことはあまりない。

先日、関東へ出兵したのは冬だったが、これは相手に合わせたやむを得ない措置だった。

だいたい山国甲斐の人間は、冬に兵を出すことなど、まず考えないものである。

それにこれまで敵とした国は、信濃や越後など、甲斐同様に雪深い国であった。

そういうこともあり、冬に軍事行動を起こすという考えはなかった。

「それはこれまでのことでござる。これから敵とするは遠江、三河、尾張、近江など暖国の兵。こういう国では冬の寒さなど高《たか》が知れておりまする。われらにとって何ほどのことがございましょう」

「なるほど」

「しかし、もともとの暖国育ちにとっては冬は冬、士気も鈍《にぶ》りがちでございましょう。そこへ、われらは避寒の心地《ここち》にて攻め寄せられるのでござる」

「避寒の心地はよかったのう」

信玄は大笑いした。

確かに甲斐や信濃の兵にとって、冬に暖国に行くことは避寒になる。

こちらは平気、向こうは閉口となれば、どちらが有利か火を見るより明らかである。

「次に、兵を一つにまとめずに、三つに分けて攻め入ることでございます」

「美濃、三河、遠江を同時に攻めよ、と申すか」

「御意。通常においては兵を分けるのは不利とされております。しかし、織田・徳川の領国は広うございます。一方に力を集めれば、必ず他方より挟《はさ》み撃ちにされましょう。あるいは留守を突かれることになるかもしれませぬ」

「そのことはわしも考えておった」

「しかも、この手を使えば、もう一つ利がござる」

「ほう、利とは？」

「地侍どもでござる。この三国には心ならずも織田方に属しておる者も多かろうと存ずる。そのような者ども、われらが三方同時に攻めかかれば、ただちにわが陣営に馳《は》せ参じるでございましょう」

「そうか、その利もあるな」

信玄の頭の中には、既に西上の絵図が出来上がっていた。

問題は一つある。

「源五郎、そちに頼みじゃが」

「留守を任せると仰せられますか」

源五郎は予期していた。

「そうじゃ。このたびの西上、武田家を挙げてのこととなる。だが、それゆえ、どうにも留守が心配じゃ」

「拙者、京への一番乗りもしとうはござるが、殿の御諚《ごじょう》とあらば、やむを得ませぬな。留守居を務めさせて頂きます」

「うむ、頼んだぞ」

信玄は笑みを浮かべた。

その時、突然、その笑みが消えた。

腹の底で激痛がした。

信玄は呻《うめ》き声を上げ、その場に突っ伏した。そして激しく嘔吐《おうと》した。

「いかがなされた」

源五郎は蒼白になって立ち上がった。

5

信玄の病いは、侍医御宿監物《みしゅくけんもつ》の診断《みたて》では、胃の病いであった。

信玄はひと月ほど床に就いた。

幸い病いは快方に向かっていた。

「心労によるものでござろう。休養を充分に取られれば本復《ほんぷく》致されましょう」

監物の言葉を聞いて、源五郎はほっとした。

むしろ不幸中の幸いとすら思った。

西上の途中で病いに倒れられては大変なことになる。

「ちょうどいい機会でござる。存分に休養なされませ」

どうせ出陣は秋以降のこととなる。

刈り入れが済まねば武田軍は軍事行動を起こせない。

出陣は十月であろう。そして合戦は十一月から十二月にかけて、まず遠江、三河で行なわれる。そして、一月、二月に尾張、近江を落とし、浅井長政、朝倉義景、叡山の残党、それに一向衆を総動員し、京から信長を追い出し岐阜に封じ込める。

後はどうにでもなる。

京さえ押さえれば武田の天下になる。

田植えまでに片がつくということだ。

そのためには「疾《と》きこと風の如《ごと》く、侵掠《しんりゃく》すること火の如く」いかねばならなかった。

休養はそのためにも必要である。

九月に入って、刈り入れの終了を待ち兼ねたように、信玄は軍議を召集した。

その場で、病いの癒《い》えた信玄は、西上の作戦計画を初めて明らかにした。

「軍を三つに分ける。本軍二万五千は遠江を横切り、まっすぐ家康の本拠浜松城へ向かう。次に先発隊五千、これは本軍に先んじて三河へ侵入、遠江と三河の連絡を断つ。これで家康は三河の兵を呼べず、遠江の兵だけで戦うことになる」

信玄は一同を見渡して、

「次に、別働隊五千を出す。これは美濃に侵入し、美濃から三河・遠江へ援軍を出させぬことが狙いだ。だが、狙いはいま一つある。——新左、わかるか」

信玄は満座の将の中でただ一人、秋山新左衛門信友を指名した。

秋山はただちに答えた。

「美濃と申せば、織田領の要《かなめ》というべき国でござる。ここを攻めれば信長の足元に火が点《つ》くことになりましょう。本軍の遠江攻めに際して、家康は援軍を織田家に求めましょうが、信長にしてみれば同時に美濃まで攻められたとあっては、先のことが心配で遠江にはあまり援軍を出せなくなりましょう。それが、いま一つの狙いでは——」

「よう見た、その通りじゃ」

信玄は満足そうにうなずいて、

「そこで、そちに、この美濃別働隊の大将を命ずる」

満座の将は驚いた。

当の秋山も驚きに目を丸くした。

「ほう、どんな女じゃ？」（illegible）

「よいな」

「ははっ、ありがたき幸せ」

「新左、美濃国境の岩村《いわむら》の主《あるじ》は女じゃ、存じておるか？」

「はい。確か信長の叔母《おば》にあたる女性《にょしょう》とか」

「さすが早耳だの。その叔母、叔母というてもまだ年若く、なかなかの美女じゃというぞ。どうじゃ、城ばかりでなく、その女も落としてみぬか」

どっと笑いが起こった。

秋山は頭を掻《か》いた。

信玄がそう言ったのには理由がある。

秋山は数年前に妻を亡《な》くして、今は独《ひと》り身なのである。

「これはいい。城ではなくて女攻めか、わしも大将になりたいわい」

山県昌景が言ったので、また一同から笑いが起こった。

「先発隊の大将はそちじゃ」

信玄は、その山県に言った。

山県は、かつて飯富源四郎《おぶげんしろう》といい、近習として信玄の薫陶《くんとう》を受けた一人である。

「よいな、出陣の日取りは追って沙汰するが、まず美濃、次に三河、そして遠江攻めの本軍の順となろう。心して準備せよ」

一同からどっと歓声が上がった。

信玄はそれを満足そうに見ていたが、ふと胃の奥に吐き気を感じて、あわてて顔を伏せた。

（しばらく静かにしていろ。もうすぐ京の薬を飲ませてやる）

信玄は自分の胃に向かって言い聞かせた。

6

最も早く出発したのは、予定通り秋山信友率いる美濃攻撃隊であった。

目指すは、美濃と信濃の国境にある岩村城である。

「殿、今回は女攻めだそうですな」

僧の円元《えんげん》が言った。

円元は伊奈城下隆光寺《りゆうこうじ》の住職である。

秋山はこの僧の謀才を買っていた。

「何をたわけたことを」

秋山は一笑に付した。

信玄が言ったのは、あくまで冗談である。

あの場の雰囲気を和《やわ》らげ、士気を高めるために言ったことであろう。

それよりも岩村城は、東美濃随一の堅城だという。

それをどう落とすか、そのことで頭がいっぱいだった。

実は、秋山は三年前にこの城を攻めている。

その時は、まだ織田家との対立も今ほど深刻ではなく、小手《こ て》調べのような戦いだった。

だが、その時痛感したことがある。

(何と高い山の上の城であることよ)

高いと言えば遠江の高天神《たかてんじん》城が有名だが、この岩村城はひょっとしたらそれより高いのではないか。秋山にはそう思われてならないのだ。

「これは高うござるな」

円元も馬上から驚きの声を上げた。

城兵一千に満たずと聞いていたので、五千の兵をもって攻めれば容易に落ちると考えていた。

しかし、円元はそれがとんでもない誤りであることを知ったのである。

「雪はいかが？」

「このあたりはかなり降る」

秋山は苦虫《にがむし》を嚙みつぶしたような顔で言った。

「では急がねばなりませんな」

円元はようやく事態を察した。

女攻めどころか、これでは大苦戦の様相を呈している。

秋から冬にかけての戦い、それはやむを得ぬことだった。

また、本隊も山県隊も暖国へ向かうのだから、さほど不利ともいえない。むしろ有利かもしれない。

それは秋山も円元もよく理解していた。

しかし、この美濃は違うのである。

決して暖国とは言えない、むしろ山国である。

雪は、信濃ほどではないにしても、やはり相当降るのだ。

「それにしても堅固な城――」

円元は、山上の城を見上げながらつぶやいた。とんでもないことになった。それが実感だった。

秋山が行軍の最中に、ずっと浮かない顔をしていた理由がわかった。

「で、どうするのじゃ、秋山殿。何か策はござるのか」

「ない」

秋山は笑った。

「ない、では困るではないか」

「御坊、考えてくれんか」

冗談とも真面目《まじめ》ともつかない口調で秋山は言った。

「それは、――困りましたのう」

円元は深刻な顔になった。

（なに、城は落とさずともよいのだ。われらの使命は、織田家の注意をこちらに引きつけるにある。ここでしぶとく戦い、信長めに徳川への援軍を出しにくくさせるのが狙いだからな）

秋山は山上の城を腕組みしながら見ていた。

7

信玄の動静はただちに近江の信長のもとへ伝えられた。

「信玄め、味な真似を」

信長は歯嚙みして口惜《くや》しがった。

軍を三つに分けるとは、予想もしていなかったことだった。

本軍が東海道を通って遠江の徳川家康を攻める。そして、徳川がもう一つの領国である三河から兵を呼べぬよう、別働隊が伊奈道を南下し三河を突く。——それは予想しないでもなかった。

だが、さらに別働隊を設けて、中仙道《なかせんどう》を進み直接美濃を突くとは、考えもしなかった。

全軍を中仙道か東海道か、そのどちらかに振り向けると、信長は予測していたのである。

それも雪の深い中仙道より暖かい東海道を進んで来るだろう。ならば、家康に相当数の援軍を送り、浜松城の徳川軍と織田からの援軍で勝負をかける。そう予測していたのが、はずれたのだ。

とにかく、この冬を何とかやり過ごさねばならない。

比叡山を焼いたことで、石山本願寺も完全に敵に回った。叡山と本願寺は仲間ではない。むしろ仇敵同士だった。

ところが焼討ちによって、信長は『仏敵』ということになった。宗教勢力に容赦《ようしゃ》のない態度を取るということが、本願寺にもわかったのである。

いま信長が一番恐れていること、それは武田信玄の西上を機に、これまでばらばらだった反信長勢力が一つにまとまることである。

それは何とか避けたい。しかし、いずれ通る道であることも、また確かである。

天下を取るためには、すべての人間を服従させなければならない。すべての勢力を従えようと思えば、いずれそれらの勢力が一斉に反撥《はんぱつ》してくることは、火を見るより明らかである。

どんな人間も覇者となるためには、必ず通らなければならない坂なのだ。

その苦しい坂に、いま信長はいた。

「岩村城は保《も》つか？」

当面の心配はそのことだった。

信長の領国の一番東の端とはいえ、最も重要な国である美濃の内だ。美濃が侵《おか》され、城が落とされたとなれば、世間に与える影響は大きい。

守りは堅いが、岩村城はそんなに大きな城ではない。しかし、そのちっぽけな城が落ちることの、政治的効果は大きい。

もし落ちれば、世間は信長が信玄に敗れたと見、信玄こそ最後の勝利者だと思うかもしれない。

岩村城を守っているのは、女城主つや、やの方《かた》である。

つやは信長の叔母にあたる。

岩村城主遠山景任《とおやまかげとう》の妻だったが、景任に先立たれてからは、子のいないこともあって女城主として君臨している。

信長はこの女性に、自分の五男御坊丸《ごぼうまる》を養子として与えてもいるのだ。

(だが、あの岩村城がそう簡単に落ちるはずはない)

取り越し苦労かもしれぬと、信長は思い直した。

あの城は、織田家の城のうちで最も守りが堅い。

周囲は絶壁で囲まれ、登り口は一つしかない。しかも冬になれば雪に閉ざされる。寄せ手は厳寒の野外で、ぬくぬくと暖を取る城内の兵と戦わねばならない。

(勝てるはずがないか)

信長は少し安心した。

8

岩村城攻めの大将秋山信友は、城との連絡を取ることを考えていた。

(なんといっても女だ。城主が女ということは隙があるということだ)

女は男とは違う。

男の常識ではとうてい考えられないことをする。

まず、秋山はこの女城主の性格を把握することに努めた。

それも強圧的な手段ではない。

諜者を放ち、里の者に金をやり、探れるだけ探った。

信友に同行してきた円元も協力してくれた。なんといっても円元には、僧であるという強味がある。同じ宗旨でなくても、坊主ならば警戒されない。円元は陣を抜け出し、城下の寺に泊まっていた。

その円元が、しばらくぶりに陣に姿を現わした。

「どうだな、里の様子は？」

信友は尋ねた。

「女城主殿、たいした美人らしゅうございますぞ」

円元は含み笑いをして言った。

「ほう、そうか」

「はい」

「だが、もう三十を越しておろう。それに、子もいると聞く。姥桜《うばざくら》ではないのか」

信友はたいして興味を持っていなかった。いや、正確にいえば容貌には興味がない。信友が関心あるのは、性格である。戦局を有利に運ぶため、その女性の性格を利用できるか、ということだ。

「いえ、とんでもござらん。これが掛け値なしの美貌で――」

と、円元は身振りも大きく、

「織田家はそもそもが美男美女の家系。信長殿の妹御《いもうとご》は、近江浅井家に嫁《とつ》いでおりますが、無双の美女との評判でござる。その叔母にあたる御科人《ごりようにん》もまた類《たぐ》いまれなる美女とか」

「いえ、御坊丸殿は、信長公の五男でござる。養子として貰われたよし」

「そうか、それなら」

信友はうなずいた。

本当に美人かもしれぬ。

「子を産んでもか」

「亭主殿に死なれて何年になる?」

信友はそれも訊いてみた。

「既に一年と、聞き及んでおりまする」

「一年か。男はおるのか?」

「は?」

円元は妙な顔をした。

「情夫《かくしおとこ》はおるのか、と申しておる」

「さて、それは存じませぬが」

この時、信友の頭に奇想が浮かんだ。

それはまさに、奇想としか言いようがないものであった。

しかし、案外うまくいくのではないか。

勘である。

しかし、信友の勘は、こういう時にははずれたことがない。

「――いかがなされました？」

円元が言った。

「いい手を思いついたのだ」

信友は笑みを浮かべた。

「ほう、どんな手で？」

円元も釣《つ》り込まれて微笑した。

「いや、まだ申すまい」

信友がそう言ったのは、いくら円元でも、これぱかりは本気にしまいと思ったからだ。城を取る前に、女城主の心を盗《と》り妻に迎えてしまおう。冗談ではなく本気でそう思ったのである。

女城主を妻に迎えれば、岩村城はおのずと信友のものになる。

（高坂に言ったら何と返事をするか）

ふと頭に浮かんだのは、若い頃からの好敵手源五郎こと高坂昌信のことだった。

9

徳川家康は浜松城にいる。

故郷三河の岡崎《おかざき》城から、この遠江の浜松へ移って二年、今はここが根拠地である。大海原《おおうなばら》に面し気候も温暖で、作物の収穫もよい。

だが、家康自身はここ数年、武田軍の侵攻に悩まされている。

今川家の領国であった駿河と遠江、この二ヵ国を大井川《おおいがわ》を境にして、それぞれ武田家と徳川家で分けることが確定したのは、三年ほど前のことだった。

今川義元が信長によって桶狭間で討ち取られた後、後継者氏真の無能によって、今川家は混乱した。

今川の領国は、主を失った宝の山のようなものだった。

なにしろ駿・遠両国といえば、気候温暖にして肥沃《ひよく》なこと日本一といってもいい。おまけに海産物にも恵まれ、金山まである。港もあるから商業の利も得られる。

家康は数年来不思議に思っていたことがあった。

それは桶狭間の勝利に続いて、信長は何故、駿・遠両国を取ろうとしなかったかということだ。

この両国は宝の山である。しかも、その主を討ち取ったのは信長である。だから国を奪っても何の文句も言われない。

むしろ大名として、自分の勢力を伸ばしたいという気があるなら、ただちにそうすべきだったろう。

ところが信長はそうしなかった。

むしろ両国に対する野心は一切捨て、自分と同盟を結び、「取りたければ取れ」と言ってくれたのである。

最初、信長から同盟の申し込みがあった時、家康はその真意を疑った。話がうま過ぎると思ったのである。

だが、信長は真剣だった。

その口上は、とにかく美濃を奪いたいから、駿河・遠江は要《い》らぬ。その条件で同盟を結ぼうというものだった。

なぜ宝の山を捨てて、山深い美濃などを、と家康はその時思った。

だが、今にして思えば、それはとんでもない誤りだった。

（信長は、あの頃から既に天下を狙っていたのだ。確かに駿河・遠江は宝の山かもしれぬ。しかし、京とは反対の方角だ。そこを狙っていては、京への進出が遅れる）

「のう、そうではないか」

家康は重臣筆頭ともいうべき酒井忠次と、石川数正に言った。

「しかし、殿、駿河を取って力を蓄《たくわ》えてから天下を狙っても遅くはないのでは」

忠次が異《い》を唱《とな》えた。

「そこが織田殿の深謀遠慮《しんぼうえんりよ》よ」

家康は嘆息して、

「駿河は誰もが欲しい。武田も北条もだ。それゆえ、駿河を首尾《しゆび》よく得たとしても、今度はこの大勢力と戦わねばならぬではないか。そんなことをしていたら、いつまで経《た》っても京へは入れぬぞ」

それが、今にして思い当たったことだった。

結局、信長は今川家の領国を餌《えさ》として自分に与えたのである。

当時は、何と気前がいいと思ったのだが、それは誤りで、この餌にはとんでもない毒があった。

言わずとしれた武田信玄である。今川家の領国を取るということは、結局信玄と相争うということだ。

とりあえずは、大きいほうの駿河を信玄が、小さいほうの遠江を家康が取った。しかし、信玄は何かと言えば遠江にちょっかいを出してくる。信長と信玄は同盟を結んでいた。一方、家康と信長も同盟を結んでいる。ということは、信玄も少しは遠慮すべきだと思う。いかに直接の同盟は結んでいないとはいえ、一種の盟友関係ともいえる。

だが、信玄はそんなことは一切考えなかった。隙あらば遠江に侵入し、少しでも領土を増やす構えを見せている。

だから家康は東から目を離せない。そしてちょうどそのことは、信長から見れば家康が忠実な番犬となって東の信玄を見張っているということになる。家康はもちろん東に気を取られているから、京へ上ろうとか、信長の留守を狙って尾張を侵そうという気にはまったくならない。

（うまく考えたものだ）

それゆえ、信長は安心して西へ進めるのである。

もともと三河と尾張は仇敵同士だった。松平家の時代から、織田とは何度も合戦している。特に今川義元の時代からは、三河は事実上今川の属領となり、織田との戦いには常に最前線に駆り出された。

当然、多くの織田家の侍を討ち取っているし、織田家の兵に殺された三河侍も少なくない。本来なら、どう考えても手を結ぶ相手ではない。

それなのに信長は、家康に同盟を申し込んできた。

家康も、決して損な話ではないから受けた。

ようやくその真意が、この頃家康にはわかるようになった。

駿・遠両国という餌を、信長は家康と信玄の双方に投げたのである。当然、二人はその餌に目の色を変えて飛びつく。

その間に、京を取ってしまい、天下を固めてしまおう――これが信長の策略だったのだ。

それにしても、桶狭間で義元の首を取った直後に、そこまで考えていたとは。あの時、信長はわずか二十七歳だった。

家康は別に、信長の処置を不快に思っているわけではない。

義元の家来も同然という屈辱的な境遇から救ってくれたのは信長であるし、所詮器量が違う。

信長と張り合って天下を取ろうなどと思ったことは一度もない。

だから、憎いとは思わない。ただ苦笑するのみである。

「殿、笑っている場合ではございませんぞ」

忠次がたしなめた。

確かにそうだ、と家康は思った。

信玄は大軍を率いて、ついに甲府を出発したという。

物見の報告では、先発隊は三河に向かい、本隊はこちらへ向かっているという。

信玄の狙いは明らかだった。

（この遠江を奪い、信長公に決戦を挑むつもりなのだ）

家康は既に、信玄の動静を近江にいる信長に報告すると共に、援軍の派遣を要請している。

ちなみに家康の本軍は八千、この浜松城にいる。後は三河と遠江の各城砦に散らばっている。それを全部掻《か》き集めても、総勢一万二千。これに対して敵は三万五千、そのうち家康の領国へ侵入したのは三万、三倍に近い人数である。

まともにぶつかって勝てる相手ではない。

「織田殿の援軍は、一体いつになったら来るのでござろう」

石川数正が言った。

数正は、忠次に次ぐ地位の、徳川家の宿老である。

「あまり数は出されまいな」

家康が言うと、数正は憤然として、

「何故でござる。織田殿は殿に対して借りがあるはず」

数正の言うのは、一昨年《おととし》の近江姉川合戦のことだった。

あの時、家康の全面的な応援がなければ、信長は浅井・朝倉連合軍に敗れていたはずだ。そしてもし敗れていれば、反信長勢力が一斉に立ち上がり、信長の天下取りなど、どこかへすっ飛んでいたはずだ。

だが、それでも信長は決して多数の兵を援軍には出さないだろう。

「何故でござるか」

数正ばかりでなく、忠次も吠《ほ》えるように言った。

「織田殿が仮に二万の大軍を寄越したとしても、信玄に勝てるとは限らぬ。むしろ織田殿は、わしに城に籠《こ》もれと言ってくるであろうな」

家康は説明してやった。

「城に籠もれば、しばらくは保《も》つ。そのうちに信玄も兵糧が尽きてくる。この冬の寒空に、いかに山国育ちの兵だとはいえ、留《とど》め置かれるのはつらいぞ」

「それゆえ、援軍は少ないと仰せられますか」

忠次が訊いた。

「そうじゃ、考えてもみよ。城に籠もるだけのために、あまりに多くの人数を寄越さば、城の兵糧が足りなくなる」

「では、われらは織田殿の楯となると?」

もともとそうなのだとは、家康も口にしかねた。代わりにこう言った。

「そうではない。信長殿はいま浅井・朝倉と戦っておる。あちらが片付くまでは、こちらには出したくても兵は出せぬのじゃ。浅井・朝倉さえ片付けてしまえば、すぐにでもこちらに大軍を出してくれるだろう」

「それまでは籠城《ろうじょう》でござるか」

一座から溜め息が漏れた。

もともと勇猛をもってなる徳川武士は、籠城などという消極的戦闘が苦手なのである。

（しかし、今回はやむを得ぬ）

家康は思った。

それにしても、信玄はいま遠江第二の城である二俣《ふたまた》城を攻めている。

二俣がいつまで保ちこたえられるか。それがもう一つ気になってならないことである。

10

望月誠之助は岐阜にいた。

妻の冬も呼び寄せることになった。

誠之助は寄親の滝川一益から離され、信長の直臣《じきしん》に戻っていた。

言うまでもなく、信玄との戦に備えてのことだ。

このところ冬は浮かない顔をしている。

「武田信玄は強いのでしょう」

「うむ、強いな」

誠之助は答えた。

冬はますます浮かない顔をして、

「その強い大将と、いよいよ戦が始まるのですね」

「そうだ」

「上様は、あなたをこの岐阜にお呼びになった。それは、信玄との戦いに、あなたを――」

「その通りだ。もともと信玄と戦うのは、わしの生涯の望みだからな」

冬は黙り込んだ。そして、軽くそっぽを向いた。

「――まだ、あの御方のことが忘れられないのですね」

「うん？」

初め誠之助は、冬が何を言っているのかわからなかった。

「――」

冬は頬をふくらませている。

ようやく誠之助にもわかった。

冬は、あの諏訪の美紗姫のことを言っているのだ、と。

「冬――」

と、誠之助はその名を呼んで抱き寄せた。

冬は少し抵抗した。

「言っておかねばならぬな」

誠之助は冬の髪を撫《な》でて、

「姫のことはもう忘れた」

「うそ」

「いや、そなたが口に出すまで忘れていた。今のわしには、そなたしかない」

「嬉しい」

冬は誠之助に抱きついてきた。

「――では、戦などおやめなされませ」

蚊《か》のなくような声で冬は言った。

「そうもいかぬ」

誠之助は苦笑した。

「わしは織田家の侍だぞ」

「でも、信玄と戦わずとも、殿に仕える道はいくつもございましょう」

「殿はな、わしを武田攻めに備えて召し抱えられたのだ。その恩義には応《こた》えねばならぬ」

「――」

「それに、信玄は父祖の、われら望月一族の仇敵ぞ」

「でも、信玄は強いのでございましょう?」

「強い。それは申した通りだ。だが、だからといって戦わねば、織田家が滅ぼされることになる。これは食うか食われるかの戦いなのだ」

誠之助は、最後の言葉を自分に言い聞かせるように言った。

翌朝、誠之助は信長に呼ばれた。

内密の呼び出しである。

そしてそこには、もう一人、滝川一益もいた。

信長は小姓のみを従えて上座にいる。

「お召しにより参上しました」

誠之助が頭を下げると、信長はうむとうなずいて、

「その方らに命ずる。隠密に東へ向かい、武田軍の様子を見て参れ」

誠之助は一益の方を見た。

一益は予期していたのか、すぐに返答した。

「かしこまりました」

「誠之助も、よいな」

信長は言った。

「はっ」

「そちには特に申しておく。信玄の姿を見るのはよいが、決して斬りかかってはならぬ」

「はい。仰せの通りに」

「よいな、これは仇討ちではない。わが織田家が信玄を破るための、物見じゃ。そのことを忘れるな」

信長は念を押した。

「では、しかと申しつけたぞ。金はいかように使ってもよい」

信長はそれだけ言うと、さっさと引っ込んでしまった。

後は小座敷に、誠之助と一益が取り残される形となった。

「大変なお役目になりましたな」

誠之助は言った。

一益もうなずいて、

「上様は、やはり信玄を相当に気にしておられるな。まあ、無理もない。――それより誠之助、本当に大丈夫か?」

「何が、でござる?」

「上様が仰せられたことだ。信玄の姿を見ていきり立っては、物見にならぬぞ」

「心配無用、今なら信玄を水のような心で見ることができよう」

誠之助は思わずそう言って、それが取りつくろいではなく、本心からそうだということに気が付いて愕然《がくぜん》とした。

「ならばよいがのう」

一益は、まだ信じられぬという面持《おもも》ちであった。

二人は早速自邸に戻り、準備を整えると出発した。

とりあえず東美濃から信濃に入り、信濃から武田軍の後を追うことにした。

「信濃か――」

誠之助にとっては数年ぶりの帰国になる。

懐かしさもないわけではないが、それに浸《ひた》るつもりはまったくなかった。

11

僧円元は岩村城下の寺の住職を巧みに説いて、岩村城内に入ることに成功した。

住職の名は了安《りょうあん》という。六十を越した老僧である。

もとより円元が武田軍に従軍していることは知っている。ただ、このままでは岩村の民の難儀が続く。和睦の道を探りたいと申し入れたのである。

了安は快諾した。

円元は了安の弟子ということで、城内に入り女城主に会うことができた。

（ほう、これは）

本当の美女であった。

切れ長の目に、憂いを含んだような面差しである。

周囲に男はいなかった。

これが坊主の特権である。

いかに女城主とはいえ、円元たちが武士であったら、侍女だけを従えて引見するわけにはいかなかったはずだ。

「ご住職殿には、このようなお弟子がおられましたかな」

声も若い。人を魅了するような響きがある。了安はどう答えていいものか、ちらりと円元を見た。

円元が代わりに答えた。

「拙僧は、実のところ、いま城を囲んでおる軍勢と共にやって来たのでございます」

さっと一座に緊張が流れた。

女城主、つやの方は、まじまじと円元を見た。

「では、そなたは、武田方の間者か」

「間者ではございませぬ。ただ、民百姓の難儀を何とか救えぬものかと考えておりましたところ、武田軍の大将秋山新左衛門殿より、拙僧に和議の仲立ちを頼むとのお言葉があり、こうして参上致した次第でございます」

と、円元は相手が戸惑っている隙に、懐から書状を出し両手に捧《ささ》げ持った。

「これは?」

「秋山殿からの書状でございます。何卒《なにとぞ》ご披見《ひけん》くださいますよう」

つやがうなずくと、侍女の幸《こう》がそれを受け取って、つやに渡した。

つやは一読して、驚きの表情を浮かべた。

美しい眉《まゆ》をひそめると、

「御坊、この書状の中身をご存知か」

「いえ、存じませぬが」

円元は様子が変だと思った。

「艶書《えんしょ》じゃ」

一同は目を丸くした。

艶書とは恋文のことではないか。

「ほほほ」

つやは口許《くちもと》を隠して笑った。

「とんだご使者じゃのう」

円元は赤面して、ほうほうの体《てい》で退散した。

「新左殿、ひどいではないか」

本陣に戻った円元が信友をなじると、信友はにやにやと笑っていた。

「出すに事欠いて艶書とは、これではまとまる話もまとまりませんぞ」

「女は怒ったか？」

信友はまずそれを訊いた。

「当然ではござりませぬか」

「怒っていたのか、本当に？」

「――それは。笑っておられましたが」

「どのように？」

信友は膝を乗り出した。

「どのように、と申されましても、ただ声を上げて、ほほほ、と」

円元は奇妙な顔をした。

信友の顔がほころんだ。

「ほう声を上げて笑ったか。ならば――」

と、信友はうなずいて、

「脈があるな」

「新左殿、ふざけている場合ではござらんぞ」

「ふざけてはおらぬ」

信友は急に真面目な顔になった。

「しかし、戦の最中に女子《おなご》のことなど」

「城がわが手に入るなら、文句はあるまい」

信友の言葉に円元は目を丸くして、

「どうやって城を手に入れられる」

「御坊にはわからぬか、女よ」

「女?」

「女城主の心を盗《と》れば、城はおのずから取れる」

「――?」

「やはり、出家には女の心はわからぬな。女とはな――」

信友は言いかけてやめた。

僧の円元に説いても仕方がない。

それよりも、言っておいたほうがいいことがある。

「あの城の侍のうち、半分はまだわれら武田に心を寄せている」

「まだ、と仰せられるのは?」

「前城主遠山景任殿の父の代には、遠山氏は武田の配下であった。景任の代になってから織田に心を寄せるようになったのよ。今でも武田に心を寄せる者は多い」

「しかし、城主が信長公の叔母では——」

「それゆえ、城主さえ意のままになれば、城は取れるではないか」

「なるほど」

円元は、信友がそこまで考えていたことを知って感心した。

「御坊、もう少し頼まれてくれぬか」

「なんなりと」

「いま一度、城に行ってくれ」

「艶——いや、書状の返事を貰うのでござるか」

「いや、新しい書状を届けてもらいたい」

「城主の君《きみ》に？」

信友はうなずいて、

「それと城内の武田派にな」

円元は気を引き締めた。

今度ばかりはうかうかすると命がない。

信友もそのことは充分にわかっている。

しかし、あの堅い守りの岩村城を力攻めにしても、いつ落ちるかわからない。

失敗してもともとである。

やってみる価値はあった。

12

信玄率いる本軍が満を持して甲府を発したのは、元亀三年（一五七二年）十月三日のことである。

出立《しゅったつ》に先立ち、信玄は急使を近江の浅井長政と朝倉義景に送った。

この七月に、信長は北近江へ出陣し、浅井長政の本拠小谷城に対峙する虎御前《とらごぜ》山に砦を築いた。

本格的に小谷城を攻略する構えを見せたのである。その一方で、目の上の瘤《こぶ》である浅井勢を小谷城の防衛に専念させることによって封じ込め、岐阜—京間の通過を容易ならしめる狙いがあった。

さらに信長は、もう一つ重要な手を打った。

将軍足利義昭に対して、詰問状を送ったのである。『異見《いけん》十七カ条』というのがそれで、信長はこれを同時に天下に公開させた。

義昭は、信長の後ろ楯で将軍になることができた。

その恩を義昭は感謝し、一時は信長のことを『父』とまで呼んでいた。

しかし、信長が義昭を擁立したのは、自分が天下の主となるためである。そのために一時の看板として、立てただけのことだ。

だから信長は、義昭の再三の要請にも拘《かか》わらず、副将軍にも管領にもならなかった。副将軍になど、うっかりなってしまえば、義昭の家来と認めたということになり、義昭と対立すれば『反逆』の汚名《おめい》を着ることにもなる。

だから信長はそれを避けた。

そのうち義昭は信長の意図《いと》に気付いた。

そこで今度は将軍の権威を利用して、各大名に書状を送るようになった。

「不忠者信長を討て」と。

信長は、いつか義昭を追放せねばと心に決めるようになった。

だが、ただ追放するだけでは、義昭の言い分が正しいと自ら認めたことになる。

義昭を追放する前に、彼がいかに悪将軍であるか、世に喧伝《けんでん》する必要があった。

それが『異見十七ヵ条』である。

その第一条で信長は、義昭が天皇に対して不敬であると責めた。将軍のくせに天皇をないがしろにするのは許せぬ、という論理である。

逆に、「天皇に不忠な」悪将軍であると、世間に知らせるのが目的であった。

義昭はこの屈辱にじっと耐えた。

各地の反信長勢力に書状を出し、信長包囲網が出来つつある。

信玄も動いた。

その信玄は、浅井長政に対しては、

「出馬した。もう一刻の猶予もならぬ。即刻朝倉義景殿と相談して信長軍を攻撃してもらいたい」

と書状を送った。

一方、朝倉義景に対しては、

「遠江に入り敵領を奪っている。二俣城も落城寸前である。また、美濃・三河についても着々と成果が上がっている。今後のことについて、ぜひ相談したい」

と書き送った。

その情報は義昭にも入っている。

「信長め、今にみよ」

義昭の意気は上がった。

これまで信長は、背後の東側を同盟者徳川家康が固めていたため、安心して京・近江で戦うことができた。

しかし、その防壁が信玄によって崩されつつある。

そのうえ近江で浅井・朝倉、摂津で本願寺・三好が立ち上がれば、信長は本拠の岐阜を動くことすらできず、信玄とそれら勢力との挟み撃ちに遭う。

それが信玄の狙いでもあり、義昭の狙いでもあった。

信玄は二俣城に猛攻を加えた。

この城は要害の地ではあるが、規模は小さく兵糧は少ない。

信玄は火の出るように攻め立てた。

城将中根正昭《なかねまさあき》は八百の兵と共に、この猛攻によく耐えた。

しかし、八百対二万五千では、耐えるといっても限界がある。

二俣城は十一月に入って落城した。

この落城は、信玄の得た最初の大きな戦果であった。

何よりもめでたいことは、この勝利によって武田か織田・徳川か、帰趨《きすう》を決めかねていた地侍が、武田になびくようになったことだ。

二俣城に入城した信玄のところに、続々と帰属を求める地侍がやって来た。

（次は浜松だ）

信玄の狙いは、また衆目の一致するところでもあった。

浜松の家康はどう出るか。

それは予測がついていた。

籠城である。

城に籠もって、信玄を引きつける。

引きつけることによって時間を稼ぐ。

武田軍の弱点は、長期の遠征に耐えられないことだ。兵員の八割が農民であるため、来春までには兵を本国へ帰さなくてはならないのである。

だから家康は、織田の援軍を仰《あお》ぎ、共に城に籠もって、一日でも信玄を遠江に釘付けしようとするにちがいない。

浜松城は平地にある城で、それほど堅固な造りではないが、城兵は八千、二俣城の十倍はいる。

しかも軟弱と噂される尾張兵と違って、三河武士を主体とした家康の兵は強い。兵糧も多数貯えているはずである。

まともに攻めたら何カ月もかかる。

(素通りしてしまえ)

信玄はそう決心した。

素通りすればいい。

そうすれば、浜松に釘付けにされることもない。

信玄はその考えを軍議で明らかにした。

軍議には馬場美濃守信房、穴山信君、小山田信茂《おやまだのぶしげ》ら重臣が集まり、三河から別働隊の大将山県昌景も駆けつけてきた。

信玄の案に、まず息子の諏訪勝頼が異を唱えた。

「どうして戦わぬのです。敵の前を素通りするなど、逃げるも同然。断固戦うべし」

勝頼は吠えるように言った。

やれやれまたか、と信玄はうんざりした。

勝頼は勇猛である。おそらく侍大将としてはこれほど適任の者はいないだろう。

しかし、勝頼は今のところ、武田家の家督を継ぐべき唯一の男である。

総大将は、刀を振りかざして敵陣に突っ込む必要はない。いや、そんなことは絶対にしてはいけない。

将棋にたとえれば、勝頼は『王将』なのである。『王』が取られれば勝負は負けだ。

むしろ勝頼は家来全員を楯にしてもいいから、生き延びなければならないのである。今は侍大将の一人だから、ある程度勇猛でもかまわないが、軽はずみな行動は困る。

まして無駄な戦いなど、とんでもない。

「勝頼、よく聞け。われらはなぜ国を出たのか。家康という雑魚《ざこ》を討つためではない。狙いは信長じゃ。信長の息の根を止めることこそ、われらの狙いがある。そのためにはつまらぬ気を取られるな」

「雑魚ならばこそ、出陣の血祭りに上げ、後顧の憂いを断つべしと申し上げております」

勝頼は納得できずに言い返した。

「雑魚とはいえ、城を攻め落とすのは、容易なことではない。二俣と浜松は違うぞ。ここでつまらぬ時を費《つい》やすよりは、一刻も早く尾張・美濃に入り、浅井殿、朝倉殿と信長を挟み撃ちにするのだ。ぐずぐずしていてはならぬ」

「では、家康がわれらが背後を突いたら何と致します？」

「家康は左様な愚《おろ》か者ではない。八千と二万五千では、勝負にならぬと知っておるわ。おそらく城門を固く閉ざして、出ては来まい」

「しかし、父上。ここに八千の敵を生かしたまま残せば、われらと本国の連絡《つなぎ》が断たれはしますまいか」

（ほう、少しはわかっておるな）

信玄は感心し、やや機嫌を直した。

この策での最大の問題はそこだ。

つまり、家康が八千の兵と共に無傷でこの地に残ることである。

このことによって、信玄の領国である駿河・甲斐・信濃と、遠征軍の補給路が断たれる恐れがある。

それが一番の心配の種だ。

本当なら、短期間で家康軍に致命的な打撃を与えて西へ進みたいのだが、そうするためには野戦しかない。

家康が野戦に応じてくるはずもない。

（待てよ）

と、信玄の脳裏に一つの策が閃《ひらめ》いた。

もし、家康をおびき出すことができたらどうか。野戦を行ない、徹底的に叩くことができる。

だが、三倍の兵力の敵に対し、あの、石橋《いしばし》を叩いて渡らぬと噂される男が、どうして勝負を挑むことがあろう。

（勘助なら、どうする）

欲目《よくめ》でござる。

信玄は勘助の声を聞いたような気がした。

欲目とは、人の物の見方のことである。

欲に釣られた人は、必ずその目が曇る。そのことを勘助は欲目といった。

欲目になれば、人は人に騙《だま》される——それが軍略の要諦《ようてい》でもある。

（家康をおびき出すには、八千の兵でも勝てると思わせるしかない。つまり、こちらが隙

を見せることだ）

信玄はあたりの地図を持ってこさせた。

（どこかに、家康にも勝機ありと思わせる場所がないか――）

信玄は『家康の目』で地図を見た。

そういえば、常に両の目で物を見よ、と勘助は常々言っていた。

「ここだ」

信玄は思わず声を出して、地図の上の一点を示した。

重臣一同は驚いて、それを見た。

『三方《みかた》ヶ原《がはら》』とある。

「お屋形様、これは？」

家臣を代表して馬場が訊いた。

「家康をな、ここへおびき出してやるのよ」

信玄は高笑いした。

13

秋山信友の岩村城攻略は、着々と成果を上げていた。

円元の働きによって、城内に内通者が出来た。

その内通者から、城主つやの方が信友に並々ならぬ関心を示しているという情報がもたらされた。

「潮時《しおどき》だな」

信友は、翌日から公然と矢文《やぶみ》を城内に射ち込んだ。

「城内の者、既に過半は武田方に内通、他の者も急ぎ心を改めよ」

という内容である。

もちろん過半というのは、少し大げさな言い分であった。

だが、城内ではそんなことはわからない。

疑心暗鬼《ぎしんあんき》の虜《とりこ》になる者、仲間と城内の一画に籠もり動かぬ者、口論喧嘩《けんか》に及ぶ者、城内は上を下への大騒ぎとなった。

そこで、信友はもう一つ、最後の手を打った。

円元を正式な使者として、城内へ送り込んだのである。

その口上は、前代未聞《ぜんだいみもん》の申し入れとして、城内の者を驚倒させた。

円元はこう言ったのである。

「ご城主つやの方様を、わが大将秋山信友の妻として貰い受けたい」

「馬鹿な。何をたわけたことを申すか」

筆頭家老の野田嘉門《のだかもん》が怒鳴りつけた。

「ご城主の返答を頂きとう存ずる」

円元はかまわずにつやの方を見た。

つやは怒っていなかった。

「その前に一つ、伺っておきたいことがありまする」

つやは言った。

「はい、何なりと」

円元は身構えた。

城兵をどうするかということだろうか。それとも信長の子である御坊丸の扱いのことだろうか。いずれにせよ講和条件のことにちがいない、と円元は踏んでいた。

だが、つやはそれとはまったく別のことを訊いた。

「秋山殿には国に妻がおられるのではないか」

円元は呆気《あっけ》にとられた。

(女子《おなご》というものは、確かにわからぬ)

円元はそう思った。

城内がこれだけ大騒ぎになっているというのに、女城主の関心は秋山に妻がいるかどうか、ということだけなのである。

「円元殿、いかが？」

つやは催促した。

「お、おられませぬ。先年、奥方を亡くされまして」

円元はあわてて、

「まことに？」

つやは硬《かた》い表情で念を押した。

「まことでございます」

「ならば、よい」

つやは微笑した。

円元はその真意を計りかねて、

「よい、と、仰せられますのは？」

「貴意に添《そ》うということじゃ」

「は？」

「わからぬ坊様じゃの。お話お受けするということじゃ」

つやは怒ったように、突き放す言い方をした。

円元には、それが怒っているのではなく、恥じらっているということが、わからなかった。

「奥方様、それはあまりに」

たまりかねて家老の野田嘉門が口を出そうとしたが、つやはぴしゃりと押さえた。

「控えよ。この城のことはすべてわらわが決めます」

それで話はまとまった。

円元は首をひねりながら、信友に事の次第を報告した。

信友はただ笑っていた。

吉日を選び、信友とつやは祝言を挙げた。

こうして東美濃の要衝岩村城は、一兵も損ずることなく、武田のものとなった。

夜戦　三方ケ原《みかたがはら》

1

「はっははは」

信玄は久しぶりに大声で笑った。

これほど愉快なことはなかった。

おそらくてこずるであろう、それゆえに大軍で取り巻き牽制《けんせい》すれば充分だった美濃・岩村城を攻城軍の将、秋山信友が奪取した。

しかも、一兵も失わず、それどころか城兵すべてを味方に引き入れたという。

「信友め、あの武骨者が、ようもぬけぬけと」

その城取りの手段も傑作だった。

信長の叔母《おば》にあたる前城主の後家を、まんまとたらし込んだという。

「どうじゃ、源五郎。新左衛門の手並み、そちも見習わねばなるまいの」

信玄は、海津城から呼び寄せた源五郎こと高坂弾正に、からかうように言った。

源五郎は武田家随一の美男である。

しかも、軍略・武勇ともに申し分のない男なのに、いまだに嫁を娶《めと》ろうとしない。

そのこともあって、信玄はそう言ったのである。

「拙者《せっしゃ》が妻帯せぬのは、勘助殿を見習うてのことでございます」

源五郎は、笑うでもなく怒るでもなく言った。

信玄は、物問いたげに源五郎を見た。

「軍師は、家中に縁《えにし》を作ってはなりませぬ。また、家を持つこともなりませぬ」

「いざという時、非情を貫《つらぬ》くことができぬからと申すか」

「御意《ぎょい》。それでこそ軍師の務めが果《な》たせます」

「だが、妻を娶り子を生して、長く奉公するのも家臣としての道ではないか」

「それゆえ、甥《おい》の惣次郎を養子と致しております。惣次郎は今も海津の城でお役に立っております る」

それは事実だった。

高坂弾正は、本来この西上作戦にあたって、留守居を務めていた。

しかし、北の上杉謙信が動く気配がないので、この遠江まで急遽《きゅうきょ》呼び出されたのである。

その高坂弾正と秋山信友は、信玄の近習《きんじゅ》として源五郎、新左衛門と呼ばれたころからの朋輩《ほうばい》でもある。共に、今は亡《な》き山本勘助から軍略の手ほどきを受けた相弟子《あい》でもある。

「では、改めて訊《き》こう。そちは武田家軍師として、このたびの新左衛門の手柄、どう思うぞ」

信玄の問いに、源五郎は居《い》ずまいを正して、

「山本勘助殿なら、こう申されましょうな。十分《じゅうぶ》の勝《かち》と」

「十分の？」

信玄はぎくりとした。

十分の勝――完勝である。並みの将ならわれを忘れて有頂天《うちょうてん》になるところだ。

だが、勘助は違った。

十分の勝はよからず。これが勘助の信念である。

なぜ、いけないのか。

それは十分の勝は、驕《おご》りを生むからである。

「だが、それはわしが新左衛門を戒《いまし》めればいいことではないか。とにかく、岩村城を取ったのだ。このことについては文句はあるまい」

「お屋形《やかた》様は、何のために岩村城を攻めさせたのでございましょうか」

「決まっておるではないか――」

そう言って、信玄は気が付いた。

どうして岩村を攻めたのか。

それは城を取るためではない。

むしろ信長の注意を引きつけるためだ。

岩村城城主は信長の叔母である。

しかも、信長五男の御坊丸が次期城主として入城している。一方、信玄の狙《ねら》いは東海道にある。

この遠江で、徳川家康を撃破し、後顧《こうこ》の憂《うれ》いをなからしめて西へ進みたい。

信長はそうされてはならじと、家康に援軍を送りたいところだろう。しかし、もし岩村城が今も攻められているならば、援軍はそちらを優先しなければならないことになる。

なんといっても身内であるし、本拠地である美濃の城を一つでも奪われたということになれば、織田家の武威《ぶい》は失墜《しっつい》することになる。

これまでは確かにそうだった。

しかし、信友が岩村城を奪ったことにより条件は一変したのである。

岩村城はそっくり信友の手に入った。

しかも無傷で、城兵までが信友のものとなった。

ということは、岩村はしばらく攻められない、ということだ。

城兵の数が倍になったも同然だからだ。

そのうえ、信長の叔母や五男の御坊丸がいてこそ、信長は援軍を送ろうという気にもなる。

しかし、叔母は武田方に寝返り、御坊丸は捕らえられて甲斐へ送られた。

つまり、岩村は今、信長にとって戦略から見ても、人の情から見ても、援軍を送る必要のない城になってしまった。

当然、岩村へ送るべき援軍は宙に浮き、結局別のところへ投入されることになる。

それはどこか。この遠江、家康に対する援軍になるにちがいない。

（なるほど、十分の勝はまずいわい）

信玄は納得した。

もっとも秋山信友は悪くない。

攻城軍として派遣された以上、できるだけ損害を少なくして城を落とそうとするのは、当然のことだ。

むしろ悪いのは――。

（この、わしだ）

と、信玄は反省した。

信友に対して、城は落とすな、戦いは長引かせろと、指示すべきだったのである。単に城を攻めよと言ったら、攻めるのは当たり前だ。落とすのも当たり前である。これで信長は、かえって援軍を遠江に集中できることになってしまった。

「さて、どうする」

信玄は源五郎に改めて問うた。

「まず、秋山にはその功を賞し、岩村城を褒美《ほうび》として与えるべきでございましょう。お屋形様の命《めい》に従い、前代未聞《ぜんだいみもん》の大功を挙《あ》げたのでございますから。これは何をおいても賞さねばなりません。そうせねば、今後武田家に忠勤を励む者などいなくなりましょう」

「わかった、それで？」

「次に、織田の援軍のことでございますが、これは案外、禍《わざわ》い転じて福となるかもしれませぬ」

「――？」

「最も望ましいことは、家康殿が城を出てわれらと戦うこと。そのためには家康殿に、その気になってもらわねばなりませぬ。ただ徳川勢のみでは、なかなかその気にならぬかと――」

「織田の援軍を得て、初めてその気になると申すか？」

「御意」

源五郎はうなずいて、

「信長がどれだけ援軍を繰《く》り出すか、それはわかりませぬが、おそらくは三千から五千」

「浜松城の八千に加えて一万一千から三千ということだな」

これに対して武田本軍は、途中から加わった遠江の地侍《じざむらい》らを含めれば二万七千いた。

どう見積もっても、信玄のほうが家康の倍以上の兵を有している。

このままでは、織田の援軍を得たとしても、徳川勢はなかなか城から出てはこないだろう。ましてや援軍がなければ城から出てくるはずがない。

敵が倍以上いる時に、正面切って野戦を挑む馬鹿はいないからだ。

城に籠《こ》もって敵の通過するのを待つ。それが最上の策である。

その最上の策を、どうやれば家康に捨てさせることができるか。

つまり、どうすれば家康を城外におびき出すことができるか。

そのことを相談するために、信玄は源五郎を呼び寄せた。

(家康に、勝てると思わせることだ。それしかない)

信玄にもそれはわかっていた。

問題は、どうやってその気にさせるかだ。

信玄は源五郎の前に地図を広げた。

遠江の野に大きく広がる台地がある。

三方ヶ原と呼ばれるこの台地は、東西二里南北三里にもなる、平野から急に迫《せ》り上がった土地で、浜松城はその南端にある。

浜松城のすぐ北には、犀ヶ崖《さいがけ》という一度落ちたら這《は》い上がるのは不可能なほどの深い崖があり、これが北側の守りになっている。

一方、信玄の軍は、南の海岸側からこの台地に登り、浜松城を目指すことになる。

むろん城攻めをするつもりはない。

こんなところに釘付けにされていたら、西上作戦など果たせなくなる。

だから素通りするつもりだ。

願わくば、家康にその後を追撃させたいのである。

追撃というのは、当然城を出なければできない。そこを逆襲して徳川軍に再起不能の打撃を与えておきたいのだ。

「ここか」

信玄は三方ヶ原の一番北、台地が尽きて急な坂になるあたりを示した。

そこには『根洗《ねあら》いの松』という、海道沿いでは誰知らぬ者のない巨松がある。

その松の少し先から、台地は尽きて急坂となり、川や沼の多い低湿地へと続いている。

祝田《ほうだ》というのが、そのあたりの地名である。

「やはり、ここでございましょうな」

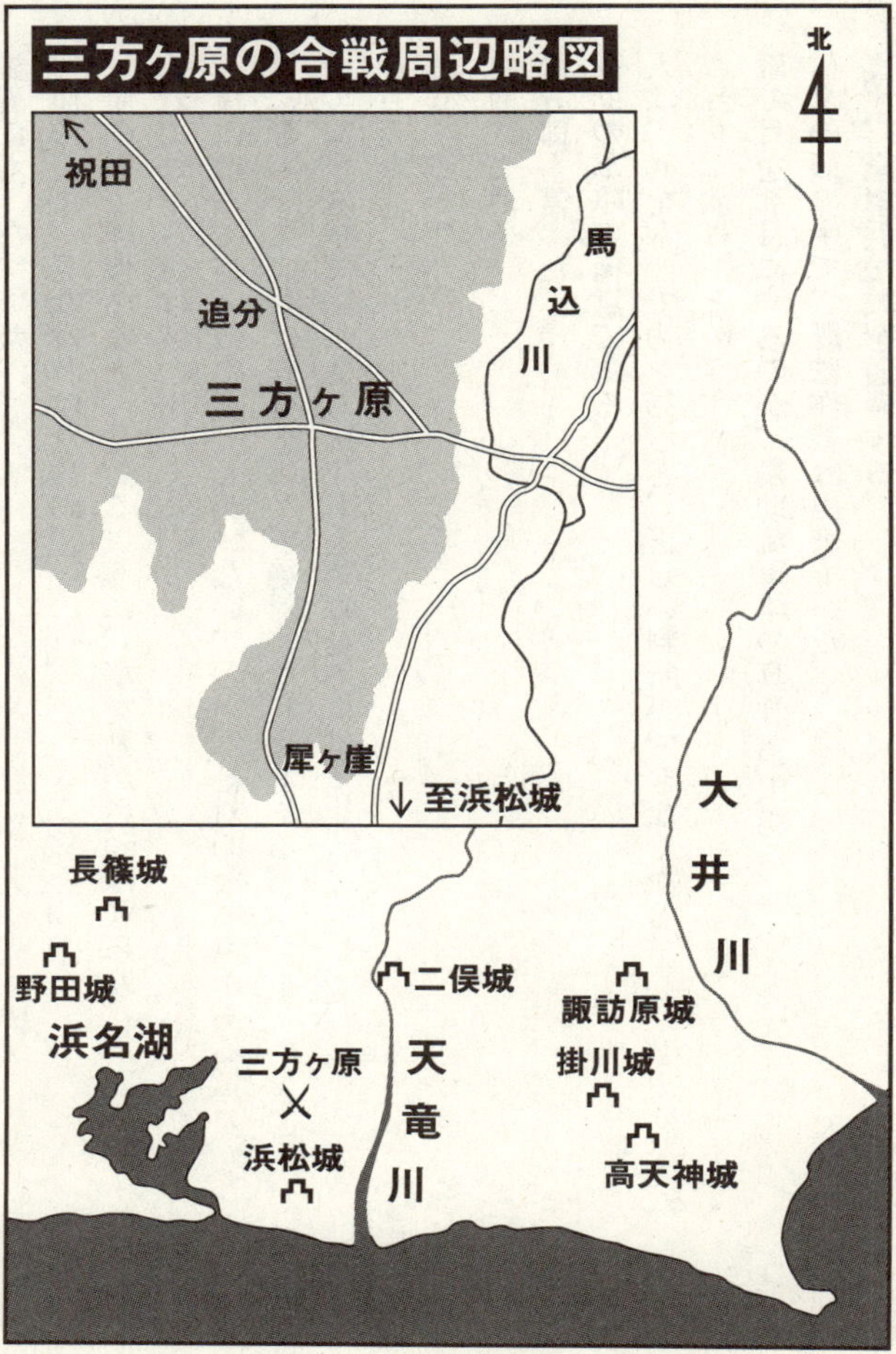
三方ヶ原の合戦周辺略図
北
祝田
追分
三方ヶ原
馬込川
犀ヶ崖
至浜松城
大井川
長篠城
野田城
二俣城
諏訪原城
浜名湖
三方ヶ原
天竜川
掛川城
浜松城
高天神城

源五郎もうなずいた。
家康の目で、見なければならぬ。
家康の目で勝機ありと、見えるように、軍を動かさねばならぬ。
それでこそ家康は城を出てくる。
家康には、味方が敵の半分しかいない、という絶対的な弱点がある。
城に籠もっていれば安全という、絶対的な利点もある。
その有利を捨てて、あえて不利を選ばせるには——。
「欲目《よくめ》だな」
信玄は言った。
「欲目でござる」
源五郎も言った。
勘助の軍略の極意である。
人は、欲をもって物を見ると、正しい判断ができなくなる。
これを『欲目』という。
敵の目を欲目にするのが、勘助流軍略の真骨頂《しんこっちょう》である。
信玄の頭の中で、既に作戦は出来ていた。
まず、全軍浜松城を通過する。

これ見よがしに、家康を挑発しつつ通り過ぎるのである。

次に夕刻にかけて、全軍は根洗いの松から祝田を経て、低湿地へ入ると見せかけるのである。

祝田から下までは、急な下り坂になっている。

ここで家康は考えるはずだ。

いかに大軍とはいえ、夕闇の中を背を向けて急坂を下りるところを、背後から急襲すれば、勝つ、と。

おそらく家康は、武田軍がこのあたりの地理に暗いと思うはずである。

地の利を生かし、敵の不意を衝《つ》けば勝てる、と思うはずである。

ところが、信玄はそれを予期し、待ち伏せするのだ。

急坂ではなく、台地の上で戦うならば、兵の多いほうが勝つ。

うまくいけば、家康はこの地に屍《しかばね》をさらすはずである。

「どうだ？」

信玄は自ら立てた作戦を、源五郎にぶつけた。

「よろしゅうございます。これなら家康殿も引っかかりましょう」

「よし、では、早速やるか。源五郎、そなたは――」

「隠れておるのでございますな」

源五郎は先回りして言った。

「こやつめ」

信玄は笑った。

言いたいのはまさにそのことだった。

武田の陣営に、軍師高坂弾正が同行していると知られれば、敵が用心するからだ。

何かの罠《わな》があると疑われれば、家康は城を出ることを躊躇《ちゅうちょ》するだろう。

（この一戦、必ず勝つ）

信玄は勝利を確信した。

2

浜松城では、家康を中心に武田軍をどう迎えるか、軍議が行なわれていた。

酒井忠次、石川数正、本多忠勝ら、徳川家の重臣に混じって、織田軍から派遣された佐久間信盛、平手《ひらて》汎秀《ひろひで》の二人の将がいた。この両将はそれぞれ千五百、合わせて三千の兵を率《ひき》いてきている。

そして、その席には、滝川一益と共に望月誠之助もいた。

信長から武田軍を偵察してくるように命ぜられた二人は、この軍議にも客将《かくしょう》として参加していたのである。

ただし軍勢を率いて来た佐久間、平手の両将に比べれば、発言は少ない。というより発言しづらい。

軍議は初めから、ある一定の方向へ流れていた。

援軍として来た織田軍の両将は、初めから籠城《ろうじょう》策を主張した。

城に籠もっている限り、負けることはまずない。城兵八千に織田勢三千が加わり、一万一千に味方はふくれ上がっている。

これなら、相手がいくら精強をもって鳴る武田軍とはいえ、充分に対抗できる。

武田軍の最も得意とする戦術は騎馬隊を中核にして、敵を中央突破することである。

城に籠もれば、敵はその戦術を使えない。

これほど有利なことはあるまいと、誰しもが思う。

そこで、徳川家でも酒井、石川といった老練の将は、籠城策に賛成した。

これに対して血気盛んな本多忠勝を筆頭とする荒武者たちは、野外決戦を主張した。

城の前をおめおめと素通りさせては、徳川家の沽券《こけん》に関わると言うのだ。

確かにその主張も一理はあった。

特に、今後徳川家がこの地方で勢力を伸ばしていくためには、国人《こくじん》・地侍たちの支持が必要である。

徳川家は発祥が三河で、三河でこそ地侍層まで把握しているが、この遠江では進駐軍に過ぎない。

その武威が落ちれば、徳川家の支配は大きく揺らぐのである。

しかし、だからといって、天下の武田軍に正面切って戦いを挑むことはできない。

数で互角ならともかく、味方は敵の半分しかいない。

しかも、敵のほうが強いのである。

どう考えても、ここは籠城というのが常識的な判断だった。

ところが、忠勝ら野外決戦派に、なんと家康までもが同調したのである。

「ここで武田信玄にひと泡吹かせておきたい」

家康は短く決意を述べた。

忠勝らが喜びの声を上げた。

(まずい)

誠之助は思った。

家康は信玄の本当の強さを知らないのだ。

たぶん家康の考えていることは、地の利を生かして敵を奇襲し、いくつか首級《しゅきゅう》を上げて城内へ逃げ帰ることだろう。

それが成功すればいい。

おそらく信玄はそれでも、浜松城を囲むような真似《まね》はせず、さっさと西へ向かうにちがいない。

家康は、信玄に「勝った」という名分を得ることができる。

しかし、危《あや》うい賭けである。

信玄はそんなことは百も承知だろう。

かえって隙《すき》を見せて、誘いをかけることすらしかねない。

信玄というのはそういう男だ。

それは、信濃の一豪族の家臣の家に生まれ、さんざん信玄に煮湯《にえゆ》を飲まされた誠之助が、一番よく知っていることなのである。

誠之助の目から見れば、海道一の弓取りと讃《たた》えられる家康も、まだまだ青い。

しかし、こんなことを面と向かって言うわけにはいかないのである。

家康の意向に対し、酒井ら重臣たちと、信長派遣の両将がしきりに歯止めをかけた。

だが、両者の協力はなかった。

そもそも酒井たちは、味方の兵の少なさにかんがみて、やむを得ず反対をしているのに対し、佐久間、平手の両将は、初めから籠城以外に策はないと決め込んでいる。

酒井たち重臣から見れば、織田の両将は臆病風に吹かれているとしか見えない。

そんな連中と一緒にされたくないと、酒井らが思っているところに、家康はとうとう決定的な言葉を吐いた。

「そんなに信玄が怖《こわ》いか、この臆病者め」

「臆病者と申されたか」

重臣の一人鳥居忠広《とりいただひろ》が血相を変えて立ち上がった。

「たとえ殿のお言葉とて、こればかりは許せませぬ。お取り消しくださいませ」

いつもなら、すぐに取り消す家康であった。

だが、この日は、なぜかそうは言わずに、

「戦《いくさ》を避けんとする者を、臆病者と言って何が悪かろう。わしは取り消さんぞ」

「殿！」

重臣らがいっそう激高《げっこう》して立ち上がろうとした時、たまりかねた一益が叫んだ。

「お待ちくだされ」

一益はすっくと立ち上がって、広間の中央に出た。

「織田家家臣滝川一益、無礼を省《かえり》みず申し上げる。そもそも敵は二万七千、お味方は一万一千、半分にも満たぬのでござる。まず、この数を考えられてはいかが。数をないがしろにした軍議など、軍議の体《てい》を成《な》しておらぬ」

「わかっておるわ」

主戦論者の本多忠勝が叫んだ。

一益は、苦虫《にがむし》を嚙みつぶしたような顔をしていた。

本当は、もっと正確な言葉で批判したい。

家康を、である。

あんな言い方をすれば、冷静に戦のことを考えようという人間は、すべて臆病者という
ことになってしまう。

大将としては、絶対に口にしてはいけないことだ。

家康にしては珍しいことである。

しかし、一益の口からそこまで言うのは憚《はばか》られた。

確かに家康は一益の主君ではない。しかし主君ではないからこそ、直言しにくいという
こともあるのだ。

誠之助は、見ていて一益の苦渋がよくわかった。

(ならば、拙者が――)

誠之助はずかずかと広間の中央に入った。

「同じく織田家家臣望月誠之助でござる。非礼を省みずお歴々《れきれき》に申し上げる。この中で信
玄の軍勢と戦われたことのある御方はおられるのか？」

「そういう、おぬしはどうだ？」

忠勝が吠《ほ》えるように言った。

誠之助はうなずいて、

「ございます。信玄は旧主諏訪頼重様の仇敵《きゅうてき》。調略の手並みも、軍勢の動かしようも、この目でしっかりと見て参りました」

「見ただけか!」

再び忠勝が吠えた。

「いや、信州村上家侍大将として、川中島にて戦したこともござる」

「――お歴々、あの名高き山本勘助めの首級を挙げたのは、この望月殿でござるぞ」

一益の声に、一同からほうっという驚きの声が上がった。

「いや、それは証拠のあることではございませぬゆえ」

誠之助は顔を赤らめた。

勘助を討ったのは、紛《まぎ》れもない自分である。しかし、侍の武功としては、首を持参して帳面につけてもらうか、あるいは同僚に証人になってもらわねば、正式なものにはならない。

あの乱戦の中、誠之助はそんなことをする余裕はなかった。

家康は、武田と実戦経験を持つという、誠之助に興味を持った。

「なるほど。では、望月殿、ちと尋《たず》ねるが、信玄配下の将のうち最も恐るべきは誰と思うか。馬場美濃守か山県昌景か、それとも内藤昌豊か」

家康は丁寧に問うた。

誠之助はその場に座ると一礼して、

「恐れながら、そのいずれでもございません」

「では、誰じゃ」

誠之助は言いたくはなかった。

その男を褒《ほ》めたくはない。

だが、その男の抜群の器量を認めざるを得なかった。

「――高坂弾正昌信。この者こそ、最も恐るべし、と考えまする」

誠之助の言葉は、家康の家臣一同に嘲笑《ちょうしょう》をもって迎えられた。

源五郎こと高坂弾正は、一度この城に来ている。徳川家の主立《おもだ》った面々は、すべて源五郎の顔を見ていた。

いつ戦場で会うことになるかもしれないのである。

敵方の有力な武者が来た時は、必ず顔を見ておくのが習慣である。

そして源五郎の顔を見た徳川家の人間は、誰もが恐るるに足らずと思った。

武骨者揃《ぞろ》いの徳川家には、源五郎のような美男は一人もいない。

当然、家臣たちは外見で判断した。

だが、その判断は間違っている。

家康だけがそれに気付いていた。

小馬鹿にしたような顔で誠之助を見る家臣たち。それを尻目に家康は、さらに問うた。

「望月殿、われらは信玄の軍に勝てるか」

思い切った問いであった。

普通このようなことは、よほど信頼の篤《あつ》い老臣ならともかく、訊くものではない。

まさか「負ける」とは返答できないからだ。

その最も答えにくい問いを、家康は誠之助にぶつけたのである。

「勝てませぬ」

きっぱりと誠之助は答えた。

いきり立った忠勝は、脇差《わきざし》の握りに手をかけた。

「その雑言《ぞうごん》許せぬ、取り消さねば斬る」

「待て、忠勝。遠来の客人に対して無礼であろう」

家康は大喝《だいかつ》し、声を落としてその根拠を尋ねた。

「敵味方同じ数ならまだしも、お味方の数、敵の半分。まともには勝てませぬ」

本当なら、同数でも勝てないと言いたいところだが、さすがにそれは憚られた。

目の前の本多忠勝が、激高して刀を抜くかもしれなかったからだ。

「ならば、『まとも』でなければよかろう」

家康は意味ありげに笑い、目の前に地図を広げさせた。

それは浜松城を中心にした、三方ヶ原台地の図である。

「よいか。信玄はこの城に関わっている暇はない。まもなくこの城の脇を素通りして、美濃・尾張へ向かわんとするであろう」

と、家康は全員をゆっくり見渡して、

「そこでじゃ、二万七千の大軍はいずれこの台地を下りねばならぬ。その下りるところを後ろから急襲したらどうだ。こちらは坂上、向こうは坂下。敵が坂を下り切って祝田あたりの沼地に入れば、すぐには軍を返すこともできまい。あのあたりで動くに動けず、まごまごしている間に、武田の本隊を突くのも夢ではないぞ」

「まさに、ご名案」

早速、忠勝が賛同の声を上げた。

「妙案でござる」

慎重派の石川数正までがそう言った。

相変わらず浮かない顔をしているのは、誠之助、一益の二人だけだ。いやもう二人、佐久間信盛と平手汎秀もいたが、これは単に戦場に出たくないというだけである。

「望月殿はいかが思われる」

歓声の中、家康は誠之助に尋ねた。

「恐れながら申し上げる」

誠之助は、ここまできたら歯に衣《きぬ》を着せずに言うのが正しい、と考えた。

「信玄は謀《はかりごと》の名人でござる。特に高坂弾正という切れ者が付いておりますゆえ、まず信玄の裏をかくということは、できぬ相談と思いまする」

「だが、今度の西上に、高坂弾正は来ておらぬぞ」

家康は、源五郎が来ていることを知らなかった。知らなかったというよりは、徳川家の細作《さいさく》（隠密）がそのことを探り出せなかったというのが正しい。

誠之助はひるまずに言葉を返した。

「ならばもっけの幸いではございますが、やはりご油断なさいませぬよう。信玄は一筋縄《ひとすじなわ》ではいかぬ古狸《ふるだぬき》でございます」

「わかった。その方の忠告はしかと耳に残そう。だが――」

家康は家臣全員に宣言した。

「今後、信玄の動きを見張り、もし武田勢が祝田へ向かって進むことあらば、城を出て戦う」

忠勝らが歓声を上げた。

「これはわしのわがままじゃ。好きなようにさせてくれい」

家康は自分に言い聞かせるように言った。

3

「まずいことになったな」

軍議が終わって、一益はいまいましげに言った。

「まことに」

誠之助はうなずいた。

知らぬということは恐ろしいことだと思った。

あの信玄に、軍略上の策を仕掛けようなどと、そんなことが成功すると思っているのだろうか。

家康は心の誘惑に負けたのだ。

信玄に挑み、名を挙げたい、という欲望に——。

「どうする?」

「どうにも仕方がありませぬな。徳川殿は騎虎《きこ》の勢い。こうなったら誰も止められるものではありませぬ」

「信玄は誘いの隙を見せるか」

「見せましょう」

誠之助は確信していた。

それが老獪《ろうかい》な信玄のいつもの手である。

「では、この戦は負けだな」

「――」

「負けとわかっている戦で、何をすればよいのか?」

「大将を守ることでしょう」

誠之助は即答した。

「大将、徳川殿のことか?」

意外な顔をする一益に、誠之助はうなずいた。

「徳川殿さえ生き延びられれば、いくら兵を失おうとも、必ず再起できましょう。もし、徳川殿が討たれれば、旗本や兵がいくら残ろうとも何の役にも立ちません」

「なるほど。では、われらは敗軍の折、徳川殿を無事帰城させることを考えればよいか」

「左様でござる」

「では行くか。その祝田というあたりの坂へ」

「まだ早《はよ》うござる。おそらく戦は夜」

「夜と、どうしてわかる」

「誘いの隙でござる。隙を見せるには、昼よりも夜のほうがよい」

一益はなるほどとうなずいた。

家康をその気にさせなければならないのである。

そのためには、ちょうど日が暮れる頃、祝田の急坂にかかるのがよい。

家康にしてみれば、「夜の闇に乗じて」勝てるという気になる。

「しばらく待つか」

一益は言った。

まだ日は高くない。

屋内でも互いに吐く息が白かった。

一方、源五郎はわずかな供《とも》を連れ、馬を捨てて徒歩《かち》で浜松城の近くまで来ていた。

（今度の戦、家康の首を挙げねば本当に勝ったことにはならぬ）

源五郎には、家康の敗軍の様子が手に取るようにわかっていた。

家康は一敗地にまみれ、命からがらこのあたりまで逃げて来るはずである。

もし家康の軍が最後まで秩序を保ち、家康の引き揚げに多数の旗本が付き添っていられるとしたら、源五郎の出番はない。

しかし、もしわずかの供廻《ともまわ》りと共に必死で逃げてきたとしたら――。

何よりの強味は、源五郎は一度浜松城に使者としておもむき、家康の顔を見知っていることだ。

それどころか浜松城の出入口についても、この目で確かめていることだ。

(家康め、この高坂弾正が冥土《めいど》へ送ってやろうぞ)

源五郎は夜が楽しみだと思った。

4

信玄の大軍団総勢二万七千は、二俣城を出て、その日十二月二十二日の昼、堂々たる隊列を組んで浜松城西方を通過した。

家康以下主立った家臣は、城の天守台に上って、この行軍を見つめていた。

初めて見る信玄の軍団である。

一同は畏怖《いふ》に近い感情で、それを見ていた。主戦論の急先鋒である本多忠勝でさえ、信玄軍の威容に圧倒されていた。

軍団は、まるで浜松城を無視していた。

ただ一人の兵も城の方を見ないのである。

厳しく命ぜられている以外、考えられない。

空は曇っていた。寒風吹き荒《すさ》び、身を切るような冷たさである。

それでも、武田兵は一人として寒そうな様子は見せなかった。

武田軍団が眼下に展開している間、誰もが言葉を発しようとはしなかった。

初めて口を開いたのは、軍団がようやく小さく見えるようになってからである。

「殿、やはりおやりなさるか」

初めに籠城論を唱《とな》えた鳥居忠広であった。

「やる」

家康は内心恐怖を抱いた。

そのことが逆に家康の闘志を掻《か》き立てた。

このまま信玄を行かせれば、家康は二度とこの恐怖から逃げられなくなる。

戦うしかない、と家康は思った。

「皆の者、ただちに出陣に備えよ」

家康は命令を下した。

信玄は急いではいない。

家康にその気にさせるためには、方法は一つだ。

それは大軍の動きにくい急坂に、ちょうど夜のとばりが降りる頃に、差しかかることである。

前軍が下へ下《お》り、本隊が坂の上に残って、背後ががら空《あ》きになる。

そうすれば家康は攻めてくるだろう。

信玄はふと空を見上げた。

雪が舞っていた。

「ほう、遠州《えんしゅう》でも雪が降るのか」

この鉛色《なまり》の、どんよりと曇った空を見た時、甲斐ではこういう時は雪が降るものだと感じていた。

しかし、ここは暖国遠江である。

まさか雪は降るまい、と思っていた。

それが降ったのである。

(幸先がよいぞ)

信玄は思った。

このくらいの雪は、甲斐者にとっては何でもない。しかし、暖国の兵にはこたえるはずである。手がかじかみ足が凍《こご》えるだろう。当然兵の動きは鈍《にぶ》くなる。

それでも家康は出てくるだろう。

かえってこの雪が絶好の目くらましになる、と考えるにちがいない。

(それが、おのれの墓穴《ぼけつ》を掘ることになろうとは、家康め、夢にも思っておるまい)

信玄は、全軍にもう少し行軍速度を緩《ゆる》めるように指示した。

この作戦は、いかに動くかが一番肝心《かんじん》なのである。

5

「武田勢、根洗いの松より祝田の急坂にかかりましてございます」

物見に出ていた鳥居忠広から報告があった。

家康は念のために主戦論の本多忠勝ではなく、慎重論を唱えた鳥居を偵察に出した。そのほうが正確に物事を判断できると思ったからだ。

「よし、ただちに出陣じゃ」

徳川軍及び援軍の織田軍合わせて一万一千は、鬨《とき》の声を上げず貝も吹かずに、全軍浜松城を出た。

武田軍がこの三方ヶ原台地から下へ下りようとしているところを、背後から急襲するのである。

家康は全軍に鶴翼《かくよく》の陣形を取るよう指示を出した。

鶴が羽根を広げたような形なので、鶴翼と呼ばれるこの陣形は、通常は大軍が小勢を討つ時に用いられる陣形である。

敵を包み込む以上、広がった部分がある程度の厚みを持たなければ、簡単に敵に突破される。

一万一千しかいない徳川・織田連合軍が、二万七千の武田軍に対し、鶴翼の陣形を取るなど、本来はあり得ない。

しかし、家康が戦法の常識を無視してそうしたのは、敵が長い縦列を作っており、その前半部分が、坂の下に下りているという先入観があったからである。

その形ならば、鶴翼で包み込んだほうが信玄を逃さずに済む、と考えたのだ。

ところが、そう考えること自体、実は家康は信玄の手の内で踊っていたのである。

信玄は家康がどう考えるか、先刻お見通しであった。

そこで一度坂を下りた部隊を、再び台地上に戻し、魚鱗《ぎょりん》の陣形を組んだ。

魚鱗は読んで字の如《ごと》し、魚の鱗《うろこ》の形の陣形である。

鶴翼に対しては魚鱗というのが戦法の常識であった。

鶴翼は薄く手を広げてくるのだから、これを破るためには厚く小さくまとまるのがよい。

本来なら、大勢のほうが鶴翼で、小勢のほうが魚鱗の陣形を組む。

ところが、ここでは正反対であった。

小勢の家康のほうが鶴翼を組んでしまったのだ。

家康は自分が信玄の策略に完全に乗せられていることに、まったく気付いていなかった。

信玄は全軍を次のように配置した。

先鋒小山田信茂、二段備《ぞなえ》馬場信房・山県昌景、三段備《ぞなえ》内藤昌豊・諏訪勝頼。本陣武田信玄、後《うしろぞなえ》備穴山信君、予備隊武田信豊《のぶとよ》・小幡信貞《のぶさだ》。

この堅陣を突き破ることは、上杉謙信でも難しい。

ところが家康はその堅陣を、わざわざ薄く包んでしまったのである。

（しまった）

家康とて馬鹿ではない。

近づくにつれて、武田軍に完全に裏をかかれ、待ち伏せされたことに気が付いた。

しかし、もう陣形を変える時間はない。

残された道は二つしかなかった。

このまま戦うか、それとも退《ひ》くか。

（退くか）

家康は一瞬それを考えた。

ここで退けば、全軍総崩れになる危険はある。

しかし、信玄の仕掛けた罠を完全に無効にしてしまうことができる。

そのうえで城に籠もれば、初めと同じ条件に戻る。

信玄も長くこの浜松周辺に居座ることはできない。

そうするのが最善の判断だった。

しかし、家康の脳裏《のうり》に先刻の軍議で鳥居忠広ら慎重派を「臆病者」と罵ったことが浮かんだ。

（このまま逃げては示しがつかぬ）

そう思った。

それが家康の生涯最大の失敗につながった。

信玄は先鋒の小山田隊に、石礫《いしつぶて》で徳川勢を攻撃するように命じた。

あらかじめ足軽に、行軍途中の河原で石を拾うように指示を出していたのである。

武田軍には石礫の名手が多くいた。

貧しくて鉄砲の買えない頃は、この石礫隊が先鋒の主力だったこともある。

足軽は礫を投げた。

それはことごとく徳川軍の、特に騎乗の武士に当たった。

「おのれ、馬鹿にしおって」

鉄砲を撃ちかけられるならともかく、石をぶつけられるなどということは、このあたりの戦ではあり得なかった。

それだけに、石礫を浴びた徳川軍の武士は怒りに燃えた。

俗にいう、かっときたのである。

そこへ小山田隊が一斉攻撃をかけた。

徳川軍の石川隊、本多隊が家康の命令も待たずに応戦した。

命令違反というより、そうなるまで家康は何の指示も出さなかったのである。

「すぐに退かねば」という思いと、「このままでは体面に関わる」という思いが、交錯する間に、家康は撤退の機を逸《いっ》していた。

「やむを得ぬ」

家康は全軍に突撃を命じた。

先鋒の小山田隊に対し、石川数正・本多忠勝・榊原康政ら歴戦の勇士が手勢を率いて突っ込んだ。

この猛攻に、小山田隊は一度は敗走の構えを見せた。

だが、それも武田軍得意の誘いの隙だった。

調子に乗って徳川軍がさらに前進したところを、側面から予備隊の勝頼隊が突撃し、長く延びた徳川軍の前後を分断した。

家康は蒼《あお》くなった。

最も頼りになる精鋭部隊と、本陣が分断されてしまったのである。

家康は伝令を織田の援軍平手隊と佐久間隊に送った。

「急ぎ伝えよ。本陣の守りに加わるように」

平手汎秀率いる兵千五百は、家康の指示通り本陣の防衛に加わった。

だが不可解なのは、佐久間信盛率いる兵千五百である。

佐久間隊は家康の指示とは正反対に、本陣から離れ始めた。

このままでは、佐久間隊は戦場を離脱することになる。

「何をしておるのだ」

詰問の伝令を出したいところだが、もはやそれも不可能だった。

家康のいる本陣の両側から、勝頼隊と山県昌景隊が迫った。

本陣を守る旗本はわずか千五百、これに対して敵は五千はいる。

(南無《なむ》、八幡大菩薩《はちまんだいぼさつ》)

家康は初めて神に祈った。

6

「殿、もはやこれまででござる。一刻も早くお退き候《そうら》え」

大久保忠世《おおくぼただよ》は家康に進言した。

家康はうなずいた。

もはや体面に関わっている時ではない。大将が首を取られれば戦は終わりだ。

家康にできる最善の行動は、生きて浜松城に逃げ込むことである。

家康は後退した。

つい先刻まで、あわよくば信玄の首を取ろうと意気盛んに突っ走った道を、家康は死に物狂いで戻り始めた。

百騎ほどの旗本がその周囲を固めた。

信玄は家康の行動を読んでいる。

「逃がすな」

信玄は短い指示を与えた。

全軍は飢《う》えた虎《とら》のように、家康に向かって殺到した。

徳川軍は大将の家康を守るために、中央に集結しようとした。

だが、もともと人数が少ないうえに鶴翼の陣を敷いたため、優勢な武田軍にあちこちで分断された。

信長からの援軍として家康の本陣に最も近侍《きんじ》していた平手汎秀隊は、真っ先に壊滅した。大将の汎秀も討死《うちじに》した。武田軍がこの戦で最初に挙げた大将首は汎秀の首だった。

だが、汎秀の奮戦は無駄ではなかった。

その間に、家康は各隊から急を知って駆けつけた面々に、周囲を固めさせることができた。

家康を中心に、二百騎ほどの集団の円が出来た。

その円は街道を南へ、浜松城へと向かっていく。

その円に武田が全軍で襲いかかり、徳川勢は次々と討ち取られていく。

（このままでは、浜松まで保《も》たぬ）

家康は、これまでの経験から直感した。信玄に比べれば、親子ほどの年の違いはあるが、家康も実戦経験は豊富である。

その経験が、このままでは『死』しかない、と言っていた。

（ええい、こうなれば、味方を結集して信玄の本陣に突っ込んでやろうか）

玉砕戦法である。

「殿、なりませぬぞ」

鳥居忠広が止めた。

忠広はこの戦が始まるまでは、慎重論の筆頭だった男である。忠広の言う通りにしていれば、この事態はなかった。

「止めるな」

こうなれば意地である。

「なりませぬ。死ぬのは最後になされませ。殿のお側《そば》に一人も家臣がいなくなった時が、その時。それまでは軽挙妄動《けいきょもうどう》は慎《つつし》まれることですぞ」

忠広はそのまま、家康の馬を遮《さえぎ》るようにして前へ出て、
「では、殿、今生《こんじょう》のお別れでござる。くれぐれもお命《いのち》お大切に――」
今度は家康が止める間もなかった。
忠広はまっしぐらに敵陣に突っ込んだ。
（すまぬ）
家康は心の中で深く詫《わ》びた。
ここで逃げなければ、忠広の志《こころざし》を無にすることになる。
家康は馬首を返して、城を目指した。
いつの間にか、家康の周囲にいるのは数十騎になった。
初めは足軽も含め一万一千いたはずだ。
それがいつの間にか数十騎に減っている。
信玄の追撃は猛烈を極《きわ》めた。
本多忠真《ただざね》、成瀬《なるせ》正義《まさよし》、松平康純《やすずみ》、米津《よねづ》政信《まさのぶ》ら名のある家臣が次々と討死していく。
家康を守る旗本は、数十騎から十数騎に減った。
だが十数騎に減った時、家康も信玄も思いもよらなかったことが起こった。

7

（これでは家康を見失ってしまう）

信玄は焦《あせ》った。

夜の闇である。

昼間の戦いなら、絶対に見逃すものではない。

山でもない、谷でもない、ただの台地である。見通しも利《き》く。

しかし、今は夜だ。しかも雪が降っている。視界はほとんどない。

家康の周囲に何十騎も集まっているうちは、はっきりとその姿を認めることができた。

だがこれほど減ってくると、本陣からはもうその姿は確認できない。それどころか、前線部隊にも姿を確認できなくなってきた。

このまま分散して夜の闇の中へ消えたら、いかに大軍でも追撃不可能である。

家康の旗本もそれに気が付いた。

ここは自国である。

夜とはいえ、裏道や回り道の類《たぐ》いはすべて知っている。

少人数に分かれたほうがいい。

「七郎右衛門《しちろうえもん》、おぬしは殿を頼むぞ」

旗本の夏目正吉《なつめまさよし》が、大久保忠世に言った。

忠世は正吉を見た。

正吉は死を決している。

それは忠世にもすぐわかった。

「殿、参りましょう」

忠世は家康を追い立てるようにして、林の中へ逃げ込んだ。

代わりに正吉が大声で名乗りを上げた。

「武田の衆に申し上げる。われこそは総大将徳川三河守である。首を取って功名《こうみよう》にせよ」

家康は悲憤と痛恨で、やり切れなかった。

あのように名乗りを上げた以上、正吉はもう助からない。

総大将たる自分の判断の誤りで、またひとり有能な部下を失うことになってしまったのだ。

（とにかく逃げることだ）

家康は固く決意した。

卑怯《ひきよう》とは思わない。

今は命長らえて、後日に期すことこそ、部下の死を無駄にしないことになる。

いつの間にか、家康は忠世と二騎だけで、闇の中を疾駆《しっく》していた。

足軽など、とうの昔に四散している。

しかし、代わりに身軽になった。

家康にとって幸いだったのは、決戦が台地の縁《へり》の部分で行なわれたことである。

坂を背にした武田軍に、城を背後に置いた徳川軍が当たった。これがまったくの平地の戦いなら、信玄の騎馬隊は徳川軍の背後に回り込んで、退路を遮断することができただろう。

しかし、坂を背にした軍は、そこまでする余裕がなかった。まったくの平地と違ってやはり移動はしにくかったのだ。

もともと、不利な地形にいることを種に、徳川軍をおびき寄せるのが目的だから、これは仕方がなかった。

だから、踵《きびす》を返して城へ向かう家康の前には敵はいない。

このまま駿馬で駆けに駆ければ、浜松城に逃げ込むことができるはずだ。

(助かるか)

浜松城は、天守に灯《あか》りをともしていた。

通常はそんなことはしない。

味方敗北の報が届いたのだろう。帰城する軍勢への目印のためだ。

そうでもしなければ、この月も星もない闇夜で、方向を見失う恐れがある。

家康は城まで、あと半里（二キロ）のところまで迫った。

浜松城は、いまやはっきりと視界の中に捉《とら》えられた。

（助かるぞ、これは）

あたりに敵軍はいない。

家康はほっと一息ついた。

その時である。

まるで家康が安堵《あんど》の溜《た》め息を漏らすのを待ち兼ねていたように、十数騎が林の中から現われた。

「お待ちしていた、徳川殿」

先頭の男が言った。

「何者だ」

家康はぎくりとして身構えた。

「お見忘れか、武田家家臣高坂弾正忠昌信でござる」

源五郎は言った。

「高坂――」

家康は戦慄《せんりつ》した。

もはや逃げ場はない、と思った。
高坂昌信、この切れ者がそんな手抜かりをするはずがないのだ。
(わしも終わりか)
家康は思った。
しかし、なまじ一度気を抜いた後だけに、ことさらに恐怖が募《つの》った。
「御首級《みしるし》頂戴つかまつる」
さっと十数騎が動き、家康と忠世を包囲した。
「かかれ」
源五郎は下知《げち》した。
包囲した騎馬武者は次々に槍《やり》を繰り出した。
名乗りを上げるには及ばぬ——源五郎はそのように厳命していた。
肝心なことは家康を逃がさぬことである。
個人の功名を争っていては、取り逃がす恐れもある。
源五郎は、選《え》りすぐった武者たちに言い聞かせてあった。
とにかく家康を逃がすな、褒美は皆で分ければよいと、納得させてあった。
源五郎は包囲の輪を縮《ちぢ》ませて、自らはその外にいた。
自分で家康の首を取ろうとは、夢にも思っていない。

こういう時に下手《へた》な欲を出すと、肝心の獲物に逃げられることになる。

家康はもう、相手の槍先をかわすのが精一杯だった。

忠世も家康を助ける余裕はなかった。

自分の身を守るので精一杯だ。

「うっ」

左右から同時に繰り出された槍をかわすために、家康は大きく体をのけ反《ぞ》らせ、ついに馬から落ちた。

（やった）

源五郎は快哉《かいさい》を叫んだ。

家康はまだ死んでいない。

だが、囲まれたうえに馬から落ちては、もう絶対に逃げられない。

それは家康にもわかっている。

「ご覚悟」

騎馬武者が槍を目の前に突き出した。

家康は尻餅《しりもち》をついていた。その激痛でまだ覚悟が定まらないうちに、ぎらぎら光る槍を突きつけられた。

家康の体に生涯最大の恐怖が走った。

下腹に妙な生暖かい感覚が起こった。馬上の武者が失笑したように見えた。

「死ね」

槍がきた。

家康は目を閉じた。

今度こそ最期だと観念した。

その時、一発の銃声が轟《とどろ》いた。

次の瞬間、闇の世界へ落ちたのは、死を覚悟した家康ではなく、家康の首を取ったと思った武者のほうだった。

「おのれ」

次に控えていた武者が、家康を突き殺そうとした。

そこに、またしても銃声が轟き、その武者も胸板を貫《つらぬ》かれた。

「何者だ、卑怯だぞ」

源五郎は馬上から叫んだ。

「名乗りも上げず、数人がかりとは、武田も落ちたものよ」

思わぬ方角から声が聞こえた。

(木の上か)

源五郎たちは、自分たちが潜《ひそ》んでいた林を振り返った。

「徳川殿、馬に早く乗られよ。城はすぐそこでござる」

「かたじけない」

家康は激痛をこらえ、馬に素早く乗った。

「逃がすな」

源五郎はあわてて叫んだ。

「動くな、徳川殿の邪魔をする者は、撃ち殺す」

再び同じ声がした。

「何者だ」

「源五郎、久しいな。この声を忘れたか？」

「――？」

「いまや信玄の大軍師殿が、忘れるのも無理もない。諏訪家旧臣望月誠之助だ」

「望月誠之助――」

源五郎は咄嗟《とっさ》に思い出せなかった。

「徳川殿、さあ、早く」

家康はうなずいて、囲みを抜けた。

その前を塞《ふさ》ごうとした武者に、もう一発銃弾が浴びせられた。

武者は落馬した。

家康は忠世と共に走り去った。

「動くな、鉄砲の的《まと》になりたいのか」

後を追おうとした源五郎に、誠之助は一喝《いっかつ》した。

(くそ、鉄砲は何挺《ちょう》あるのだ)

源五郎が最も知りたいのは、そのことだった。

それほど間を置かず、三発撃ってきた。

ということは三挺あるのか。

それなら、なぜ一斉に射撃しないのか。

(もしや、一挺しかないのでは)

それは武田軍の常識に反していた。

これだけ短い間に三発も続けて撃てるような射手は、武田にはいない。

だいたい鉄砲足軽の数は、せいぜい百人ほどである。

(だが、織田は日本一の鉄砲数を誇ると聞いている)

それなら、名人といってもいいほどの射手がいても不思議はない。

(諏訪家旧臣望月誠之助――)

源五郎ははっきりと思い出した。

昔、勘助が健在の頃、一度躑躅ケ崎の館《やかた》で会い、そのあと戦場で戦った。

（あの男が、また現われたか）

「源五郎、一つ教えておいてやる。おまえの師、山本勘助の首を討ったのは、この望月誠之助だ」

「なに」

初めて聞く話だった。

「覚えておけ。次は信玄の首を取る、とな」

木を下りる気配がした。

すぐに少し離れたところで、馬のいななきが聞こえた。

「おのれ、誠之助め」

林の向こうは馬では行けない川になっている。誠之助はそこまで走り、川を渡って向こう側で馬に乗ったにちがいない。

完全に裏をかかれた。

誠之助は、自分たちがどう動くか、あらかじめ読んでいたとしか思えない。

（どうして、このおれがここへ来ていることがわかったのか）

源五郎にはそれがわからなかった。

誠之助は、源五郎が来ていることを知らなかった。

ただ、もし自分なら、敗走してくる家康を待ち受けるのはこのあたりだと見当をつけ、その裏をかいたに過ぎない。

「彦右衛門殿、お見事でござった」

誠之助は、馬上から隣りを走る滝川一益を賞賛した。

鉄砲の手並みのことを言っている。

あの闇の中で、ほとんど間を置かず三発撃ち命中させるのは、天才的な技量といっていい。

「奴ら、灯りを点《つ》けたからな」

一益は照れ隠しのように言った。

確かにあそこは真の闇ではなかった。

源五郎は家康を逃がすまいと、松明《たいまつ》をともさせていた。

それが狙うほうから見れば、もっけの幸いだったのである。

(暗闇で容易に灯《ひ》をともすと、鉄砲の的になる)

誠之助はそれを実感した。

これからの戦は、そういうことも注意しなければならなくなるのかもしれなかった。

「徳川殿は無事逃げたかな」

一益は城を見やって叫んだ。

「後は運でござる」

誠之助は言った。

運のある大将かどうか、結局器量というのは最後はそこに行きつくのである。

8

家康はまだ追われていた。

源五郎からは逃れたものの、銃声を聞きつけた山県隊の騎馬武者が駆けつけ、家康を再び視界に捉えた。

「あれは敵だ、逃がすな」

この時点で山県隊は、それが家康だとは夢にも思っていない。

ただの二騎である。

しかも総大将を示す馬印《うまじるし》も、馬廻りの士もいない。

せいぜい、先に戦死した平手汎秀のような各隊の大将だと、山県隊では判断した。

夜目《よめ》というのも家康に幸いした。

もし、家康だと判《わか》っていれば、総大将の首を取って莫大な恩賞にあずかろうと、山県隊の勢いが違っただろう。

しかし、山県隊は「家康」を探していた。

目の前の二騎が、その家康だとは夢にも思わなかったのである。

その家康の前方に、今度は別の騎馬隊が現われた。

(しまった、まだ待ち伏せがいたのか)

家康は今日何度目かの死の覚悟をした。

だが——。

「殿、夏目殿でございますぞ」

忠世が嬉しそうに叫んだ。

家康は安堵のあまり、馬から転げ落ちそうになった。

夏目吉信《よしのぶ》、浜松城の留守を命じておいた老臣である。急を知って城内から迎えに出たのであろう。

「殿、ご無事で」

吉信は急いで馬を寄せてきた。

目頭《めがしら》がうるんでいる。

「すまぬ。負けた」

家康は思わず頭を下げた。

「何を仰《おお》せられます。勝負はこれからでござる」

夏目はその場で、連れてきた二十五騎のうち、十騎を家康の護衛に割《さ》いた。

こうしている間にも、山県隊は急速に迫ってくる。

「殿、ここは拙者が。一刻も早くお城へ」

吉信は言った。

「うむ、頼むぞ」

家康は万感を込めて吉信を見た。

くどくは言わない。

吉信が何をやろうとしているか、それがわからぬ家康ではない。

（すまぬ）

家康は新たな十騎と忠世に守られて、浜松城へ向かった。

吉信は向かって来る山県隊に大音声《だいおんじょう》で叫んだ。

「われこそは徳川三河守なり、わが首取って功名にせよ」

その一声で、山県隊は猛然と吉信に殺到した。

吉信は配下の十五騎と共に奮戦し、壮烈な討死を遂《と》げた。

家康は無事浜松城にたどり着いた。

「門は開け放しておけ、まだ帰って来る者がおる」

「しかし、殿、それでは敵が」

「ありったけの鉄砲を門内に配しておけ。戻って来る者はいちいち誰何《すいか》し名乗らせよ。答えぬ者は撃ち殺せ。それから、もし織田家の望月殿が戻られたら、すぐにこちらへお連れしろ」

「かしこまりました」

家康は具足《ぐそく》を脱《ぬ》いだ。

異臭がした。

女どもは顔をしかめた。

糞《くそ》の臭《にお》いである。

家康は、馬から落ちて槍を突きつけられた時、不覚にも脱糞してしまったのだ。

「あの、下帯も取り替えられませぬと」

女中が言うのを、家康は首を振った。

「よい」

「でも、それでは――」

「よい、と申しておる。それより絵師を呼べ」

「は？」

女中は思わず訊き返した。

確かに絵師と聞こえたが、本当にそうなのだろうか。

この戦の真っ最中に、絵師など呼んでどうするつもりなのだろう。

「いいから呼べ、急げよ」

あわただしく使いが出され、城出入りの絵師が呼ばれた。

仙斎《せんさい》という中年の男である。

何事かと登城してみると、家康は小座敷で、戦塵にまみれた衣裳のまま床几《しょうぎ》に座っていた。

「わが姿を写せ」

家康は言った。

「――？」

仙斎は首を傾《かし》げた。

写すといっても、これは敗戦の後の、最も醜《みにく》い姿ではないか。頬《ほお》はこけ、目は落ちくぼんでいる。

肖像画を描くのに、今ほど不適当な時はない。

「よいのだ、このまま描け。よく描くな、そのままでよい。ついでに申すが、わしは恐ろしさのあまり糞を漏らした。その下帯もまだ替えてはおらぬ。そのことも知っておけ」

小姓《こしょう》があまりのことに、くすくす笑った。

「黙れ！」

家康は珍しく一喝して、

「早く描け、わしは忙しい」

「ははっ」

仙斎はあわてて紙を広げ、絵筆を取り出した。

そのまま、しばらく時が過ぎた。

廊下で足音がした。

「殿、望月殿が戻られました」

「おう、戻られたか」

案内されて、誠之助と一益が座敷に入ってきた。

部屋の様子を見て、目を丸くした。

「どうなされたのでござる」

誠之助は訊いた。

「お待ちくだされ、もう少し」

家康は絵師がだいたいの輪郭《りんかく》を描き終えると、床几を立ち誠之助に深々と頭を下げた。

「先程は、危ない命をお助けくだされ、この家康、感謝の言葉もないほどでござる。かたじけのうござった」

「いや、私だけではございません。あの鉄砲三発放ったのは、ここにいる滝川殿でござる」

「ほう、滝川殿だったのか。いや、織田殿に仕《つか》えた頃から鉄砲の名手と聞いてはおったが」

「そもそも、拙者、甲賀の忍《しの》びでございますのでな」

忍び上がりなどといえば、他家では軽蔑される。だから口にする者はいないし、だいたい織田家以外には忍び上がりの大将などいない。

「ご家風がしのばれますのう」

家康は笑みを浮かべた。

「時に、これは一体何のご趣向でござるか」

一益が訊いた。

「ああ」

家康は笑みを消すと、

「今後の戒めとするためでござる」

「戒め？」

「左様、滝川殿や望月殿のお言葉を聞かず、無謀な戦いに走り、大勢の家来を死なせた。責《せめ》はすべてこの家康にある。それを忘れぬために、絵姿を描かせたのでござる」

「左様でしたか」

一益と誠之助は顔を見合わせた。

なんと律義《りちぎ》な大将だと、思ったのである。

「軍議を開きます。ご参加くだされ。――それよりまず下帯を取り替えねばな」

家康はそう言って笑った。

二人には何の意味かわからない。

家康は、そのまま廊下を歩いていってしまった。

「徳川殿というのは、なかなかの男だな」

一益が感に堪《た》えぬように言った。

「そうだな」

誠之助も同感だった。

9

「夜襲をかける」

家康が開口一番そう言ったので、皆は呆気《あっけ》にとられた。

つい先程まで、意気消沈していたはずの家康が、急にまた強硬策を言い出したのだ。

「殿、いい加減になされ」

大久保忠世が呆《あき》れて言った。

皆も同感だった。

もう城に籠もるしかない。

信玄の強さは充分に見届けた。

あの信玄に勝てるわけがない。

わずか一刻（二時間）余りの間に、徳川・織田連合軍の討死は千三百にも上っていた。

たった一刻の間に、全軍の一割以上が戦死したのである。

逆に武田軍は、ほとんど損害を受けていない。

完敗であった。

「いや、夜襲すべきだと存ずる」

あくまで元気者の本多忠勝が叫んだ。

家康は忠勝を指名して、

「平八郎《へいはちろう》、では、どうやって夜襲する？」

「どうやって、と申しましても」

忠勝は言葉に詰まった。

当たり前のことではないか、ただ軍勢を率いて突進するのみだ。

「望月殿、貴殿はどのようにお考えか？」

いきなり誠之助を、家康は指名した。

「はあ」

誠之助はやはり率直に言うべきだと思った。

「武田は夜討ちが得意中の得意でござる。もともとが甲斐の山猿でござるゆえ、そういう戦は慣《な》れております。恐れながら、この儀はいかがかと」

「そうだな、まともに戦っては勝てぬかもしれぬ。だが、どうやら鉄砲には慣れてはおらぬと見たが、いかがか」

誠之助は驚いた。

確かにそうだ。

しかし、この家康は一方で脱糞するほどの恐怖に遭《あ》いながら、そういうところはちゃんと見ている。

誠之助はそのことに驚いたのである。

「いかにも左様に心得ます」

「そうか」

家康はにっこり笑って、

「では、夜襲は鉄砲隊による撃ちかけとする。さんざん、鉛玉を食らわした後、敵を犀ケ崖に追い込む」

犀ケ崖というのは、この城のすぐ北側、三方ケ原寄りにある深い崖だった。

人も馬も、落ちれば必ず死ぬ。

しかも、その崖の周囲は普通の平地だ。

そこだけが急に深く落ち込んでいるのだ。

「望月殿、これならどうだ」

家康は念を押した。

「左様、敵と直《じか》に触れるのは感心できませぬが、それなら、あるいは――」

誠之助は言った。

「決まった。ただちに取りかかれ」

家康は決断した。この鉄砲隊による夜襲は、一応の成果を挙げた。

三百挺の鉄砲を一度に撃ちかけられ、仰天《ぎょうてん》した騎馬隊は暴走した。

そこを足軽隊が巧みに誘導して、数百騎を崖の下に転落させた。

家康はやっとの思いで一矢《いっし》を報《むく》いることができた。

10

一夜明けて、信玄は祝田の本陣で源五郎と向かい合っていた。

源五郎は家康を取り逃したことを述べ、大地に伏して詫びた。

「申し訳ございませぬ。源五郎、一世一代の不覚」

「まあ、よい」

信玄は上機嫌だった。

徳川勢は、織田方における最強の軍団だという。その軍団を苦もなく蹴散《けち》らしたのである。

ということは、織田の本軍など取るに足らぬということになる。

「信長め、これで思い知ったことであろう。これまで、われらに味方するか信長に味方するか迷っていた者も、これで踏ん切りがつく。この勝ちの意味は大きい——」

そこまで言った時だった。

突然、信玄は激しく咳《せ》き込み、体を海老《えび》のように曲げて苦しがった。

「お屋形様」

源五郎は駆け寄った。

「ぐわっ」

信玄は血を吐いた。口を押さえた手から赤黒い血がこぼれた。

「これはいかん、すぐに医者を」

「待て、大事ない、大事ない」

信玄はそう叫んで立ち上がろうとしたが、また血を吐いて尻餅をついた。

「労咳《ろうがい》（肺結核）か？」

従軍していた医者の御宿監物は、源五郎の問いに首を振った。

「胃病でござる」

「食当たりか？」

「いえ、去年あたりから、続いている病《やま》いにて、おそらく腹の中に腫物《はれもの》が出来たのではないか、と」

「では、治るのだな」

「――はあ」

「はっきり申さぬか」

「わかりませぬ」

「わからぬとは何事だ」

「わからぬ、としか申し上げられませぬ。この病いは格別なものでございますから」

「格別――」

源五郎は声を落として、陣所の奥に伏せっている信玄を見た。

信玄の厳しい命令で、重臣もこのことは知らない。

知っているのは、ごくわずかの近習を除いては、源五郎だけである。

「源五郎、源五郎はおるか」

信玄の声がした。

びっくりするほど弱々しい声である。

「お屋形様」

源五郎は枕許《まくらもと》に座った。

信玄は生気のない目で源五郎を見ると、

「軍議に出ねばならぬ。わしを起こしてくれ」

「そのお体では無理です」

「いや、出ねばならぬ。出ねば、京へ行けなくなる」

「お屋形様——」

「起こしてくれ、頼む」

「はい」

信玄は身を起こすと、近習たちに命じて衣裳を整えさせた。

「よいか、源五郎、わしの病いのことは誰にも言ってはならぬぞ」

「わかっております」

信玄は野外に幔幕《まんまく》を張っただけの、軍議の席に出た。

暖国とはいえ、昨日雪が降ったばかりである。

体に当たる風はかなり冷たい。

「さて、今日の軍議の題目はわかっているな」

信玄は全員に言い渡した。

一同はうなずいた。

浜松城をどうするか、ということである。

このまま包囲して、家康の首を取るまで戦うか。

それとも素通りして、あくまで京を目指すか。

「ここは、城攻めすべしと考えまする」

山県昌景が言った。

「家康は昨夜の戦いで一千余の兵を失いました。また織田の援軍佐久間信盛めは、卑怯にも戦場《いくさば》を逃げ出し、もはやここへは戻って来ぬ有様《ありさま》でございます。したがって城に籠もるは八千余、もはや恐れることはありませぬ。ここは家康を滅ぼし、遠江も三河もわが物にしてから、西へ進めばよい。かように考えまする」

昌景の説は正論だった。

うなずく者がほとんどである。

補給路のことも考えれば、そうするのが一番だ。

武田家は織田家と違って、その兵員はほとんどが百姓兵である。だから農繁期には国へ戻さねばならないし、そうしなければ農業生産が一気に低下する。

当然、長期間、領国外へ出兵することは難しい。

だが、この遠江を取り三河も取れば、その国からも兵が出せる。

そうすれば、次に尾張を取り美濃も押さえじっくりと近江を狙える。

この三国が信長の最大の切り札である。

これさえ取り上げてしまえば、信長はもう滅亡したも同然である。

一つ一つ国を取っていき、じっくりと京を窺《うかが》う。これが最も常識的で危なげのない戦術だった。

だが、信玄は内心不満だった。

それでは時間がかかりすぎる。

正直いって、今の信玄には体に自信がない。

そのやり方だと、確実は確実だが、少なくともあと四、五年はかかる。

その四、五年が嫌なのだ。

しかし、そのことを自ら口にするのは、憚られた。

それを言うなら、なぜ待てないかを説明しなければならない。常道に従わないのだから、それを言うしかあるまい。

しかし、できない。

そんなことをすれば、せっかく武田になびいている地侍を、また織田方に追いやる結果になる。

「四郎、そなたはどう思う」

信玄は息子の四郎勝頼に水を向けた。

勝頼はいつも主戦論である。勇猛な男である。勝頼を指名すれば、あるいは京へ向かうことへの賛成を得られるかと考えたのだ。

しかし、期待は裏切られた。

「やはり、わたしも浜松を落とすべしと考えまする。家康の首を取って後顧の憂いをなからしめるのが得策かと」

勝頼は言った。

(ちっ、何ということだ)

信玄は舌打ちした。

こうなれば仕方がない。

「源五郎、いや高坂。そちはどう思う」

「はい」

源五郎は覚悟していた。

こうなれば、言うしかない。

「ここは、城などにはかまっておられませぬ。まず、西へ、あくまでも西を目指すべきと存ずる」

「これは高坂殿の言葉とも思えぬ」

山県昌景は不思議な顔をして、

「目の前に家康という獲物がぶら下がっているのでござるぞ。家康はもう逃げられぬ。織田ももう援軍は出せぬはず。ここで全力を挙げて家康を討ち取ってしまえば、遠江も三河も、まるまる手に入るのですぞ」

（わかっている――）

と、言いたいところだった。

そんなことはわかっている。

こんな好機は滅多にない。

遠江と三河という二カ国が、後わずかの努力で手に入る。しかも邪魔が入る気遣《きづか》いはない。

信長は近畿《きんき》の戦線で手一杯で、もう援軍を出せるはずがないからだ。

「いや、やはり、京を目指すべきでござる」

それでも源五郎は、そう言わねばならなかった。

一同が不審の顔で源五郎を見た。

「考えてもみなされ、いま信長は足元に火が点いておる。浅井・朝倉、本願寺、といった面々が、信長を囲み、信長は手も足も出ぬのだ。今こそ、信長を倒す好機ではないか」

源五郎は力説した。

説得に材料を欠いているのは明らかだ。

しかし、源五郎は言わざるを得なかった。

「納得できぬな」

馬場信房も内藤昌豊も言った。

源五郎は孤立無援である。

「もうよい、わしは決めたぞ」

信玄は、一喝した。

「わしは行く。京へだ。家康のような雑魚《ざこ》には用はない」

その迫力に誰もが沈黙した。

しかし、反感は残った。

その反感は、ただひとり信玄に賛成した源五郎にも向けられることになった。

生か死か

1

誠之助と一益はとりあえず美濃へ戻り、岐阜城の信長に報告した。
武田軍が家康を鎧袖一触《がいしゅういっしょく》で破ったことは、信長に少なからず衝撃を与えていた。
だが、同時に信長は誠之助に対する信頼も深めた。
(この男はやはり武田を知っている)
いまや貴重な存在だ、とすら信長は思った。
誠之助が家康の命を救ったことは、信長は既に知っていた。
家康が丁重な礼状を寄こしたのである。
信長はそれを褒《ほ》め、誠之助と一益に褒美《ほうび》を与えた。
「だが、信玄め、どうして浜松をそのままにして三河へ向かったか――」

信長は、そこのところがどうしても不可解だった。

「はい、そのことは滝川殿ともども不思議に思っていたところでございます」

誠之助は率直に答えた。

あの時、城に戻って、一番心配だったことは、信玄がそのまま城を包囲することだった。

そうなったら、最悪の場合、城を枕に討死《うちじに》ということすら考えられた。

「兵糧《ひょうろう》はどうだった？」

信長は訊《き》いた。

浜松城の兵糧のことである。

「たっぷりとございました」

皮肉なことに、戦死者が多ければ多いほど兵糧には余裕が出来るのである。

だから家康は確かに有利ではあった。

籠城《ろうじょう》戦における有利さである。

夜戦で、しかも雪の中だったので、最初は鉄砲隊も出動できなかった。ところがそれが幸いして、あのさんざんな敗軍の中でも鉄砲隊だけはまるまる温存できた。だからこそ、夜襲による反撃も可能だったのである。

鉄砲は城に籠《こ》もれば、無類の強さを発揮する。

野外では、いろいろと不都合がある。

一に、雨が降れば使えない。二に、弾込《たま》めに時間がかかり、それをしている間に足軽や騎馬隊の餌食《えじき》になりやすい。三に、機動性に欠ける。

ところが、この三つの弱点を、籠城戦ではすべて補《おぎな》えるのである。

屋内から撃つなら、雨がいくら降っていても平気だし、向こうから攻めてくるのだから、こちらはあまり動く必要もない。

じっくりと攻められるのである。

だから弾薬が続く限り、城は落ちないだろう。

武田軍は鉄砲隊の経験が少ないから、そのことを信玄は知らないはずだ。

だから余計に疑問は残る。

どうして、信玄はこの場合の常道である浜松城攻めをしなかったのか。

(何かおかしい)

信長はそう感じていた。

武田信玄ともあろうものが、勝負を急いでいる。そんな気がする。

それも変な焦り方だ。

本当に焦《あせ》っている男なら、浜松城の前を素通りするふりなどせず、力攻めに攻めまくるだろう。

だが、それはしなかった。

それどころか、舌を巻く軍略で、家康を城外におびき出しておきながら、それで大勝を得ておきながら、その成果を生かさずに、どうして浜松をそのまま残したのか。

それともこれは想像もつかない、信玄の次の一手なのだろうか。

（信玄め、一体何を考えている）

信長は心の底から無気味に思った。

2

信玄は遠江浜松から、徳川家康の本国三河へ入った。

年は明けて、元亀四年（一五七三年）である。

三河での初めの城は野田《のだ》城だった。

城将菅沼定盈《すがぬまさだみつ》はあくまで抵抗の構えを見せた。しかし、城兵わずか五百、それにひきかえ武田軍は、徳川を見限って参陣した地侍らも合わせて、三万の大軍にふくれ上がっていた。

落城は時間の問題である。

「城将菅沼定盈に、降伏を勧《すす》める使者を出せ。城を開け渡せば命だけは助けるとな」

信玄は言った。

その声には力がなかった。

このところ気分がよい時は一度もない。

目は眩《くら》むし、胃は痛む。

何より困るのは、しばしば吐き気を催《もよお》す、ということだ。

いっそのこと野田城を捨てて、さらに西へ向かおうとすら思った。

しかし、この城は戦略上重要である。しかも、三河の城だ。

家康の領国のうち、まず遠江で勝ち、次に三河でも勝ったとなれば、その波及効果は大きい。

そのためにも、この城は落としておかねばならなかった。

これさえ落としてしまえば、岡崎城も楽に落とせるはずだ。

その意味でも信玄は早く落としたかった。

そこで、全員の助命という寛大な条件をもって、誘降したのである。

さすがに城将菅沼定盈は、一度では応じなかった。しかし、二度、三度と執拗《しつよう》に勧めたところ、ついに決心した。

それが一月十一日のことで、信玄が城を囲んでわずか七日後のことだった。

「落ちたか」

信玄はその知らせを聞き、床几《しょうぎ》から立ち上がった。

その時、信玄の視界は急に暗転した。

源五郎を除く家臣の目前で倒れたのは、その時が初めてだった。皮肉にも、生まれて初めて三河に足を踏み入れた時、信玄は立てなくなったのである。

重臣たちは驚愕した。

前々から体調のよくないことは知らないでもなかったが、これほどひどいとは夢にも思わなかった。

「高坂、おぬしは知らなかったのか」

重臣筆頭の馬場信房や内藤昌豊は、源五郎を問い詰めた。

源五郎は首を振った。

「ならば、どうして、われわれにも話さなんだ。水臭いではないか」

「――お屋形様が口止めされたのだ」

源五郎はそれのみを言った。

主命に逆《さか》らうことはできぬ。それに西上の軍を起こし上洛することは、信玄生涯の望みだった。

それを邪魔することなどできない。

たとえ、誰が何と言おうと、それだけはできない。

源五郎はそれ以上、一切言い訳というものをしなかった。

信玄は床に就《つ》いてから気力が衰《おとろ》えたのか、病状は悪化の一途をたどった。

「このまま西上の旅を続けることはとうてい無理でござる」

侍医の御宿監物は宣告した。

「では、引き返すか」

馬場の献策に、誰もがうなずいた。

ただ一人、強硬に反対した者がいる。

当の信玄であった。

「わしは京に武田の旗を立てるのを生涯の念願としておる。ここまで来て、引き返すことはできぬ。このまま死んでも悔《く》いはない」

重臣たちは顔を見合わせた。

問題は三万の大軍であった。

これだけの大軍を、この寒空にいつまでも置いておくわけにはいかない。

野田城では駐屯地としては小さ過ぎる。

「長篠《ながしの》城はどうだ?」

山県昌景が提案した。

長篠城も徳川方の出城《でじろ》だったが、別働隊として先に三河に侵攻した山県が、その時点で既に奪っていたのである。

長篠城は川を見下ろす断崖の上に建ち、守るに易《やす》く攻めるに難《かた》い城である。

「よろしかろうと存ずる」

源五郎も賛成した。

長篠城で療養するということで、信玄も納得した。

野田城には一千の守備兵を置き、信玄は輿《こし》に乗って本軍と共に長篠城へ移動した。

そして、そのまま本軍はぴたりと動きを止めた。

3

「おかしい」

信長は岐阜城で、この動きをつぶさに見つめていた。

この二月、遅くとも三月には、信玄本軍との一大決戦が尾張あたりで行なわれるはずだった。

既に盟友徳川家康は浜松城に封じ込められた。

信玄は遠江を制圧し三河も事実上支配下に収めた。

ならば、後は尾張だ。

尾張は、駿河や遠江に劣らぬほどの豊かな国である。

この国を奪えば、信玄の力はますます強くなる。

この尾張に、信長は充分な兵力を置いていない。それは当然だ。尾張の北と西はそれぞれ美濃であり伊勢だ。信長自身の領国である。そして東は盟友の家康の領国遠江である。南は海だ。つまり四方が安全であり、ここに本来常駐させるべき兵力を減らして、その分、西のほうへ振り向けることができた。これこそ信長の根本的戦略でもある。

尾張を奪われればそれが崩れる。

自分が信玄なら、それをせぬはずがない。

尾張さえ奪ってしまえば、兵糧や金を徴発することもできる。三万の大軍を維持するにはそれが不可欠ではあるまいか。

なのに信玄は目の前にぶら下がっている尾張を取ろうとせずに、長篠でぐずぐずしている。

戦略とは思えない。

戦略にしては、あまりに馬鹿げている。

「望月誠之助を呼べ」

信長は近侍の者に命じた。

誠之助は急いで登城した。

臨戦態勢である。

誠之助も常に出陣できるよう準備していた。

「お召《め》しによって参上致しました」

「うむ」

信長は鋭い眼光で誠之助を見て、

「このたびの信玄の動き、どう考える？」

「はい――」

誠之助はしばらく考えた。

やはり、どう考えても不可解である。

「何か、不測の事態が起こったものと見えまする」

「わしもそう思う。だが、このたびのこと、信玄にとっては天下を狙《ねら》う千載一遇《せんざいいちぐう》の好機、よほどのことでなければ、軍を留《とど》めたりはしまい」

「――」

誠之助は無言で信長の口許《くちもと》を見つめた。

「信玄の身に何か起こったのだ。それしか考えられぬ」

信長は確信ありげに、

「そこで、そのことをそちに確かめてもらいたい。信玄はなぜ長篠から動かぬのか、その理由《わけ》をな」

「かしこまりました」

誠之助は任務の重大さに身震《みぶる》いした。

もちろん一人で行くのだ。

武田の領域に一人で入るなどということは、危険極《きわ》まりない。発見されれば、むろん死が待っている。

こんな時、頼りになる滝川一益も、今は伊勢に戻っている。

一人で行く他はない。

「頼むぞ、誠之助」

信長は最後にそう言った。

そこまで言うことは滅多《めった》にない。

信長は誠之助に、いかに大きな期待をしているかを示していた。

誠之助は一旦《いったん》準備のため屋敷に戻った。

「旅に出る。仕度《したく》をしてくれ」

突然の言葉に、妻の冬は驚いた。

「どちらへ行かれます」

「内密の仕事でな。今度ばかりはそなたにも話せぬ。だが、周囲《まわり》の者には伊勢の滝川殿のところへ所用があって参ったと、言っておいてくれ」

「一体、何事でございます」

冬は心配そうに夫の顔を覗《のぞ》き込んだ。

誠之助はその視線から、顔を逸《そ》らして、

「申せぬのだ。織田家の浮沈に関わることでな」

「では、いつ、お帰りです」

「それも、わからぬ。ひょっとしたら――」

と、誠之助は言葉を濁《にご》した。

帰れぬかもしれぬ。そこまで言おうと思ったが、無用な心配をかけることはないと思い直したのである。

「嫌でございます」

冬は誠之助に抱きついた。

「これ、駄々《だだ》をこねるでない」

誠之助は冬の肩にそっと手を置いた。

「上様が直々《じきじき》にお名指しくだされたのだ。名誉なことではないか」

冬は顔を上げた。そして、すがるような目で言った。

「ややが出来たのでございます」

「なに、まことか」

「はい」

「そうか、出来たのか」

誠之助は何ともいえぬ感慨に浸《ひた》っていた。宿敵信玄を付け狙って三十年余り、腰を落ちつけることもなく、ひたすら復讐のために生きてきた。

その自分に子が生まれるとは。

「あの——」

冬はおずおずと、

「お気に召しませぬか」

「馬鹿な、何を申すか」

誠之助は笑って、

「左様なことがあるはずがないではないか」

「嬉しい」

冬も笑《え》みを浮かべたが、すぐに真顔《まがお》になって、

「必ず生きてお戻りになってくださいね」

「わかった」

誠之助は妻の手を固く握った。

4

「御坊、武田殿のもとへ使いとして行ってはくれぬか」

真海にそのように依頼したのは、将軍足利義昭に仕《つか》える真木島貞光だった。

真海はこのところ何度か依頼を受けて、使者として近隣の大名を訪ねている。

つい先日は、越前の大名朝倉義景を訪ねてきたばかりだった。もっとも越前一乗谷《いちじょうだに》まで行ったのではない。義景はこのところ近江まで浅井長政応援のため出兵してきていた。真海がおもむいたのは、そこである。

「また、でござるか」

真海は露骨《ろこつ》に嫌な顔をした。

本当は政治になど、関わりたくはない。

貴人である義昭に頭を下げんばかりに頼まれたので、ついつい使僧《しそう》の役を引き受けたが、もう御免である。

「申し訳ない」

と、貞光は一応頭を下げたが、

「御坊の他にはおらんのだ。武田殿はいま長篠城におられるが、そこへ近づくためには美濃・尾張を通らねばならぬ。そこを通って怪《あや》しまれぬのは、信濃に本貫《ほんがん》を持つ貴僧のみ。善光寺への帰り道だと言えば誰も怪しまぬ」

「しかし、真木島殿、拙僧はもう……」

「いや、わかっておる」

と、貞光は皆まで言わせず、

「わかってはおるが、ここは伏してお願いつかまつる。わが将軍家危急存亡の秋《とき》なのじゃ」

真海は渋面《じゅうめん》のまま沈黙した。

この前も、はっきりいって無駄足だったのである。

真海が、近江滞陣の朝倉義景のもとへ使いしたのは、義景が陣を払って越前へ引き揚げるという噂が立ったからだ。

義昭は驚愕した。

今、信玄が西上の軍を起こしたところである。ここで義景が近江に滞陣し続ければ、信長はその兵力を対義景と対信玄の二つに分散せざるを得ず、極《きわ》めて不利になる。

信長の不利は、すなわちこちらの有利である。それを捨てることになる。

義昭は、どうしても義景の帰国を阻止しようと、密書を送ることにした。

しかし、京から朝倉方への道は、信長によって厳重に封鎖されている。

顔の知られた義昭の側近が行けば、あっという間に捕らえられるのが関の山である。

そこで義昭は真海に白羽の矢を立てた。

天台宗の僧でもあり、琵琶湖周辺の寺に知人も多い真海なら、なんとか使者の役目を果たせると踏んだのである。

はたしてそれは成功した。

しかし、真海はもう嫌だと思った。

命の危険も多々あった
それに真海は足が不自由だ。

幼い頃の熱病のせいで、早足で歩くことはできても、ほとんど走れない。

素性《すじょう》が露見したら、まず逃げおおせることは不可能である。

だが、結局真海は無事役目を果たした。

朝倉義景に密書を手渡したのである。

だが、肝心の義景は、それでもすぐに本国へ引き揚げてしまった。

真海の努力は、完全に水の泡となったのである。

貞光はそのあたりの真海の心情はよくわかっている。

「御坊、武田殿は朝倉殿のようにふがいなき御方ではない。そなたの使いが無駄になることはあるまい」

「――」

「まこと、朝倉殿は、一軍の大将とは思えぬほどの、能なき御方じゃからな」

貞光はあえて義景の悪口を言った。

そういえば、真海の心も晴れるかと思ったのである。

しかし、真海は首を振った。

「お考え違いと存ずる」

貞光は驚いて、

「ほう、朝倉殿は凡将ではない、と申されるか」

「決して」

「なぜかの。朝倉殿は信長めを討ち取る千載一遇の好機に、むざむざと兵を退《ひ》かれてしまったのですぞ」

貞光は、まるで目の前の真海が、当の義景であるように抗議口調で言った。

「腹が減っては戦《いくさ》ができませぬ」

真海は言った。

「――」

貞光は首を傾《かし》げた。

「あの時、朝倉殿の陣中では、ほぼ糧食が尽きかけておりました。一万を超える大軍に、飯を食わせるのは大変なこと。その糧食が尽きたとあらば、引き返さねばなりませぬ。引き返さねば、野垂《た》れ死に致しましょう」

真海は説明した。

それは食糧や物資の乏《とぼ》しい信濃で、戦場を常に見てきた真海には、当然のことだった。

だが、貞光はまだ納得しかねるように、

「だが、兵糧のことならば、浅井殿が面倒を見ると申し出られたのではないか」

「いかに申し出られたとはいえ、浅井殿の国は朝倉殿の国より小そうございます。いつまでも続くものではありませぬ。それにぐずぐずしていれば、帰り道が雪に閉ざされ、帰るに帰れなくなりまする」

「――」

「それに、朝倉殿の軍勢はほとんど足軽。本《もと》を正せば、百姓でござる。百姓を国の外に出して、ただ滞陣させるということは、途方もない無駄にございます」

「無駄？」

「左様、国に置いておけば、稲を作り草を取り俵《たわら》を編《あ》む――それが国外においてはなに一つできませぬ」

「なるほど、無駄か」

「失礼を省《かえり》みず申し上げれば、戦とは無駄のことでござります。無駄をどれだけできるかが、戦の勝ち負けにつながっていると考えます」

「ほう、御坊は名軍師じゃな」

貞光は皮肉ではなくそう言った。

「いえ、そんなことはございませぬが」

ふと、信濃きっての軍略家と言われた亡《な》き師伝海《でんかい》の面影《おもかげ》が心に浮かんだ。

貞光は身を乗り出して、

「御坊のような軍師殿にこそ頼みたい。このたび、武田殿はいかなるご所存なのか、しかと尋ねてきてもらいたいのだ」

今度は真海が頭を傾げた。

信玄の考えといえば、それは上洛することに決まっているではないか。そうではないのか。

「それが、武田殿はな、野田城における大勝の後、三河長篠城に引き籠もって、動こうとせぬのじゃ」

「それはまたどうして？」

真海は興味を惹《ひ》かれた。

「わからぬ。わからぬからこそ、そなたに行ってもらいたいのだ。このこと、ぜひとも、このお願いしたい」

貞光は頭を下げた。

将軍の近臣たる貞光に頭を下げられては、仕方がなかった。

真海はとうとう使者の役目を引き受けた。

5

信玄の病状は悪化の一途をたどっていた。

（どうして、これほど急に——）

源五郎は歯噛みする思いだった。

薬も、つてを求めて、あらゆるところから取り寄せた。

しかし、効果はなかった。

死病である。

信玄の居室に入ると、耐えがたい悪臭がした。胃を悪くした時、息が臭くなる。あの数倍の悪臭だった。

実際、信玄の居室から出てきた者は、外の冷たい空気に触れると何度も深呼吸するほどなのである。

源五郎は、そんな中でもずっと枕頭《ちんとう》に詰めていた。

信玄の顔には死相が現われている。

このところ日がな意識が朦朧《もうろう》としており、目覚める時間が徐々に少なくなっていた。

「源五郎」

突然、信玄は目を開けた。

「はい」

「万一に備えて遺言したい。書き留めてくれぬか」

「遺言などと、お気の弱いことを申されますな」

あわてて源五郎は言った。

「取り乱すでない。わしに万一のことあらば、武田はどうなる? 言うべきことは言っておかねばならぬ」

それは道理だった。

実際、武田家は後継者すら、はっきりとは決まっていない。

四郎勝頼がその最右翼にいることは、間違いないが、それとて公《おおやけ》に認められたことではない。

勝頼は妾腹《しょうふく》であり、しかも一時は諏訪家の名跡《みょうせき》を継《つ》いでいたことも問題である。

本来、長男、次男、三男が無事であれば、勝頼はその家来になるしか道のなかった人間である。

家来の中には、そのために勝頼を侮《あなど》っている者も多いのだ。

「申し訳ございませぬ」

源五郎は筆を執《と》った。

信玄は目を閉じると、

「持参した長櫃《ながびつ》の中に、わしの花押《かおう》を末尾に記した紙が八百枚ほど用意してある。わしが死んだ後には、書状の返事にこの紙を使え。わしが病気とはいえ、まだ存命と聞いたならば、わが甲斐を攻めようという国はあるまい。ひたすらに領国を取られぬよう用心をするであろう」

信玄の言葉は弱々しく、聞き取りにくかった。

「よいな、三年間、わが喪《も》を秘すのじゃ。後継ぎは四郎勝頼の子、わが嫡孫信勝《のぶかつ》じゃ。信勝が十六歳になったら、家督を譲れ。それまでは陣代《じんだい》を四郎に申しつける。よいな、ただし勝頼に、わが孫子《そんし》の旗を持たせてはならぬ。信勝が十六歳の初陣《ういじん》の折に持たせること。勝頼は従来のように『大』の一字を書いた小旗を用いよ。また、わしの兜《かぶと》も、勝頼は身に着けてもよいが、信勝初陣の折には、必ず譲るように致せ」

源五郎は主君の遺言を邪魔したくはなかったが、進み出てあえて言った。

「恐れながら、跡目の儀、それではいかがかと」

これではいけない、源五郎は軍師としてそのことを警告しようとした。

「――?」

しかし、返事はなかった。

どうやら、源五郎の声は信玄の耳には届いていないらしい。

信玄はかまわず続けた。

「わしの葬儀は無用じゃ。遺体は、諏訪湖の湖中へ、甲冑《かっちゅう》を着せたまま沈めてもらいたい」

その言葉を聞いた時、源五郎は不覚にも涙した。

「お屋形様、しっかりしてくださりませ」

だが、相変わらず源五郎の言葉は信玄の耳に届いていない。

「わしの望みは天下に号令することであった。だが、もし、ここで死ぬならば、上洛しても、京を思いのまま支配できずに死ぬことになる。だからいい。いっそのこと、今のままならば、世の人々は信玄は命を長らえば都に上ったのであろうにと評価するから、大慶《たいけい》というものである」

それを聞いていて、源五郎はまた不覚にも涙をこぼした。

「信長や家康は天運に恵まれておるな、わしはいまや天道に見放されようとしておる。無念じゃ」

信玄はそう言って、また深い眠りに落ちた。

6

誠之助は身を百姓姿に変えて、三河国へ入った。

警戒は意外なほど厳しくない。

何か張り詰めたものが失《う》せて、全体に緊張感を欠いている。

それが武田陣に初めて触れた時の印象だった。

（おかしい、やはり何かある）

誠之助は山伝いに長篠へ向かった。

なぜ信玄は交通の便のいい海道から、こんな山沿いへ引っ込んだのか。

（まさか病いなのではあるまいな）

こうなっては、それが最も考えられる可能性だった。

だが、それだとすると重病ということになる。明日をも知れぬ重病ということになるのではないか。

（どうやって確かめる）

誠之助は信玄の顔を見たいと思った。

これだけの長期滞陣なら、大将は軍勢の士気がたわむのを防ぐため、必ず一度や二度は姿を見せるものである。

それをしない、というならば、ますます怪しい。

誠之助は信濃の百姓を装《よそお》って、巧みに武田軍の足軽に近づいた。

武田軍の中には多くの信濃者がいる。

お国訛《なまり》を使えば、親しくなることは簡単である。

誠之助は、信濃から伊勢へ行き、帰って来る途中の百姓という触れ込みだった。

「尾張へは行かんのか?」

よもやま話をした後、誠之助はさりげなく訊いた。

「それがのう、わしらもすぐに尾張攻めじゃと思っとったんじゃが。いつまで経ってもお声がかからんでのう」

人の好《よ》さそうな足軽は言った。

「ほう、どうしてだ」

「わからん。さっぱりわからん」

「――御《おん》大将の体の具合がよくないという話を聞いたが、ほんとか」

誠之助はさりげなく、そのことを持ち出した。

足軽は顔色を変えて、

「知らん、知らん。そんなこと口にしたら、叱《しか》られるわ」

誠之助はそれからも、目立たぬように接触を重ねた。

（やはり、信玄は病《や》んでいる）

誠之助はそのことを確信した。

何よりも信玄が公の場に姿を見せないのが、その証拠である。

野田城が落ち、全軍が長篠城へ不可解な移動をして以来、信玄は一切《いっさい》人前に姿を現わしてはいないのだ。

そのことは、病気以外の理由は考えられないのである。

問題はその病いがどれほどのものか、ということだった。

既に一カ月療養しているのだ。

快癒《かいゆ》しているかもしれない。そのことを確かめなければならない。

そのためには、しばらくこの長篠に留まる必要があった。

その頃、兄がこの長篠に来ているとは夢にも知らずに、真海は不自由な足を引きずって長篠に入った。

そしてただちに城を訪ねた。

「なに、公方《くぼう》様のご使者だと」

源五郎は舌打ちした。

「はい、真海殿と申される僧侶にて、お屋形様へ公方様からの書状を持参しておられます」

取り次ぎの者が言った。

「その書状は？」

「直接、お屋形様にお渡ししたいと申されておりますが」

「――」

「いかが、計《はか》らいましょうや」

「逍遥軒《しょうようけん》殿を呼べ」

そう言った時、源五郎の腹は決まっていた。

信玄の弟で、最も容貌が似ているとされる逍遥軒に、信玄の身代わりをさせるのである。

あたふたとやって来た逍遥軒に、源五郎は手短かに事情を説明した。

逍遥軒はただちに、城の広間で真海を引見した。

「お待たせ致したな、ご使者殿」

そういう逍遥軒は、確かに信玄と瓜《うり》二つだった。

しかし、真海はなんとなく違和感を感じた。

これが、あの甲斐の虎《とら》と恐れられた信玄であろうか。

そういう人間に付き物の、ぞっとするような殺気が、この目の前の『信玄』からは感じられないのである。

「どうかされたか、ご使者殿？」

源五郎の言葉に、真海はわれに返って、懐《ふところ》から書状を出し、源五郎に渡した。

源五郎はそれを逍遥軒に渡した。

書状には、どうして早く西へ軍を進めないのか、と書かれていた。

「いや、申し訳ない」

一読した逍遥軒は、あっさりと頭を下げ、

「実は面目《めんぼく》なきことながら、持病の胃の病いが悪化致してな。しばらく静養することを余儀なくされたのでござる。しかし、もう本復《ほんぷく》致したゆえ、これ以上お待たせすることはあるまい」

「左様でございましたか」

真海はそう言いながらも、一抹《いちまつ》の疑惑を持った。

目の前にいるこの男は、はたして本物の信玄なのか。

「さぞかし公方様もお喜びでございましょう。ただ、拙僧も子供の使いではござりませぬゆえ、一筆返書を賜《たまわ》りたく存じます」

「――ああ、左様か。では、しばし待たれよ」

逍遥軒は立って、次の間《ま》へ行った。

そこには源五郎が用意した、信玄の花押の押された紙がある。

「どうぞ」

源五郎はそれを差し出し、文机《ふづくえ》の上に置いた。

「兄上の字と似ていると言われたことはあるがな」

逍遥軒は、剃《そ》り立ての坊主頭を掻《か》きつつ、返書をしたためた。

信玄の花押の前に、ちかぢか軍勢を押し出すという、逍遥軒の言葉が並んだ。

「結構でござる」

逍遥軒と源五郎は、再び次の間から大広間へ戻った。

「これでよいか」

逍遥軒は手ずから真海に書状を渡した。

真海は押し頂いてそれを受け、すばやく文面に視線を走らせた。

「ありがたくお受け致します。公方様もさぞかしお喜びでございましょう」

「うむ。それでは、わしはこれで失礼するが、今日は充分に旅の疲れを癒《いや》していかれるがよい」

「ありがたきお言葉」

逍遙軒と源五郎は大広間を出た。

後に残された真海に、取り次ぎの者が言った。

「それでは、ご案内致します。湯風呂など召されてはいかがでしょうか」

「かたじけない」

真海は、広げたままの書状を、もう一度見た。疑ったのではない。

畳《たた》むために墨が乾《かわ》いたかどうかを見るためである。

（――！）

ふと、真海は気が付いた。

一番最後に書かれたはずの信玄の花押、それだけが乾いているのである。

他の文字はまだ濡れているというのに。

（どういうことだ、これは）

真海はまじまじとそれを見つめた。

7

源五郎はまた信玄の寝間に戻った。

信玄が意識を取り戻したので、源五郎は咄嗟《とっさ》に処置を報告し、独断専行を詫《わ》びた。

「それでよい」

今度は源五郎の言葉が聞こえたらしい。

信玄はたどたどしい口調で、

「逍遙軒を使うのはよい。どしどし使え。わが弟の中で、最もわしによく似た者、なまじのことでは影武者とはわからぬ。わしの顔を見知っておる者など、敵方にはわずかしかおらぬ。その顔を知っている者とて、わが弟と見分けのつく者はおるまい」

信玄はそこで大きく溜め息をついた。

「もう、お休みなされませ。長話は体に毒でござる」

源五郎は言ったが、信玄はかまわず続けた。

「四郎のことが気掛かりじゃな。あの者は進むを知って、退くことを知らぬ。わしが死んだら、むしろ待ったほうがよい。国力を蓄《たくわ》え、信長の運の尽きるのを待つのじゃ。運の尽きる時は、わしほどの者でもこの通り、はかないものじゃ。——源五郎、四郎はどう致しておる?」

「北の丸の守りに就いておられます」

重臣たちは、時々見舞いに現われるだけで、源五郎以外はこの場にいなかった。

それもやむを得ない。

なぜなら、重臣たちが全部この広間に詰めて動かなかったら、当然、重病だということはすぐに知られてしまう。

源五郎だけなら、何とかごまかせる。

実際、信濃の海津城に手勢のほとんどを置いて、単身ここに来ている源五郎が最も身軽な立場だった。

「四郎殿、お呼び致しましょうか」

「いや、あの者は、言って聞かせれば聞かせるほど、いきり立つ。悪い癖じゃ。折を見て、そちからよう申し聞かせてくれ。わしが常々、このように申していたとな」

「はい」

「頼むぞ、源五郎」

「お屋形様」

「なんじゃ」

「ご家督のことにつき、この際申し上げておきたい儀がございます」

「なんなりと申してみよ」

源五郎は居ずまいを正して、

「ご家督は信勝様、その名代《みようだい》として信勝様十六歳になられるまで、四郎殿にお任せになるということでございましたな。この儀、あまりよろしからずと思いまする」

「ほう、なぜか」

「それでは四郎殿が重臣たちより侮られまする。所詮《しよせん》仮の当主、仮の陣代よとはやし立てられ、下知《げち》に心より従う者はいなくなりましょう」

「それもよいではないか。後嗣《こうし》はあくまで信勝じゃ」

信玄がなぜそんなことを言うのか、源五郎にはよくわかっていた。

勝頼の暴走が心配なのである。

猪武者《いのししむしゃ》である勝頼が暴走して、何もかもぶち壊さないように、鎖《くさり》で縛《しば》る。

それが陣代であり、孫子の旗を使わせぬということでもある。

いわば勝頼の権威を貶《おとし》めておけば、重臣たちが勝頼の行動を制止するだろう、と読んでのことである。

勝頼にはできるだけ動いてもらいたくない。

そこで三年喪を秘せと、無理なことも言ったのだ。

「わかっております。わかっておりますが、やはり、仮の当主はいけませぬ」

それでは統制が取れず、結局ばらばらになる。その危険を源五郎は信玄に訴えたかった。

どんなに勝頼が大将の資質に欠けるとしても、大将に任じる以上は全権を与えなければならない。

そのことは信玄もよくわかっているはずだ。

（やはり病いのため、気が衰えられたのだろう）

源五郎はこの点だけは、武田家の将来のために、ぜひとも念を押しておかねばならないと思った。

「お跡目は勝頼殿。どうしても勝頼殿がお嫌なら、十六になってなどと言わずにただちに信勝様にお譲りすべきでござる。いかが？」

信玄の目は虚《うつ》ろだった。

だが、何かを言おうとした。その時、

「高坂、何を讒言《ざんげん》致しておる」

と、背後から声がした。

振り直った源五郎は、人の気配を感じなかった自分の迂闊《うかつ》さを恥じた。

そこには憤怒《ふんぬ》に燃えた勝頼が立っていたのである。

（どこから聞いていたのか）

源五郎はまずそれを気にした。

信玄に源五郎が言ったことは、決して讒言ではない。

四郎勝頼に武田家を任せるならば、全権を与えるべきだ。家督は孫の信勝で、勝頼は陣代だなどと、中途半端《ちゅうとはんぱ》はやめるべきだ。

源五郎はそれを進言したのである。

そして勝頼に全権を与えるのが、どうしても嫌ならば、むしろ若くとも信勝に全権を与えたほうがいい。家督相続というものは、そういうものだと、源五郎は言いたかったのだ。

それをいつの間にか後ろで聞いていた勝頼は、源五郎が讒言したと叫んでいる。

（もしかすると、信勝様にご家督をというところだけ聞いたのかもしれぬ）

源五郎の危惧《きぐ》は当たった。

勝頼はすぐにこう言ったのである。

「わしのどこが、武田の棟梁《とうりょう》として不足なのか」

怒りに燃える目だった。

「左様なことは申しておりません」

源五郎は言った。

「偽《いつわ》りを申すな」

勝頼は声を荒げて、

「十六になってなどと言わずに、ただちに信勝に家督を譲られよ、と申したではないか。この耳で聞いたぞ」

やはり、と源五郎は心の内で舌打ちした。

その前段の、勝頼に全権を与えるべきだというところは聞かずに、それだけを聞いたのだ。

よりによって一番誤解されるところだけを、勝頼は聞いたのだ。

「そうではございませぬ。実は――」

「ええい、申すな。言い訳など聞く耳持たぬわ」

勝頼は叫んだ。

源五郎は信玄をちらりと見た。

もし、信玄に意識があるなら、自分の言葉が讒言ではないことを証明してもらおうとしたのだ。

だが、信玄は眠っていた。

また昏睡に入ったのである。

（間の悪いことだ）

源五郎は心中苦《にが》り切った。

どうしてこうも運がないのか。

「どうした、高坂。何も言えぬであろう」

勝頼は勝ち誇ったように言った。

源五郎は無言で一礼して立ち上がった。

8

誠之助は、新たな情報を得るために躍起《やっき》となっていた。
信玄は重病にかかった。これは確実である。
そのために尾張にも攻め入らず、三河長篠城に大軍を留《とど》め滞陣した。
問題は一ヵ月の療養の後、病状がどう変わったかである。
明日をも知れぬ容態なのか、それとも回復したのか。
これを探り出さねば、ここまで来た意味がない。
(病いは篤いのではないか)
誠之助はどうもそのように感じられた。
武田全軍に鋭気が感じられないのである。
総大将と全軍の士気は、不思議なほど一致する。
総大将が元気なら全軍も元気であり、そうでなければ元気でない。
誠之助とて歴戦の勇士である。
そのあたりのことは充分に承知している。
(このまま、武田軍に潜り込めぬか)

誠之助はそのことを真剣に考えていた。

常識で考えれば無理だ。

武田軍は、織田方の間者《かんじゃ》の潜入を厳しく警戒しているにちがいない。

しかし、雑役《ざつえき》、人夫《にんぷ》の類《たぐ》いならどうだろうか。既に国を発してから数カ月が経過している。年も越した。欠員は生じているはずである。

それに誠之助は諏訪の生まれだ。諏訪の言葉がしゃべれる。諏訪はいま武田の領国である。美紗姫の子の四郎勝頼が領主である。

当然、武田軍の中には諏訪衆の一団もある。兵糧や火薬を運ぶ小荷駄《こにだ》隊にも、諏訪者は大勢いる。

その中に何とか潜り込むことは、できないだろうか。

熟慮の末、誠之助は一つの賭けに出た。

諏訪衆の一団に接近して言葉巧みに話しかけ、人夫として雇われるよう斡旋《あっせん》を頼んだのだ。

だが、その時、人夫頭《がしら》の六助《ろくすけ》という欲深そうな男に、銭を少し払ったのが、後から思えば大失敗であった。

ただちに仕事を与えられ、飯炊《めした》きをやらされたあと一晩泊まり、朝になって外へ出たところを、武田兵に囲まれた。

「引っ捕らえい」

組頭が叫んだ。

9

「あいや、しばらくお待ちください」

突然、声がかかった。

誠之助を取り囲んでいる足軽らの輪の外に、一人の僧侶が立っていた。

(公次郎!)

誠之助は一目見るなり、思わず叫びそうになった。

真海こと公次郎、弟の望月公次郎に紛《まぎ》れもない。

皆の視線が真海に集中した。

真海は軽く一礼して、

「その者、拙僧の知る者にて、怪しい者ではござりませぬ」

と、落ち着いた声で言った。

組頭は疑わしげな視線を向け、

「その方、何者だ」

「善光寺大勧進の僧にて、真海と申す者」

「善光寺？」

組頭は甲斐者だった。

善光寺は信玄によって無理やり甲斐に移され、現在は甲府にある。

「確かに、善光寺か」

組頭は念を押した。

真海はうなずいた。

「信用できませんぜ。ひょっとしたら、こいつも間者かも」

六助がささやいた。

真海は声を大にして、

「これは心外な。拙僧は、いま将軍家の使僧を務める身でござる。間者呼ばわりは無礼であろう」

「将軍家の？」

組頭は驚いたが、その目はまだ信じていない。

それも無理のないことで、真海は擦《す》り切れた衣をまとった見栄《みば》えのしない僧に過ぎない。もっとも相貌は穏やかで、既にある種の風格があった。

「いかにも。昨日、お城へ上がりお屋形様にお目通りしてきたばかりでござる」

真海は言ったが、組頭はなおも疑いの目で見ていた。

「お疑いなら、お城に人を派《は》して確かめられよ」

幸いにもその時、城中で真海の世話をした武田家の家臣が通りかかった。

「何事でござる」

「これはよいところへ」

と、真海は事情を説明した。

「その者、確かに、貴僧の知り人でござるか」

「左様、もと善光寺の雑仕人《ぞうしにん》にて、名を誠吉《せいきち》と申しまする」

「違う」

と、六助が叫んだ。

真海はゆっくり六助を見た。

六助は組頭に向かって、

「こいつ、市松《いちまつ》と言ってましたぜ。誠吉じゃねえ」

「さもあろう」

真海は笑みすら浮かべて、

「この者は、善光寺から金を盗んで逃げた者でござる。名を変えるのは当然のこと」

「では、罪人《ざいにん》でござるか」

家臣が言った。

「左様、罪人《つみびと》と申せば罪人なれど、本来仏の前ではすべての衆生《しゅじょう》が罪人でござる。――これ誠吉」

と、真海は誠之助に声をかけた。

「へえ」

誠之助は調子を合わせることにした。返事をすると、すぐその場で真海に向かって土下《どげ》座《ざ》した。

「前非《ぜんぴ》を悔い、帰参を願うならば、わしが執《と》り成してやってよいぞ」

真海が言うと、誠之助は額《ひたい》を大地にこすりつけて、

「ありがてえお言葉で、へえ、へえ、ぜひお願え致します」

と、懇願して見せた。

真海はうなずくと、

「聞いての通りでござる。この者、連れて帰りたく存ずるが、いかが？」

「よろしかろうと存ずる」

家臣はうなずいた。

「――この者、生国《しょうごく》の村の名も答えられなんだが」

組頭が未練がましく言った。

誠之助の方へ歩きかけた真海は、振り返って言った。

「この者、孤児《みなしご》でござる。戦の巻き添えで両親を失い、われらが引き取ったのでござる。幼子《おさなご》であったゆえ、村の名も覚えておらぬのは当然でござる」

真海は、大地に平伏している兄の肩に手を触れた。

「さあ、参ろう。久しぶりに生国の土を踏めるぞ」

10

「兄上、先程のご無礼お許しくださいませ」

街道を信濃方面に一里ほど進んだところにある、炭焼き小屋の中だった。

兄誠之助を上座《かみざ》に座らせ、弟真海は頭を下げた。

「一瞥《いちべつ》以来だな、公次郎」

さすがに誠之助も感慨深いものがあった。

「信州川中島でお別れしたのは、いつのことでございましょうか」

真海も久しぶりに兄の顔を見て込み上げてくるものがあった。

「五年、いや八年ぶりか」

誠之助は指を折って数えた。

「あの折、兄上はこう申されました。わしは帰って来る、必ず武田を滅ぼす者として、と」

真海の言葉に、誠之助はうなずいて、

「そうだ、確かにそう言った。そなたは、それは妄執《もうしゅう》じゃと申したな」

「申しました。兄上は、人は妄執に生きるものだと申されました」

そこで、兄弟は声を揃《そろ》えて笑った。

声を揃えて笑うなど、一体いつ以来のことだろう。少なくとも信玄が諏訪を侵《おか》して以来、絶えてなかったことである。

ひとしきり笑うと、兄は真顔になった。

「公次郎、そなた先程確か信玄に目通りしたと言ったな」

「――」

「信玄は達者だったか？」

「達者と仰《おお》せられますと？」

「とぼけるな、わかっているはずだ」

「――」

「信玄は重い病いではないかと、わしは疑っている。さればこそ訊くのだ。信玄はどうだった」

「わかりませぬ」

真海は首を振った。

「わからぬ？　わからぬことがあるものか。そなたは信玄に会ったのだろう」

「会ったかどうか、わかりませぬ」

「兄をたばかる所存か。確かに会ったと、その口で申したではないか」

誠之助は怒った。

「申しました。が、わたくしは信玄殿の顔を知りませぬ」

「――？」

「確かにわたくしは、将軍家の書状を信玄殿に直《じか》にお渡ししたいと申し入れました。それに応じて、信玄と名乗る御方が出ていらっしゃいました。しかし、それが真《まこと》の信玄殿かどうか、わたくしにはわかりませぬ」

「そうか、影武者ということも考えられると、そなたは申すのだな」

真海は黙ってうなずいた。

「では訊く。その者、信玄らしかったか、そうでなかったか、それはどうだ？」

「それは――」

真海は困惑の表情を浮かべ、

「わかりませぬ」

「そうか、わからぬか」

誠之助は天を仰《あお》いだが、はっと気が付いた。

「公次郎、そなた、信玄からの返書を持っておるであろう、どうだ？」

「――持っております」

「それを見せろ」

「いえ、それればかりは、いかに兄上のお言葉とはいえ、できませぬ」

「何故だ？」

「兄上、これは武田殿より将軍家へ宛《あ》てて書かれたものでござる。他人が盗み見てはならぬことは、当然ではございませぬか」

「公次郎、わかった。その道理はわかったが、そこを枉《ま》げて見せてくれぬか。兄はな、今、信玄の病いを確かめるために、命を懸《か》けておるのだ」

「主君織田信長様のために？」

「それもある。そなたが将軍家に仕えているようにな」

「わたくしは仕えてなどおりませぬ。わたくしの主人はあくまで御仏《みほとけ》でござる」

「では、なぜ使者など務めておる？」

誠之助は不思議そうに言った。

「浮世の行きがかりと申すもの。知る人に頼まれ、やむにやまれずでござる」

「そのために命を張るというのか」

「はい」

「馬鹿げた話よ。将軍家はいずれ沈む泥の舟だ。うかうかすると命をなくすぞ」

「泥舟は織田家かもしれませぬ」

「なんだと」

「盛者必滅《じょうしゃひつめつ》、諸行無常《しょぎょうむじょう》でございますからな」

「また、坊主のたわ言《ごと》か」

「いえ、これこそ仏の善《よ》き御教《みおしえ》」

「そんなことはどうでもよい。とにかく信玄の書状を見せろ」

「いえ、お断わりします」

「刀に懸けても見ると言ったらどうする?」

誠之助は真海をにらみつけた。

「お斬りなさいますか。ならばそうなされよ。兄上に斬られるなら本望でござる」

「ようし。言ったな」

誠之助は立ち上がって刀を抜いた。

刀はこの小屋に隠してあったのである。

そして、座っている真海の頭の上に振りかぶった。

「どうだ、公次郎」

「せめて、真海とお呼びください」

そう言って真海は目を閉じた。

「もう一度言う、書状を渡す気はないか」

真海は目を閉じたまま、首を横に振った。

「では、覚悟せよ」

誠之助は気合と共に、真海の脳天めがけて刀を振り下ろした。

しかし、真海は動かず、刀もぎりぎり頭の上で止まった。

「強情者め」

誠之助は苦笑して刀を納めた。

「もう、よい。勝手にどこへでも行け。だが、今度は斬るかもしれんぞ」

「ありがとう存じます」

真海は立ち上がり、杖《つえ》を手に取った。

「おい、密書はちゃんと隠したのか。織田方に見つかれば命はないぞ」

誠之助は言った。

「慣《な》れておりますゆえ、ご懸念は無用に」

真海はそう言ったが、兄の思いやりに涙がこぼれそうになった。

「では、兄上、これでお暇《いとま》致しまする。何卒《なにとぞ》ご壮健で」

「うむ、そなたもな」

二人は一緒に外へ出た。

西への道を歩き始めた真海は、急に振り返った。

「兄上、信玄の花押は乾いておりました」

それだけ言うと、真海は一礼して、そのまま去った。

(何のことだ)

誠之助は首をひねった。

11

四月に入って、信玄の病いはますます重くなり、ついに重臣一同協議の結果、全軍甲斐へ引き返すことが決まった。

しかし、いくら帰国することになったとはいえ、弱味を見せるわけにはいかない。総大将として逍遥軒信廉《のぶかど》が全軍の指揮を執った。もちろん『信玄』としてである。代わりに信玄が『病いを発した信廉』として輿の中に入った。

侍医御宿監物は病人の移送には反対した。

しかし、では動かさねば治るのかと問われても、答えることができなかった。死病である。しかも保《も》ってあと数日、いくら何でもそこまでは言えなかったが、周囲はそれを察した。

とにかく旅先ではろくな治療もできない。

せめて領国へと、全軍は急いで信濃に入った。

伊奈街道を駒場《こまんば》まで来たところで、ついに信玄は危篤状態に陥《おちい》った。

全軍は駒場に足を休め、信玄は長岳寺《ちょうがくじ》に入った。

既に昏睡が長く続き、時々目覚めるだけである。

重臣一同、枕頭に詰めていた。

もう長くない、誰の目にもそれとわかった。

死相が顔に浮き出ている。

馬場信房が、内藤昌豊が、山県昌景がいた。勝頼も、源五郎こと高坂昌信もいる。

（死ぬのか、お屋形様が——）

信じられないことだった。

体調に不安があったとはいえ、甲府を進発した時は、あれほど元気だった。

その信玄がもう死の床にいる。

（死なないでください。今、この時期さえ潜《くぐ》り抜ければ、お屋形様こそ天下の主《あるじ》に）

ち破った。

もし、信玄が予定通り尾張に侵入していたら、この負けはなかったはずだ。

怒った義昭は信玄に詰問の書状を送った。それを運んだのが、他ならぬ真海なのである。

長篠から帰った真海を、義昭は上機嫌で直々に引見した。

そして、書状を読んでますます喜んだ。

「めでたいのう、武田は全軍挙げて明日にも京を目指すとある。これで、あのいまいましい信長めも終わりじゃ」

真海は心に引っかかりを感じていた。

それは他でもない。

あの花押のことである。

真海が信玄から受け取った書状は、確かに信玄がその場で書いたもののようだった。

しかし、問題はあの『信玄』が本物だったかということだ。

信玄があの書状を全部自分自身で書いたとすれば、花押のところだけ乾いているなどあり得ない。花押というのは全文を書いて、内容に間違いがないことを確認したうえで、最後に書くものだ。

花押から書く者など誰もいない。

だから、普通の書状なら、他は全部乾いていても、花押だけが乾いていないのが普通だ。

これが乾いていた。

考えられることは一つしかない。

だが、それはあまりにも大胆な推測であり、口にすべきかどうかためらわれた。

(だが、言うべきだ)

真海は決心した。

これからどうするかで、将軍の運命は決まるのだ。

何も言わずに去ることはできない。

「恐れながら申し上げます」

と、真海は義昭にではなく側近の細川藤孝《ほそかわふじたか》に対して言った。

真海の身分では直接義昭と話すことはできない。お付きの者を通すしかない。こうして直《じか》に目通りできることすら、極めて異例だった。

「なんじゃ」

と、答えたのは義昭だった。

「かまわぬ、直答《じきとう》を許す。申してみよ」

「はい。恐れながら申し上げます」

真海は両手をつき顔だけ上げて、

「その書状、確かに信玄殿直筆のものか、いささか疑いがあるのでございます」

「なに、何と申す?」

義昭ばかりでなく、一同も驚いた。

「真海殿、それはおかしい。先程貴殿は、信玄殿に会って御教書を渡し、返書を受けたと、その口で申されたばかりではないか」

藤孝が言った。咎《とが》めるような口調ではなかった。人当たりのいい男である。

「確かに申しました。ただ、わたくしはこれまで信玄殿に一度も会ったことはございませなんだ。それゆえ、わしが信玄じゃと申されて出てきた御方が、はたして真《まこと》の信玄殿であったか、確たることは申せませぬ」

「だが、返書を受けて参られたのだろう。この花押はわしもたびたび見ておるが、信玄殿のものに紛れもない」

「細川様、その花押が曲者《くせもの》なのでござりまする。拙僧がその返書を受けた時、他の文字は乾いておらぬのに、花押のみが乾いておったのでございます」

真海の言葉に、藤孝は初めてうわずった声を出した。

「それは、まことか」

「まことにござりまする」

義昭はその問題の意味がわからなかった。

「藤孝、どういうことじゃ」

「はっ」

藤孝は居ずまいを正して、

「真海殿はこのように申されたいのでしょう。花押が乾いていたとは、あらかじめ花押だけを書いておいた紙に、後から別の者が文面を書いた。すなわち、文面を書いたのは信玄殿ではない、と」

「何故、そのようなことをせねばならんのじゃ」

義昭は不思議そうに言った。

藤孝はひと呼吸置いて、

「将軍家に対し奉《たてまつ》り、そのようなことをする理由《わけ》はただ一つ。信玄殿はいまだ病状回復せず、人前にはとうてい出られぬ体ゆえ、やむを得ず、ということになりましょうな」

「馬鹿な」

義昭は不快そうに一蹴《いっしゅう》した。

藤孝も真海も思わず義昭を見た。

「そのようなことがあるはずがない」

義昭はいきなり言った。

「されど、上様——」

「黙れ」

何か言いかけた藤孝を一喝《いっかつ》した義昭は、

「武田は、余《よ》に忠実な者じゃ。偽《にせ》の書状で余を欺《あざむ》くはずがあろうか。くだらぬことを申すでない」

真海は、信玄が将軍を欺いたとは思っていない。ただ、信玄は自分の病状を人に知られたくなかっただけのことだ。

結果において将軍を欺いたとしても、それは意図したことではない。

しかし、そう説明する意欲はもはやなかった。これほど興奮してしまっているのでは、どうしようもない。

真海は一礼して御前を退出した。

藤孝が後を追ってきて言った。

「気になさるな。上様は、長い間待っておられた。待ちに待っておられたお心が、あのようなお怒りになったのじゃ」

「わかっております」

真海は頭を下げて、

「ただ、やはり申し上げておくべきことは申さねばならぬと思いましたので」

藤孝はうなずいて、

「いや、まことにもっともじゃ。そこで、無礼を省みず、もう一度訊くが、確かに信玄殿の花押は乾いておったのじゃな」

「はい、この目で見ました。上様には何卒よしなにお伝えくださいませ」

「相わかった」

微笑を浮かべて藤孝は言った。

13

誠之助は真海と別れた後、一旦道を北へ取って東美濃に入ると、そのまま岐阜への道をたどった。

岐阜城へ帰り着いたのは、二十日近く後のことである。

「よくぞ、無事に戻った」

信長は、まずそれを言った。

誠之助は遅くなったことを詫びた。

東美濃一帯は武田の一翼《いちよく》を担《にな》う秋山信友の軍勢が進出しており、その警戒網を突破するのに相当手間暇がかかったのである。

「信玄の様子はどうだ」

信長は人払いして声を潜めた。

「人前に出られぬほどの重い病いとみました。間違いございませぬ」

誠之助は断言した。

乾いた花押の意味がわかったのである。何日も考えた末、ようやくわかったのだ。

「そちがそう信じる根拠は何か？」

「はい、花押でござりまする」

「花押？　信玄のか？」

「はい。拙者、さる筋より、信玄の書状と称して出されているものは、あらかじめ花押が書かれている紙を使った偽物と、確かめましてございます」

「ほう、乾いた花押じゃな」

信長の言葉に、誠之助は顔を上げた。

どうして信長は、誠之助が苦心して探り出したことをもう知っているのか。

「ははは、それをそなたに教えたのは、将軍家の使僧を務める坊主であろう」

「上様、どうしてそれを？」

「名は真海というのではないか」

「――！」

信長は笑って、手を叩いた。

襖《ふすま》が開けられ、男が一人入ってきた。

「引き合わせよう。将軍家の重臣細川兵部大輔《ひょうぶたいふ》藤孝殿だ」

信長は言った。

「細川でござる」

誠之助は一瞬戸惑《とまど》い、あわてて挨拶した。

（なぜ、細川殿がここにいるのか？）

答えは一つしかない。

裏切りである。

「それにしても、よくぞ、あの真海殿から肝心要《かなめ》のことを訊き出されましたな。義理堅いお人のように見えたが」

藤孝は言った。

その疑いは、信長も感じているだろう。

なぜ、誠之助はそんなことができたのか。

「――あの者、俗名望月公次郎と申し、拙者の実の弟でござる」

誠之助は言った。

さすがに信長も驚きの表情を見せた。

「弟か。これはまた奇遇じゃのう」

「はい、拙者も、まさかあの者が将軍家の使僧を務めておるなどとは、夢にも思いませなんだ。弟の申すには、将軍家の使僧を引き受けたのは、行きがかりの義理とのこと。このこと細川様もご承知かと存じます」

誠之助は藤孝を見た。

そう言ったのは、信長に将軍家の間者ではないかと、疑われぬためだ。

藤孝は察した。

「いかにも、望月殿の申される通りでござる。義理堅いお人でな」

「馬鹿正直で、融通の利《き》かぬ弟でござる」

誠之助は藤孝に一礼して、

「その弟が、信玄のもとへ使いしたと聞き、兄弟のよしみで、信玄の返書を見せろと申したのですが、いやはや頑固な奴で、ただ、花押が乾いていた、とのみ申しまして――」

「そうか、それでその者は信玄に会ったのか」

信長は訊いた。

「こう申しました。城で信玄と称する男は出てきた。だが、それが信玄であるかどうかは、前に会ったことがないのでわからぬ、と」

誠之助は答えた。

信長はうなずいて、

「信玄ではあるまい。もし信玄なら、花押は自らの手で書くはず」

「拙者もそう考えます。それゆえ、信玄はよほどの重病とみえまする」

「うむ」

信長は、満足そうに何度もうなずいていた。

信玄が明日をも知れぬ病いとすれば、桶狭間にも劣らぬ人生最大の危機は完全に去るのだ。

「誠之助、そちにはまだ申しておらなんだが、武田は長篠を発《た》ったぞ」

信長は言った。

「どこへ向かったので。まさか――」

「いや、美濃や尾張ではない。信濃だ。本国へ向かいおった」

「では、やはり」

「うむ、病いは相当に重い。もしかすると死ぬかもしれん」

「信玄が、死ぬ」

「そうだ。これほどめでたいことはないぞ」

そう言って、信長は高笑いした。

そしてひとしきり笑うと、

「そうか。そちは、信玄の首を取るのが生涯の望みであったな」

「――はい」

「ならば、無念か？」

「いえ、そうでもありませぬ」

「無理をせずともよいぞ」

「いえ、まことでございます」

不思議なことだった。

あれほど、その死を望んでいた武田信玄。

その信玄が今となっては、何か気の毒な気さえしてくるのである。

信長は誠之助があまり反応を示さないので、興醒《きょうざ》めしたように、

「いずれにせよ、まだ死んだわけではない。油断は禁物じゃ。それよりも、兵部大輔殿、やはり義昭殿じゃの」

「はい」

藤孝には、信長が公方とも将軍とも呼ばず義昭殿といった含みがよくわかった。

（いよいよ、お討ちになるということか）

将軍を追い払うのである。

幕府を滅ぼすのである。

下手《へた》をすれば逆臣の汚名を着て、全国の大名が信長討つべしと、雄叫《おたけ》びを上げるだろう。

「あの御方にも困ったものだ。もう、これ以上は放っておけぬ。兵部殿はどう思う」

「上様の、思《おぼ》し召される通りと存じます」

藤孝はとうとう決定的なことを言った。

上様とは本来将軍に対する尊称である。将軍家家臣としては、義昭以外をそう呼んではならないものなのだ。

それを言った。

「討つ。これしかあるまい」

信長は簡単に結論を出した。

（いよいよ、信長様が名実ともに天下の主となる日がきたのか）

誠之助は、その重大な瞬間に立ち会ったことに、限りない喜びを感じていた。

14

「父上の葬儀は、ぜひとも盛大に行なわねばならぬ」

仮の当主として上座に座り、馬場、山県、内藤といった重臣たちを、初めて見下ろす立場になった四郎勝頼は、そう言い渡した。

重臣たちは顔を見合わせた。

信州駒場の宿《しゅく》、信玄が死んだ翌日のことである。

一同は宿はずれの寺にいた。

信玄が死んだから寺に集合したのではない。もともとこのあたりで最も大きな建物だからこそ、そこを本営としていたのである。

その寺で信玄は息を引き取った。

一同はこれからどうすべきか、協議しているところだった。

その席で、勝頼は突然に信玄の葬儀を盛大にすべきだと、言い出したのである。

「なりませぬ」

源五郎が叫んだ。

勝頼は不快げに源五郎を見た。

「何故か」

「言うまでもなきこと。お屋形様は、喪を三年秘せとご遺言なされました。このこと、固く守らねばなりませぬ。葬儀を盛大にするなど、とんでもない。敵の間者に悟られます」

「甲斐・信濃・駿河三国の太守《たいしゅ》である父上の葬儀じゃ。粗略にはできぬ」

「いえ、ここは、粗略どころか、葬儀すらしてはなりませぬ」

勝頼は目を剝《む》いた。

「なんだと。それでは父上の霊が中有《ちゅうう》に迷われるではないか」

「葬儀は甲斐に帰って三年経った後に、挙行すればよいことでござる。ここはご遺言を守り、一切何もせぬこと。それが肝要でござる」

源五郎は言い切った。

断腸《だんちょう》の思いはある。

しかし、ここで情に溺《おぼ》れ葬《とむら》い事をすれば、それは必ず織田の間者の目に触れる。

それこそ信玄の遺志に反する。

そのことを恐れたからこそ、信玄は自分の亡骸《なきがら》は諏訪湖に沈めろと言ったのだろう。葬いとしては最も手っ取り早く、しかも後を掘り返される心配もない。

(あるいは美紗姫様のことを思われてのことかもしれぬ)

と、源五郎は思った。

数多い妻妾《さいしょう》の中で、本当に愛したのは、美紗姫だけだったのかもしれぬ。

その息子が勝頼である。

母の実家の諏訪家を継いだ。それは嫡男《ちゃくなん》ではなかった四郎勝頼を一城の主にしたいという信玄の温情である。

しかし、それが裏目に出た。嫡男義信は今川家に同情し駿河進攻に反対したため、死を命ぜられた。二男は生まれつきの盲目、三男は早世したため、四男の四郎が家督を継ぐことになった。

しかし、家臣の多くは、四郎を当主として見てはいない。正妻の出生でもなく、武田家を出て諏訪家を継いだからだ。

同格の武将とは見ても、主人とは考えにくいのである。

その勝頼が、信玄の急死でにわかに当主になった。しかも遺言では、勝頼はあくまで陣代に過ぎない。いわば仮の当主であり、正式の当主は勝頼の子の信勝が十六歳になるまで空位である、というのである。

勝頼の立場は中途半端なものだ。

その勝頼は源五郎の言葉に反撥《はんぱつ》した。

「何を言う、高坂。われらは亡きお屋形様のご高恩を受けた身であるぞ。葬儀を行ない、精進《しょうじん》を行なうのは、人として当然の道ではないか」

「今は非常の時、精進もしてはなりませぬ」

源五郎は言った。

精進とは、死者の喪に服するために、魚鳥の肉を食わぬことである。

しかし、戦陣において、そのような不自然な食事を強《し》いれば、たちまち何があったかわかってしまう。

信玄の死を伏せるなら、当然実行してはならぬことだった。

「高坂、そなたの心底読めたぞ。亡きお屋形様を敬《うやま》う心、かけらもなしということだな」

「何を仰せられる」

源五郎は怒った。

「ご遺言を寸分違《たが》わず守ることこそ、お屋形様のご高恩に報ずる道ではございませぬか」

「いや、心得違いじゃ。葬儀は人の道。人の道を踏みはずしてはならぬ」

勝頼も頬を紅潮させて言った。

内藤昌豊が割って入った。

「まあまあ、四郎殿、高坂殿。今は言い争いをしている場合では――」

「内藤」

と、勝頼が昌豊を呼び捨てにした。これまでにない高圧的な言い方だった。

昌豊は思わずむっとした顔をした。

「わしを四郎と呼ぶとは何事ぞ。わしは当主じゃ、これからは呼び方を改めてもらいたい」

勝頼は、いい機会と思ったのか、全員を見渡して言った。

「されば、何とお呼びすればよいのでござる」

「知れたこと。お屋形と呼べ」

勝頼の言葉に全員が沈黙した。

「ついでに申しておく。わしは、諏訪家の名跡を捨てて武田に戻る。武田四郎勝頼、これがわしの正式な名乗りじゃ」

勝頼は昌豊に向かって、

「よいな、内藤」

と、念を押した。

昌豊は不快の表情を隠すように頭を下げ、

「かしこまりました、お屋形様」

と、答えた。

「それでよい」

勝頼は再び全員を見渡すと、

「では、ここで申し渡す。御旗《みはた》、楯無《たてなし》も照覧《しょうらん》あれ。わしは父上の葬儀をここで行なうぞ」

御旗、楯無——その言葉が武田家の当主の口から語られるのは、何年ぶりのことだろう。

一同は改めて信玄が死に、代替わりしたことを思い知った。

御旗とは武田家伝来の日の丸の旗、楯無は遠祖新羅三郎義光《しんらさぶろうよしみつ》が着用したという鎧《よろい》である。

この二つは武田家累代《るいだい》の家宝であり、当主がこの宝器に懸けて誓ったことは、当主自身ですら取り消せない。

それが武田家の掟《おきて》である。

信玄は、軍師山本勘助の要請により、この誓言《せいごん》を自ら封じていた。

当主が興奮のあまりこのことを口走れば、無理な戦いになって禍《わざわ》いを招くこともある。

現に信玄は、若い頃それで手痛い失敗をしている。

だから、勘助の言を入れて誓言を封じたのである。

その封印を、勝頼は信玄の死後わずか一日で破った。

だが、勝頼がその言葉を口にした以上、もはや反対はできなかった。

信玄も、この誓言を使うなとは、遺言していない。

源五郎も何も言うことはできなかった。

（勝った）

勝頼は源五郎に対して、初めて勝利した快感を味わっていた。

それは、先祖伝来の宝器にかけての誓言という、当主にしか許されない権利を行使した喜びでもあった。

信玄の葬儀はその寺で行なわれた。

参列者は重臣のみであったが、全軍に三日間の精進の指令が出た。

それで雑兵《ぞうひょう》に至るまで、何事が起こったのか察した。

「なにが『お屋形』だ。四郎殿はただの陣代ではないか」

葬儀の席で、昌豊はこっそりと源五郎にささやいた。

そう言えば源五郎は喜ぶと思ったのである。

案に相違して源五郎は首を振った。

「いや、やはりお屋形様とお呼びすべきでござる」

源五郎の答えに昌豊は鼻白《はなじろ》んだ。

当主が替わったので、今度は四郎殿にごまをする気か、と、その顔が言っていた。

(そうではない)

源五郎は苦々《にがにが》しく思った。

信玄は死んだ。

もう生きては返らない。

そうである以上、後は今後の体制をどう考えるかしかない。

勝頼にはいろいろ不満はある。しかし、後継者として決まった以上、全権を振るうことのできる立場にあるべきだ。源五郎個人が勝頼を好きか嫌いかという問題ではない。権力も権威も一つに集中しない限り、武田家を統率していくことはできない。その意味で、お屋形様と呼ぶべきだ、と源五郎は思った。もともとこの点だけは信玄の遺言に無理がある。

勝頼は陣代、その息子が真の当主などといえば、荒くれ者の多い武田武士が勝頼を侮ることは目に見えている。

現に、この昌豊がそうではないか。

だからこそ源五郎はたしなめた。

しかし、そのことが勝頼に対する阿諛《あゆ》と受け取られた。

葬儀の席ゆえ、それ以上話すことは憚《はばか》られた。

結局、源五郎は朋輩《ほうばい》にも誤解されることになった。

見果てぬ夢

1

（やはり、信玄め、くたばったか）

信長がそう確信したのは、将軍足利義昭を御所に追い詰め降伏させた後、意気揚々《ようよう》と岐阜の城へ戻って来た時のことだった。

ついに信玄は動かなかった。

将軍は、信玄によって仕掛けられた対信長同盟の名目上の盟主である。

その盟主を狙えば、信玄が必ず動き出す。もし動かないとすれば、それは信玄が動けないからだ。

信長は将軍に戦《いくさ》を仕掛けた。

それなのに信玄は動かない。

それどころか、せっかく奪った三河を離れ、信濃から甲斐へ向かっているという。

さらに有力な情報がもたらされた。

「全軍に三日の精進を命じたそうな」

信長は誠之助を呼んで、そのことを告げた。

「いつのことでございます」

誠之助は、はっとして顔を上げた。

「この十二日のことだそうな」

「十二日――」

まだ十日しか経《た》っていなかった。

「どう思う？」

「はい――」

誠之助は判断に迷った。

全軍に命じるとは、あまりにもあからさまである。もし本当に信玄が死んだなら源五郎こと高坂弾正がそんなことをさせるだろうか。固く秘すべき信玄の死が、すぐに知れ渡ってしまうではないか。

だが、謀略にしては意味がない。

仮に信玄が死んでいないのに死んだと見せて、何の益があろう。

今は大切な時期だ。信玄が生きるか死ぬかによって、情勢は大きく変わる。それをあえて不利な方向へ偽装するということがあるだろうか。

「やはり、信玄は死んだと思いまする」

「そうであろう」

信長はにこにこして言った。

ここ数カ月、一度も見せたことのない晴れやかな笑顔だった。

「そちは無念でもあろうが、これで故郷へ帰る日も近くなったのう」

誠之助は無言で信長を見つめていた。

信長は上機嫌で、

「勝頼は勇猛だが、知恵のない男よ。信玄に比べればはるかに御《ぎよ》しやすい」

「――」

「きゃつめ、今は信玄の死を人に知られぬことこそ肝要なのに、精進を命じるとは。物事の軽重《けいちよう》がわからぬ男だな」

信長は珍しく饒舌《じようぜつ》だった。

誠之助は、それが大敵信玄の死がもたらした解放感であることに気が付いた。

信長はひとしきりしゃべると満足したのか、聞き手の誠之助を解放した。

その夜、誠之助は、冬に、そのことを告げた。

冬の腹はかなりふくらんでいた。

「間もなくだな、楽しみだ」

冬は幸福そうに笑みを浮かべた。

「よう腹を蹴ります る」

「男かな、女かな」

「女子《おなご》では駄目でございますか」

「なんの、どちらでもよい」

「本当？」

「ああ、健《すこ》やかに生まれてくれればな」

「嬉しい」

冬は誠之助に寄り添った。

「教えておくことがある」

誠之助は声を潜めた。

「――？」

「武田信玄がな、死んだ」

「まことのことでございますか」

誠之助はうなずいて、

「ただし秘中の秘ぞ」

「はい」

しばらく沈黙があった。

「――でも、嬉しい」

ややあって、冬がささやくように言った。

「なぜ？」

「人の死を喜んではいけませぬが、これであなたが怨《うら》みから解き放たれると思うと、嬉しゅうございます」

「怨みか」

誠之助は昔を思った。

主家諏訪家を滅ぼされ、主人美紗姫は信玄の毒牙《どくが》にかかった。

その信玄を倒すために、誠之助は故郷を捨て、この岐阜まで流れてきた。

だが、織田家に仕えたからこそ、今の幸福があることも事実だ。

誠之助は、これまで信玄の首を前に、酒盛りすることを何度も夢見た。

その日がくることを熱望していた。

しかし、いざその日がきてみると、喜びは不思議なほど湧《わ》いてこなかった。

一体どういうことなのか。

むしろ壮図《そうと》半ばにして倒れた信玄が、気の毒な気すらするのである。

(人とは勝手なものだ)

誠之助は苦笑した。

「いかがなされました」

冬が不審な顔をした。

「いや、わしもどうやら憑《つ》き物が落ちたらしい」

「憑き物?」

「そう、信玄という憑き物だ」

それを聞くと、冬は微笑した。

「ほんに、嬉しゅうございます」

誠之助はふと思った。

(わしはこれから何のために生きるのか)

2

(もしかすると、ご本尊が信濃へ帰って来るかもしれぬ)

そう思ったのは真海であった。

真海は将軍義昭の没落を見届けた。

二条御所《にじょう》での信長との戦も見た。

やはり信玄は重病である。ひょっとすると、もう死んだかもしれぬ。

真海は仏に仕える身である。

俗世への恨《うら》みは捨てたはずだ。

しかし、もし、一つ残っているとすれば、それは信濃の象徴たる善光寺如来《にょらい》が信玄によって甲斐へ動座《どうざ》させられたことだ。

善光寺如来は悠久の昔から信濃に鎮座《ちんざ》し、信濃の平和の象徴だった。それが奪い去られてから、信濃は信濃でなくなった。

武田の領国となって、奴婢《ぬひ》の立場に落ちたのである。

信玄が死ねば、あるいは『解放』が始まるかもしれぬ。

(いかん、いかん。人の死を喜ぶなど、仏者としてあるまじきこと)

真海は首を振った。

「真海殿、いかがなされた」

真木島貞光の声がして、真海はわれに返った。

「いえ、何でもござらぬ」

御所の中は静かだった。

いや、人の気配がないと言ったほうがいいかもしれぬ。

火の消えたような、とはこのことだろう。

昨日まで出入りしていた公卿《くぎょう》や連歌師《れんがし》、あるいは商人たちまで、誰一人としてやって来ない。

「人の心の裏表というものは、非運の時こそよくわかるものだな」

貞光が言った。

「いえ、栄えるも一時《いっとき》、沈むも一時、お気になさることはありません」

先程から貞光と向かい合っているのに、この小座敷に茶を運んで来る者すらなかった。

「上様は、まだ夢がお捨て切れぬらしい」

貞光は溜め息と共に言った。

「夢とは？」

「信玄殿の上洛よ」

貞光は無念そうに、

「上様のお心はようわかる。信玄殿さえ上洛していれば、このようなことはなかった。だが、これも今となってはどうにもならぬ」

「急なことですからな」

真海はなぐさめるように言った。

義昭は貴人である。

貴人というのは、生来わがままなものだ。

　自分の思い通りに事が運ばないと、駄々をこねる。

特に今回は、かねてから待ち望んだことが最高の形で実現しようとして、間際になって一挙に崩れたのである。

諦《あきら》め切れないという気持ちはよくわかる。

「――上様は、挙兵なさるおつもりらしい」

「挙兵？」

真海は耳を疑った。

もう勝負はついている。これ以上、無駄なあがきをすることは自殺行為である。

「わかっている」

貞光は苦渋《くじゅう》の色を見せた。

「だが、お諫《いさ》めしても、お聞き届けにはならぬ」

「ぜひともお止めせねば、お命に関わるのではありませぬか」

真海の言葉に、貞光はうなずいて、

「そうだ。だが、上様はなんとしてでもやると、仰《おお》せられておる。おそらく、一敗地にまみれぬ限り、夢からお醒《さ》めにはなるまい」

「天下人の夢でございますか」

「左様、なまじ将軍の座に就《つ》かれたことが仇《あだ》になったかもしれぬ」

しみじみとした口調で貞光は言った。

「それで、真木島様はどうなさるので？」

「むろん、最後までお仕え申す」

貞光は低い声ながら、きっぱりと言った。

真海は改めて貞光という男を見直した。

「それで挙兵はいつ」

「七月早々に、宇治《うじ》でな、槇島《まきしま》という城がある」

「ご縁者の城でござるか」

真海がそう言ったのは、『まきしま』という音《おん》が共通していたからである。

貞光はうなずいて、

「そこで頼みがある」

と、言った。

真海は嫌な予感がした。

「西国の毛利《もうり》まで使いに行ってはくれぬか」

「真木島殿――」

「わかっている」

貞光は真海に皆まで言わせず、

「貴僧は将軍家の臣でもなく、ただ好意によって上様のために働いてくれておる。それは重々わかっておるが、頼まれてくれ。この通りだ」

貞光はその場で両手をついて頭を下げた。

こうなると、真海は何も言えない。

(兄とはますます敵同士になっていく。これでいいのだろうか)

「頼む」

貞光は頭を下げたまま言った。

「――やむを得ませぬな」

「おお、頼まれてくれるか」

貞光は顔を上げ、喜色を満面に浮かべた。

「人の心は定《さだ》かならずというが、御坊は格別じゃな」

「いえ、真木島様こそ。公方様はよいご家来衆をお持ちです」

「藤孝のような裏切り者もおるがな」

吐き捨てるように貞光が言ったので、真海は驚いた。

「細川様が……」

「そうだ。あの男は上様を見限って信長のもとへ走りおった。許せぬ」

「信じられませぬ」

真海の脳裏《のうり》に藤孝の温顔が浮かんだ。

「もうよい、あの男のことは。それより毛利への使いのこと、よろしく頼みましたぞ」

貞光はもう一度念を押した。

3

信長は、既に義昭の動きを見切っていた。

岐阜城から近江佐和山《さわやま》城へ移動した信長は、丹羽長秀に命じて琵琶湖に浮かぶ大船を建造させた。

それは長さ三十間《けん》（約五四メートル）、幅七間（約一三メートル）、櫓《ろ》を百挺《ちょう》も付けた船だった。

佐和山は、岐阜から西へ向かい琵琶湖に突き当たったところにある。

ここに大船を置いたのは、京までわずかの時間で行けるようにするためだ。

「五郎左《ごろうざ》、やはりこのあたりに城が欲しいな」

信長は長秀に言った。

「城でございますか」

長秀は不思議な顔をした。

城なら、この佐和山城があるではないか。

「岐阜に代わる城じゃ」

信長は言った。

長秀にも信長の言わんとするところがわかった。

織田家の本拠地を、さらに西へ移そうというのである。

確かに、信玄が死に、東からの脅威が減った今、岐阜は東に寄り過ぎている。

「天下の巨城となりますかな」

「そうだな。そうなるであろう」

信長はうなずいた。

「殿、いや、失礼つかまつった。上様とお呼びせねばなりませぬな」

と、長秀は居ずまいを正して、

「その普請《ふしん》奉行は、ぜひこの長秀めにお任せください」

「よかろう」

信長はただちに許した。

もともと、そのつもりで口にしたのである。長秀には人を集め金を集めて、物事を成し遂《と》げる才能がある。

「どのあたりに致しましょう。この佐和山に？」

長秀は城の候補地を訊《き》いた。

「いや、常楽寺あたりがよい」

信長が言ったのは、佐和山より少し南、かつて六角承禎《じょうてい》の観音寺城《かんのんじ》があったあたりである。

「一度、見ておけ。もっとも築城は浅井・朝倉を倒して後のことだ」

信長は近江をまだ完全に掌握《しょうあく》していない。

南近江の六角は追い払ったが、北近江には浅井長政がまだ頑張っている。その北の越前には朝倉義景もいる。

この二人を倒さない限り、京への道は安全とは言いがたい。

信玄が狙ったように、浅井・朝倉と同盟すれば、信長の本拠である美濃と京との連絡を断《た》つこともできるのだ。

信長にとっては、最も憂慮すべき事態である。

それを避けるためには、まず浅井を倒すことだ。

信長はもう決めていた。

まず将軍義昭を倒し、次に浅井を滅ぼす。

その先の計画も出来上がっている。

信長は今度は滝川一益を呼んだ。

「長島の一揆はどうなっておる」

信長の問いに、一益はかしこまって、

「近頃はおとなしくしておりますが、油断なく見張っておりまする」

「信玄の娘と、願証寺の坊主が婚儀をするという話はどうなった？」

「婚約は致したようですが、婚儀にまでは至っておりません」

「そうか」

信長は満足そうにうなずき、

「浅井・朝倉の始末がつけば、次は長島だ。皆殺しにするゆえ、よく調べておけ」

一益は驚いて、

「皆殺しと仰せられましたか」

信長はうなずいて、

「きゃつら生かしておいても役に立たぬどころか、禍《わざわ》いの種じゃ。皆殺しがよい」

「しかし、それでは本願寺が怒りましょう」

「怒らせておけばよい。いずれは法主《ほっす》の首も取る」

信長は初めてその決意を口にした。

一益は二の句が継げない。

本願寺は確かに敵だ。不倶戴天《ふぐたいてん》の敵である。

しかし、全国に信徒数十万を擁する大敵でもある。

その有力な拠点である伊勢長島の門徒を皆殺しにすれば、本願寺は信長に死を懸けて決戦を挑むだろう。

それでもやるというのだろうか。

「話はそれだけだ。帰って仕度《したく》しておけ」

信長は去った。

(虎の尾を踏むようなことをして、はたしていいのだろうか)

一益の胸中に一抹《いちまつ》の疑念があった。

4

武田軍は甲斐へ戻ると、ひとまず解散した。

信玄の遺体は大きな瓶《かめ》に入れられ、館《やかた》の塗籠《ぬりごめ》深く隠された。

民百姓も、何が起こったのか、うすうす察していた。甲府の町は歌舞《かぶ》音曲《おんぎょく》が途絶え、火の消えたような寂《さび》しさである。

そんな中、源五郎は真田幸隆を訪ねた。

留守居を命じられ、遠征に参加していなかった幸隆は、源五郎から信玄の最期の様子を聞き、涙を流した。

「旗を瀬田へ立てよ、と仰せられたか」

幸隆は声を詰まらせた。

「お屋形様もさぞかしご無念であったことだろう」

「まことに」

源五郎もあの日の光景がよみがえってきた。

あの時はあまりの衝撃で、涙も出なかったが、いましみじみ思い出してみると、涙が後から後からこぼれてきた。

幸隆も泣いた。

源五郎は涙を拭《ぬぐ》うと、

「ここで一つ、ぜひご貴殿にお願いしたき儀がござる」

「何でござろうか」

「お屋形様亡《な》き今、武田家の行く末が案じられてなりませぬ。ここは今後十年のことを考え、策を立てねばなりませぬ」

「なんとする？」

「まずは肝心要《かなめ》のことが一つ」

源五郎は言葉を切って、幸隆をじっと見つめて言った。

「四郎様には天下取りを諦めて頂くこと」

幸隆は驚いて、問い返した。

「何故《なにゆえ》に？」

「言うまでもないこと。あの御方の器量では天下は取れませぬ」

「――」

「天下が取れぬ以上は、武田家の領分を守ることこそ肝要。なまじ欲を出せば元も子もなくすことに」

「しかし、思い切ったことを申される」

「それが軍師の務めではござりませぬか」

源五郎はきっぱりと言い切った。

「されど、まさか、お屋形様、あなた様は天下を取る器《うつわ》ではござりませぬ、とは申せぬぞ」

幸隆の言葉に、源五郎は思わず苦笑した。

「――むろん、左様なことは申し上げませぬ。ただ、亡きお屋形様のご遺言を守り、三年の喪を秘すこと。これさえ守ればよい。それはつまり、むやみに外へ出ぬことでござるゆえ」

「なるほど」

「そこで、もう一つ、一徳斎《いっとくさい》殿の口から申し上げて頂きたいことがござる」

「何でござるか？」

「北条と縁《えにし》を結ぶことでござる」

「北条と？」

幸隆は意外な顔をした。

北条とは既に攻守同盟が出来上がっている。

「それだけでは不充分。ここは、信長への備えもござる。より固く強い縁が欲しい」

「では、四郎様に――」

源五郎はうなずいて、

「北条殿の妹御《いもうとご》を貰い受けるのでござる」

できないことではなかった。

勝頼は信長の養女を娶《めと》り信勝を生ませたが、その妻は産後の肥立《ひだ》ちが悪く、すぐ亡くなっている。

今の勝頼に正妻はいない。

北条氏政も、新しい武田の当主の正妻に迎えたいと言えば、喜んで妹を手放すだろう。

「お屋形様は隠居したことに致し、新たに武田の家督は四郎様が継いだ。このように北条には知らせまする。これで亡きお屋形様の喪を秘すことにもなる」

源五郎は説明した。

本当の喪中であれば、嫁取りなどできない。

嫁を取るのは、信玄が無事だからだ。

今さらそういうことをしても、ごまかせるとは限らないが、少なくとも敵を戸惑わせる効果はある。

それに北条にしても、騙《だま》されたとまでは思わないはずだ。

そういうことがあれば隠すのは当然だし、いずれにせよ氏政の妹が武田の当主の正妻になることには変わりない。

「なるほど一石《いっせき》二鳥《にちょう》の策だわい」

幸隆は感心した。

源五郎はさらに膝を乗り出して、

「いま一つ、北条との縁はよきことを迎えるかもしれませぬ」

「それは？」

「上杉でござる」

「左様。謙信殿には養子が二人、景勝《かげかつ》殿と北条家から入った景虎《かげとら》殿でござる」

「謙信と？」

「なるほど、さすがだな」

幸隆も理解した。

謙信はまだ健在だが、もし万一のことがあった場合、後継者はどちらになるのか。

順当にいけば上杉の血を引く景勝だが、謙信は北条家から人質として行き、養子となった景虎も可愛《かわい》がっている。

ひょっとすると、この二人が後継者争いをするかもしれない。

今のままでは、どちらが勝とうと武田家には何の益もない。

しかし、もし勝頼が北条と縁組をしたらどうか。

当然、景虎は勝頼に援助を求めるだろう。景虎が勝てば上杉の領地はまるまる北条のものとなり、勝頼にとっては大敵が一つ減った代わりに、それが味方になることになる。この損得は大きい。

もし、景虎のほうが負けたとしても、上杉領の一部分ぐらいは、こちらの手に入るかもしれない。

それが、勝頼が北条から妻を迎えるというただ一つの行為をするだけで、可能性として開けてくるのである。

「一石二鳥どころではない。三鳥、四鳥。さすがに勘助殿がおのれの後継者として見込んだだけのことはある」

幸隆は率直に褒《ほ》めた。

「恐れ入ります」

源五郎は頭を下げて、

「――この策、ぜひとも一徳斎殿から四郎様に献じて頂きたい」

「なぜ、そなたがせぬ？」

幸隆は首をひねった。

「四郎様はおそらく拙者の申し上げることはお聞き届けになりますまい」

源五郎は無念の思いを嚙み締めた。

幸隆はその理由を問うた。

源五郎は経緯《いきさつ》を話した。

幸隆は腕組みして、

「うーむ、まずいのう」

「お恥ずかしい次第で」

「いや、そなたの罪ではない。運が悪かったのだ。それにしても――」

幸隆も無念に思った。

高坂源五郎といえば、武田随一《ずいいち》の切れ者である。その高坂の言を主君である勝頼がまったく受け入れないとは、武田家にとってこれ以上不幸なことはない。

(四郎様には、大将にぜひとも必要な強運がないのではないか)

幸隆はふと思った。

それは不吉な予感だった。

「わかった。折を見て、わしの口から申し上げてみよう」

「かたじけのうござる」

「ところで、お代替わりのめでたき時に、このようなことを申すのは気が引けるのだが――」

と、幸隆は声を落とした。

源五郎は何事かと思った。

「金《きん》じゃ。黒川《くろかわ》金山の産出量が落ちている」

「まことでございますか?」

黒川の金といえば、武田の躍進を支えてきた重要な資金源である。

この金山があったからこそ、国内の治山治水もでき、他国へ遠征することもできたのだ。

それが減っているとは。

しかし、幸隆はさらに決定的なことを口にした。

「あと二、三年で涸《か》れるかもしれぬ」

源五郎は愕然《がくぜん》とした。

「で、では、安倍《あべ》金山は？」

駿河の山である。

信玄が駿河に進攻したのも、ひとつはこの金山が欲しかったからだ。

幸隆は首を振った。

「これもな、危ない」

「では、なおのこと天下取りなどできませぬな」

「左様、今度のご出陣は、大博打《ばくち》であった。申し上げることは憚《はばか》られたが、われらには二度と同じだけの軍勢を催《もよお》す力はなかった」

幸隆は淡々として言った。

「されど、その力で、尾張を取れば？」

「左様、尾張を取っておれば、金山に勝る富を得ることもできただろう。博打は勝ちじゃ。しかし、もはや、かほどの大軍を出すことはできぬ相談じゃ」

「一徳斎殿、これは武田家の存亡に関わること。ぜひとも四郎様にご納得頂かねばなりませんな」

「難事じゃな」

幸隆は言った。

勝頼は勇猛な男である。

その男に、父と同じことはするな、おとなしくしていろと、どうやって納得させるか。

下手な言い方をすれば、臍《へそ》を曲げて、逆のことすらやりかねない。

そんな危《あや》うさが勝頼にはあった。

そして、そのことは幸隆も源五郎もよくわかっているのだ。

「とにかく、申し上げてくだされ。武田家の存亡はこの一事にかかっていると申しても、過言ではござらぬ」

幸隆は腕組みをして、じっと考えていた。

数日後、幸隆は勝頼の前に出た。

代替わりの祝賀を言上し、諄々《じゅんじゅん》と源五郎の献策を説いた。

「ご当家の繁栄と長久《ちょうきゅう》を図《はか》るには、このことぜひともご決断くださいますよう」

幸隆はそう言って顔を上げ、はっとした。

勝頼の顳顬《こめかみ》に青筋が浮かんでいた。

「真田、わしを、そのような柔弱《にゅうじゃく》な手を使わねば国を保てぬ暗主《あんしゅ》と見たか」

「滅相《めっそう》もござりませぬ」

「ええい、下がれ、下がるがよい」

勝頼は幸隆を、まるで犬の子を追い払うように退出させた。

5

将軍足利義昭は、宇治槇島城で兵を挙げた。

義昭は先に一度兵を挙げ、信玄の来援を期待したが、その意図は信玄の死によって脆《もろ》くも崩れ去った。

しかし、義昭は再び、信長との和約を破ってまで兵を挙げた。

時も悪く、地の利もない。

せめて西国毛利の応援を取りつけてから、挙兵したほうがいい。近臣真木島貞光は諫言《かんげん》した。しかし、義昭は受けつけなかった。

駄々をこねるような挙兵だった。

味方はわずか八百、十三日後には岐阜城から駆けつけた信長に、城をひしと取り囲まれ、呆気《あっけ》なく降伏した。

「貞光、余《よ》の命を助けるように、信長に使い致せ」

義昭は、その大軍を見ると、あっという間に腰砕《くだ》けとなり、貞光に命じた。

(所詮《しょせん》、大将軍の器ではなかったか)

貞光は夢を壊された思いだった。

足利将軍家を再興する、これこそ貞光ら譜代の幕臣の夢だった。

その夢が一度は実現しかけ、春の淡雪《あわゆき》のように消えた。

義昭が器量人なら、かえって諦め切れない思いがしたかもしれない。

(これが運命《さだめ》だったのだ)

衰えるべくして衰え、滅ぶべくして滅んだのだ、貞光はそう思うことにした。

破約をしたにも拘《かか》わらず、信長は寛大だった。

義昭の助命を呆気なく受け入れ、自由に退去することを許した。

義昭は、西国の毛利を頼って落ちていくことになった。貞光ほか下人《げにん》も含めて、わずか五人の供《とも》が許されただけだった。

室町《むろまち》幕府は事実上滅んだ。

「次は、浅井、朝倉じゃ」

信長は、上機嫌で小姓の森蘭丸に向かって言った。

蘭丸はまだ九歳で、奉公に上がったばかりである。

端麗な容姿と明晰《めいせき》な頭脳を持ち、信長が最も気に入っている小姓だ。

「小谷城を攻められるのですか」

蘭丸は期待通りの反応をした。

「そうだ。しかし、まず調略によって、力を弱めておかねばな」

「裏切りをさせる、ということでございましょうか」

「そうだ」

信長は満足げにうなずいて、

「手は打ってある。攻める日も近いはずだ」

信長の予感は正しかった。

七月も終わりになって、信長はかねてからの望みを果たし、年号を天正《てんしょう》と改めた。

改元は天皇の権限だが、実質上は信長が実行者であった。

出典は『老子経《ろうしきょう》』の『清静《せいせい》は天下の正と為《な》る』である。

多くの候補の中から選んだのは、むろん信長である。

「天下を清静するのは自分である」という意思を込めている。信長はこの年号をずっと以前から使いたいと思っていたが、義昭が反対したため果たせなかったのだ。

その望みを果たして岐阜に帰城した信長に、さらに嬉しい知らせが待っていた。

浅井の重臣で北近江の西、阿閉《あつじ》城城主阿閉淡路守《あわじのかみ》が、帰服を申し入れてきたのである。

浅井家からは、既に磯野員昌《いそのかずまさ》、宮部継潤《みやべけいじゆん》らが寝返っており、これで浅井方の出城《でじろ》はすべて織田方になったことになる。

主城小谷城だけが残った。
「藤吉郎め、でかした」
信長は、最前線の横山《よこやま》城城主羽柴《はしば》秀吉を褒めた。
磯野、宮部、阿閉らが寝返ったのも、すべて羽柴秀吉と謀臣竹中半兵衛《たけなかはんべえ》の働きである。
信長はこの機を逃すべきではないと思った。
岐阜へ帰城して、わずか四日後に、信長は三万の軍勢を率いて、北近江へ向かった。
浅井長政も、ただちにこの出撃を察知し、朝倉義景へ援軍を依頼した。
義景も、今度は正念場と思い、二万の軍勢を率いて、長政救援に向かった。
最初の合戦が行なわれたのは八月十二日、岐阜城を出てから五日目のことである。
時の勢いというものであった。
義景は前哨《ぜんしょう》戦で敗れると、本国越前目指して敗走を始めた。
そして、一族に次々と裏切られ、本拠の一乗谷で自害した。
一乗谷は三方を山に囲まれた要害の地で、日本唯一の城塞都市というべきものだった。
それが、あっさり崩れた。
義景の自害は二十日のことだった。
信長は兵を再び近江に返し、二十六日には小谷城の向かい虎御前山に陣を張った。
山城《やまじろ》の小谷城は、近江随一とも言われる堅固な城だった。

しかし、この城も呆気なかった。

先鋒隊の羽柴秀吉は、この城の中央部を急襲し、城主長政とその父久政の勢力を分断した。

そして、二十七日には久政を自害に追い込み、翌二十八日には、信長が本丸を攻め、長政を滅ぼした。

長政の妻お市《いち》の方《かた》は信長の妹であったので、お市が生んだ茶々《ちゃちゃ》、初《はつ》、お督《ごう》の三女と共に助け出された。

しかし、別の女が生んだ嫡男の万福丸《まんぷくまる》は、探し出され串刺しの刑に処せられた。

一時は信長を破り、首級《しゅきゅう》を挙げる寸前まで追い込んだ浅井・朝倉も、こうしてわずかひと月の間に滅亡した。

信長はいまや旭日昇天《きょくじつしょうてん》の勢いを示していた。

6

躑躅ケ崎に花が咲いていた。

この館から出撃した信玄は、再び帰ることはなかった。

そのことは信玄の二人の娘の運命を変えた。

末の娘の松と、そのすぐ上の姉の菊。

この二人は、それぞれ敵同士に嫁《とつ》ぐことが決まっていた。

松姫は、もう随分前、ほんの子供の頃から、信長の息子信忠に嫁ぐことになっていた。

信長のほうから申し込んだ政略結婚である。

信玄も、この時は、勝頼の立場と武田家の立場を強くするために、喜んで受けた。

まだ十歳にもならない松姫を、御料人《ごりようにん》と呼ばせ、独立した館に住まわせた。既に織田家に嫁《とつ》がせた形を取ったのである。

ところが、その後、両家は対立し、松姫が嫁いでもおかしくない十三歳になった今、婚約は立ち消えの状態となった。

「わたくしは、もうどこにも嫁ぎませぬ」

松姫はきっぱりと言った。

姉妹の中で一番の美貌と噂される松姫を、菊姫はじっと見守って、

「そう」

と、最後にはうなずいた。

菊姫も嫁ぐ先は決まっている。

信長の宿敵本願寺の有力寺院である、長島願証寺の顕忍に嫁ぐことになっていた。

信玄が生きて、尾張を手中に収めていたら、今頃婚礼は勝利の凱歌《がいか》の中で、行なわれて

いたはずである。

菊姫はもう十六歳だった。

「姉上はいいわ。もう、すぐ嫁《ゆ》かれるのでしょう」

松姫にはまだ、情勢の急変はわかっていない。

父信玄の死はむろん知らされている。

ただ、それが単なる代替わりとしてしか、受け取られていない。

（これから武田は変わります、きっと）

松姫とは逆に、菊姫の婚儀は、武田軍の怒濤《どとう》の進撃と共に、極めて実現性を帯びてきていたのだ。

それが一気に崩れた。

「どうなさいました」

何も答えない姉に、妹は不思議そうに言った。

「いえ、何でもありません」

菊姫は力なく笑った。

亡者《もうじゃ》に勝つ

1

天正二年（一五七四年）正月朔日《ついたち》、信長の重臣たちは岐阜城へ続々と登城した。

信長にとって、本当にしばらくぶりの、穏やかな正月であった。

ほんの少し前まで、信玄を中心とした信長包囲網があった。

浅井・朝倉が近江に駐留し、岐阜と京との連絡を断《た》ち、その隙に信玄が大軍を率いて背後を突き、将軍義昭は本願寺と連携し、伊勢・摂津で信長軍を牽制《けんせい》する。

これが、信長にとって最も危険な、滅亡につながる構図であった。

その包囲網の盟主である信玄は死んだ。名目上の盟主足利義昭も力を失った。浅井・朝倉は滅亡した。

残るは本願寺だが、それも目処《めど》がついていた。

浅井・朝倉を滅ぼした後、信長は北伊勢に出陣し、包囲網以来のさばっていた一揆勢を、本拠地長島に押し戻すことに成功した。

一揆勢がのさばっていたのも、信玄や浅井・朝倉に備えて兵力を分散しておかねばならなかったからだ。

その心配がなくなった今、一揆は再び長島願証寺へ戻る他はなくなったのである。

その長島一揆の押さえとして、信長は対岸の矢田《やだ》城を修築し、滝川一益を入れた。

いずれ予定される総攻撃に備えてのことだ。

とにかく、これほど前途が開けた正月というものは、かつてなかった。

信長は上機嫌だった。

家臣一同に酒を振舞うと、自らも何度か盃《さかずき》を干《ほ》した。

信長が酒を飲むのは、極《きわ》めて珍しいことなのである。

大広間では酒宴が続いていた。

下級の家臣たちは退出し、最後に残ったのは柴田勝家、羽柴秀吉、明智光秀、丹羽長秀、前田利家《まえだとしいえ》といった主立《おもだ》った家臣たちである。滝川一益も伊勢矢田城主として、その席に連なっており、誠之助も末席にいた。

信玄の死を探り出してきた功績を認められたのである。

宴がたけなわになると、信長は小姓たちに桐《きり》の箱を三つ運ばせた。

「皆の者、趣向がある」

信長はその桐箱を目の前に並べさせ、家臣筆頭の柴田勝家に問うた。

「権六《ごんろく》、これは何と思うぞ」

「はあ、新しく入手された茶道具では？」

「開けてみるがいい」

信長は笑みを浮かべて言った。

勝家は開けてみて驚いた。

「こ、これは」

それは今まで一度も見たことのないものだった。

髑髏《どくろ》の形をし、厚く漆《うるし》を塗った、大きな盃である。

「ほほう、髑髏の盃とは珍しい」

勝家はとりあえず感嘆の声を上げた。

「そうであろう。それは浅井長政じゃ」

「——？」

勝家は咄嗟《とっさ》にその意味を解しかねた。

だが、一瞬のち、それを理解すると、今度は戦慄《せんりつ》した。

「で、では、これは」

「そうよ、長政の髑髏じゃ」

信長は嬉しそうに言った。

百戦錬磨《ひゃくせんれんま》で首など見慣《な》れているはずの勝家が、この時ばかりは背筋に冷たいものが走るのを覚えた。

信長はいたって上機嫌である。

「さあ、それで酒を飲め。正月を祝え」

「は、はあ」

「どうした。もし、その首が生きておれば、われらの方が盃にされたかもしれぬのだぞ」

「まことに仰《おお》せの通りで」

勝家は、その不気味な盃で、酒を受けた。

秀吉も光秀も一益もそれに倣《なら》った。

「どうした、誠之助、浮かぬ顔だな」

信長が言った。

「いえ、とんでもございませぬ」

誠之助は首を振った。

本心ではない。

確かに浅井長政らは、織田家の仇敵《きゅうてき》であった。

長政が、もしも信長の同盟者であり続け、逆に朝倉を討っていたら、信長の近畿統一は五年ぐらいは早まったかもしれない。

しかし、長政が朝倉に味方したのは、私利私欲ではない。

朝倉家への代々の恩義に報ずるためのことである。

それを知っているだけに、誠之助は長政の髑髏盃で笑って酒を飲む気にはなれなかった。

(正月なのだ、我慢しろ)

子も生まれた。

暮れに誕生したのは男子で、小太郎《こたろう》と名付けた。

この子のためにも、今さら浪人はしたくはなかった。

一益も内心はともかく、嬉々《きき》として酒を飲んでいる。

「頂きまする」

誠之助は『長政の首』で酒を飲み干した。

苦《にが》い酒だった。

2

勝頼は正月早々、軍議を召集した。

「東美濃を攻めるぞ」

何事かと集まった重臣たちに、勝頼は一方的に申し渡した。

「なりません」

源五郎はただちに異《い》を唱《とな》えた。

勝頼はじろりと源五郎をにらんだ。

「何故《なにゆえ》だ？」

「知れたこと。三年の間喪《も》を秘し、みだりに動かぬこと。これが亡《な》きお屋形様のご遺言でござる」

源五郎は叫ぶように言った。

「高坂、国も人も、皆生きておるのだ」

勝頼は不快げに、

「生きて動いておる。われらのほうが動かぬというわけにはいかぬ」

確かに理屈であった。

もともと、三年の間動かずにいろという遺言には、無理がある。

しかし、それは勝頼の器量に応じてのことだった。

天下に乗り出す器量がないから、領国を守るのにとりあえず専念せよ、というのが信玄の真意である。

その真意を勝頼は理解していない。

(言うべきか)

源五郎は一瞬迷った。

だが、やはり言うべきではない。

そんなことをしたら勝頼は激怒し、ますます源五郎の言うことに耳を貸さなくなるだろう。

「どうした、高坂。弁舌の得意なそなたも言い返すことができぬようじゃな」

勝頼は嘲《あざけ》るように言った。

「拙者も、高坂殿の意見に賛成でござる」

真田幸隆が言った。

(顔色がよくない)

幸隆を見て、源五郎は思った。

土気色《つちけ》なのである。

暮れに少し体調を崩したと聞いていたが、久しぶりに顔を合わせると、一見しただけでそれがわかった。

勝頼ですら、それに気が付いた。

「真田、館へ戻って少し休んだほうがいいのではないか」

揶揄《やゆ》するような口調だが、半分は本気で勝頼は言った。

「いえ、そのような、お気遣《きづか》いはご無用――」

途中から急に声が小さくなり、幸隆は崩れ落ちるように、その場に倒れた。

「真田殿、いかがなされた」

広間は大騒ぎになった。

担《かつ》ぎ出されて別間に移された幸隆は、そのまま意識が戻らず、眠るように息を引き取った。

享年《きょうねん》六十二歳である。

（せめて、あと三年、生きてほしかった）

源五郎は失ったものの大きさに愕然《がくぜん》とした。

武田家には、いや勝頼には軍師がいない。

軍師なしに、この戦国の世を進むことは、危《あや》ういことだ。

それも信玄ほどの器量人なら、軍師なしでも務まるが、勝頼はそうはいかない。

それを知っていたからこそ、信玄は三年喪を秘せ、つまり現状を保守して動くなと遺言したのだ。

(侍大将としてなら、格好《かっこう》のお人なのだが)

勝頼は勇猛で、一手の将としては極めて優秀である。しかし、大将はそれだけではいけない。いや、極端なことをいえば、武者としての才はなくてもいい。刀槍を操《あやつ》れなくてもよいのだ。

大将に必要なのは全軍を統率する能力であり、外交、謀略も含めた総合戦略を遂行する能力である。

勝頼にはそれがない。

外交、謀略は姑息《こそく》であり、間者《かんじゃ》を使うことは卑怯《ひきょう》だと考えている。

一介《いっかい》の武者なら、それでもいいが、大将はだめだ。

もっとも大将にその能力がなくても、誰かが補《おぎな》うなら、それでいい。

そこに軍師の存在意義がある。

不幸なことに、その最適任者である源五郎は、勝頼に嫌われてしまった。

それゆえ源五郎は幸隆を通して、幸隆自身の献策という形で、勝頼の足らざる部分を補おうとしていたのだ。

その形が、信玄没後一年も経《た》たないうちに、崩れようとは。

勝頼は幸隆の仮葬儀が済むと、再び軍議を召集した。

「真田は惜《お》しいことをした。だが、軍を起こすのは、機というのが大切なのだ」

勝頼はそう言い、すぐに東美濃攻めの陣立て論議に入った。

この席に源五郎は呼ばれていなかった。

上杉の動きを封じるため、海津城を出るには及ばず、という口上が伝えられていた。

確かに、信玄の死の前後から、信長はしきりに密使を謙信に送り、武田を牽制する動きに出ている。対上杉最前線にいる源五郎としては、警戒を怠《おこた》るわけにはいかない。

だが、軍議に出ることは不可能ではない。

謙信の動静は、常に見張っているし、城主がいなければ戦えぬというものでもない。

しかし、源五郎は軍議の出席に及ばずと言われたのである。

体《てい》のいい厄介《やっかい》払いであることは、明らかだった。

勝頼は、馬場、内藤、山県といった先代からの重臣を嫌い、子飼いの臣として跡部《あとべ》勝資《かつすけ》を重用していた。

跡部は名家の出である。

勝頼が高遠《たかとお》城主の時代に、跡部は既に家老格に出世していた。

代替わりの時に、先代の重臣が棚《たな》上げされ、新当主の側近が重用されることは、よくあることだった。

むしろ自然の理《ことわり》でもある。

勝頼には勝頼の腹心がいる。跡部の他には阿部勝宝《あべかつよし》、長坂長閑《ながさかちょうかん》といった連中である。信玄時代の馬場、内藤、山県に代わって、跡部、阿部、長坂が表へ出てくることは、勝頼が当主になった以上避けられない。

しかし、先代の重臣は面白くない。

ただでさえ面白くないうえに、勝頼は仮の当主だという頭がある。

しかも、もう一人、不満分子に穴山信君という大物がいた。

信君は、信玄の姉の子でもある。当主の勝頼とは従兄弟《いとこ》だ。信君のほうが五歳ほど年上である。

信君は、勝頼が当主の座に就《つ》いたことが不愉快だった。

正夫人の出生である長男ならともかく、勝頼はいわば『妾《めかけ》の子』だ。しかも、ついこの間までは、馬場や内藤たちと同格の武将として扱われていた。

一方、信君のほうは親類の筆頭として、一族の重鎮《じゅうちん》のような扱いを受けていたのである。

その弟のような年齢の勝頼が、にわかに『お屋形様』になった。

(勝頼が継ぐぐらいなら、わしが継いだほうがいい。わしの体に流れている武田の血のほうが濃い)

信君はそう思った。

そう思ったのは信君だけとは言い切れない。

勝頼の母は諏訪の姫である。

甲斐の者には、諏訪の民を一段低いものと見做《みな》す風習があった。

一種の植民地に対する感情のようなもの、といっていいかもしれない。

確かに勝頼は信玄の実子だが、同時に諏訪の血も引いている。

そのことが生粋《きっすい》の甲斐者にとっては、愉快なことではなかったのである。

これが、駿河ならかまわない。相模でもかまわない。諏訪だけが不愉快なのである。

そのことは、勝頼も知っていた。

(なんと勝手なことを)

勝頼の立場にしてみれば、そう思う。

諏訪者はだめだとは、人を馬鹿にしていると思う。

それゆえ勝頼は、相手がそう思っていると悟ると、態度が必ず高飛車《たかびしゃ》になってしまうのだった。

信玄配下の一部将である時は、そうでもなかった。

諏訪者だからといって、とやかく言う人間はいなかったし、勝頼もそれを意識しなくても済んだ。

しかし、当主になってからは違う。

明らかにその差別意識が感じられるだけに、勝頼は重臣の意見は聞かず、側近の意見ばかりを重んじるようになっていた。

「東美濃を攻めるのは、いかなる理由《わけ》でござるか、お聞かせ願いたい」

その信君が言った。言葉は丁寧だが、刺すような語気がある。

勝頼は言葉の当否より先に、そのことが気に食わなかった。

「――信長は油断しておる。東美濃は、秋山が守る岩村城もある。勢力《ちから》を伸ばすには格好の場ぞ」

「三年の喪も明けぬうちに、戦《いくさ》をするは好ましくござらん。もし、あえてなさるというなら、むしろ遠江でございましょう。徳川家康の不埒《ふらち》な動きこそ、まず押さえるべきかと存じます」

信君は言った。

三方ヶ原で信玄に惨敗《ざんぱい》した家康だが、その後武田軍が引き揚げると、しきりに遠江から駿河に侵入し、放火や掠奪《りゃくだつ》を続けていた。

むろん武田軍を挑発し、信玄の生死を確かめるためだ。

信君が不埒と言ったのは、そのことである。

「駿河のことは、貴殿にお任せしたつもりなのだが、荷が重過ぎましたかな」

勝頼は鋭い皮肉で返した。

信君は今、駿河江尻《えじり》城にあり、武田家の駿河代官《だいかん》ともいうべき地位にある。

そのことを踏まえて、家康をあしらう力もないのかと、言外に匂《にお》わせたのである。

信君は怒りで真っ赤になった。

「何と申される。家康ごとき、われ一人で充分でござる」

「ならば、待たれよ。家康も今は充分な手配りをしているはず。いきなり当たるのは得策とはいえぬ。それよりまず東美濃を手中に収め、家康の油断を誘い、改めて、遠江を収めればよい。――どうじゃ、勝資、この策は」

と、勝頼は傍《かたわ》らの跡部を名指した。

「お見事な策でござる」

跡部はすかさず言った。

勝頼は満足げにうなずいて、

「では、段取りを決めると致そう」

と、他の将の意見は聞かずに決めた。

(父上、拙者には軍略がないと仰せられましたな。本当にそうかどうか、これからお目にかける)

勝頼は亡き父信玄に向かって、ひそかに宣言していた。

3

勝頼の東美濃攻略戦は大成功を収めた。

暖冬で雪が少なかったのも幸いした。

もともと東美濃には岩村城という楔《くさび》が打ち込んである。

勝頼の狙いは、この岩村城の付城《つけじろ》で、今は敵方の城として岩村城を包囲している形の十八の出城《でじろ》をすべて確保し、東美濃における武田の勢力を確固たるものにすることにあった。

単に勢力拡大だけではない。

これには政治的意味もあった。

信長の本拠は、この美濃国である。峻険な山々によって東西に分断されているとはいえ、東美濃もむろん美濃のうちである。

その信長の本国の東半分を、武田が押さえたとなれば、その政治的効果は大きい。

世間は、信長が武田に、してやられたと見るだろう。本国も守れないのか、と諸大名の侮りを受けることにもなるだろう。

当然、勝頼の評価は上がる。

勝頼にしてみれば、この東美濃侵攻作戦は三つの意味がある。

一つは、現在では橋頭堡《きょうとうほ》の一つに過ぎない岩村城を、東美濃一帯を支配する主城とすること。二つは、信長の本国を収奪することによって、織田家の軍事的信用を失墜させること。そして最後の狙いは——。

（信長め、早く出てこい）

勝頼の本当の狙いはそこにあった。

本国を攻撃された信長は、面子《めんつ》に懸《か》けても出撃してくるはずだ。

浅井・朝倉も将軍家も滅んだ今、信長にも出兵の余力は充分にある。

その信長をこの東美濃まで、おびき出して叩く。

亡き父信玄は、信長の首を取ろうとしてついに果たせなかった。

その首を勝頼が挙げれば、勝頼は父を越えることができるのだ。

妾の子よ、諏訪者よと、心の底では勝頼を侮っている重臣たち。勝頼には軍略の才がないと、事あるごとに賢《さか》しらな諫言《かんげん》をする高坂弾正。

こやつらに吠え面《ほづら》をかかせるには、それが一番効《き》き目がある。

この世のものではない父信玄に勝つこと、それが、心の奥底に秘めた勝頼の最大の目的なのである。

勝頼の勝利は、まさに神懸かりとも言えるべきものであった。

一月二十七日、一万五千の軍勢をもって、岩村城周辺の十八城に襲いかかった勝頼は、わずか十日でこれを片付けた。

それぱかりか十日目には、岩村城に次ぐ東美濃第二の要塞である明知《あけち》城を包囲した。

急を知った信長は、三万の大軍を率いて明知城応援に向かった。

しかし、間に合わなかった。

明知城はわずか一日で落城したのである。

信長は明知城落城の報を聞くと、その場から引き返した。

「信長め、臆病風に吹かれたか」

勝頼は得意満面だった。

源五郎は、海津城でこの報を聞き、後継者に決めた養子の春日惣次郎に愚痴《ぐち》を漏らした。

「十分《じゅうぶ》の勝《かち》だな」

「十分と申しますと、完勝ということでございますか」

惣次郎は訊《き》いた。

「その通りだ」

「では、めでたいことで」

「何がめでたいものか」

意外な言葉に、惣次郎は首を傾《かし》げた。

「十分の勝というのはな、よくないのだ」

源五郎は苦々《にがにが》しい顔で言った。

「何故です」

「十分の勝は緩《ゆる》みを生ずる。戦いは一度限りではない。十分の勝をした者は、必ず十分の負《まけ》を食らうことになる」

「——わかりません」

「わからぬであろうな。若い頃から、それがわかっていれば苦労はない」

源五郎は嘆息して、

「この攻め、お屋形様にはお屋形様なりの目算があったのだ」

「それは、なんでございますか？」

「信長をおびき寄せること、おびき寄せて叩くことだ」

さすがに源五郎は、勝頼の意図を見抜いていた。

「そのためには、明知城を落としてはならなかったのだ。落ちるぞと見せてあえて落とさぬ。そうしてこそ信長も罠《わな》にかかる」

「なるほど」

「それにしても、やはり信長め、尋常《じんじょう》の男ではないな」

源五郎は感嘆して、

「並みの大将なら、大軍を率いて遠征すれば、少しは戦って帰ろうという気になるものだ。それを信長は、明知城を助けにきたのだから、明知城が落ちたら仕方がないとばかりに、帰った」

「それが、よいのでございますか」

惣次郎は目を丸くした。

「そうだ。覚えておけ。戦とはな、そのようにするものなのだ」

源五郎は嚙んで含めるように、

「初めに目的を定め、よほどのことがない限りは変えてはならぬ。特によくないことは、初めの目的がうまくいかぬ時に、何か別のことでうまくやろうとすることだ」

「――？」

「たとえば、今度のことでいえば、明知城を取られたことを口惜《くや》しがって、一戦交えようとすることだ」

「それがいけませぬか」

「いかんな。初めから城を救う目的で来たのなら、そのためにしか戦ってはならぬ。だいいち、城を守る後詰《ごづめ》の戦と、敵の城を取り返す戦とはまるで違うぞ」

「臨機応変《りんきおうへん》が兵の要諦《ようてい》と伺《うかが》っておりましたが」

「確かにそうだ。だが、臨機応変とは、見栄や後悔に惑《まど》わされて目的を変えることではない。城を守れぬなら、ただちに兵を返す。これこそが真の臨機応変なのだ」

「――」

「おそらく、お屋形様は、敵を目前にして引き返した信長を見て、臆病者よ、と思われたにちがいない。しかし、その臆病こそ恐るべしじゃ」

「臆病が、でございますか？」

「いや、それは真の臆病ではない。一見そう思えるが、実は並々ならぬ強き心があってのこと」

源五郎は再び渋い顔で、

「そのことにお気付きになれば、お屋形様も、さらにひと回り大きくなられるのだが」

とつぶやいた。

本来なら、その役目は源五郎が果たすべきものだ。

だが、それはできなくなっている。

4

岩村城では、秋山信友が前城主夫人のつやと仲よく時を過ごしていた。

岩村は、敵織田陣営の真っただ中にある孤塁だった。

本来なら外郭の守りとなるべき付城が、ことごとく敵方の城だった。

城主としては心の休まる暇がなかった。

しかし、それも勝頼の十八城攻略という大勝によって、過去のものとなった。

「ほんに、ありがたいことですのう」

つやはこのところ美しさを増している。

信友は前にも増して、この妻がいとおしくなっているところだった。

「うむ、お代替わりの初陣《ういじん》としては、これほどの大勝は望外のことじゃ」

信友もかつては源五郎と共に、軍師山本勘助の薫陶《くんとう》を受けた身だ。

しかし、常に勘助の側《そば》にあった源五郎と違って、信友は一人で行動させられることが多かった。

そのためか、信友は「十分の勝はよからず」という勘助の言葉を忘れていた。

あるいは乱世とは思えない夢のような幸福が、それを忘れさせたのかもしれなかった。

幸福とは、むろんつやのことである。

信玄の死は信友には知らされている。

重臣の中には妻にこのことを打ち明けていない者もいた。

信友は違う。真っ先に打ち明けたのである。

「お屋形様は、今後も、こちらにお留《とど》まりになるのでしょうか」

つやは訊いた。

本来なら軍事機密である。しかし、信友は妻に隠し事はしなかった。

「いや、今度は矛《ほこ》を南へ転じてな」

信友は一段声を落として、

「遠江を攻められる」

「では、徳川殿を」

「そうだ」

「浜松をまた攻められるのですか」

「いや、それは、まだ早い。まず遠江国内に、この岩村の城のような足掛かりを築くことだ。それには格好の城がある」

つやは物問いたげな目をした。

「高天神城じゃ」

「高天神と申さば、あの難攻不落と噂の？」

「そうじゃ、よう知っておるな」

「名高い城でございますもの」

つやは答えた。

それは事実だった。遠江の高天神城といえば、女子供でも知っている堅城《けんじょう》である。

その城を取れば、確かに足掛かりとはなろう。

だが、そんなに簡単に取れるのか。

「確かにな、難しい。だが、お屋形様は取らんとするはず」

「なぜでございます」

信友はふっと目を逸《そ》らすと小声で言った。

「わからぬか」

「いっこうに」

つやは本当にわからなかった。

「男の意地よ」

「意地？」

「そうだ。高天神は、前のお屋形様でも落とせなかった」

「では、それを落とすことが？」

「そうだ、父君を乗り越えることになる。父君を乗り越えてこそ初めて、家臣の信頼も得ることができる」

「――殿方というのは、不自由なものでございますな」

つやは気の毒そうに言った。

「なんの、男子だからこそ、こういうことができる」

信友はつやを抱き寄せた。

「あっ、人目もありますのに」

「かまわぬ。見たい奴には見せておけ」

信友はそう言って笑った。

5

甲斐の黒川、ここは名高い甲州《こうしゅう》金の産地である。

鉱山の奉行は武田家の旗本である。

しかし、実際に指揮を執《と》って金山の運営をしているのは、大倉長斎《おおくらちょうさい》、藤十郎《とうじゅうろう》の父子だった。

長斎は旅廻りの狂言《きょうげん》役者であった。

それが、治山治水、南蛮《なんばん》渡りの鉱山技術を身に付けていることから、信玄に拾われたのである。

長斎は既に老いたが、息子の藤十郎はまだ三十そこそこである。

その藤十郎が、その日の仕事を終え、夕餉《ゆうげ》の席に着いた時、ぽつりと漏らしたのは、

「おやじ、この金山長くねえぞ」

という言葉だった。

長斎は驚かなかった。

もう、かなり前からそのことに気付いている。

人間同様に鉱山も寿命がある。

黒川金山は、信玄が川中島で謙信と戦っていた頃が最盛期だったろう。

あの時は、果てしない戦費捻出《ねんしゅつ》のため、金山は実に役立った。

川中島の戦いを変えたのは、武士でも百姓でもない、この金山だということを、この父子は誰よりもよく知っていた。

相手の謙信にも、佐渡《さど》金山という宝の山があった。

だからこそ、川中島で五回も大戦《おおいくさ》ができたのである。

しかし、その黒川はいま死にかけていた。

「安倍のほうはどうなんだ」

藤十郎は父にその疑問をぶつけた。

駿河の安倍金山、ここはかつて今川家の財政を支えた宝の山である。

信玄が、反対する長男義信を殺してまで、この国を欲しがったのは、海があること、安倍金山があることが第一の理由だった。

「よくないな」

金山衆は横の連絡があった。

黒川でも安倍でも、やることは同じである。

長斎は山師《やまし》の古手として、安倍の運営をしている者たちとも親しい。

父の言葉を聞いて、藤十郎は物思いにふけった。

箸《はし》は止まり、汁は冷《さ》めた。

しかし、藤十郎は考え続けた。

「藤十、何を考えている？」

「――」

「当ててやろうか。おまえはこの国を見限ることを考えていただろう」

「何を言う、おやじ」

藤十郎はびっくりして、あたりを窺《うかが》った。

食事をしているのは、二人きりである。

しかし、どこに目付《めつけ》の目が光っているかわからない。もし、そんなことを聞かれたら命がない。

金山衆は優遇されているが、それは金を生むという技術を持っているからだ。

他国へ走ろうとしている、などと思われただけで首が危ない。

「それでよいのだ」

長斎は言った。

藤十郎は意外の思いで、父を見た。

「金山は国の要《かなめ》、涸渇《こかつ》すればその国は滅びる。本当のことを言うとな、なまじ金山などないほうがよいのだ。金があれば、必ずそれに頼るようになる。頼った挙句《あげく》、なくなればどうなる？　もはや回復はできぬ」

「おやじも思い切ったことを言う」

「なに、流れ者の知恵よ。藤十、旅から旅、よりよい場所を求めて動くのが、われらの本来の道だ。甲斐は居心地《いごこち》がよかったばかりに、三十年以上も長居をしてしまったが。そろそろ見限り時かもしれん」

藤十郎は驚いた。

もはや老いて、この甲斐を終《つい》の栖《すみか》と決めたとばかり思い込んでいたのに、この変わり身の早さは、どうだろう。

「藤十、忘れるな。われらは甲斐の生まれではない。甲斐は仮の住まいに過ぎぬ。もっと他にいいところがあれば移ってもいっこうにかまわねえ」

「おやじは、そんなことがあると思うのか？」

「さあな。だが、お代替わりの時には気を付けることだ。どうやら信玄様はお亡くなりになったらしいが、その後を諏訪の四郎様がどのようにまとめるか。先立つものはやはり金だと思うがな」

長斎は、ほとんど歯のない口を、大きく開いて笑った。

（そうだ。その先立つものがない）

藤十郎は改めてそのことに気が付き、愕然とした。

6

明知城救援に失敗し、大軍と共に空《むな》しく岐阜へ戻った信長は、二十日ほど休んだだけで京へ向かって出発した。

朝廷からの懇望《こんもう》もだしがたく、従三位参議《じゅさんみさんぎ》の官位を受けることにしたのである。

「信長、大儀じゃの」

帝《みかど》から直々《じきじき》に言葉を賜《たまわ》り、信長はかしこまって一礼した。

後に、正親町《おうぎまち》天皇と呼ばれることになる帝は、このとき五十八歳。信長はこの帝には一目《いちもく》置いていた。

将軍足利義昭などに比べて、よほど扱いにくいのである。

（少し思い知って頂くか）

信長は不遜《ふそん》にもそう思った。

信玄が死に、浅井、朝倉を葬《ほうむ》ったことで、信長の自信はいやがうえにもふくれ上がっている。

「そちほどの忠臣はおらぬ。武勇に長《た》け、風雅に通じ、まことに前代未聞じゃ」

「恐悦至極《きょうえつしごく》にございます。この信長、参議就任にあたりまして、一つ褒美《ほうび》を賜りたい」

「何かな」

臣下のほうから褒美を望むなど、極めて異例のことだった。

帝は不快な感じがした。

しかし、それは包み隠した。

「蘭奢待《らんじゃたい》を賜りたいと存じます」

「なに、蘭奢待じゃと」

帝は目を丸くした。

関白《かんぱく》以下、列座の廷臣からも、驚きの声が上がった。

蘭奢待は奈良正倉院《ならしょうそういん》にある天下一の名香である。

「織田殿、あれは臣下の身で望むことは許されぬものだ」

関白九条兼孝《くじょうかねたか》がたしなめた。

信長は、じろりとそちらをにらむと、

「かつて、将軍足利義政《よしまさ》公が、拝領したということを聞いております。つまり先例がある」

「――」

兼孝は黙った。

公家《くげ》というものは、天皇のやることにですら、先例がないと反対する。

「先例がない」この言葉は公家が物事を拒否する最後の切り札なのだ。

信長はもちろんそれを知っている。

これまでこの言葉に何度悩まされてきたことか。

ここはそれを逆手《さかて》に取ったのである。

はたして関白は返答に窮した。

「先程、帝はこの信長に対し前代未聞の忠義とのお言葉を下された。前代未聞の忠義には、前代未聞の褒賞があってしかるべき。しかも、蘭奢待下賜には先例があり、前代未聞のことではござらぬ。したがって、何の支障《さしつかえ》もないことと存ずるが」

言葉尻を取られた形の帝は、不快そうに押し黙っている。

関白九条兼孝以下も、信長の剣幕を恐れた。

信長の言うことに理《ことわり》がないなら、まだしも反論の仕様《しよう》があるのだが、理屈は通っている。

「では、よろしゅうござるな」

信長はじろりと廷臣たちを一瞥《いちべつ》した。

誰もその視線を撥《は》ね返すことができない。

信長は悠々《ゆうゆう》と立ち上がり、一礼して御前を退出した。

(信長め)

帝は初めて信長に憎悪に似た感情を抱いた。

その足で信長は奈良へ向かった。

わずかの供廻《ともまわ》りを連れ、騎馬で東大寺《とうだいじ》に駆け入ると、正倉院の扉を開けるように命じた。

「なりませぬ」

役僧は血相《けっそう》を変えて拒《こば》んだ。

「この扉は勅封《ちょくふう》がなされておりまする。一指たりとも触れることは許されませぬぞ」

「勅封とは誰の封か？」

信長は馬も下りずに、傲然《ごうぜん》と問うた。

役僧は呆《あき》れて、

「ご存知ないのか。京におわす帝でござる」

「その帝のお許しを頂いてきたのだぞ」

「えっ」

「さあ、早く開けよ」

信長の言葉に、役僧はためらった。

「帝の御諚《ごじょう》に逆《さか》らうとは、その方、逆賊と呼ばれてもかまわぬか」

信長は大喝《だいかつ》した。

役僧は腰を抜かさんばかりに驚き、あわてて錠前の封印を破った。

蘭奢待が持ち出された。

人の背丈《せたけ》ほどもある巨大な香木《こうぼく》である。

これほどのものは、南蛮に船を出しても、まず手に入るものではない。

茶道具好きな信長は、香木にも目がなかった。

嘗《な》めるように見ると、その香木の上方に、付箋《ふせん》が貼《は》ってある。

「これは、何だ？」

信長は役僧に尋ねた。

「はい。それは、かつて義政公が切り取られたところで」

「そうか。では、わしはこの根方を切るとするか」

香木は、上のほうよりも根元に近いほうが価値が高い。

（義政め、ここまできて遠慮するとは、愚かな奴）

信長は鼻で笑って、根方を一寸四方ばかり切り取った。

駆けつけてきた貫主《かんしゅ》も役僧たちも、為《な》す術《すべ》もなく、それを見ていた。

その表情は、一様に不快そのものであったが、信長はそんなことは気にしない。

むしろ人が不快に思うぐらいに、思い切ったことをやらねば意味がないと考えている。

(次は、長島の一向衆ども)

香木を掌《てのひら》に載《の》せて、信長はそのことを考えていた。

長島の一向一揆は、弟信興の敵《かたき》でもある。

(ひとり残らず、根切《ねき》りにしてくれるわ)

信長はそう思った。

7

勝頼は六月に入って、宿願の遠江攻めを行なった。

この攻めの目的は、信玄亡き後、しきりに駿河に侵入する家康に、鉄槌《てっつい》を下すことにある。

家康は、公式には伏せられている信玄の死を確かめるために、放火・掠奪を行なったのだ。

勝頼は家康が許せなかった。

なめている、と思う。

父信玄には、これ以上ないほどの手痛い敗北を喫《きっ》しておきながら、その信玄がいなくなったかもしれぬとなると、ぬけぬけと挑発行為に出る。

侮っているのだ。

勝頼、恐れるに足らずと、侮っているのだ。それしか考えられない。

（今に見ておれ、家康）

その決意の表われが、今回の遠江攻めだった。

家康に思い知らせてやるには、どうすればよいか。

それは、この遠江の中に勝頼が確固とした本拠を持つことだ。

そうすれば家康は枕を高くして眠れなくなる。

「跡部、わしが何を考えているか、わかるか」

勝頼の言葉に、近臣の跡部勝資は追従《ついしょう》の笑いを、浮かべた。

「はて、いっこうに」

「わからぬか、その方の知恵も、まだまだじゃな」

「恐れ入りまする」

跡部は頭を下げた。

勝頼は別に説明はしてやらない。

自分の考えが、跡部と同じではないことに、かえって満足する。

跡部もそれを知っている。

だから、勝頼の真意がわかった時も、あえてわからぬふりをする。

これで、この主従は安泰《あんたい》なのである。

(高天神城を奪われるおつもりか)

それぐらいのことは、いかに跡部でも見当はつく。

高天神城は遠州随一の堅城である。

その堅城を落とせば、家康の心胆《しんたん》を寒からしめることができる。それだけでなく、その堅城が勝頼のものとなれば、それは武田が遠州に打ち込んだ大きな楔となる。逆に家康から見れば、喉元《のどもと》に突きつけられた刃《やいば》も同然だ。

しかも天下の堅城であるから、再び奪回するのは至難の業《わざ》である。

一石二鳥の策とはこのことである。

跡部もそこまでは読んでいた。

しかし、勝頼の決意はもっと深いところにある。

(たとえ一万五千の軍勢すべてが尽きようとも、必ず、あの城は落としてみせる)

高天神城の城主は家康の家臣小笠原長忠《おがさわらながただ》である。

長忠は勝頼の来襲を素早く察知し、本間氏清《ほんまうじきよ》、丸尾義清《まるおよしきよ》、松下範久《まつしたのりひさ》、曽根長一《そねながかず》など、近隣の地侍らに応援を求め、総勢八百で籠城した。

これに対し、勝頼は総勢一万五千で、高天神城を蟻《あり》の這《は》い出る隙間《すきま》もなく包囲した。

（たいした城ではない）

勝頼は初めて高天神城を遠望した時、かすかな笑いを浮かべた。

遠江一の堅城というから、どんな急峻な山の上にあるのか、どんなに深い谷に囲まれているのか、と思ったら、なんのことはない、平野の真ん中にわずかに盛り上がった丘のようなところに、小さな城がぽつんとあるだけではないか。

甲斐や信濃で、多くの山城《やまじろ》を見ている勝頼にとって、それは『山城』とは思えないほどのものだった。

（これなら三日もあれば落ちる）

それでも勝頼は、こんな時の常識として、まず敵の水の手を断ってから、攻撃を開始した。

食物がなくても人は生きられるが、水なしでは、わずかしか保《も》たない。

勝頼も戦の常道に従ったのである。

しかし、その後がいけなかった。

確かに高天神山は、甲斐・信濃の山々に比べれば低く、見栄《みば》えがしない。

しかし、標高差はかなりあった。

近づいてみると、本丸の周囲は切り立った崖になっており、とうてい登れない。

本丸と西の丸が、一つの鞍部《あんぶ》でつながっている。ちょうど瓢箪《ひょうたん》を縦《たて》に真っ二つに切って、地面に伏せたような形をしている。

その大きいほうの盛り上がりに本丸があり、小さい方に西の丸がある。

そして、二つの丘をつなぐ鞍部にも曲輪《くるわ》がある。

曲輪は柵《さく》で厳重に囲まれた防塁《ぼうるい》である。

その鞍部の曲輪のところに、井戸があった。

勝頼は、城の水の手を断ったつもりでいた。

しかし、実は、外の川から汲《く》み上げるだけでなく、中の井戸も城の重要な水源だったのだ。

いや、外の水源は見せかけで、実際は井戸曲輪の井戸が、城兵を支えているのだ。

勝頼は初めそれを知らなかった。

そこで、日照りが四、五日続いた後、いい加減城兵が弱ったと見て、一気に力攻めした。

北から穴山信君、岡部《おかべ》真幸《まさゆき》を将とする二隊、南からは山県昌景、内藤昌豊を将とする二隊が、鬨《とき》の声を上げて一斉に襲いかかった。

だが、城兵は小笠原長忠の指揮の下、曲輪の中から鉄砲を撃ちかけた。

さすが徳川方の城だけに、銃の備えは一流だった。

武田軍は多大の損害を受けて、あわてて引き下がった。

「こんな小城に、何たることだ」

勝頼は、昌景、昌豊ら歴戦の宿将を、まるで犬の子のように叱《しか》り飛ばした。

「──お屋形様」

さすがに、呻《うめ》くような声で昌豊が抗議した。

「この城は、守り堅く、四方から一斉に攻めかかるは、得策とは思えませぬ」

「では、どうすればよいと申すのだ」

勝頼も負けじと年長の昌豊をにらみ返した。

「この城の攻め口はただ一つ、崖のない西の丸しかござらぬ」

昌豊は吠えた。

「攻め口を一つに絞ればよいと申すのか」

「御意」

「ならば、内藤、そちが落としてみせると申すのだな」

勝頼の言い方には、年上の、歴戦の宿将に対する思いやりが欠けていた。

言葉遣いにも、それが表われている。

だが、勝頼はそうは思っていない。

自分を馬鹿にする者は許せない、先代の重臣だといって自分をないがしろにする者も許せない。

そういう者には高飛車に出るしかない。

勝頼はそう思い詰めていた。

一方、昌豊は面白くない。

その反撥が顔に出た。

「なんだ、その顔は」

勝頼は言った。

「それでは、つかまつる」

「何をだ?」

「城を落とすということでござる」

昌豊は席を蹴って立ち上がった。

山県昌景があわてて後を追った。

「待て、急《せ》くな」

昌景は、外へ出たところで、昌豊に声をかけた。

昌豊はまだ怒っている。

「こうなったら、目にものを見せてくれる」

勝頼に対する日頃の不満が爆発した。

「まあ、待て」

昌景は胸を叩いて、

「万事、任せぬか、わしには必勝の秘策がある」

「ほう、何だ」

武士として、必勝の秘策というのには興味がある。

昌景は笑って、

「鉄砲には鉄砲だ。敵の得意技を逆手に取る」

「うん？」

昌豊は怪訝《けげん》な顔をした。

武田家にも確かに鉄砲はある。

しかし、鉄砲は高価だ。そのうえ火薬はさらに手に入りにくい。

鉄砲なら領内で作ることもできるが、火薬は海の向こうから輸入するしかないのである。

この点では、海外貿易港である堺を手中に収めた信長は、はるかに有利だった。

しかし、武田家も、海のある国・駿河を手に入れている。

港があれば、利にさとい南蛮人は、何でも売りにくる。

ただ、遠くへ運んでくるだけに、価格も高くなるというのが、どうしても拭《ぬぐ》い去れない武田家の弱点である。

一万五千の大軍でも、鉄砲隊はせいぜい二百余りしかなかった。

しかも火薬が貴重品ということは、滅多に使えないということでもある。

だから熟練者はどうしても古株しかいない。若い者に充分に練習させてやるゆとりがない。

その中から、昌景は西島七郎右衛門《にしじましちろうえもん》という名手を選んだ。

七郎右衛門は、穴山信君の家来であったが、その絶妙な射撃術に目をつけた昌景は、特に乞《こ》うて信君から借り出した。

こんな時に、普通は武者など貸してくれない。優秀な家臣は特にそうだ。人に手柄《てがら》を立てさせることはないからだ。

しかし、この時に限って信君は、心よく七郎右衛門を貸してくれた。

昌景が何のために、七郎右衛門を必要とするのか、よくわかっていたのである。

七郎右衛門の働きは目覚ましいものがあった。

まずその日の未明、物見櫓《やぐら》に上った西の丸の大将本間氏清を、七郎右衛門は一発で仕留めた。

氏清は、まさか武田が鉄砲で直接大将を狙おうとは、夢にも思っていなかったのだ。首根を撃ち抜かれた氏清は、奥に戸板で運ばれたが、間もなく絶命した。

鉄砲で狙われることを、城方の将はまったく警戒していなかった。

次に、氏清の弟で丸尾姓を名乗る義清という男が、仮の大将を務めようと櫓に上ったところを、七郎右衛門は今度は胸板を貫《つらぬ》いて仕留めた。

義清は即死であった。

「よし、力攻めするなら今だ」

昌景は決断した。

城の防衛には、冷静な大将が少ない兵をやりくりして、今度はこちら次はあちらと配置を変えながら、戦わねばならぬ。

ところが、西の丸は、氏清・義清の兄弟が続けて戦死したことで、その大将がいなくなった。

今こそ好機だと、昌景は判断したのである。

武田軍は防弾のため、竹を束《たば》ねた楯《たて》を前面に押し立てながら、じりじりと西の丸に迫った。

これに対し、城からは鉄砲を撃ちかけたが、楯に邪魔されていっこうに命中しない。

「やあやあ、われこそは、武田にその人ありと知られたる岡部丹波《たんば》である」

先陣を切ったのは、まさに岡部丹波真幸であって、これに続いて、弟の次郎右衛門《じろうえもん》に、治部《じぶ》の三兄弟が、塀を乗り越えて西の丸の中に入った。

他にも朝比奈金兵衛《あさひなきんべえ》らが続いた。

大激戦となった。

岡部丹波は討死したが、その日の夕方、武田軍はついに西の丸を占領した。

8

城主小笠原長忠は、城の裏手にある『猿戻り《さるもど》』という難所から、家臣を一人派遣して、家康に援軍を求めた。

だが、家康はこの要請に対して、ただちの出陣を拒絶した。

「何故でございます」

なじるように使者は言った。

「既に西の丸を落とされた今となっては、城は長くは保ちませぬ。早いうちに助けませぬと、城は武田のものになってしまいまする」

(わかっている)

と、家康は思った。

しかし、口ではこう答えた。

「わしもただいま使いを岐阜に派してな、織田殿の助勢を乞《こ》うたばかりじゃ。しばし待て。織田殿が駆けつけてさえくだされば、勝頼を逆に追い落とすことすらできようぞ」

「とにかく早う、一刻も早うお願い致しまする」

使者は疲れた体に鞭《むち》打って、畳に顔をこすりつけた。

（信長殿はおそらくは来まい）

家康はそう思っていた。

いや、援軍を出すふりはするだろう。

しかし、間に合わなかったという形を取り、結局戦はしないはずだ。

なぜそう考えるか。

実は家康もそうなのである。

勝頼には今、時の勢いがある。

精鋭一万五千も、織田・徳川軍団を相手にするなら、三万人分の力を発揮する。それぐらい武田は強い。

（強い者と無理に戦うことはない。いずれ勝頼は墓穴《ぼけつ》を掘る）

家康はそう読んでいた。

そして、その家康の読み通り、信長もまさにそう読んでいた。

「上様、どうして一刻も早くご出陣なさらないのです」

小姓の森蘭丸が不思議そうに訊いた。

「ふふ、わからぬか」

信長は、日頃敏速を愛する男らしからぬ態度で、閑々《かんかん》と時を過ごしていた。

「わかりませせぬ」

蘭丸は口をとがらせた。

この蘭丸に信長は特別に目をかけている。

「高天神は、勝頼にくれてやる」

信長は秘中の秘を言った。

「えっ」

蘭丸は驚いて、思わず主君の顔を見た。

信長は笑って、

「そうだ、くれてやるのだ」

「何故でございます」

「兵法にもある。敵の鋭きを避けよ、とな」

蘭丸は首を振った。

人生経験の少ない蘭丸には、まだそういうことがわからないのだ。

信長は蘭丸のそういうところが可愛い。

「よいか、勝頼には勢いがある。ちょうど雨を含んだ川の流れが、橋を流すほど強いのと同じことだ。こういう時に、新たに橋を造る間抜けはおらぬということよ」

「されど、徳川殿は怒られるのでは？」

「ふ、そうかな」

「――？」

「家康もそれくらいの読みはできる男だ。この際、高天神の一つや二つ、勝頼にくれてやると、思っているはずだ」

「わかりませぬ」

蘭丸は首を振った。

信長は声を上げて笑った。

9

城方は、鞍部の井戸曲輪と本丸に籠もり、必死の防戦を続けていた。

昌景は先陣を務め、討死《うちじに》を出した岡部党を呼び出した。

岡部は駿河衆、もと今川義元の家来で、遠州にも知り合いは大勢いる。

城主小笠原長忠とも親しいはずであった。

「どうだ、城主に開城するよう説得してはくれぬか」

「して、開城の条件は？」

岡部丹波の弟の次郎右衛門が尋ねた。

「全員命を助ける。わが武田に仕える者は、今まで以上の知行《ちぎょう》を与える。あくまで家康殿に仕えんとする者は、そのまま退去してよい」

「まことでござるか」

次郎右衛門は耳を疑った。

信じられないような好条件である。

特に、家康に味方したいと思う者は、退去してよい、というのは常識では考えられない。

なぜなら、これらはいずれ敵の戦力になるのだ。殺しておくのが普通のやり方である。

(お屋形様は、それほどまでにして、この高天神城が欲しいのか)

確かに異常な執念といえた。

(それとも、まさか謀略では)

欺《あざむ》きの手ではないかと、次郎右衛門は一瞬疑った。

「心配するな」

昌景は言ってやった。

「お屋形様が請《う》け合ってくだされたのだ」

それは事実だった。

昌景は勝頼を説得した。

このまま力攻めでは、城は落ちぬ。

ぐずぐずしていれば、信長がやって来る、と。

「一戦して打ち破るまでだ」

勝頼は息巻いた。

「それにしても、城を奪っておけば、このうえもなく有利でござる」

昌景は言った。

その言葉に、勝頼の心も動いたのである。

「わかったな、伝えてきてはくれぬか。お屋形様のお言葉に、神懸《か》けて嘘偽りはない」

「わかり申した」

次郎右衛門は戦いを中断させ、軍使として城に入った。

城主小笠原長忠はよく知っている。

もともと遠州の武士は、次郎右衛門ら駿河衆と共に、同じ今川家の家臣だった。

今川家が暗主の氏真のためにつぶれることになり、家臣も武田方と徳川方に分かれたのである。

「――ということだ」

次郎右衛門はざっくばらんに、城主長忠を説得した。

「開城してはくれまいか」

長忠も、他の城衆たちも、次郎右衛門の言葉に半信半疑だった。

「どうも話がうま過ぎる」

声を上げたのは、丹波縫殿左衛門《ぬいどのざえもん》、松下助左衛門《すけざえもん》ら、であった。

これに対して、鮫島《さめじま》加賀、堀井《ほりい》越前らは勝頼に心を寄せた。すなわち開城して、武田の家臣になろうというのである。

激論が戦わされた。

次郎右衛門は一旦引き揚げ、翌日もう一度訪ねて、言葉を尽くして説得した。

ついに城内は二つに割れた。

そして二つに割れたことが、かえって勝頼に幸いした。

両派は血の雨を降らす代わりに、あくまで家康に従わんとする一派が、城を退去することで、話はまとまったのである。

これは、結局、勝頼の、いや山県昌景の出した条件に従うのと、同じことになった。

退去派は、火縄に火を点じ、抜刀し槍を持ち、油断なく城を出た。

それでも狙い討ちすれば全滅させることは容易であったが、勝頼はそれをしてはならぬと厳命した。

こうしてついに、高天神城は勝頼の持ち城となった。

城主小笠原長忠には、新たに別の土地で一万貫《がん》の知行を与えることにして、勝頼はとりあえずの城番に、横田尹松《よこたただまつ》を任じた。

すべてが終わった翌日の夜明け、高天神城の本丸に立って、はるか甲斐を望《のぞ》む一人の武将がいた。

勝頼である。

(父上――)

勝頼は、甲斐に眠る父信玄に呼びかけていた。

(ついに、城を取りましたぞ。あなたが生涯取れなかった、この城を)

勝頼は父に勝ったと思った。

(ざまあみろ、あのしたり顔の高坂も、父上もおっしゃっていましたな。戦いは槍働きだけではないと。だが、御覧なされい。わたしも調略で城を取りましたぞ)

亡者《もうじゃ》の父信玄、その信玄を越えるために、勝頼は高天神城を欲した。

そして、いま亡者に勝ったのである。


〈下巻に続く〉

（この作品『覇者』は、平成七年七月、九月、十二月に、小社ノン・ノベルから四六判『覇者〈上・中・下〉』三巻で刊行されたものを二分冊にしました）

覇者（上）

一〇〇字書評

切り取り線

購買動機（新聞、雑誌名を記入するか、あるいは○をつけてください）

□（　　　　　　　　　　　　）の広告を見て	
□（　　　　　　　　　　　　）の書評を見て	
□ 知人のすすめで	□ タイトルに惹かれて
□ カバーがよかったから	□ 内容が面白そうだから
□ 好きな作家だから	□ 好きな分野の本だから

●最近、最も感銘を受けた作品名をお書きください

●あなたのお好きな作家名をお書きください

●その他、ご要望がありましたらお書きください

住所	〒				
氏名		職業		年齢	
Eメール	※携帯には配信できません	新刊情報等のメール配信を希望する・しない			

あなたにお願い

この本の感想を、編集部までお寄せいただけたらありがたく存じます。今後の企画の参考にさせていただきます。Eメールでも結構です。

いただいた「一〇〇字書評」は、新聞・雑誌等に紹介させていただくことがあります。その場合はお礼として特製図書カードを差し上げます。

前ページの原稿用紙に書評をお書きの上、切り取り、左記までお送り下さい。宛先の住所は不要です。

なお、ご記入いただいたお名前、ご住所等は、書評紹介の事前了解、謝礼のお届けのためだけに利用し、そのほかの目的のために利用することはありません。またそのデータを六カ月を超えて保管することもありませんので、ご安心ください。

〒一〇一－八七〇一
祥伝社文庫編集長　加藤　淳
〇三（三二六五）二〇八〇
bunko@shodensha.co.jp

祥伝社文庫

上質のエンターテインメントを！　珠玉のエスプリを！

祥伝社文庫は創刊15周年を迎える2000年を機に、ここに新たな宣言をいたします。いつの世にも変わらない価値観、つまり「豊かな心」「深い知恵」「大きな楽しみ」に満ちた作品を厳選し、次代を拓く書下ろし作品を大胆に起用し、読者の皆様の心に響く文庫を目指します。どうぞご意見、ご希望を編集部までお寄せくださるよう、お願いいたします。

2000年1月1日　　祥伝社文庫編集部

覇者《はしや》（上）　信濃戦雲録《しなのせんうんろく》　第二部　長編歴史小説

平成19年3月20日　初版第1刷発行

著者　井《い》沢《ざわ》元《もと》彦《ひこ》

発行者　深澤健一

発行所　祥《しよう》伝《でん》社《しや》

東京都千代田区神田神保町3-6-5
九段尚学ビル　〒101-8701
☎ 03(3265)2081(販売部)
☎ 03(3265)2080(編集部)
☎ 03(3265)3622(業務部)

印刷所　図書印刷

製本所　図書印刷

ISBN978-4-396-33343-0 C0193
祥伝社のホームページ・http://www.shodensha.co.jp/